張恨水精品集6

紙醉金迷

下

典藏新版

張恨水 著

紙醉金迷（下）

目錄

第三部　此間樂

第四部 誰征服了誰

第三部

此間樂

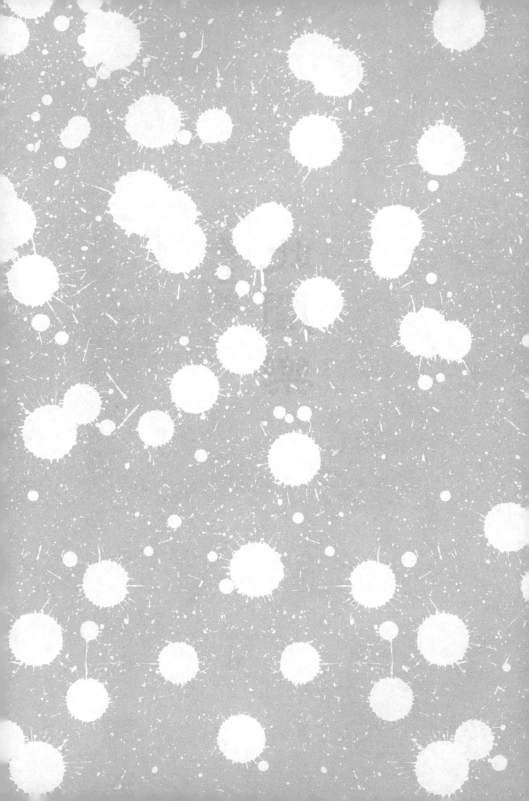

十一　擠兌風波

何經理對於劉主任的報告，怔怔地聽著，心裡立刻轉了幾個念頭，這種環境，應當怎樣去應付？先看了看牆上的掛鐘，然後又看了看手腕上的手錶，站在桌子旁邊斜靠著，提起一隻腳來，連連的顛動了幾下，於是坐在沙發椅子上，架起腿來，擦了火柴吸紙煙，將頭靠住了沙發椅靠，只是昂起頭來，向空中噴著煙。

劉以存站在屋子中間，要問經理的話，是有點不敢，不問的話，自己背著的那份職務，又當怎樣挨過去？站在屋子裡，向身後看看，又向牆上的掛鐘看看。

那鐘擺咯吱咯吱響著，打破這屋子裡的沉寂，何育仁突然站了起來，將手一揮道：「把支票兌給他吧，混一截，過一截，好在上午只有一點多鐘，再混一下，就把上午混過去了。」

劉以存看看他那樣子，大有破甑不顧之意，門市上那兩位拿支票兌現的人，事實上也不能久等，於是點了個頭，就拿著支票出去了。何育仁坐在沙發上，只管昂了頭吸紙煙，吸完了一支，又重新點上一支，吸得沒有個休歇。

石泰安由外面走了進來，遠遠地看到他那樣子，就知道他是滿腹的心事，隨便地在旁邊沙發上坐下，搭訕著吸了紙煙，從容地道：「大概這上午沒有什麼問題了吧？經理是不是要出去在同業那裡兜個圈子？行裡的事，交給我得了，我私人手上還可以拉扯二三百萬元現鈔，萬一……」

何經理突然地跳了起來，因向他笑道：「你既然有二三百萬元現鈔，為什麼不早對我說？有這個數目，我們這一上午足可以過去了，你在行裡坐鎮吧，我出去兜個圈子去。」說著，他立刻就拿起衣架上的帽子向頭上戴著。

石泰安道：「還沒有叫老王預備車子呢。」

他將手按了一按頭上的帽子，說聲不用，就走了出去了。當然，他也就忘記了范寶華那個電話的約會。

到了十一點多鐘，范寶華又來了。他這回是理直氣壯，更不用得在櫃上打什麼招呼，徑直地就走到經理室裡來。

他見是副理坐在這裡，並不坐下，首先就笑道：「這算完了，何經理並不在行裡。」

石泰安立刻走向前和他握著手，因道：「范先生說的是那張支票的話嗎？你拿著支票，隨時可到銀行裡兌現，管什麼經理在家不在家呢。不過在這情形之下，我們講的是交情，你老哥也極講交情，所以二次到行裡來，就不到前面營業部去兌現了，而先到這裡來看何經理。先吸一支煙吧，何經理正是出去抓頭寸去了，也許一會兒工夫他就回來了。」說著，他笑嘻嘻的敬著紙煙，口裡還是連連地說請坐請坐。

范寶華倒是坦然地吸著煙，架了腿坐在沙發上，噴著煙微笑道：「若說顧全交情，我是真能顧全交情的，上次拼命湊出幾百萬元，交給何經理替我做黃金儲蓄，不想他老先生給我要一個金蟬脫殼，他向成都一溜，其實也許是去遊了一趟南北溫泉，等到我來拿黃金儲蓄券的時候，貴行的人全不接頭……」

石泰安不等他說完，立刻由座位上站起來，向他抱著拳頭，連連地拱了兩個揖，笑道：「這件事真是抱歉之至，何經理他少交代一句，閣下的款子存在敝行，我們沒有去辦理，下次……」

范寶華將頭枕在沙發靠背上，連連地搖擺了幾下，而口裡還噴著煙呢。

石副理哈哈笑道：「這糟糕，范先生竟是不信任我們。不要那樣，我們還得合作，就在敝行吃了午飯去吧，我去吩咐一聲。」說著，他表示著請客的誠意，走出經理室去了。

范寶華正是要說著，何必還須副理親自去吩咐？然而容不得他說出這句話，石泰安已是出經理室走遠了。他這番殷勤招待倒不是偶然，出去了約莫是十來分鐘，他方走回來。

進門的時候，他強笑了一笑，那笑的姿態極不自然，將兩個嘴角極力的向上翹著，范寶華看看他兩道眉峰還連接到一處，心裡也就暗想著：大概前面營業部又來了幾張巨額支票吧？

正是這樣想著，卻聽到屋子外面一陣銅鈴響過，因問道：「這是……」

石泰安對於這鈴聲，竟是感到極大的興趣，立刻兩眉舒張，笑嘻嘻地說出來三個字：「下班了！」

范寶華將西服小口袋裡的掛表取出來看看，還只有十一點四十五分，因把掛表握在手掌心裡掂了幾掂，看著笑道：「你貴行什麼時候下班？」

石泰安微笑道：「當然都是十二點。」

范寶華道：「還差十幾分鐘呀，不過你們既下了班了，當然我也只有下午再說。賞飯吃恕不叨擾，我想下午一點到四點，那照樣是不好對付的，你也得出去抓抓頭寸呀！」他說著，倒並不怕人聽到，哈哈大笑地走出去了。

石泰安對於他這個態度，心裡實在難受，可是一想到人家手上握有一張八百萬元的支票，這就先膽軟了一半，可能到了下午一點鐘銀行開門，他又來了，於是坐在經理室裡，也沒有敢出去，趁著這營業休息的空檔，就調齊了帳目，仔細地盤查一遍。

費了半小時的工夫，整個帳目是看出來了，除了凍結的資金，虧數二億二千萬。今天上午開出去給同業的支票，和同業開來的支票，兩面核對起來也短得很多，今日上午的情形，那還是未知數呢。他坐在寫字椅子上，口銜了紙煙，對著面前那一大堆表冊未免發愁。

正是出著神呢，桌機的電話鈴響，茶房正進來加開水，接過電話機的聽筒，說了兩句話，便向石副理報告道，中央交換科請石副理說話。

他一聽到交換科這個名稱，心房立刻亂跳了一陣，便接過電話聽筒來，先向話機點了個頭，笑道：「我是石泰安呀，哦！張科長，是的，何經理出去了，短多少寸頭？兩千多萬。是是，這是我們一時疏忽，上午請張科長維持維持，下午我們補上……停止交換？那太嚴重了，何至於到這個階段？……是是，務必請張科長維持維持。兩千多萬，並沒有多大的困難，可是我們的帳目是平衡的。」

他說著話時，身子隨了顫動著，頭向下彎曲，在用最大的努力，以便將這「**帳目平衡**」的四個字送到對方的耳朵裡去。接著，他又說：「請放心，下午我們就把頭寸調齊了，無論如何，這一點忙是要……」

他右手拿著聽筒，左手在桌子上拍了一下，因道：「不能那樣辦。」但是他這種拍著，那是無用的，那邊已經是把電話掛上了。

石泰安將聽筒很重地向話機上一放，嘎吒地響著，於是坐在寫字椅子上，兩手環抱在胸前，只管對桌面前擺的帳目發呆，茶房進屋子來催請他去吃飯有三遍之多，他才是慢慢地走去。

在飯廳桌上，幾位同席的高級職員，臉上都帶了一分沉重的顏色，不像平常吃飯有說有笑。

石副理是首先一個放筷子，向坐在旁邊的金襄理點了個頭道：「吃過飯我們談談罷，經理出去了兩小時了，還沒有電話回來。」說著，他就在懷裡摸出手錶來看了一看，因慘笑著道：「還有十五分鐘，該開門了。」

金襄理到了這時，也不是看桌上金磚那樣的笑容滿面，垂了眼皮，不敢抬眼看桌上同事的臉色。

那劉以存坐在裏、副理側面，捧著飯碗，只管將筷子挑剔飯裡的稗子。他們銀行職員吃的飯，當然是上等白米，這裡面是不會有穀子稗子的。他低了頭向碗裡看著，筷子頭只是在白飯裡撥來撥去。

石副理倒並沒有離開座，向他問道：「以存的意思是怎麼樣？」

他還是捧著碗筷作個挑稗子的姿勢，因道：「我在同業方面打過幾回電話探問消息，看那樣子，各家都是很緊的，不知道經理現時在什麼地方，最好和他取得聯絡。」

石泰安道：「我出去一趟罷。」說著，他看了在座人的臉色，就嘆了口氣道：「照著我的作風，我是要穩紮穩打的，可是何經理一定看上了黃金，我也挽回不了這場大局。」

在桌上吃飯的人，大家已是把筷子碗放下來了，各各把手放在懷裡，靜靜地望了桌上的殘湯剩汁。

石泰安突然地站了起來，向金煥然道：「我看，我還是出去打聽打聽消息吧？煥然，你就在行裡頂一下子罷。」

這句話可把金襄理急了，立刻站了起來，兩手亂搔著道：「不行不行，我頂不了，我頂不了！」

石泰安站著怔了一怔。

金煥然道：「我看，還是我出去罷，經理在什麼地方，我知道，我把他找了回來，讓他來頂罷。」

石泰安站在原來坐的地方站著有五分鐘之久，說不出話來。

金煥然笑道：「我自認是不如石副理有手法，這三關還是請大將來把守罷。」說著，他也不徵求對方的同意，立刻就走開了。

石副理也看著金煥然是不能在行裡頂住的，只是怔怔地看著他走了。

劉以存倒覺得今天這情形之下，全露出了資本家的原形，這很和銀行丟面子，便笑向他道：「沒有多大問題，我們各方面活動總還可以調到兩三千萬的現鈔，應付小額支票兌現，那還有什麼問題，數目大的，我們和他打官腔，照著財政部的定規，開支票給他。」

石泰安哈哈一笑，向他望著，又點了兩點頭，因道：「這個辦法，我都不會想到，我還當副理呢。你得想想，你開了本票出去，人家立刻向別家銀行一送，今天晚上，本票全到了交換科，查出了我們的本票全是空頭，我們明天早上還開門不開門？若是要開門，明天中央銀行宣布停止交換，信用全失，那就預備擠兌和倒閉罷。」

劉以存道：「這一層我當然是顧慮到了的，但是我們在這一下午的奔波，三五千萬的頭寸總可以調得到。」

石泰安對於他這個解釋，倒沒有加以可否，無精打采地走回經理室去。

時間實在是過得太快，他在寫字椅子上坐下，抬頭一看那牆上掛的大鐘，已是一點十五分了，雖不知道大門是否已經敞開，可是過了十五分鐘，還不開門營業的話，這問題就太嚴重了。此話當然不便去問茶房，只有拿出紙煙盒來，繼續地取著煙來吸。

約莫是半小時，桌機上電話鈴響了，拿起聽筒一聽，卻是何育仁的聲音，不由得發了驚奇的聲音道：「是經理？現時在哪裡呢？哦！頭寸都已經調齊了，那好極了！什麼？兩點鐘以前，還不行？那麼，可以放手開本票出去，好吧。」

他聽到何經理所定的最後一個決策，還是開本票暫救目前，便坐下去自言自語的道：「既是負責人都如此辦理，落得和他放手去做。」於是也就安坐在經理室裡苦挨鐘點。

果然，一切的路子都是照著劉以存的想頭進行的，馬上他就拿了三張本票進來，請副理代經理蓋章。

他接過來看時，有五十萬的，有八十萬的，有一百二十萬的。就在他看數目字的時候，劉以存站在桌子旁邊，向他低聲道：「經理來了電話，說是我們可以放手開本票。」

石泰安很從容地道：「我也接到電話了，就是這樣辦吧。」他說著，就拿起圖章在本票上連串地蓋著。

就自這時起，直到兩點半鐘止，已開出去三十多張本票，共達四千多萬元。石泰安也存了個破甑不顧的念頭，前面營業櫃上送來本票，他只看看數目，就蓋個章，立刻發了出去。何經理雖然沒有電話回來，他也不問。

到了下午三點一刻了，何經理左手拿著帽子，右手捏了一條大手絹，只管在額頭上擦汗，而擦汗的時候，還同時搖著頭。

石泰安雖知道他很窘，但居然忙著回來了，一定有點辦法，可是他只管搖著頭，又多少有些問題。便迎上前笑道：「行裡截至現在為止，還算風平浪靜，都讓本票抵擋過去了，不過……」

何育仁將手上的帽子遙遠地向衣掛鉤上一丟，然後苦笑道：「不過晚上交換的這一關不好過，但那不要緊，我已經和幾家同業接好了頭，今天下午，準讓五六千萬頭寸給我們，大概一會兒工夫就有電話來。」

他說是這樣的說了，坐到經理位子上，身上仰著靠椅子背上，昂了頭望著天花板。

他也不看人，淡淡地問道：「我們開出去了多少本票？」

石泰安道：「四千多萬。」

他又問：「上午交換，我們差多少頭寸？」

他答：「不到兩千多萬，就算是兩千萬吧！」

何育仁向樓板仰望著，口裡念念有詞，五百萬，八百萬，一千二百萬，只管念著數目字，最後他突然地高聲道：「不要緊，只差一千多萬。」

他說完了，立刻坐正過來，手裡拿了桌機聽筒，撥著自動號碼，電機轉著吱嘎吱嘎地響。他對了話筒說：「喂！我育仁呀，藹如兄，你答應我的三千萬，怎麼樣？喂喂！老兄，這個不能開玩笑的，只分一半也好，可是請你務必把我們的本票保留一天，好好！一切不成問題，照辦。」說畢，將電話聽筒按上兩下，自動號碼又是嘎吱地響起。

他手握電話聽筒，口裡總是這一套，二千萬，三千萬，本票請留一天，不要送去交換，明天我拿美鈔抵帳，這個不能開玩笑的。

電話一直打了七八次，打到最後一次的時候，他已是斜靠在桌子上，抬起一隻手來，只管握了手絹，不停地擦額頭上的汗。

放下了電話聽筒之後，看到桌面上放著一玻璃杯現成的茶，他端起來就咕嘟幾聲，一口飲盡，放下杯子來，向石副理苦笑道：「好傢伙，我嗓子都叫啞了，沒有問題了。」

他表示著這是鬆了一口氣，將衣袋裡的紙煙盒子取出，拿了一支煙，三個指頭夾著，在紙煙盒的蓋子上，慢慢地頓著。

石副理也在旁邊取煙抽，按著了自己的打火機，伸過來，給何經理點著煙，因笑道：「天天這樣的抓頭寸過難關，那當然不是辦法，今天晚上，到經理公館裡去，大家計畫計畫吧。」

何育仁噴著一口煙出來，連連地搖了兩下頭道：「沒有問題了，不過輕鬆一下，我也不反對。打個電話回去，叫廚子做兩樣菜，我們來他四兩茅臺。」

石泰安還沒有答覆這個問題呢，那劉以存主任竟是面色蒼白地走了進來，手上拿了兩張支票，站在桌子邊苦笑了一笑，然後將支票放在經理面前。

何育仁看時，是同業的兩張支票，一張是大德銀行的支票，是一千五百萬元，一張是利仁銀行的支票，二千萬元。

他看了支票的數目，兩眼發直，然後將手在桌子上一拍道：「太不夠交情了，現在三點半鐘了，只有三十分鐘的工夫，讓我們到哪裡去抓三千多萬的頭寸？」

石泰安伸頭看著，搖搖頭道：「這確乎是有點落井下石，本票是開不得了。下午開出去四千多萬本票，有三分之二是交給同業的，希望他們今天不送去交換。根據經理電話的交涉，已經是沒有問題了，縱然有一部分送去交換，頭寸短得有限，我們還可以去講點人情，若是再開三千多萬出去，那數目就太多了。打兩個電話商量商量罷。」

何育仁搖搖頭道：「不行！大德和利仁也短少頭寸很多。」說著，他口銜了煙捲，兩手背在身後，站起來，只管在屋子裡踱來踱去。

他每走一步，踏得樓板響，正和牆上掛的鐘擺響相應和。他聽到鐘擺聲，猛然抬頭一看，卻看到鐘的長針已到了八點，到銀行停止營業時間只有二十分鐘了，站定了腳，出了一會神，忽然嘴角翹著，微微一笑。

石泰安也正是把兩隻眼睛都射在經理身上的，便問道：「經理有什麼解圍的法子嗎？」

他笑道：「**中國人到了問題不能解決的時候，唯一的辦法就是拖**，今天我也解得這個妙訣了。不管怎樣，我們已拖到了三點三刻。他們不講交情，我們也不講交情，我們給他來個印鑑不清，退票！他再開支票來，已是我們下班之後了。」

石泰安道：「那不大好吧？」說著，仰了臉，望著何經理。

他倒不問太好不太好，走到寫字臺邊，伸了食指在支票的印鑑上捺著，輕輕向上向下一揉，把那印鑑的字紋就揉擦得模糊了，因把這兩張支票拿著，交給劉以存道：「把這支票退給來人，請他們再開一張，這印鑑全不清楚呢。」

劉以存拿著支票，雖然臉上也帶一些笑容，然而那笑容卻不正常，向何經理看了一眼就走了。

何育仁並不管那支票退出去以後的情形如何，但是抬頭看到牆上的掛鐘，已是三點五十分，不覺噗嗤的一聲笑了，自言自語地道：「不怕你鬼，喝了老娘的洗腳水。哈哈。」

在他哈哈笑聲之後，經理室外鈴子響起，今天業務宣告終止，全萬利銀行的人已不怕有人提現了。

不過何育仁雖感到暫時的輕鬆，但明日後日的頭寸怎樣周轉，還是要事先想法子的，這就依了石泰安的建議，邀集了行裡的幹部人員，在新市區自己公館晚餐，動身之前，向公館裡去了個電話，教廚子預備幾樣菜，並且預備好一瓶好茅臺酒。

六點鐘以前，全部人員到了何公館。因為他是一個有辦法的銀行經理，雖然重慶的房子是十分困難的，他還擁有一座小洋房。

在小客廳裡，大家架了大腿，仰靠在椅子背上。

何經理換了一個作風，口裡銜了一支土製雪茄，兩手捧了一張晚報，很從容地向下看。

金襄理坐在側面，也拿了一張晚報看，他忽然一拍大腿道：「德國完了，以後聯合國剩日本，日本也沒有多久的生命了。」

石泰安閒閒地昂了頭吸煙，因道：「我們三句不離本行，還是談自己的事吧。勝利快來了，我們現在第一步工作就要做個決定，這總行是設在南京呢？還是設在上海呢？其次，我們得考慮一下，漢口的分行是先成立呢？還是和上海總行一路開幕呢？」

何育仁放下了手上的報紙，取出嘴裡銜的雪茄，在茶几上的煙灰碟子裡彈了一彈灰，向在座的人都看了一眼，然後笑道：「我們還不要希望得那樣遠、那幾家收著我們本票的同業，若都說話不算數，全向中央銀行一送，那今天晚上，還大大的有番交涉呢。」

石泰安道：「經理親自去和各家同業面洽的，我想他們總不好意思吧？為了慎重起見，回頭我們不妨去打幾個電話。」

何育仁對這個建議，只微笑了一笑，恰好聽差來請吃飯，大家就起身向飯廳裡去。那飯廳中間的圓桌子上，蒙了雪白的桌布，正中間已擱下了三大件菜。一樣是尺二口徑的大瓷盤，裡面擺著什錦冷葷。兩隻大仰口碗，一碗是紅燒雞腿，一碗是紅燒青魚中段。小高腳玻璃杯子裡面雖然盛滿了酒，而依然還是裡外透明。這正表示了這貴州茅臺酒是十分的純潔。

大家在椅子上坐下來，還不曾動筷子，就讓這好酒的香味熏得口胃大開了。大家飲酒談話，好菜又是陸續地來，已把今天忙頭寸的痛苦與疲勞忘了個乾淨。

七點半鐘以後，何經理吩咐家人熬了一壺美軍帶來的咖啡，大家坐在客廳沙發上面消化腸胃裡那些雞魚肉。

聽差走了進來，走近了主人身邊，很和緩地報告著道：「交換科來了電話。」這報告聲音雖低，何育仁聽著，就像響了個大雷呢！

任何商業銀行經理，對於交換科長的電話是不會歡迎的。何育仁聽說是交換科來的電話，心裡先有三分膽怯，但是縱然膽怯，究竟短了多少頭寸，還是不可知的事，當然要知道清楚。

於是到小書房裡，將電話聽筒拿起來，只喂了一聲，立刻向著電話機行了個半鞠躬禮，因道：「是是是，張科長……哦，頭寸不夠，我今天下午，在同業方面，已經把頭寸調齊了的。沒想到他們不顧全信用……當然，萬利銀行自行負責……哦，十點鐘前要交出一億二千萬，會有這樣多嗎？……是是，我盡力去張羅。十點半鐘，我到行裡來，一切請多多維持，萬利本身還在其次，影響到市面上的金融那關係就大了……好罷，一切面談吧。」

何育仁放下了電話機，回到小客廳裡來，臉色帶點兒蒼白，這神氣就非常難看，那夾著雪茄煙的手指兀自有些抖顫。

石泰安心裡想著：我說的話你不聽，看你現在怎樣對付？

那金煥然裏理卻是忍不住，他已由座位上站起來，迎著問道：「是不是告訴我們短少頭寸？」

何育仁坐下來，嘆了口氣道：「不短頭寸，打電話到我們家裡來幹什麼？我沒想到會短少到一億二千萬。」

金煥然道：「一億二千萬？絕不會有那樣多。」

石泰安坐在一旁點點頭道：「我想數目是不會太少的，昨天我們本來就短少著的頭寸，因為數目還小，和交換科商量商量，就帶過來了。今天上午，我們就短少著兩千多萬到三千萬，下午大概是六千萬，那麼加上舊欠的，那的確是去一億不遠了。」

何育仁皺了眉道：「現在說著這些話有什麼用？事不宜遲，我們分頭去跑跑，十點鐘以前，我們在行裡碰一次頭。」說著，就昂了頭向窗子外叫道：「叫老王預備車子吧。」

大家一看經理這情形，是真的發了急，也都隨著站了起來。

石泰安道：「經理要我去走那幾個地方，我立刻就去，不過賣大面子的地方，最好還是經理自己去。」

何育仁站著想了一想，因道：「我們還是分途辦理吧。」於是在身上摸出自來水筆和兩張名片，在名片後面寫著他們要找的人和要找的頭寸，寫完了，各人給了一張，然後搖著頭道：「不見得有多大的希望。不過盡力而為就是了，回頭行裡見吧。」

他口裡說著，人就向外走。出了大門，坐上人力包車，就直奔他所要找頭寸的地方去。他第一個目的地，是趙二爺家裡。

這趙二爺是重慶市上一位銀行大亨，不但是對川幫有來往，對下江幫也有來往。銀行界的人，為了他對內外幫都走得通，平常就不斷地請教，到了有什麼困難發生，若去向他求援，他斟酌輕重，或者是出錢，或者是出力，倒向不推諉。

不過他有一個極大的毛病，私人言行絕不檢點，生平只有他給釘子人家碰，他卻不碰人家的釘子，而且又喜歡過夜生活，白天三點鐘以前，照例是不起床，三點鐘以後，他坐著汽車，愛上哪裡就上哪裡。

而且他家裡的電話，只有他隨便打出，你若向他家裡打電話，探聽他的行蹤，照例是無結果，倒是你親自向他公館裡去拜訪，只要他在家，卻不擋駕，因之在金融界請求趙二爺的人，只有冒夜活動。

何育仁這銀行，原來也曾請趙二爺當董事的，他答應有事可以幫忙，卻沒有就這個董事的職，**這時他成了遇到了磨難的孫行者，非求救於觀世音不可**，因之抱著萬一的希望，首先就到趙公館來。

他到了大門口，首先看到門框上那個白瓷燈球亮著，其次是電燈光下，放著一輛油漆光亮的流線型汽車，那正是趙二爺的車子，證明了他並沒有出去。立刻由包車上跳下來向前去敲門。

他們家裡的勤務迎了出來，在電燈光下帶笑地點了頭道：「何經理這時候才來？」

何育仁先怔了一怔，這傢伙怎麼知道我會來？便點著頭笑道：「來早了，怕二爺不在家。」

勤務道：「二爺現時正在會客室。」

何育仁道：「那麼，請你去替我回一聲，我在外面小客廳裡等著吧。」

勤務笑道：「不，二爺說了，請何經理到小書房裡去坐著。」

何育仁聽了，心裡是又驚又喜，驚的是萬利銀行短頭寸已鬧得滿城風雨了，喜的是，趙二爺猜到了自己一定來求救而且肯相救，若不是肯相救，怎麼會預定了在小書房裡見面呢？於是隨在勤務後面，踱到小書房裡去。

趙二爺的書房倒是和他那大才的盛名相稱，屋子裡只有一架玻璃書櫥，上下層分裝著中西書籍，此外一套沙發，一套寫字桌椅，桌子角上亂堆了一疊中英文雜誌，桌面玻璃板放了兩份晚報，一本精裝的杜牧之的《樊川文集》，那書還是卷了半冊放著的，提起來一看，正是《九日齊山登高》那首七律所在，「塵世難逢開口笑，菊花須插滿頭歸」兩句詩旁邊，還用墨筆圈著一行圈呢。

他心裡想著，這位仁兄還有這些閒情逸致，於是放下書，隨手拿了份晚報，坐在沙發上等候主人。

可是今天的晚報，全已看過了的，將消息溫習一遍，也沒有多大意思。翻過報紙的後幅，就把副刊草草看了一遍，但耳朵裡可聽到趙二爺在對過客廳裡說話。趙二爺說的是一口土腔，非常容易聽出來的。

這時，他正笑著說：「啥子叫秩序？這話很難說。你說十二點鐘吃上午，七點鐘消夜那是秩序？我要兩點吃上午，九點吃消夜，那難道就不是秩序。一個國民，只要當兵納稅，盡了他的義務，我有錢，天天吃油大，沒得錢，天天喝吹吹兒稀飯，別個管不著。」

何育仁一聽，這位先生又開了他的話匣子了。自己是時間很有關係的，卻沒有工夫聽這分議論，於是在書房門外探視了幾回。

看到勤務過去，就向他招招手，因道：「請你去和二爺再說一聲罷，我有點急事，要和二爺談談，大概有十來分鐘就夠了。」

勤務似乎也很知道他著急，深深點了個頭，就到客廳裡去了，這算是催動了這位大爺。

他口銜了紙煙，笑嘻嘻地走進來。他身穿咖啡色毛呢長夾袍，左手垂了長袖子，右手將袖口捲起，捲出裡面一小截白綢袖子來。他是個矮小的個子，新理的髮，頭上分髮，理得薄薄的，清瘦的尖面孔上，略有點短鬚。在這些上面，可以看出他是既精明而又隨便。

他笑著進門，伸手和客人握了一握，笑道：「我想，你該來找我了。不要心焦，坐下來慢慢地談。」說著，讓在沙發上坐下。

何育仁雖被他揭破了啞謎，但究竟不便開口就說求救的話，因道：「二爺恭喜，已留尊鬚了。」

他笑道：「這是我偶然高興，這還是『草色遙看近卻無』，若是有女朋友不喜歡這家私，我立刻就取消它。怎麼樣，今天頭寸差多少？」他說著，立刻把話鋒轉了過來，逼問何育仁一句。

他皺了眉道：「正是為了這事向二爺請救兵，剛才接了交換科的電話，他說短一億二千萬，雖然由我算來，不會差這些個，可是他說出來這個數目，怎麼著也得預備一億，不然的話，他們宣布停止交換，那我們算完了。」

趙二爺聽了毫不動心的樣子，將茶桌上的紙煙聽子向客人面前移了一移，笑道：「吸煙吧，慢慢地談。」

何育仁擦火吸著煙，沉靜了兩分鐘，見趙二爺又換了一支新煙，架腿仰靠了沙發上坐著，昂了頭向外叫道：「熬一壺咖啡來喝。」

他將身子偏著，頭伸向前湊了一湊，把皺的眉頭舒轉著笑道：「二爺，你得救我一把。」

他笑道：「不就是一億二千萬嗎？不生關係，我已經和張科長通過兩次電話，他決計等你們一夜，好在也不是萬利一家度難關。」

何育仁道：「我也知道今天這一關，有好幾家不好過。還有哪幾家嚴重？」

趙二爺笑道：「廖子經剛才由我這裡去，你今天整了他一下子。」

這廖子經是利仁銀行的經理，今日下午開了兩千萬元的支票來掉換本票，萬利銀行曾以手指頭按捺，壞了人家的印鑑，將人家的支票退回，趙二爺說「整」了他一下子，當然就指的這件事了。

何育仁不免紅了臉，苦笑了一笑，一時找不出一句答覆的話來。

但兩分鐘後，他究竟想出個辦法來了，笑道：「這件事是有點對不住廖兄，也是事有湊巧，我出去找頭寸去了，不在行裡，其實支票上縱然有點印鑑模糊，打個電話，接頭一下就是了，何必那樣認真退票。」

趙二爺哈哈笑了一聲道：「老兄，這個花槍，我們吃銀行飯的人，哪個不曉得。兩千萬在別家無所謂，你這一錘，打在害三期肺病的人的身上，硬是要人好看，是把利仁的票子退回去，在上午也不要緊，下午退了回去，四點鐘以後，你叫他哪裡去找頭寸？這個作風要不得，二天不可以。」說著，頭枕在沙發椅靠上，亂搖了一陣。

何育仁雖不願意趙二爺這樣直率的指責，可是回想到是來請救兵的，那只好受著人家的氣，因道：「過了今明天這一關，我當親自去向子經兄道歉，現在是沒有多大時間了。二爺看怎麼樣，能幫著我多大的忙呢。」

趙二爺口銜著煙捲，微微的搖上兩下頭，笑道：「要說找現款，我今晚上是找不到的，剛才廖子經來了，我也是讓他空著兩手走去，不過你有了這個難過的難關，我也不能坐視，我絕對有辦法讓你闖過關去，你不妨先到交換科去一趟，看那張科長是怎樣的態度。」

何育仁笑道：「那何用去看呢，我早已料到了。那是四個字的考語，停止交換。」

趙二爺笑道：「你並沒有和我鬧什麼退票，我當然犯不上和你開啥子玩笑。我要你去一趟，一定有我要你去的道理。我是個夜遊神，你到交換科去，若是沒有結果，你不妨來個『夜深還自點燈來』，我是『呂端大事不糊塗』，平常你有啥事約我，作興話從我左耳朵進來，就從右耳朵出去，不過事關別個銀行的存亡關頭，那我絕不會誤事。」

何育仁對於趙二爺的話雖然是將信將疑，可是他約了個機會，總還沒把路子完全堵死，只得站起來告辭道：「我已經沒有了時間，這事不能容我久作商量。」

趙二爺原是坐在沙發上靜靜地靠了椅子背在聽話的，他口裡銜的那支捲煙，在燒得有半寸多長，兀自未曾落下。這時，他站起身來，煙灰落下來，在衣襟上打了幾個旋轉。他笑道：「我曉得你沒有時間商量，可是你這件事總還要商量，你可以到交換科去證明我的話，有人正等著你的商量呢。」說著，他首先起身向門外走，大有送客的樣子，何育仁覺得這已無可留戀，只好向外走著。

趙二爺送客，是不出正屋屋簷的，何育仁到了屋簷外，復又轉回身來，向二爺點著頭道：「話說多了，那是討厭的，不過我最後還得重複一句，二爺必須挽救我一把。」

趙二爺笑道：「『山重水複疑無路，煙消日出不見人』。這兩句詩集得怎麼樣？二天過了關，我們來飲酒談詩嘛。」

何育仁犯了急驚風，偏偏遇到這位慢郎中，這讓他只是啼笑皆非，心裡雖是十分不滿意，但依然伸出手來向趙二爺握著。

趙二爺握著他的手時，覺察到他的手臂有些抖戰，這就搖撼著他的手道：「不用焦心，天下沒得啥子解決不了的問題，我負責你明天照樣交換。」

何育仁雖知道重慶市面上說負責兩個字是極普通的口頭語，可是在趙二爺嘴裡說出來，那也不會太普通，於是再點了兩下頭，告辭而去。

他第二個目的地，是秦三爺家裡，可是他由馬路上經過的時候，就看到秦三爺的汽車停放在一家酒館子門口。重慶是沒有長久時間的夜市的，這個時候，他的汽車還停在這裡，可想到又是有了什麼盛會，這也用不著他想什麼主意，就徑直先回自己銀行裡去。

他銀行裡雖然也住了幾位職員，可是每到晚上，就沒有什麼燈火，樓上下寂然。今天的情形不同，各屋子裡燈火通明，好像是趕造決算的夜裡。他首先看到客廳的玻璃窗戶上，電燈映著幾個人影搖搖，料行中同事全坐在那裡等消息。

拉開活扇門，首先感到的，是電燈下面煙霧沉沉。各沙發上，端坐著自己的幹部，每人口銜一支煙，吞雲吐霧，默然相向，並沒有什麼人作聲。何經理走了進來，大家像遇到了救星一樣，不約而同地，輕輕啊了一聲，全站了起來。

何育仁站在屋子中間，向副理、襄理、主任全看了一眼，接著問道：「有點路數沒有？」

石泰安將口裡銜的煙支取下來，向身旁的痰盂子裡彈了幾彈灰，身上是有氣無力的樣子，頭連了頸脖子全歪倒在一邊，望了何經理道：「今天銀根奇緊，絲毫都想不到法子。」

何育仁淡淡一笑道：「我也料著你們不會想到什麼法子。」

金煥然襄理還是穿了那套筆挺的西服。小口袋外面，垂出一截黃澄澄的金錶鏈子，電燈光照著，就覺得他那細白的柿子形臉上，泛出一層輕微的汗光，似乎這小夥子，一切樂觀，今天也有些減低成分了。

他在修刮得精光的嘴唇上，泛出一片笑容，這就對何經理道：「今天下午，我們退回去兩張支票的事，同業都知道了，見面，人家就問這件事，這樣一來，我們若和人家找頭寸，那就更顯得我們退票是真的了。」

何育仁道：「既然如此，多話也不用說了，我馬上到交換科去罷，醜媳婦總是要見公婆的。」他說畢最後這句話，人已是走出去了。

他的確死了再找頭寸的心，徑直地就奔交換科。進了銀行大廈的門，首先讓他有個人家有先見之明的印象，就是由電梯上走到三層樓，那個交換科特設的傳達先生，端坐在電燈下的小桌上，攤了幾張報紙在那裡看。何育仁遞上名片去，他接過一看，就先向來賓笑了一笑。然後站起來道：「會張科長的？他正等著呢。」

何育仁看了這位傳達先生的笑容，好像是他臉上帶了刀子，有那鋒利的刀刃，針刺著來賓的眼光，他鎮靜地想了一想，笑道：「我們原來是通過電話的。」傳達是很信他的話，並不要去先通知，說了個請字，先行搶了兩步，走進交換科長的辦公室去，然後出來點點頭，再說個請字。

何育仁走了進去，見寫字臺設在屋子中間，電燈照得雪亮。張科長坐在寫字椅子上，面前擺下了許多表冊，他右手旁放著一隻帶格子的小立櫃，裡面直放著黑漆布書殼的表冊簿，可想到他是不住地在這裡翻著帳目的。

桌子角上，有只精緻的皮包也敞開著搭扣，未曾關上，又可想到那裡面的法寶，他是不斷地應用著。這裡客人進了門，那張科長還大剌剌地坐在寫字椅子上，直等客人靠近了寫字臺裡，他才由位子上站了起來，伸出手來，隔了桌面，向何育仁握了一握，然後指著旁邊的椅子說聲請坐。

客人沒有坐下，主人就先行坐下了，何育仁在他寫字臺側面的沙發椅子上坐下。張科長面前擺的表冊簿子翻了幾頁，對著上面查看了一遍，然後將手在表冊簿子上輕輕拍了兩下，望了何育仁淡笑著道：「貴行今天交換的結果，共差頭寸多少，何先生知道嗎？」

何育仁對別個可以撒謊，對交換科長是不能撒謊的，因為自己給人家的支票，人家給自己的支票，都在這裡歸了總，兩下一比，長短多少，交換科長心目裡是雪亮的。便向張科長苦笑了一笑道：「大概是八九千萬，我今天……」

張科長向他一擺手道：「這些閒文不用提，在明天早上八點鐘以前，你必須把所短的頭寸補起來。」

何育仁道：「張科長的意思，明日銀行開門以前，短的頭寸必須交齊，若是不交齊，就停止交換了。」

張科長倒是沒有答覆他這句話，只淡淡地對他笑了一笑，然後把面前放的一聽紙煙，送到寫字臺桌子角上，因道：「請吸一支煙罷。我今天為了幾家同業的事務，不打算回去，就睡在行裡了，你有法可設的話，我長夜在這裡恭候。」

何育仁欠了一欠身子，笑道：「那真是不敢當。」順勢他就取了一支紙煙在手，擦著火柴吸了。他也只是僅僅吸了一口煙，立刻把煙支取了出來，三個指頭夾著，不住向茶几上的煙灰碟子裡彈著灰。他一隻手按住了膝蓋，微昂了頭向張科長望著。

張科長坦然無事地自吸著煙，他靠了寫字椅子的靠背，不斷地噴著煙發出微笑來。何育仁坐在他對面，看他穿的那套淺灰法蘭絨西服，沒有一點髒跡，沒有一點皺紋，顯然是從加爾各答做來的東西。他雖是個長方臉，可是由電光照著他肌肉飽滿，皮膚上有紅光反映，只在他兩道濃眉尖上，就表示著他是權威很大。

他那雙有鋒芒的眼睛，雖是掩藏在水晶片下，兀自有著英氣射人，這就不能等著他把停止交換那四個字叫了出來了，因道：「趙二爺說，有個電話給張科長。」

他點點頭道：「有的，無非是叫我們放款給你們，這個當然辦不到，誰也不敢違抗財政部的命令。不過趙二爺又給你們想了個第二條路，說是你們手上有東西拿出來抵帳，這個我可以通融辦理。你想想看，手上有什麼可抵上一億現款的，你送到我們這裡來吧。」

何育仁聽了這話，這傢伙明知故問，不就是想我把金塊子押給他嗎？他默然又吸著幾口煙。張科長不等他開口，又微笑著催了一句道：「你想想看，還有什麼可以拿出來抵帳的嗎？」

何育仁道：「我私人有點金子，可以賣給你們嗎？」

張科長道：「可以的，官價是三萬五，你有三千兩金子的話，這問題就解決了。雖然商業銀行是不許買金子的，好在你是賣出，我們也不過問來源。」

何育仁道：「晚上可沒有法子搬運那些金塊。」

張科長笑道：「我不是說了嘛？我今晚上是不回家的，只要你明早八點鐘以前將金塊子送到，你們九點鐘開門，照常營業，一點沒有錯誤。」

何育仁道：「假如……」

張科長笑著搖搖手道：「何經理，這是你自己的事，你自己要努力呀，還有什麼假如可言呢？假如今晚上的交換不能結帳，明天你們就停止交換，這後果是極為明顯的，我們管什麼的，不能負這個責任。」

何育仁聽這位科長的話，竟是越來越嚴重，而且那臉色也非常之難看，因起來道：「好吧，就是那樣辦，明天七點半鐘，我把金子送了來。」

張科長道：「我決計在這裡等候。」

何育仁究竟是不敢得罪他，還走向前和他握著手。

這回算是張科長特別客氣，走出位子來，送到科長室門口，最後還點著頭說了聲：再會。

何育仁苦笑著向他點了個頭，轉身就走。偏是冤家路窄，就在電梯口上，遇到了那位被退票的利仁銀行經理廖子經，彼此對望著，站著呆了一呆。

那位廖子經經理，在今日上午就以利仁銀行差著兩千來萬的頭寸感到十分困窘，下午不但沒有補上，而且欠的更多。他因為萬利銀行欠利仁兩千萬，就在當日下午開支票挖回，不想萬利給他來個退票。

他銀行裡當然也有些黃金和美鈔，但所差還只三四千萬，不肯拋出這些硬貨，因之就坐著汽車，連夜到處抓頭寸。這時抓得有點頭緒了，所差不過千萬，因此他就到交換科來要向張科長先通知一聲，預備萬一那一千萬元還抓不到時，請張科長予以通融，繼續交換。

他心裡還兀自想著，倘若不是萬利銀行將兩千萬元支票退票，今天晚上交換所短有限，稍微在同業方面轉動一下也就夠了，就是不夠，憑著這幾個鐘頭的奔走，已經跑得多出一千萬元來，現在跑了幾小時還不夠，那就是吃了萬利銀行的虧，心裡想著，不料就在交換科的鬼門關上遇到了萬利主持人何育仁。

呆了幾分鐘之後，他便笑道：「何兄，你好？」

何育仁覺得這句話，並不是平常問好的意思，也就向他笑道：「今天晚上彼此都忙，明天我到貴行去登門道歉，再會再會。」說著，兩手舉了帽子連拱了幾個揖，就跨上電梯走了。

他自知廖子經是不會滿意的，見了張科長之後，少不得再說幾句壞話，那麼這所短的一億頭寸，恐怕張科長是一百萬也不肯讓。

低著頭坐上人力車，到了自己銀行裡，那經理室和客廳裡的電燈還是照得通亮，這可見銀行同人還能同舟共濟，正在等著自己的消息呢。

他走進小客廳，向大家點了個頭，然後坐下，因搖搖頭道：「大事完了，大事完了！」

石泰安、金煥然都是抱著一番樂觀的希望期待著何經理回來的，以為何經理的面子不同等閒，他親自到了交換科，交換科的張科長總可以給他一點面子，這時他什麼話沒說，接連就是幾個完了，這讓同事感到驚愕，大家都面面相覷，說不出話來。

何育仁道：「也沒有什麼了不得，我們把那十萬金塊子，明天八點鐘以前全數送到交換科，把頭寸就補齊了。」

金煥然靠了茶几站著，兩手向後撐住了茶几的邊沿，呆呆地望了何育仁。

石泰安卻是兩手環抱在胸前，在客廳中間來回地走著。其餘幾個同事，卻是各占著一把椅子坐了，依然面面相覷。

石泰安住了腳，向何育仁道：「這樣辦，那是說我們照著三萬五的官價賣給國家銀行。」

何育仁淡淡地笑道：「自然是如此，難道他還照黑市七八萬一兩買我們的？」

金煥然道：「那我們兩三個月以來，豈不是白忙一場？」

石泰安先笑了一笑，然後又搖上兩搖頭，但他仍然是走著步子的。他從從容容地道：「若果然是白忙一場，那是大大地便宜了我們了。我們在各方面吸收著頭寸，買了金子的期貨，這金子就背得可以。整億的現錢被凍結著，讓我們周轉不靈，這兩天鬧得沒有辦法應付每日人家提現，不都是為了這幾塊金子嗎？我們原只想等了金價看高，將它變賣了，除了解除凍結的款子，我們還可以盈餘幾千萬元。若是照這樣辦，把七萬多一兩的金子做三萬五一兩去彌補短的頭寸，那我們是賠得太多了。」

何育仁坐在沙發上，把腦袋垂下來，無精打采地搖了兩搖頭，嘆口氣道：「姓張的手段太辣，他半天工夫都不肯通融，假如他允許我們明天十二點以前補齊頭寸的話，我這可以賣掉幾塊金子。現在是七萬五六的行市，我們只要七萬一兩，你怕銀樓業不會搶著要。我們只要賣七塊，至多賣八塊，這問題就解決了。現在把十塊全搬了去，恐怕還有點兒不夠，人家是把我們這本帳看揭了底，要抄我們的家。」

金煥然道：「我們把金子抵了帳，雖然照常交換，可是還短人家一屁股帶兩胯，這便如何是好？」

何育仁只把鼻子哼了一聲，淡笑著沒有作聲。

石泰安道：「我們現在有兩個辦法。第一個辦法，就是我們自認倒楣，把十塊金磚一齊拿去抵帳。第二個辦法，就是我們滿不理會，停止交換就停止交換，我們把金子賣了，總還夠還債有餘。」

何育仁道：「**我們還要不要萬利銀行這塊招牌？我們還吃不吃銀行這碗飯？**停止交換以後，跟著同業的交往完全斷絕，存戶擠兌，誰還向你銀行做來往？恐怕非關門不可了。」

金煥然道：「那我們只有認背了。」

何育仁將手連搖了兩下，嘆口氣道：「不要提這件事了，說了心裡更是難過，大家去睡覺，明天一大早起來，用車子送金磚。」說著，將手在大腿上重重拍了一下，站起身來就向經理室去了。

這行裡也給何經理預備了一間臥室，那是提防萬一的事，他在行裡過夜的，所以他忙了一天，倒不是沒有地方安歇。

安歇是安歇了，他睡在床上，一夜未曾睡著。次日七點鐘就起來了，督率著幹部人員，將十塊金磚由倉庫裡提出五塊一包，用厚布包裹了，就用副經理的自備人力包車分別裝載，拖向大銀行交換科去。

這十塊黃磚關係何育仁的生命，他可不敢大意，除親自押解外，還有三個職員隨同車前車後照料。

到了大銀行門口，那個通交換科的側門已是開著的了，他再把金磚送到交換科科長辦公室，那位張科長言而有信，破例八點鐘以前上班，也在等候著了。

何育仁將兩個包袱搬到屋子裡桌上，一塊塊地由包袱裡取出金磚來，面色沉重，然後才走向前兩步，和張科長握著手。

他臉上發出一種極不自然的笑意，點了頭道：「我一切遵命辦理了。」

張科長對那些金磚一塊塊地瞟上一眼，他是經驗豐富的人，自知道這金子值多少錢，點了點頭道：「我只要公事上交代得過去，沒有不可通融的，可是我總要算和朋友盡力了，我在這屋子裡熬了一夜了。你的事情告一段落，坐下來吸支煙吧。」說著，他在身上取出賽銀煙盒子和打火機向客人敬著煙。

何育仁在他口裡聽到說告一段落，就知道沒有問題了，因道：「我們所短的頭寸，有這些金子可以補齊了吧？」

張科長道：「這筆細帳，我們自得詳細地計算一下，我估計著，也許富餘一點，也許短少一點，那都沒有關係。」

何育仁道：「那麼，張科長給我一張收條，我就回行去轉告他們去了。」

張科長笑道：「那是自然，你給我這些東西，我還有不給收條的道理嗎？」說著，就把科中職員叫來，點清了金塊的重量，然後開了一張收條，張科長親自加蓋圖章，遞給何育仁，好像一切手續都是預備好了的。

何育仁接過那張收條，看了一看收條上的數目與金塊子上的分量相稱，這就折疊好了，揣在口袋裡，然後向張科長強笑地點了個頭，就轉身出去了。

他到了銀行裡，見所有職員都已提早到了，靜等著開門，那自然是好意的。但看他們臉上那分緊張的情形，分明他們還有一分萬一的企圖，以為銀行今天若是開不了門，他們就得向銀行負責人索要生活費，所以何育仁一進了門，大家都向他注視著。

但他態度極其自然，含著笑，走到經理室去，口裡還一連地說著沒有問題，沒有問題。在他這四個字的解釋裡，大家心裡放下了一塊石頭。

到了九點鐘，也就照常開門營業。開門營業不到十五分鐘，那位將八百萬元支票來提現的范寶華，他又來了。他還是那樣自大，並不要什麼人通知，徑直地就走進了經理室。

何育仁一見到了他，這就先行頭痛了，因為停止交換這層大難關雖然已經過去，可是行裡庫空如洗，有人來兌現，還是無法應付。

這就走向前來，笑嘻嘻地和他握著手，點了頭道：「你是這樣的忙，這麼一大早，你就出門了。」

范寶華坐在沙發椅子上，架起腿來，自取著火柴與紙煙盒，擦著火柴，自行吸煙。微微地笑道：「我雖然起得早，也沒有何經理起得早，你不是七點鐘就上國家銀行了嗎？」

何育仁道：「是的，但是我們這一個難關完全度過去了，沒有什麼事了。老實說，做銀行業的人，偶然鬆手一點，把資金凍結一部分，那是很平常的事，也只要應付得宜，解凍也毫無困難。」

他說著話，也很從容地在經理位子上坐下。

范寶華笑道：「那是當然，只要存戶都像我姓范的這樣好通融，天下沒有什麼解決不了的事。」

何育仁這就向他連連地點了幾下頭道：「昨天的事，那實在是多承愛護，現在你那個難關大概是度過去了。」

范寶華倒不要這層體面，將頭連連地搖撼了幾下道：「沒有過去，沒有過去，現在我就差著二三百萬元的急用，我這裡有張支票，希望不要給我本票。」

說著，在煙盒子蓋裡層鬆緊帶子夾住的縫裡，抽出一張折疊著的支票，交到經理桌上，接著笑道：「我若把這支票交到櫃上，你們櫃上的職員少不得也拿了支票到經理室來請示，總打算開本票。乾脆，我就單刀直入到你這裡來，向你請教了。」

何育仁聽說，微微笑了一笑。

范寶華笑道：「這次，無論如何請幫忙，你若不幫忙，我今天過不去，這頓中飯恐怕就要揩貴行的油了。」

何育仁接著那支票，先看了一看填的數目，然後向范寶華臉上瞟了一眼，見他滿臉的肌肉顫動全是那不正常的笑意，這就點了頭道：「好的，好的，你坐一會，我到前面營業部去看看。」說著，他站起身來就向外面走著。

范寶華也立刻走向前將他衣袖拉扯著，笑道：「何經理，你可不能開一張本票給我，我拿你貴行的本票在手上，和拿了自己的支票在手上，那有什麼分別，二百六十萬一張本票，那是買不到的東西呀。」

何育仁本不難答應他一句話，全給現錢，可是想到昨日下午最後兩小時，已把所有的現鈔搜括一空，今天還是剛剛開門，哪裡就能找到這樣一大筆頭寸？於是站住了腳望著他出神了一會，然後笑道：「老兄，何必那樣……」這下面「見逼」兩個字，他不好意思說出來，把樣字拖長了，不肯向下說。

范寶華笑道：「我覺得我已很肯幫忙了。我一個跑街的小商人，有多大的能力呢。」

何育仁看他那樣子，是絲毫無通融之餘地，便笑道：「請你等著罷，我絕對讓你滿意。」他笑嘻嘻地走了。

范寶華對於這事，倒是淡然處之，就架腿坐在沙發上緩緩地吸煙。

約莫是十分鐘，何育仁走進來了，他手上拿著一捆鈔票，又夾了一張本票，彎了腰全放在茶桌上。范寶華先看那本票，就寫的是二百萬，因搖著頭微笑道：「難道一百萬現鈔你們都不肯給我。」

何育仁道：「本票也是一樣。難道萬利銀行的本票都不能交換不成？哪家商業銀行也不能無限制地付出現鈔，根本國家銀行就不肯多給我們現鈔啊！你不相信我們，把這本票存入國家銀行，下午你再開支票，也不過耽誤你幾小時而已。」

范寶華自知道他開出了本票，就得負責，只是含笑吸煙。

這時，他耳朵靜下來了，就聽到外面營業部哄哄的一片人聲。再看何育仁的顏色也極不自然，他想著在萬利銀行的存款已沒有多少，不必和他難堪了，將鈔票本票收進了皮包，就告辭而出。

到了營業部一看，沿著櫃檯外全站的是人，有的在數著鈔票，有的在伸著支票或存款摺子，向櫃檯裡面遞。櫃檯裡面那些辦事職員，臉上都現著緊張之色。

幾個職員站在櫃檯裡邊，正和櫃檯外的來人分別說話，這不用細想，乃是銀行開始擠兌的現象，**萬利銀行的黃金時代，到這裡要告一個段落了**。

范寶華懷著一肚子的高興，坐了人力車子，立刻轉回家去。在半路上，就看到魏太太穿件藍布大褂，夾了個舊皮包，在人行路上低了頭緩緩地走。這就跳下車來，將她攔著，笑道：「來得正好，我們一路吃早點去。」

魏太太站住了腳，抬起頭來，倒讓他為之一驚。今天，她沒有塗一點胭脂粉，皮膚黃黃的，兩隻眼眶子也像陷落下去很多，不過她的睫毛顯得更長，倒另有一種楚楚可憐的樣子。

她在長睫毛裡將眼珠一轉，向范寶華搖了搖頭，並沒有說什麼。

范寶華道：「你有什麼心事嗎？」

魏太太只輕輕地嘆了口氣，依然還是不說什麼。范寶華忽然想起，人家的丈夫還關在看守所裡吃官司呢，便笑道：「不要難過，做黃金的人，吃虧的多了，有家放手去做的銀行，昨天還幾乎關了門呢，你到我家裡去吃午飯，我給你一點興奮劑。」

魏太太將眉毛皺了一皺，苦笑道：「人家心裡正在難過呢，你還拿我開玩笑。」

范寶華道：「我絕不是拿你開玩笑，我除了在萬利銀行拿回一筆款子而外，洪五爺還答應讓給我兩顆鑽石。」

魏太太聽到鑽石兩個字，好像是饑餓的猴子，有人拿著幾個水果在面前堆著，立刻心裡就跳上了幾跳，不等他把話說完，就帶了三分笑意問道：「鑽石？多大的？你越來越闊了，金子玩過了，又來玩鑽石。」

范寶華笑道：「我哪談得上玩鑽石？也不知道洪五爺怎麼突然高興起來，說是我有這麼一個好友，為什麼不送點珍貴東西給人家呢？我笑著說我送不起，這話當然也是實情。你猜他怎麼說，你會出於意外。他說，假如能證明你是送那朋友的話，他和我合夥送。」

魏太太道：「送你哪個朋友？」

范寶華笑道：「你猜猜吧，我這位朋友是誰呢？我希望你不要錯過機會，你要來。」

魏太太笑道：「你可不要騙我。」

范寶華道：「我騙你一回有什麼用處，第二次有真話對你說，你也不相信的了。」

魏太太低頭想了一想，因道：「好吧。我十二點多鐘來吧，我現在有點事要去辦，不能多說話了。」說畢，她還向范寶華微微一笑，然後走去。

她心裡本來是擱著一個丈夫受難的影子，急於要到看守所去看看，可是聽了老范這番報告以後，腦子裡又印了一個鑽石戒指的影子，她匆匆地向看守所跑了去。

到了門口，平常的一座一字土庫牆門，只是門口掛著一塊看守所的直立牌子，牌子下面，站著一個扶槍的警衛，這就給人一種精神上的威脅，老遠的就把走路的步子放緩了。

到了警衛面前，就緩緩地向前兩步，先放了一陣笑容，然後低聲道：「我要進去探望一個人。」

警衛道：「探望犯人嗎？你先到傳達處去說罷。」說著，將手向門裡一指。

魏太太到了傳達處，向那裡人說明了來意，由他引著進了一重院落，在登記處填了一頁表格，那坐在辦公桌上的辦事員，是個年紀大的人，架起老花眼鏡，將她填的表格看了一看，然後低下頭，把視線由眼鏡沿上射出來，向魏太太臉上身上看了來。

這個姿態，最不莊重，她對這個看法雖然很不願意，可是也不便說什麼。

那老辦事員將她打量了三四次，然後寫了個字條，蓋上圖章，放在桌子角上，向她面前一推，再低了頭，在眼鏡沿上斜向了她望著，因道：「拿了這個去等著，回頭有人叫你。」

魏太太進得門來，腦筋裡先就有三分嚴肅的意味存在心頭上。這時看了小辦事員都很有點威風，她想著俗傳「人情似鐵，官法如爐」的八個字，那是一點不假。

那小辦事員看人的姿態雖然相當滑稽，但是他臉上沒有一點笑容，也就不說什麼，拿過那張條子走了出來。這辦公室外，是一帶走廊，一列放了三四條長板凳。她走出來，有一位警士指著凳子道：「你就在這裡坐著等吧。」

魏太太是生平第一次到看守所，又知道司法機關一舉一動都是要講著法律的，人家叫怎麼做，自己就怎麼做，她在板凳上坐著，左右兩邊看看，見左邊坐著兩個女人，都是穿著八成舊的衣服，面色黃黃的，蓬了滿後腦的頭髮。這樣，她當然不願意去和她們說話。

右邊有個老頭子，也是小生意人的模樣。她覺得這些人若是探監的，恐怕所探的犯人也不會怎樣的高明，還是少開腔吧。

默然地坐了約半小時，便夾著皮包站起來散步，沿著走廊走了兩個來回，見來往的警士對自己都看了一下，心裡想著：大概是亂走不得吧？於是又坐了下來。

自己已經移過去兩尺路，大概已不是一兩小時了，她微微地站起來，看到警察還在身邊走來走去，她又坐下去了。

過了十來分鐘，過來一個警察，大聲叫著田佩芝，她站起來，那警士向她點了兩點頭。她看到這裡的人，臉上全是不帶笑容的，她見人點頭，也就跟著他走去。

那警察引著她走，先穿過一間四面是牆壁的屋子，然後遇到一個木柵欄門，門邊就站有一位警察，引路的警察報告了一聲看魏端本的，那守門的警察就伸著手把填寫的探視犯人單子接過去看了一看，然後才開著柵欄門，將魏太太放進去。

她走進去之後，那柵欄門立刻也就關起來。她回頭看了一下，倒不免心裡連跳了幾下，雖明知道自己並不會關在看守所裡的，但是這柵欄門一關閉起來，她心裡就不免怦怦亂跳幾下，但是她極力鎮靜著，鎮靜得將走路的步子都有了規定的尺寸。

她經過了一條屋外的小巷子，到達一個小天井，這裡的房屋雖都是矮小的，但靜悄悄的一點聲音沒有，好像是到了一幢大廟裡。

那護送的警士，就在屋簷下叫了聲魏端本。隨著這聲叫，東邊牆角下的小屋，在木壁上推開了尺來見方的一扇木板窗戶，魏先生由裡面伸出來。

魏太太一見，心裡一陣酸痛，眼圈兒先紅了，原來兩天不見，他那西式分髮像乾茅草似的堆在頭上，眼眶兒下落，臉腮尖削，長了滿臉的短鬍茬子。頸脖子下面，那灰色制服的領子，沿領圈有一道漆黑的髒跡。

她走近了窗戶邊，翻著眼睛望了他，還不曾開口呢，魏端本就硬著嗓音道：「你，你今天才來？我時時刻刻都在望你呀！」

魏太太再也忍不住那兩行眼淚了，呼叱呼叱地發著聲，將手托著一條花綢手絹，只管擦著眼淚，半低了頭靠著牆壁站定，她只有五個字說出來：「這怎麼辦呢？」

魏端本道：「我完全是冤枉，不但黃金，連黃金儲蓄券的樣子，我也沒有看見過，昨天已經過了一堂，檢察官很好，知道我沒有得著一點好處，我完全是為司長犧牲。我沒錢請律師辯護，聽天由命吧。」說畢，長長地嘆了一口氣。

魏太太遲到今天才來探望，本來預備了許多話來解釋的，現在卻是一句話說不出來，只有呆呆站著擦著眼淚。

女子的眼淚，自然是容易流出來的，可是她若絲毫沒有刺激，這眼淚也不會無故流出來。魏端本現在這副情形下，讓太太看到了，自己也就先有三分慚愧，太太只是哭，這把他埋怨太太探訪遲了的一分委屈也就都丟得乾淨了，兩手扶著窗戶台，呆了一陣子，兩行眼淚，也就隨著兩眉同皺的當兒，共同地在臉腮上掛著。尤其是那淚珠落到一片黑鬍茬子上，再加上這些縱橫的淚痕，那臉子是格外地難看了。

魏太太擦乾了眼淚，向前走了兩步，這就向魏先生道：「並不是我故意遲到今日才來探視你，實在是我在外面打聽消息，總想找出一點救你的辦法來。不想一混就是幾天。」

魏端本心裡本想說，不是打牌去了？可是他沒有出口，只是望著太太，微微地嘆了一口氣。

魏太太道：「你不用發愁，我只要有一分力量，就當憑著一分力量去挽救你，你能告訴我怎樣救你嗎？」

魏端本道：「這事情你去問我們司長，他就知道，反正他不挽救我出來，他也是脫不了身的。」

魏太太到了這時，對先生沒有一點反抗，他怎麼說就怎樣答應，魏端本叫她照應家務，照應孩子，他說一句，魏太太就應一句。說了一小時的話，魏太太答應了三十六句你放心和四十八句我負責。最後魏端本伸出手來和她握了一握。

魏太太對於魏先生平常辦事不順心的那番厭惡，這時一齊丟到九霄雲外去了，這就黯然點了兩點頭。她的眼淚水在眼睛眶子裡就要流出來了，可是她想到這眼淚水流出來，一定是增加丈夫的痛苦，因之極力地將眼淚挽留住，深深地點了個頭道：

「你……」

她順著要保重的兩字說出來時，她覺得嗓子眼是硬了，說了出來，一定會帶著哭音，因之把話突然停止了，掉過頭去，馬上就走，但是走了三四步，究竟不肯硬了心腸離開，就回頭看上一次。她見魏端本直了兩隻眼睛的眼神只是向自己這裡看了來，這就不敢多看了，立刻回轉頭去又走。

這次算走遠點，走了五六步才回過頭來，但當她回過頭來，魏先生還是那樣呆望，她當然是不忍多看，硬著心腸，就這樣地出了院子。

她心裡似乎是將繩索拴了一個疙瘩，非用剪刀不能剪開，又像胸裡有幾塊火炭，非用冷水不能潑息，但是她沒有剪子和冷水來應用，只有默想著趕快設法，把丈夫營救出來吧，除了丈夫，誰還是自己的親人呢？她懷了這分義憤，很快地走出看守所。

她心裡也略微有些初步計畫，覺著要找個營救丈夫的路線，只有先問問陶伯笙，再問問參與秘密的司長。若是這兩個人肯說出營救辦法來，第二步再找得力的人。

她打定了主意，很快地回家。

她還不曾走到自己家裡呢，就看到陶先生住的雜貨店門口站了一群人，而且是有男有女，其中一個女的給予自己的印象很深，那就是上次鬧抗戰夫人問題的何小姐。何小姐穿了件半新舊的藍布長衫，臉子黃黃的，頭上雖然是燙髮，恐怕是多時未曾梳理蓬亂著垂到後肩上。陶氏夫妻和兩個穿西裝服的男子將她包圍了說話。

魏太太走向前去，只和她點了個頭，還未曾開口，那何小姐倒是表示很親切的樣子，帶著幾分愁容道：「魏太太，你看我們做女人的是多麼不幸呀，人家需要我們，就讓我給他洗衣燒飯，看守破家；人家不需要我了，一腳踢開，絲毫情義都沒有了，沒有情義，也就罷了，而且還要說我不是正式結婚的，沒有法律根據。」

陶太太擠向前來，咦了一聲道：「我的小姐，你怎麼在街上說這種話？有理總是可以講得通的，到屋子裡去。我們慢慢說，好不好？」

何小姐冷笑道：「屋子裡說就屋子裡說。走吧。」

他們男男女女，一窩蜂地走進雜貨鋪子裡去了。

魏太太站在屋簷下出了一回神，覺得這雖是可以參考的事，但是自己丈夫在看守所裡，正需要加緊挽救呢，哪裡有工夫管人家閒事，正是這樣地出著神呢，一位穿西服的男子，陪著一位穿制服的男子匆匆地走到這門口來。

那穿制服的男子站住了腳，就不肯向裡走。

穿西服的道：「張兄，我勸你不要猶豫，還是去見她把話說明吧，只要她肯低頭，你夫人那裡我們做朋友的好說。反正只要你居心公正，何小姐也不能提出太苛刻的要求。」

張先生聽了他朋友的說話，臉色板得極其難看，他說：「老實講，原來我是偏袒著姓何的，可是她提出來的條件，教我無法接受，我內人千里迢迢地冒著極大的危險，帶了兩個孩子來投奔我，她並沒有什麼錯處，叫我不理她，這在人情上說不過去。

「何況我有太太她是知道的，根本我沒有欺騙她，現在她要否認我有太太，把重婚罪加到我頭上，那簡直是跡近要脅。我是個窮光蛋，在社會上也沒有絲毫位置，她愛怎麼著就怎麼著，反正我和她沒有正式結婚，法律上並沒有什麼根據。哼！她就要到法院裡去告我，也告我不著。」

魏太太聽了這最後的一句話，不覺怒火突發，心想，這個人怎麼這樣厲害！抗戰夫人就是這樣不值錢！原來的太太口口聲聲內人和太太，抗戰夫人變成了姓何的，這抗戰夫人完全是和人家填空的，這未免是太冤枉了。

回到家裡坐在椅子上呆想了一陣，覺得自己的身世完全是和何小姐一樣，抗戰勝利是一天接近一天了，可能是一年到兩年之間，大家就要回到南京，那個時候，和魏端本爭吵呢？還是和魏端本那位淪陷夫人爭吵呢？自己和何小姐一樣是沒有法律根據的。

想著想著，她的臉皮子紅了起來，將一隻手托了自己的臉腮，沉沉地想著。

就在這時，有個人在外面大聲叫了問道：「這是魏先生家裡嗎？」

魏太太聽那聲音，卻是相當陌生，而且還夾雜著一點南方口音，並非熟人。她先問了聲哪位，自己就迎了出來，看得是一位三十多歲的中年人，頭上沒戴帽子，頭髮梳得溜光，身上一套灰嗶嘰西服，卻是穿得挺括的。

他看見她，先點了頭道：「是魏太太嗎？」

她也點著頭。問聲貴姓？他道：「我姓張，是……」他將聲音低了一低，然後接著道：「我和魏兄同事。」

魏太太將他引到外間房子坐了，先皺了眉道：「張先生，你看我們這種情形，不是太冤枉了嗎？」

張先生對魏太太看了一看，見她穿得非常樸素，又是滿臉愁容，也有三分同情她，便點點頭道：「的確是冤枉，我也特為此事而來，司長說，這件事是非常對不住魏兄，也對不住劉科長，不過這件事是大家有禍同當的，魏劉二人一天不恢復自由，他的事情就一天不了。關於那筆公款的事情，司長已經完全歸還了，只要機關裡向法院去封公事，證明公家並沒有損失，大不了是手續錯誤，受些行政處分，大概有個三五天，機關方面一定會把魏先生保出來，至於魏太太的生活，司長想到了，一定是有問題的，現在兄弟帶了一點小款子來，請魏太太先收著。」

說著，他在西服袋裡，掏出一張十萬元的支票，雙手送到魏太太的面前。

魏太太對於這麼一個數目的款子，那是老實不看在眼裡了，她隨手放在桌上，淡淡地笑道：「這倒是承著司長關心，不過我的困難還不在暫時的生活，人關起來了，根本生活就要斷絕，而且……」

張先生不等她說完，站起來連連搖著手道：「不會那樣嚴重，你放心得了，一半天我再來奉訪，有什麼好消息，我就來告訴你。」

魏太太道：「假如請律師的話，我可負擔不起。」

張先生連說用不著，就走出去了。

魏太太本來也覺得營救魏先生是一部廿四史，無從說起。現在有了可以保釋的消息，她倒是心上一塊石頭落地，先把那張支票放在手提皮包裡，然後又坐著想了一想，當她正沉思的時候，那手錶裡面的針擺聲吱咯吱咯響著，向耳朵裡送來。

她隨了這響聲，向手錶一看，已是十一點三刻了，這讓她想起范寶華的約會，約定十二點半鐘可以到他家裡去拿鑽石戒指。這戒指既說的是洪五爺和范寶華共同送的，也說洪五爺也參加這個約會。這樣有錢的闊人，為什麼不和他認識。

她這樣想著，立刻起身到廚房裡去打盆水來，站在梳妝檯面前洗臉，把婦女的輕重武器，如三花牌香粉、唇膏、美國雪花膏、蔻丹、胭脂膏之類，一件一件地羅列到桌上，然後對了鏡子，按部就班地，在臉上施用起來。

她得了范寶華那筆資助，已經是做了不少新衣服，臉子上脂粉抹勻之後，她就打開衣箱來，挑了一件極鮮豔的衣服穿著，此外是連皮包皮鞋一齊撇了新的。

自然，這也是范寶華的錢所做的。她並沒有感到將人家送的穿著，又送給人家去看，那是表現出了人家的恩惠，相反的，她以為這種表現，正是表示自己不埋沒人家的好感。因之她收拾停當之後，立刻坐了人力車子，就奔向范寶華家來。

十二 鑽石戒指

她為了她要守約有信用，走到范家門口，就把手錶抬起來看看。時間是湊合得那樣好，不過是十二點二十五分，與原來約定的時間還差著五分呢。她進門來，正好范老闆隔了玻璃窗子向外面探望。

在兩小時以前，他看她還是面皮黃黃的，穿了件藍布大褂，現在她可是桃花一樣的面孔，她身上穿件紫色藍花織錦緞的長衣，這在重慶，還是一等的新鮮材料，真是光彩奪目。

他心裡一陣高興，馬上由屋子裡笑著迎了出來，走到她面前低聲道：「洪五爺早就來了，他還怕你失信，我說，你向來不失信的。」

魏太太這就站住了腳，半扭轉身子，做個要向外走的樣子。范寶華伸手一把將她袖子扯住，問道：「你這是什麼意思？」

魏太太道：「我不願意見生人。」

范寶華道：「怎麼會是生人呢？我們不是同在一處吃過一頓飯嗎？」

魏太太將一個塗了蔻丹的紅指甲食指伸在下巴頦上抵著，垂著眼皮，沉思了幾秒鐘，於是低聲笑道：「我倒是不怕見生人，不過我有個條件，你在姓洪的當面不能胡亂說，又占我的便宜。」

范寶華笑道：「我占便宜，也不要在口頭上呀，進去吧，進去吧。」說著，他大聲報告，田小姐來了。

魏太太為了鑽石戒指而來，沒有見到鑽石戒指，她怎樣肯回去？主人既是大聲報告了，她也就隨了這報告向裡面走。

洪五爺見范寶華迎了出來，他也是隔了玻璃窗戶偷著看的，這時，已經魏太太向裡走了，也就站起來迎接，客人是剛進客廳門，他就笑著先彎下腰了。連說田小姐來了，歡迎歡迎。

魏太太雖覺得這歡迎兩個字很是有些刺耳，可是她願認識洪五爺之處，卻把這些微不快沖淡下去了，這就笑向洪五爺道：「我什麼也不懂得，有什麼可歡迎的呢？」

洪五爺笑道：「天下的英雄名士美人，都是山川靈秀之氣所鍾，得見一面，三生有幸，怎麼不可歡迎呢，請坐請坐！」

他說著話，還是真表示著客氣，將沙發椅子連連拍了幾下，那正是表示他十分的誠懇，給田小姐撣灰。

魏太太含著笑，在沙發上坐下，洪五爺立刻拿出煙盒與打火機向她敬著煙。她笑著將手擺了幾擺，說聲謝謝。

她那細嫩雪白的手，十個指甲都染著紅紅的，伸出來真是好看，雖然她的手腕上還帶著一隻金鐲子，恰是十個指頭都光光的，並沒有任何種類的戒指，這時兩個男子斜坐在魏太太對面，隔了一張小茶桌，他們除看到她全身豔裝之外，而不斷的濃厚香氣兀自向人鼻子裡送了來。

洪五爺這就向她笑道：「田小姐，你是不是和重慶其他小姐們一樣，喜歡走走拍賣行？」

她笑道：「那恰恰相反，我最怕走拍賣行。」

洪五爺望了她道：「那是什麼原因？在重慶要想買而又買不到的東西，只有到拍賣行裡去可以買到，你為什麼怕去得？」

她笑道：「原因就在這裡，買不到的東西，誰都看了眼熱，可是沒有錢買，那可怎麼辦呢？想買的東西沒有錢買，多看一眼，不是心裡多饞一下嗎？」

洪五爺笑道：「原來如此，我想，小姐們最喜歡的東西，無非是化妝品衣料首飾等類，我現在倒在拍賣行裡找了兩樣小姐們所心愛的東西，不知道田小姐意見如何？」說著，他在西服口袋裡掏摸了一陣，摸出兩個小錦裝盒子來，那盒子也都不過是一寸見方，他首先打開一隻盒子蓋來，露出裡面綠色的細絨裡子，盒子心裡，一隻金托子的鑽石戒指正正當當地擺在中間，那鑽石亮晶晶的，光芒射人眼睛，足有老豌豆那麼大。

魏太太看到時，心裡先是一動，暗地裡說，真有這東西送給我？她隨了這目光所至，不由得微笑了一笑。洪五爺趁著她這一笑，把盒子交到她手上，笑道：「你看這東西真不真？」

魏太太笑道：「你五爺看的東西，那還假得了嗎？」

洪五爺受了她這句恭維，心中大為痛快，雖明知道是敷衍語，可是只要她肯敷衍，那就是友誼的開始，這就起著身子，向她點了頭道：「田小姐這話太客氣，要賞鑑珠寶玉器，那還是漂亮小姐的事。」

魏太太將那小錦裝盒子捧在手上，對著眼光細細看了一番，對洪五爺愛理不理的，用迂緩而很低微的聲音答道：「這也關乎人之漂亮不漂亮嗎？」

洪五爺大聲笑道：「那是當然啦，**只有漂亮小姐，她才配用珠寶首飾；也只有配用珠寶首飾的人，她才能分辨出珠寶真假**。田小姐，你再看看這個。」說著，他又把那只錦裝盒子遞過來。

這盒子的裡子，是深紫色細絨的，早是鮮豔奪目，在這紫絨正中間，凹進去一個小洞，嵌著一隻戒指金托子，正中頂住一粒鑽石，那面積比先看的還要大，雖夠不上比一粒蠶豆，卻不是一粒豌豆，只稍稍地將盒子移動著，那鑽石上的光彩，卻在眼光前一閃，情不自禁地笑道：「這粒鑽石更好。」說著，又點了兩點頭。

洪五爺道：「這粒大的呢，和賣主還沒有講好價錢，也許明後天可以成交，我先請田小姐品鑑。既是田小姐讚不絕口，我就決定把它買下來罷，至於那個小的，我已經和老范合資買下來了，小意思，奉送給田小姐。」

魏太太雖明知道這鑽石戒指拿出來了，姓洪的一定會相送，但彼此交情太淺了，一定要經過姓范的手輾轉送過來，不想他單刀直入，一點沒有隱蔽就把禮品送過來，憑著什麼受人家這份重禮呢？而況還在范寶華當面？這就向他二人笑道：「那我怎麼敢當呢？」

洪五爺笑道：「又有什麼不敢當呢？朋友送禮，這也是很平常的事。」

魏太太將那個較小的錦裝盒子捧在手上掂了兩掂，眼望了范寶華微笑：「這不大好吧？」

范寶華道：「不必客氣，五爺的面子，那是不可卻的。」

魏太太只管將那小盒子在手上轉動地看著，對那粒鑽石頗有點兒出神，因道：「我可窮得很，拿什麼東西還禮呢？」

洪五爺架了腿坐著，將煙斗裝上了一斗煙絲，擦了火柴，將煙嘴子塞到嘴裡吸著，然後噴出一口煙來笑道：「田小姐若是要還我們禮物的話，什麼都可以，哪怕給我們一張白紙，我們都很感謝。」

魏太太將肩膀扛著，微閃了兩閃，笑道：「送一張白紙就很好，那太容易，就是那麼辦。」

洪五爺笑道：「白紙上帶點圖畫，行不行？」

魏太太笑道：「我不但不會畫，連字也不會寫。」

洪五爺道：「若是田小姐有現成的相片，送我一張，那人情就太大了。」

范寶華沒想到洪五爺交淺言深，居然向人家索取相片，很快地在這男女兩人臉上看了一下，姓洪的絲毫沒有什麼感覺，架了腿自吸他的煙斗，魏太太的臉色卻閃動了一下。

可是她被那兩粒鑽石戒指征服了，她除了已得著一粒鑽石而外，還有一粒鑽石，她有很大的希望，她雖然覺得洪五爺的話說得太莽撞，可是前三分鐘才接受下人家幾十萬元的珍重禮物，還不曾想到感謝的辦法呢，沒法子可駁人家。

她抬頭看那姓洪的坐在那裡舒適而又自然，似乎他沒有想到那是越禮的話。文明一點，人家要一張相片，也不見得就是失態。她頃刻之間，腦筋裡轉動了幾遍，最後就向善意方面揣想，**那些電影明星名伶，不問男女，不都也是向人送相片嗎？還有那些偉人，不都也是把相片送人，當了最誠懇的禮物嗎？**越想是越對。她心裡想，口裡雖有好幾分鐘沒有答覆洪五爺的話，但是她臉上始終是笑著的。

洪五爺復又緊迫了一句道：「田小姐不肯賞光嗎？」

她聽了這賞光兩個字，似乎是雙關的。一方面說是不肯送相片，一方面也可以說是不收受那鑽石戒指，那可有些愚蠢，這就立刻笑道：「相片倒是有幾張，都照得不好。」

洪五爺笑道：「憑著田小姐這分人才，無論照出怎樣的相來，也是數一數二的美女圖。我們很希望你不要妄自菲薄呀。哈哈！」

他一聲長笑，昂著頭在椅子靠背上躺了下去。

魏太太兩隻手各拿了一隻錦裝小盒子，只管注視地玩弄著，正在出神呢，范寶華得意的用人吳嫂，正送著一玻璃杯子清茶出來了。

她將茶杯放在魏太太面前，也就看到了那盒鑽石戒指，喲著笑了一聲道：「金剛鑽！田小姐買的？怕不要好幾十萬吧？」

洪五爺見她胖胖的臉抹過了一層白粉，半長頭髮，梳得一根不亂，在後腦勺挽了個半月形，身上穿的那件半新藍布大褂，沒有一點皺紋，便向她笑道：「老范用的這吳嫂真是不錯，你是幾輩子修的。不但乾乾淨淨，而且也見多識廣。她並沒有把鑽石認錯為玻璃塊子。」

吳嫂站在魏太太椅子後，向客人笑道：「沒有戴過，聽也聽見說過嗎！於今的重慶，不像往日，啥子家私沒得嗎！」

洪五爺點點頭道：「此話誠然，不過下江究竟有下江風味，不能整個兒搬到重慶來，將來抗戰勝利，范先生要回下江，你和他管理家管慣了，他沒有了你，那是很不方便的，你能不能也到下江去呢？而且他又沒有太太，到下江去安家，沒有你幫著也不行。」

吳嫂聽了這話，將她大眼睛上的眼皮下垂著，臉上泛出了一陣紅暈，笑道：「我郎個配？」

五爺道：「你老闆不許你出川嗎？」

吳嫂一擺頭道：「別個管不到我，哪裡我也敢去，一個男子養不活女人，還配管女人嗎？我就願像田小姐一樣，要自由。田小姐，你說對不對頭？」

魏太太很覺得她的話有些不倫不類，可是又不便說什麼，只是點頭微笑，洪五爺本也就猜著魏太太是哪路人物。經吳嫂這樣一說，就更猜她是一朵自由之花了。

范寶華自袁小姐脫離之後，一切太太的職務都由吳嫂代拆代行，雖然他還緊緊地把握了主人的身分，沒有讓吳嫂向主人看齊，可是范家再來一位和袁小姐相等的，她就會把整個兒所得的權利被取消。現在眼面前的田小姐，就有著這樣候補的資格，因之她看到了田小姐，心裡就平添了一種不痛快。

雖然魏太太給她許多好處，可是這些小仁小惠掩蓋不了她全盤的損失。這時，她見洪五爺過分地看得起田小姐，很有點川人所謂的不了然，這就在言語上故意透露一點田小姐的身分。可是這個計畫，她失敗了，姓洪的正是不需要這位小姐身分過於嚴肅。他對田小姐臉上看看，又對吳嫂臉上看看，覺得她們的臉上都紅紅的，有些不正常，便笑道：「自由都是好事呀！人若沒有自由，那像一隻鳥關在籠子裡似的，有什麼意思。」

吳嫂站在椅子背後，臉上微微的笑著，不住地抬起手來撫摸著頭髮。

她那嘴唇皮顫動著，似乎有話要說，范寶華恐怕她說出更不好的話來，便向她笑道：「菜做得怎樣了？別讓洪五爺老等著呀，恐怕洪五爺肚子餓了吧？」說著將眼望了她，連連地向她點了幾點頭。

吳嫂抬起手來，又摸了幾下頭髮，還站著出神不肯走去。

洪五爺也就會悟了范寶華的意思，這就向吳嫂點著頭道：「對的，我的確肚子餓了，你請快點做飯來給我吃罷，我不會忘記你的好處，當然我不會送金剛鑽，可是比這公道一點的東西，我還是可以送你。」

吳嫂聽了這話，身子閃了一閃，嗤的一聲笑了。

范寶華笑道：「五爺說話是有信用的，你不是很欣慕人家穿黑拷綢衫子嗎？我給你代要求一下。今天這頓午飯的菜，若是五爺吃得合口的話，就由五爺送你一件拷綢長衫料子，工錢小事，那就由我代送了。」

吳嫂對這拷綢長衫非常的感到興趣，姓范的這樣說了，姓洪的又這樣說著，她覺得這個希望是不會空虛的，又向在座的人嘻嘻一笑。

范寶華笑道：「得啦，就請你去做飯罷。」

吳嫂在臉上掩不住內心的歡喜，笑著眉毛眼睛全活動起來，扭著身子就走，走到進裡屋的門，還用手扶著門框，回轉頭來看了一看。

魏太太對於吳嫂的行為本來有一種銳敏的覺性，現在見她一味地在說話和動作上表現了酸意，臉上鎮定著，且不說什麼，心裡可在暗笑，**你那種身分和你那分人才，也可以和我談自由嗎？**心裡有了這麼一點暗影，就對於吳嫂更有點放不下去，這就望了范寶華道：「你家裡上上下下，粗粗細細，全是吳嫂一個人，我一到這裡來，你就留我吃飯，把人家累一個夠，我心裡真有點過意不去。」

洪五爺笑道：「田小姐，你這叫愛過意不去了，老范花錢雇工，就為的是這些粗粗細細要人做，若說有客來要她多做幾樣菜，那是我們給她的面子，也是給老范的面子，要不然的話，重慶市面上，大小館子有的是，我們稀罕到老范這裡來吃這頓嗎？」

范寶華被洪五爺搶白了一頓，他並不生氣，反是笑嘻嘻的，因點頭道：「的確如此，我以為洪五爺肯到我這裡來吃頓便飯，我的面子就大了，怎麼樣也不可以讓這榮譽失掉。」

洪五爺手握了煙斗，將煙斗嘴子向范寶華指著，因道：「你這傢伙，就得我制服你，田小姐，你不知道，老范他少不了我，過去每做一票生意，都得我大幫忙。我為人是這樣，無論什麼事要禍福同當，朋友缺少資本的時候，要大家拿錢，大家就得拿出來，若是生意蝕了本，那不用說，賠本大家賠，反過來，賺了錢呢，那也不能獨享，得拿出來大家分著用。今天我就替你敲了老范一個竹槓，讓她和我合資送你一枚鑽戒，其實他不應當讓我提議，也不應當讓我分擔資本。你要知道，他這次賺錢可賺多了，分幾個錢出來，買點東西，送朋友，那有什麼要緊？」

魏太太覺得這些話很讓姓范的難堪，自己反正是得著了人家的禮物了，還有什麼可說的呢，因笑道：「誰給我的禮物，我就感謝誰，你二位送這樣貴重的禮品給我，我只有感謝，什麼我也不能說。」

她這樣說著，分明是給范寶華解圍的，可是范寶華竟不攬這分人情，他笑道：「五爺說的是實話，我是太忙，沒有想到送禮這些應酬事件，你若是要道謝的話，還是道謝五爺吧。」說著，抱了拳頭連連的向洪五爺拱著幾下手。

魏太太抿了嘴笑著，只是看看手上的兩盒鑽石戒指。

洪五爺笑道：「田小姐對那個大些的鑽石戒指似乎很感到興趣，今天下午或者明天上午，我可以見到賣主，只要他肯賣，我一定不惜重價買下來。」

她聽到洪五爺這口風，分明是送禮送定了，為著表示大方一些，便笑道：「那我也顯得太得寸進尺了。」說著，將那裝著大粒鑽石的遞到洪五爺手上，然後把手皮包打開，將那小鑽石放進去，同時，笑向洪范兩人道：「那我就拜領了。」

洪五爺笑道：「不成敬意，不要說這些客氣話，多說客氣話，那就顯得友誼生疏了。」

她心裡想著，統共才見過兩面，難道不算生疏，還要算親密嗎？可是她口裡卻不敢否認洪五爺的話，點點頭道：「好，我就不說客氣話，其實我根本不會說話，說出來不對，倒不如不說了。」

洪五爺笑道：「不要說這些客套話了，說多了客氣話，耽誤了正當時間。我們談些有趣味的問題罷。」說著，他將身子向椅子背上靠著，將架起的那隻腿不住的顛動，然後將煙斗嘴子放在嘴裡吸著，眼睛斜望了魏太太只是發笑，笑得她紅了臉怪不好意思的，便站起來，抬著手臂只看手錶。

范寶華恐怕她走了，因也站起來笑道：「再寬坐一會，飯就要好了。」

魏太太雖然有點不好意思，但是看到洪五爺手上還拿著那個鑽石戒指的小盒子，這就覺得無論如何不能得罪人家，因笑道：「我當然不會走。連五爺都說吳嫂的菜做得好呢，我也到廚房裡去幫著點，洗好筷子，灶裡塞把火，這個我總也會吧？」說著，她真的走向廚房裡去了。

洪五爺靠了椅子背坐著，半歪了身子，向魏太太的去路望著，笑道：「這個人兒很不錯，你是怎樣認識的？」

范寶華道：「是賭場上認識的，這位小姐特別的好賭。」

洪五爺道：「我看她也是這樣。」說著微微一笑。

他們所交換的情報，也只能說到這裡，那位下廚房的魏太太可又走了出來了，不過這樣一來，**洪五爺已抓住了魏太太的弱點，他就故意地談些賭經**。

魏太太事先是沒有怎樣的理會，後來洪五爺談得多了，她也就情不自禁的向洪五爺笑道：「五爺的手法，一定是高妙得很吧？」

他笑道：「你怎麼知道我的手法高妙呢？」

魏太太道：「那有什麼不知道的，打梭哈就是大資本壓小資本。越是資本大的人，越可以贏錢。」

洪五爺笑道：「這樣說，你是說我有錢了。」

魏太太笑道：「我這也不是恭維話吧？」她是架了兩條腿坐著的，這時，將兩隻腳顛了幾顛，顛的時候，將身子也搖動了。

洪五爺看她那份樣子，心裡就十分地歡喜了，只是嘻嘻地笑著。他似乎還有什麼要說，恰好是吳嫂出來招呼吃飯，大家才算止了話鋒，當然，有洪五爺在座，這頓飯菜是很好的。

飯後，吳嫂熬著一壺很好的普洱茶，請主客消化他們腸胃裡的東西。

洪五爺手上端著茶杯，慢慢地喝茶，卻抬起頭來對玻璃窗子外的天色看了一看，因笑道：「今天天氣很好，若是早兩年，我們又該擔心警報了。這樣好的天氣，我們應當怎樣的消遣一下才好。老范，你的意下如何？」

范寶華笑道：「這樣好的天氣，我們若是拖開桌子打它幾小時的牌，那不是辜負了這樣好的天氣嗎？我們最好是到南岸山上去遊覽兩小時，隨便找個鄉下野館子，吃它一頓晚飯。」

洪五爺點點頭道：「這個辦法很好，吃了晚飯以後呢？」他說著，就聳動著嘴唇上的鬍子，微微地笑了。

范寶華笑道：「文章就在這裡了。晚飯後，我們找個朋友家裡，我們打它兩小時的梭哈，這一天就夠消遣的了。」

魏太太聽了這話，答應著跟了去，自然是十分不妥，知道人家遊山玩水，遊玩到哪裡去？不答應跟了去，剛剛收了人家一枚鑽石戒指，怎樣就違拂了人家的意思？而況人家還有一枚更大的鑽石戒指要送，還沒有送出來呢，若是違拂了人家的意思，這枚戒指還肯送了來嗎？

她這樣地沉思著，就不知道怎樣去答應這個問題，坐在長的仿沙發籐椅子上，兩手抱了皮包，在懷裡撐著，慢慢地做個要起身而不起身的樣子。

洪五爺笑向她道：「田小姐怎麼樣？能參加我們這個集團嗎？」

魏太太聽到這話，索性就站起來了。因微笑著道：「有這樣有趣的集團，我是應當參加的，不過我今天上午就出來了，家裡還有兩個孩子，我得回去看看。」

洪五爺道：「家裡沒有老媽子看顧著他們嗎？」

她道：「雖然有老媽子，她也不能成天成晚地帶著他們啦。我家裡就是一個人，難道洗衣服燒飯，她都不去過問嗎？」

洪五爺偏著頭想了一想，因道：「田小姐回去一趟，那倒也無所謂，回頭我們到哪裡聚會呢。」

魏太太笑著搖了兩搖頭道：「過山過水，到南岸去賭夜錢那大可以不必了，依著我的意思，還是改個日子罷。」

洪五爺聽她的話已是不反對共同賭錢了，這就笑道：「打牌是個興致問題，既是提起了這個興致，那就不能間斷，田小姐若是嫌過江過河晚上不大方便，那麼我們今天晚上就到朱四奶奶家裡去梭哈兩小時。對朱四奶奶也無須客氣，我打個電話給她，叫她預備晚飯。」

魏太太在未認識朱四奶奶以前，是隨便在些小戶人家賭，除了看那五張牌，實在沒有什麼享受，自到了朱四奶奶家賭錢以後，這才享受到高等賭錢的滋味，洪五爺一提到她，就先感到興趣了，因笑道：「這個地方倒是可以考量，不過朱四奶奶並沒有邀請我們，我們可以隨便的就去嗎？做客人的，也未免太對主人有些勉強了。」

洪五爺笑道：「對別人我不能代他的勉強，朱四奶奶和我是極熟的人，就是她不在家，我跑到她家去代做主人，她也沒有什麼話說。這是什麼緣故，那我不必細說，我們多到她家去玩幾回，你自然就明白了。」

他說著這話，小鬍子又在上嘴唇皮子上連連地聳動了若干次，那正是他笑得樂不可支的情態。魏太太也抿了嘴對他微笑，她微笑的時候，烏眼珠子微斜著，兩道長眉不免向兩面鬢角下舒展。

范寶華已很知道她是高興了，便笑道：「你就在五點鐘左右，直接到朱四奶奶家裡去罷，本錢一層不必介意，有五爺在座，大可幫忙。」

洪五爺笑道：「我不推諉這個責任，不過有你范老闆在座，你也不能不加上一點股子吧？」

范寶華笑道：「我第一句話就失言了，難道田小姐上場就輸？最好是她不帶本錢上場就行。」

魏太太道：「不管怎麼著，能抽空，我就到朱四奶奶家去看一趟罷，你們不必等我。」說著，她含笑向洪五爺點了個頭就出門了。

她在做小姐的時候，就羨慕著人家的鑽石戒指，不但是家庭沒有那樣富有，沒力量預備，就是父母的力量可以辦到，也不許可小孩子佩戴這種東西，現在於無意中就得了這麼一個，而且還有一個更好的也有可得的希望，她高興極了，高興得忍不住胸中要發出來的笑意。

她只是抿嘴，把笑容忍住在嘴裡，但是她在路上走著，心裡決忘不了這件事。

她走著走著，就將皮包打開，取出戒指盒來，把戒指取著，就在左手的無名指上。

她將手橫著抬起來時，日光正好由上臨下，手一側，立刻有一道晶光在眼前一晃。戴鑽石的人，花了幾十擔米的錢，換一粒小豆子，就是為了這個樂子。魏太太想不到自己從來沒有打算爭取這個樂子，而這個樂子也自然地來了。她將小錦盒子收到皮包裡去，就這樣開始的戴著鑽石。

她立刻也就想到，戴鑽戒的人，一切都須相稱，幸是先得了老范一大批錢，把衣服皮鞋全製了個透新，要不然的話，還穿著舊衣舊鞋，拿著鑽石戒指，今天也不好意思戴了起來吧？

她這樣地想著，就不免低了頭對她身上的衣服看著。織錦緞子夾袍美國皮鞋，這樣的衣服和身上的珠寶，的確是配合起來了，既然滿身富貴，那就不宜於走路了，正好路旁有幾部人力車子停著，這就挑了一部最乾淨的，招招手叫到身邊來。自然不用和車夫講車價，坐上去，說了聲地方，就讓他接著走了。

她坐在車上，殊不像往日。平常是不覺得有什麼特殊之處的，今日對街上來往的摩登女子看著，臉上便現出了一番得色，心裡同時想著，**我比你們闊得多，我帶有鑽石戒指，你們能有這東西嗎？**

尤其是看到幾個戴金鐲子的女子，存著一分比賽得勝的心理，金鐲子算什麼珍貴首飾？一定要有鑽石戒指，那才算是闊人，想到這裡，就不免抬起手臂來，對著手指上的戒指細細賞玩一番。賞玩過之後，又對街上走路的人看看，意思是不知他們看到自己的鑽石戒指沒有？

但車子快到家門口，她忽然有個新感覺，自己丈夫正在坐牢，自己穿得這樣周身華麗，人家會奇怪的。尤其是手指上帶著這麼一粒晶光奪目的鑽石戒指，更為引起人家的疑心，於是在懷裡將皮包打開，立刻取了幾張鈔票在手上，又脫下手上的戒指放了進去，將皮包關上。

她一想，別把這好東西丟了。再打開皮包，見鑽石戒指放在兩疊鈔票上，一伸右手，無名指又套起來，這個動作完畢，也就到了冷酒鋪門口了。

她下了車，將取出的鈔票給了車錢，匆匆地走進店後屋子去。所以如此，不是別的，她覺得這一身華麗，在這日子，是不應當讓鄰居們看到的。

進到屋子裡，見楊嫂橫倒在自己的床上睡著，兩個小孩子將方凳子翻倒在地上，兩個人騎在凳子腿上，地面上撒了許多花生仁的衣子和包糖果的紙。每人各拿了個芝麻燒餅在嘴裡啃，魏太太唶了一聲道：「楊嫂，你怎麼也不看看孩子，讓他們弄得這一身一地的髒，來了人，像什麼樣子呢？」

楊嫂一個翻身坐了起來，左手扶著床欄桿，右手理著鬢邊的亂髮，望了她笑道：「太太這一身漂亮，是去和先生想法子回來嗎？」

魏太太臉上猶豫了一會子，答道：「自然是，這日子我還有心到哪裡去呢？趕快找把掃帚來，把這屋子裡收拾收拾罷。」

她的男孩子小渝兒，看到媽媽回來，立刻跨下了凳子腿，撲向母親的身邊，伸手道：「媽媽，我要吃糖。」

魏太太見他那漆黑的兩隻手，立刻身子向後一縮，搖了手道：「不過來，不過來，我給你錢去買糖吃就是。」她說著，將不曾放下的皮包捧著打開來，在裡面取出兩張鈔票，交給楊嫂道：「帶他去買糖果，屋子裡讓我來收拾吧。」

楊嫂帶著兩個孩子，她是十分感到煩膩的，但是要她做別件事情的時候，她又願意帶孩子了。接了錢，立刻帶著孩子走了。

魏太太要她走開，倒並不是敷衍孩子而買糖，她打開皮包，看到那個裝鑽石戒指的錦裝盒子，就急於要看那粒鑽石。

因為在洪范兩人當面，必須放大器的樣子，不能仔細看；在路上坐車子的時候。也不能仔細看，以免露出初次戴鑽石的樣子。現在到了家裡，可以仔仔細細把這寶物看看了。這東西雖然總要給人看的，可是現在露出來，會有很大的嫌疑，因之先關上了房門，然後才由皮包裡取出小錦裝盒來。當然，這時候她的臉上，是帶一番笑容的。

可是當她將小盒子打開的時候，她不但收了笑容，而且臉色變得蒼白，因為那盒裡面只有襯托鑽石戒指的藍綢裡子，卻沒有鑽石戒指。

這事太奇怪了，這東西放在錦裝盒子裡，錦裝盒子又放在皮包裡，皮包拿在手上，片刻也沒有放鬆，**這有誰的神仙妙手會把這鑽石戒指偷了去呢？**

她站著呆了一呆，忽然想起來了，坐車到門口的時候，曾經打開手提皮包來，給了車夫幾張鈔票的車錢，莫不是在門口給車錢把鑽石戒指拖著帶了出來了？她想到這裡，答覆著是的是的，立刻就開了房門，向前面冷酒店裡奔了去。

那些酒座上，正零零落落的坐著有幾位喝酒的酒客，見這位穿紅衣服的年輕太太由這酒店後出來，已是很為注意，及至她走到酒店屋簷下，又不走上街，低了頭，只管在屋簷下走來走去，這雖很讓人家知道是來找東西的。但是一個漂亮年輕女人怎麼會在冷酒店屋簷下找東西呢？於是大家的眼光都跟了魏太太走來走去。

魏太太走了幾個來回，偶然一抬頭，明白過來了，自己這一身衣服，很是讓人家注意，回家的時候，自己不還想著丈夫坐在看守所裡，不要讓人家鄰居看到自己過分修飾嗎？

由這點，就想到穿衣服避免鄰人注意，和戴首飾避免人的事情，她就回憶到當人力車快到冷酒店門口的時候，自己是脫了鑽石戒指向皮包裡一丟的，並沒有放到小錦盒子裡去，也許落在皮包底下了。

她立刻回到屋子裡去，將皮包再打開。這裡面大小額鈔票，灑了香水的花綢小手絹，粉鏡，幾張記下買東西的字條，一樣一樣拿出來清理著，並沒有鑽石戒指。將皮包翻過來向桌上倒著，也沒有鑽石戒指倒出。

她不由得將高跟鞋在地上頓了兩頓，自言自語的道：「唔！真是命苦，生平苦想著的東西，戴在手上只十來分鐘就沒有了。不成問題，必是打開皮包給車夫錢的時候，把這小小的東西丟了，該死！」

說到這兩字，她將手在胸脯上捶了一下，表示自己該打，於是坐在床沿上，對了桌上皮包裡倒出的東西和那個空皮包只管發呆。

她越想越懊悔，抬起右手來，又向自己臉上打一個耳光。這一下打著她嫩的皮膚上，有點硌人。看手時，那鑽石戒指亮晶晶的，又戴在右手無名指上。她咦了一聲，左手托了右手，對準了眼光看著，絲毫不錯，是那鑽石戒指。

她這又呆了，坐著再想起來，分明戴在左手無名指上的，而且還除下來放進皮包裡面去的，怎麼會飛到右手指上來了呢？她呆著想了十分鐘之久，算是想起來了，在打開皮包給車錢的時候，鑽石戒指壓在兩疊鈔票上面。自己覺得不妥，又戴在右手上來了，又連說該死該死。

魏太太在笑罵自己的時候，楊嫂正帶著兩個小孩子走進屋子來，聽了這話，不免站在門口呆了，望了太太，不肯移動步子。

魏太太笑道：「我沒有說你，我鬧了個笑話，自己手上戴了戒指，我還到處找呢。」

楊嫂聽了這話，向著她手上看去，果然有個戒指，上面嵌著發亮的東西，因走近兩步，向她手指上看著，問道：「太太這金箍子上，嵌著啥子家私？」

魏太太平空橫抬著一隻手，而且把那個戴戒指的手指翹起來，向楊嫂笑道：「你看看，這是什麼東西？」

楊嫂握住魏太太的手，低著頭對鑽石仔細看了一看，笑道：「我曉得這是寶貝，啥子名堂，我說不上。那上面放光咯。是不是叫作啥子貓兒眼睛囉。」

魏太太眉開眼笑的，表示了十分得意的樣子，點著頭道：「我知道，你是不懂得這個的。告訴你吧，這是首飾裡面最貴重的東西，叫金剛鑽。」

楊嫂喲了一聲道：「這就是金剛鑽唆*？說是朗個的手上戴了這個家私，夜裡走路，硬是不用照亮。我今天開開眼，太太，你脫下來把我看看。」

魏太太也是急於要表白她這點寶物，這就輕輕地在手指上脫下來，她還沒有遞過去呢，那楊嫂就同伸著兩手，像捧太子登基似的，大大地彎著腰，將鑽戒送到鼻子尖下去看。

魏太太笑道：「它不過是一塊小小的寶石，你又何必這個樣子慎重？」

楊嫂笑道：「我聽說一粒金剛鑽要值一所大洋樓，好值囉！我怕它分量重，會有好幾斤咯。」

魏太太笑道：「你真是不開眼。你也不想一想，好幾斤重的東西能戴在手指頭上嗎？好東西不論輕重。拿過來吧。」說著，她就把戒指取了過去，戴在自己的手指上。而她在這份做作中，臉上那份笑意卻是不能形容的。

楊嫂笑道：「太太，你得了這樣好的家私，總不會是打牌贏來的吧？」

魏太太道：「打牌贏得到金剛鑽，那麼從今以後，我什麼也不用做，就專門打牌吧。」

楊嫂笑道：「我一按（猜）就按到了，一定是借得啥子朱四奶奶朱五奶奶的，你是要去拜會啥子闊人，不能不借一點好首飾戴起，對不對頭？」

魏太太道：「你真是不知高低，這樣貴重的東西，有人會借給你嗎？就是有人借給我，我也不肯借。你想，我若把人家的戒指丟了，我拿命去賠人家不成？」

楊嫂望了主人笑道：「不是贏的，也不是借的，那是朗個來的？」

魏太太的臉上有點兒發紅，但她還是十分鎮定，微笑道：「你說是怎樣來的？難道我還是偷來的搶來的不成？」

楊嫂被她搶白了兩句，自然也就不敢再問，不過這鑽石戒指是怎樣來的，她始終也沒有一個交代，倒是讓楊嫂心裡有些納悶。

她站著呆了一呆，看看小娟娟和小渝兒把買來的糖果餅乾放在椅子上，圍住了椅子站著吃，並沒有需要母親的表示；魏太太穿得像花蝴蝶子似的，也不像是需要兒女，她心裡不由得暗罵了一句：「這是啥子倒楣的人家？」心裡暗罵著，臉上也就泛出一層笑意，這就對主人道：「太太，你還打算出去唆？」

魏太太低頭看了看自己身上的衣服，因道：「我現在不出去。」

就是這六字，楊嫂也很知道她的意思，自不便再問。看看屋子裡，滿地的花生皮，自拿了掃帚簸箕來，將地面收拾著。

魏太太先是避到外面屋子裡去，但是她偷眼看看前面冷酒店裡的人全不斷地向裡面張望，這就將房門掩上，把桌上放的兩張陳報紙隨便翻著看了一看。但她的眼光射在報紙上，可是那些文字卻沒有一個印到腦筋裡去的。

靜坐了五分鐘，她還是回到自己屋子裡去，手靠了床欄桿搭著，人斜坐在床頭邊，將左手盤弄著右手指上這個鑽石戒指，不住地微笑。

在微笑以後，**她就對鏡子裡看看，覺得這個影子是十分美麗的，那麼，不但范寶華**

送錢送衣料是應該，就是洪五爺送戒指也千該萬該，不過受了人家這份厚禮，說是絲毫不領人家的人情，在情理上也是說不過去的。

她沉沉地想著，猶疑地在心裡答覆。最後她是微微地一笑。在笑後，她不免接連打了幾個呵欠，有些昏昏思睡，回頭看看被褥，還是早上起床以後的樣子，墊褥被單不曾牽直，被子也不曾折疊，這倒引起了很濃厚的睡意，趕快把身上的新衣新鞋換下，披了件舊藍布長衫，紐袢也未曾扣得，學了楊嫂的樣子，橫倒在床上就睡下了。

她一春季，全沒有今日起得這樣的早，所以倒在被上就睡得很香。不知是什麼時候了，楊嫂在床面前連連地叫著。

她翻身坐起來，楊嫂低聲道：「一個穿洋裝的人在外面屋子裡把你等到起。」

魏太太將手揉著眼睛，微笑問道：「嘴上有點小鬍子嗎？」

楊嫂道：「沒得，三十來歲咯，腳底下口音（謂下江口音也）。」

魏太太道：「你不認識他嗎？」

楊嫂道：「從來沒有來過。」

魏太太趕快站起來，向五屜桌上支著的鏡子照照，自己是滿面睡容，胭脂粉脫落十之七八了，立刻打開抽屜，取出粉撲在臉上輕撲了一陣，又將小梳子通了幾十下亂髮。桌上還放著一瓶頭髮香水，順手拿起瓶子來，就在頭髮上灑了幾下，然後轉身向外走。

楊嫂道：「太太，不要忙呀，你的長衫子，紐袢還沒有扣起呢。」

她低頭一看，肋下一排鈕袢，全是散著沒有扣起來的，於是一面扣著鈕袢，一面向外面屋子裡走去。

她在門外看到，就出於意外，想退縮也來不及，那客人已起身相迎了。

這就是魏端本那位同事張先生，人家是熱心來營救自己丈夫的，這不許可規避的，於是沉重著臉色，走到屋子裡去向客人點著頭道：「為了我們的事，一趟一趟地要你向這裡跑。張先生，你太熱心了。」

張先生對魏太太以這種姿態出現，也是十分詫異，老遠地就看到她一路扣著鈕袢。天色已到大半下午了，不會她是這個時候才起床的吧？

及至走到屋子裡，又首先嗅到她身上一股子香氣，而且在她手指上發現一粒金剛鑽的戒指，這就讓張先生心裡明白了，她必然是穿著一身華麗，因為有客來了，所以趕快把華麗衣服脫下，換著這件藍布大褂。

當她丈夫在坐牢的時候，她卻以極奢華的裝束來見丈夫同事，那自然是極不得當的舉動，她像聰明，立刻就改裝了，不過這種舉動，依然是自欺欺人，頭上的香水，手指上的鑽石戒指，這是可以瞞人的嗎？

他正是這樣想著，魏太太含笑讓了客人坐下，然後臉上帶了三分愁苦的樣子，皺著眉毛道：「承蒙張先生給司長帶來了十萬元，我們是十分感謝的才算能維持些日子的伙食，可是以後的日子，我怎樣過呢？」她說畢，臉上又放出淒慘的樣子，眼珠轉動著，似乎是要哭。

然而她並沒有眼淚，她只有把眼皮垂了下來，她望著胸前，兩手盤弄著胸前一塊手絹。她忽然省悟過來，把右手抬了起來，卻又笑了，因道：

「這也是我有些小孩子脾氣，前兩個月，在百貨攤子上買了一隻鍍金戒指，嵌了這樣一粒玻璃磚塊子，當了金剛鑽戴，人家不知道，還以為我真有鑽石戒指呢。我若真有鑽石，我為什麼那麼傻，還住著這走一步路全家都震動的屋子嗎？」

她口裡是這樣分辯著，不過她將手掌抬起來給人看的時候，卻是手掌心朝著人的部分占百分之八十，而手背只占百分之二十，因之，那鑽石的形態與光芒，客人並不能看到。

這位張先生也是老於世故的人，魏太太越是這樣的做作，也倒越有些疑心了。他心裡想著，司長又有十萬元存放在我衣袋裡，幸而見面不曾提到這話。人家手上戴著鑽石，希罕這十萬八萬的救濟？便笑道：

「那是自然，這件事，司長時刻在心，我也時刻在心。我今天來，特意告訴你一個好消息，就是我們的頭兒已經和各方面接洽好了，自己家裡願意把這事情縮小，不再追究，這官司既是沒有了原告，又沒有提起公訴，那當然就不能成立了，大概還有個把禮拜，魏先生就可以取保出來。不過取保一層，司長是不能出面的，那得魏太太去辦手續，若是魏太太找不到保人，那也不要緊，這件事都交給我了，我可以想法子。」

魏太太道：「那就好極了，一個女太太們，到外面哪裡去找保人？尤其是打官司的人，人家要負著很重大的責任，恐怕人家不願隨便承當。」

張先生微笑了一笑，然後點著頭道：「這自然是事實，不過魏太太也當幫我一點忙，若是有相當的親友可以做保的話，不妨說著試試看，難道魏太太還不願早早的把魏先生放了出來嗎？」

魏太太這就把臉色沉著，因道：「那我也不能那樣喪心病狂吧？」

張先生勉強地打了一個哈哈，因道：「魏太太可別多心，我是隨口這樣打比喻的，不過話又說回來了，我在公，在私，都得和魏兄跑腿，今天我是先來報一個信，以後還有什麼好消息，我還是隨時來報告。」說著，站起身來就走出去了。

魏太太本來就有些神志不定，聽著人家這些話，越發的增加了許多心事，只在房裡向客人點了個頭，並沒有相送。

她在屋子裡呆坐了一會，不免將手上那枚鑽石戒指又抬起來看看。隨著審查自己的手指，**覺得自己這雙手，雪白細嫩，又染上了通紅的指甲，戴上鑽石戒指，那是千該萬該的，就為了丈夫是個窮公務員，戴了真的鑽石，硬對人說是假。女人佩戴珍寶，不就是為了要這點面子嗎？以真當假，不但沒有面子，反是讓人家說窮瘋了，戴假首飾。**

遙望前途，實在是無出頭之日，而況自己還是一位抗戰夫人，毫無法律根據。要想端本發大財，買鑽石戒指給太太戴著，那不是夢話嗎？由手指上，她又看到左手腕上的手錶，這時手錶已是四點四十分，她忽然想到洪五爺五點鐘在朱四奶奶處的約會，現在應該開始化妝去赴這個約會了。

她於是猛可地站起來，打算到裡面屋子裡去化妝，然而她就同時想到剛才送客人出門，人家的言語之間，好像是說魏太太並不希望魏先生早日恢復自由，這個印象給人可不大好，於是手扶了桌子復又坐了下來。

她看看右手指上的鑽石戒指，又看看左手腕上的手錶，她繼續地想著：若是不去赴人家的約會，那顯然是過河拆橋。上午得了人家的禮物，下午就不赴人家的約會，不過得罪這位洪五爺而已，那倒也無所謂，可是在人家手上，還把握著一粒大的鑽石戒指，今天晚上失信於人，那鑽石他就絕不會再送的了。

去！她心裡想著要去，口裡也就情不自禁的喊出這個去字來，而且和這去字聲音相合，鞋跟在地面頓上了一下。

楊嫂正是由屋子外經過，伸頭問著啥事？她笑道：「沒有什麼，我趕耗子，剛才那位張先生不是來了嗎？他說魏先生可以恢復自由，只是要多找幾個保人。他去找，我也去找，當然有路子救他，不問晝夜，我都應當去努力。」

楊嫂抬起那隻圓而且黑的手臂，人向屋子裡望著，微笑道：「太太說的是不在家裡消夜？十二點鐘，回不回來得到？」

魏太太道：「我去求人，完全由人家做主，我知道什麼時候能夠回來呢？你問這話，是什麼意思。」她說到這裡，故意將臉色沉了下來，意思是不許楊嫂胡說。

但楊嫂卻自有她的把握，她知道女主人越是出去的時候多，越需要有人看家帶小孩子，這時候她要走得緊，絕不肯得罪看家的，這就把扶著門框的手臂彎曲了兩下，身子還隨著顛動了幾下，笑道：「我朗個不要問？打過十二點鐘，冷酒店就關門，回來晚了，他們硬是不開門咯。我曉得你幾時轉來，我好等到起。」

魏太太也省悟過來了，這不像往日，自己在外面打夜牌，魏端本回來了，可以在家裡駐守不出去，現在家裡男女主人都出去了，一切都得依靠她的，便轉了笑容道：

「楊嫂，我們也相處兩三年了，我家的事，你摸得最是清楚，我少不了你，因之我也沒有把你當外人，這次魏先生出了事，真是天上飛來的禍，我們夫妻雖然常常吵架，可是到了這時候，我不能不四方求人去救他，也望你念他向來沒有對你紅過臉，請你分點神，給我看看家。今天的晚飯，我大概是來不及回家吃的了，你帶著孩子，怎麼能做飯吃？我這裡給你一點錢，你帶孩子到對門小館子裡去吃晚飯吧。」

楊嫂接著鈔票笑道：「今天太太一定贏錢，這就分個贏錢的吉兆。」

魏太太道：「你總以為我出去就是賭錢。」

楊嫂笑道：「不生關係嘛！正事歸正事，賭錢歸賭錢嘛！」

魏太太看著手錶，時間是到了，也不屑於和傭人去多多辯論，立刻回到屋子裡去，換上新衣服，再重抹一回脂粉。

那位楊嫂得了主人的錢，也就不必主人操心，老早帶了兩個孩子就躲開主人了。

魏太太無須顧慮孩子的牽扯，從從容容地出門。她現在的手皮包，那是晝夜充實著的，馬路上坐人力車，下山坡坐轎子，很快地就到了朱四奶奶公館門口。

就在這時，看到酒席館子裡籮擔前後兩挑，向朱家大門口裡送了去，她心裡也就想著：不用提，今天一會又是個大舉了，自己預備多少資本呢？她心中有些考慮，步子未免走得慢些。

當她一走進院牆柵欄門的時候，朱四奶奶便一陣風似的，笑著迎到面前來，挽了她的手笑道：「怎麼好幾天不見面。」

魏太太嗐了一聲道：「家裡出了一點事情，至今還沒有解決，四奶奶消息靈通，應該知道這事。」

她點了頭道：「我知道，沒有關係。你早來找我，我就給你想法子了。不過現在也不算晚，你安心在我這裡玩兩小時，我有辦法，我有辦法。」

魏太太當然相信，她關係方面很多，她說的有辦法，倒也不見得完全是吹的，於是握了她的手，同向屋子裡走，並笑道：「我一切都重託你了，今天四奶奶格外漂亮。」說著，向四奶奶看著。

她身穿一件墨綠色的單呢袍子，頭髮是微微的燙著，後面長頭髮挽了個橫的愛斯髻。臉上的胭指抹得紅紅的，直紅到耳朵旁邊去。在她的兩隻耳朵上掛著兩個翡翠秋葉，將小珍珠一串吊著，走起路來，兩片秋葉在兩邊腮上打鞦韆似的搖擺著。

她是三十多歲的人，在這種裝扮之下，她不僅是徐娘丰韻猶存，而且在她那目挑眉語之間，還有許多少年婦女所不能有的嫵媚。她挽著手向她臉上看著，臉上帶了不可遏止的笑容。

四奶奶笑道：「田小姐為什麼老向我看著？」

魏太太道：「我覺得每遇到四奶奶一次，就越加漂亮一次。」

四奶奶左手挽了她的手，右手拍了她的肩膀，笑道：「小妹妹，別開玩笑了，漂亮這個名詞，那是不屬於我的了，那是屬於小姐們的了。」

魏太太心裡願憋著一個問題，在洪五爺面前，一向是被稱為田小姐，而四奶奶在往常，卻又慣稱為魏太太，這在洪五爺當面喊了出來，就不免戳穿紙老虎，**現在她忽然改口稱為田小姐，這位朱四奶奶真是老於世故，凡事都看到人家心眼裡去了。**

在她這種愉快情形下，挽著四奶奶的手，同走進了樓下客廳。這客廳裡已是男女賓客滿堂，大家正說笑著，聲音哄堂，自然洪范兩人都已在座。

她進來了，大家都起身笑著相迎，因為在座的人全是同場賭博過的，所以介紹的俗套完全沒有，很隨便地入座，也就說笑起來。

她只坐了五分鐘，發現對過小客室裡也是笑語喁喁，而朱四奶奶在這邊屋子坐坐，隨著也就到那邊去坐坐。魏太太向在座的人看看已是十一位，那邊小客室裡還不知道有多少人呢，因道：「這不是一桌的場面吧？」

朱四奶奶正是和她並肩坐在沙發上，就輕輕地拍了她的大腿笑道：「今天有文場，也有武場，有些人用手，也有些人用腳，我們回頭在這裡跳舞。」說著，她把嘴向客廳裡屋一努。

原是這裡外套間的兩間地板屋子。外面的屋子是沙發茶几，客廳的佈置。裡面一間，在落地罩的垂花格子中間，掛了紫色的帳幔把內外隔開，但是現在是把帳幔懸起的。

在帳幔外面，可以看到裡面，僅僅是一張大餐桌和幾把椅子，而在屋子裡角，擺了四個花盆架子，顯得空蕩蕩的，那可知說聲跳舞就把桌椅拖開，這裡就變成舞場了。

魏太太對於這摩登玩意也是早就想學習的，無奈沒有人教過，也沒有這機會去學，所以只有空欣慕而已，因搖搖頭道：「我不會這個，我還是加入文場吧。」

洪五爺笑道：「要熱鬧就痛痛快快地熱鬧一下，帶著三分客氣的態度，那是不對的。」

魏太太道：「不是客氣，我真不會跳舞。」

洪五爺道：「這事情也很簡單，只要你稍微留點意，一小時可以畢業，就請四奶奶當老師，立刻傳授。」

四奶奶操著川語道：「要得嗎！我還是不收學費。」說著，拐了魏太太的肩膀，將她拉起來站著。

魏太太笑道：「怎麼說來就來？」

四奶奶笑道：「這既不用審查資格，又不用行拜師禮，還有什麼考慮的。來，我做男的，帶著你開步。」說著，右手握了魏太太的手，左手摟住魏太太的腰，顛著腳步，就向屋子中間拖著。

魏太太左閃右躲，只是向後倒退著。

洪五爺笑道：「田小姐，你別只是向下坐，你移著腳步跟了四奶奶走呀。」

魏太太紅著臉笑道：「不行不行，大庭廣眾之中，怪難為情的。」

朱四奶奶摟住她的腰，依然不放，因笑道：「孩子話，跳舞不在大庭廣眾之中，在秘密室裡跳嗎？」

洪五爺笑道：「這有個解釋，田小姐因為她不會開步，怕人看到笑話，這和教戲一樣，說戲的人也不能當了大眾在臺上說戲吧！那麼，你就帶了她到裡面屋子裡去跳吧，萬一再難為情，可把帳幔放了下來。」

朱四奶奶道：「要得要得！」不由分說，拖了魏太太就向裡面屋子裡拖了去。同時，在座的男女也都紛紛鼓掌。

這次她被朱四奶奶帶進去，就不再拒絕了。

在座的男女說笑過去也就過去了，只有姓洪的對此特別感到興趣，聽到魏太太在裡面說一陣笑一陣子，最後聽到四奶奶笑著說：「行了行了。只要有人帶著你再跳兩三回那就行了。」兩個人手挽著手一同笑了出來。

四奶奶一個最能幹的女傭人立刻迎向前道：「樓上的場面都預備好了。」

四奶奶向大家道：「加入的就請上樓吧，打過一個半小時再開飯，不加入的，先在樓下吊嗓子，我已經預備下一把胡琴一把二胡了。」

她說著，眉飛色舞的，抬起一隻染了紅指甲的白手，高過頭去，向大家招了幾招，真有一個做司令官的派頭呢。

在客廳裡這群男女，都是加入文場的，他們隨了朱四奶奶這一招手，成串地向樓上走。

洪五爺卻是最落後的一個，他向魏太太笑著點了兩個頭道：「請緩行一步。」她只看他滿臉的笑容，已經猜到了四五成帳，而且在許多地方，正也要將就著姓洪的說話，他這麼一打招呼，也就隨著站定沒有走。

洪五爺等人都走完了，笑問道：「田小姐的本錢帶著很充足嗎？」

她笑道：「當然多少帶一點現款，不過和你們大資本家比起來，那就差得太遠。」姓洪的在他西服口袋裡狂搜了一陣，輪流地取出整疊的鈔票來，這個日子，重慶的鈔票最大額還是一千元，他卻是將那未曾折疊，也未曾動用過的整遝新鈔票接連交過三遝來，笑道：「拿去做本錢吧。」

這鈔票面印著一千元的數目，直伸著紙面，用牛皮紙條在鈔面中間捆束著，這不用提，每遝一百張，就是十萬元。洪五爺拿過鈔票來的時候，她還沒有伸手去接，洪五爺見她皮包夾在肋下，就把鈔票放在她皮包上面。

魏太太笑道：「多謝你給我助威，贏了，我當然加利奉還，若是輸了呢？」

洪五爺笑道：「不要說那種喪氣的話，賭錢，你根本不要存一種輸錢的想法，若存上這個想法，就不敢放手下注子，那還能贏錢嗎？打梭哈就憑的是這大無畏的精神。」

他正說得起勁，朱四奶奶又重新走了來，向他笑道：「怎麼回事，人家都等著你們入座呢，你們有什麼事商量。」

魏太太聽說，不免臉上微微一紅。

洪五爺笑道：「投資做買賣，總也得抓頭寸呀。田小姐，請請！」他說著，在前面就走了。

當了朱四奶奶的面，對這三遝鈔票，她就不好意思再送回去，打開皮包，默然地收納。

她本來就有二十萬款子放在皮包裡，再加上這三十萬新法幣，在打梭哈以來，要算是本錢最充足的一次了，她一頭高興，立刻加入了樓上的梭哈陣線。

今天這小屋子的圓桌面上，共有九個人，卻是四男五女。朱四奶奶依然是樓上樓下招待來賓，並未加入，於是在這桌上，五位女賓中，就是魏太太最有本錢的一位了。

她心高氣傲地放出手來賭，照著梭哈的戰法，錢多的人就可以打敗錢少的人。但也有例外，就是錢多的人若是手氣不好，也就會越賭越輸。魏太太今天的賭風，就落在這個例外的圈子裡。

其中有幾個機會，牌取得不錯，狠狠地出了兩注款子，不想強中更有強中手，兩次都遇到了大牌，因之五十萬現鈔，不到兩小時就輸了個精光，所幸洪五爺卻是大贏家，看到魏太太陸續在皮包裡掏出鈔票來買籌碼，這就把面前贏的籌碼十萬五萬的分撥給她，維持到吃飯的時候，她又輸了十幾萬，她大半的高興卻為這個意外的遭遇所打破。

當大家放下牌，起身向樓下飯廳裡去的時候，她臉子紅紅的，眼皮都漲得有點發澀，夾了那只空皮包在肋下，緩緩地站著離開了座位。

洪五爺又是落後走的，他就笑道：「田小姐，今天你的手氣太壞，飯後可不能再來了。」

她微笑道：「今天又敗得棄甲丟盔，的確是不能再來，五爺大贏家，可以繼續。」說著話，同下樓梯。

洪五爺在前，因答話，未免緩行一步，等著魏太太走過來了，窄窄的樓梯不容兩人並肩擠著走，他就伸手握了她的手。做個懇切招呼的樣子，搖搖頭道：「田小姐，你不賭，我也不賭，樓下有跳舞，回頭我們可以加入那個場面。」

魏太太心裡想著：若要賭錢的話，只有向姓洪的姓范的再湊本錢，今天姓范的也輸了，不好意思和他借錢。姓洪的也表示不賭了，也不能向他借錢，而況借的將近五十萬，又怎能再向人家開口呢？她為了這五十萬元的債務，對於洪五爺也只有屈服，他握著手，就讓他握著吧。

洪五爺只把她牽到樓梯盡頭，方才放手。魏太太對他看著一跟，不免微微地笑了，這讓姓洪的心裡蕩漾了一下。他們各帶了三分尷尬的心情，走進了樓下的飯廳。

這晚朱四奶奶請客，倒是個偉大的場面，上下兩張圓桌男女混雜的，圍了桌子坐著。洪五爺和魏太太後來，下桌上座僅僅空了兩個相連的位子，他們謙讓了一番。坐下了的，誰也不肯移動，他兩人又是很尷尬地在那裡坐下。

飯後，喝過一遍咖啡。朱四奶奶在人叢中還站著介紹一遍：「這是美軍帶來的，絕非代用品，喝完了咖啡，請大家再盡興玩。文武場有換防的。現在聲明。」

洪五爺右手托著咖啡碗碟，左手舉起來，他笑道：「我和田小姐加入舞場。」

魏太太笑著搖搖頭道：「那怎麼行？前兩小時剛學，現在還不會開步子呢。」

洪五爺笑道：「那要什麼緊，大家都是熟人，跳得不好，也沒有哪個見笑，你和我跳，我再仔仔細細地教給你。」

魏太太笑著，低聲說了句不好，可是那聲音非常之低，只是嘴唇皮動了一動，大概連她自己都不會聽到吧？洪五爺雖然知道她什麼用意。可是見她自己都沒有勇氣說出來，那也就不去介意。

這時，那面客廳裡的留聲機片子，已由擴大器播出很大的響聲來，男女來賓帶了充分的笑容，分別地去赴賭場與舞場。

洪五爺接著魏太太的手，連聲說道：「來吧來吧。」魏太太也是怕拉扯著不成樣子，只好隨著他同到舞廳裡來。

這時，一部分男女在客廳裡坐著，一部分男女已是在對過帳幔下的廳裡跳舞。那裡面的桌椅全都搬空了，光滑的地板又灑過了一遍雲母粉，更是滑溜。屋子四角，亮著四盞紅色的電燈泡，光是一種醉人之色。

播音擴大器掛在橫梁的一角。魏太太雖不懂得音樂片子，但是那個節奏倒是很耳熟的，這時有四對男女，穿花似地在屋子裡溜。小姐們一手搭在男子肩上，一手握著男子的手，腰是被西服袖子鬆鬆地摟抱著，看她們是態度很自然，並沒有什麼困難，心裡先就有三分可試了，她在旁邊空椅子上坐著，且是微笑地看。

一張音樂片子放完，四對男女歇下來，在座的男女劈劈啪啪鼓了一陣掌。第二次音樂片子又播放著的時候，幾個要跳舞的男女都站了起來，洪五爺站到魏太太面前也就笑嘻嘻地半鞠著躬，她還不知道這是人家邀請的意思，兀自坐著笑。

坐在她旁邊的一位小姐，正是剛由舞場上下來，這就向她以目示意，又連連地扯了她幾下袖子。魏太太到底也是看過若干次跳舞的，這就恍然大悟，立刻站了起來，笑道：「五爺，我實在還沒有學會，你教著我一點。」

他笑道：「我也沒有把你當一位畢了業的學生看待呀。」

正好朱四奶奶也過來了，見她肋下還夾著皮包，便由她肋下抽了過來，笑道：「小姐，你還打算帶著這個上場啦。」說時，她另一隻手牽了魏太太，就引到了舞廳裡去。洪五爺自是跟了過來，接著她的手，在舞廳另一個角落裡，單獨地和魏太太慢慢地跳著。

他身子拖了魏太太移著腳步，口裡還陸續地教給她的動作，魏太太在一張音樂片子舞完之後，也就無所謂難為情了。接著第二張音樂片子放出，他兩人又繼續地向下跳，直跳過幾張音樂片子，兩人才到外面客廳裡來休息。

這時，**她有點奇怪，就是范寶華始終也沒有在舞廳裡出現**，便向洪五爺笑道：「老范也是個跳舞迷，怎麼今天不加入？」

洪五爺笑道：「一定是大贏之下，我知道他的脾氣，若是輸了錢，他是到了限度為止，再不向前幹，他理直氣壯，那就老是向前進攻了。你不要管他，明天由他請客吧。」

她也不便多問，音樂響起來，她又和洪五爺跳了幾次，這麼一來，她和姓洪的熟得多，也就把步伐熟得多，至少是不怯場了。

洪五爺跳了一小時，他笑道：「我們到樓上去看看吧。」

魏太太卻想到老是和姓洪的同走，恐怕姓范的不願意，因道：「我不去了。看了我饞得很，我又不敢再賭。」

姓洪的倒以為她這是實話，自向樓上去了，魏太太坐在外客廳裡，且看對面舞廳裡人家跳舞，借這機會，也可以學學人家的步伐。

在座還有兩位女賓，五位男賓，都是剛休息下來。其中有位二十多歲的青年，長圓的臉，頭髮梳得像烏緞子似的，臉上大概新刮的臉，雪白精光。他穿一套青呢薄西服，飄著紅領帶，圓圍著白襯衫的領子，整齊極了。

原來見到他，像很熟，在哪裡見過。來到朱公館的時候，朱四奶奶介紹著，稱他宋先生，這倒疑惑了。向來熟人中，沒有姓宋的，在熟人家裡，也沒有到過姓宋的，不過這人卻是很面熟，想不起來是怎樣有這個印象的。在舞廳裡看到了他，越看越熟，就是不便相問人家在哪裡會過。

這時他也休息著沒有跳舞，和他坐在並排的一位男客，就對他笑道：「宋先生，今天不消遣一段？」

他道：「今天會唱的人太多，不用我唱了。」

那人道：「會唱的倒是不少，不過名票就是你一個。」

魏太太在這句話裡，又恍然大悟，這位宋先生叫宋玉生，是重慶唯一有名的青衣票友，每次義務戲都少不了他登場，原來以為他是個和內行差不多的人物，現在看他的裝束和舉動分明是一位大少爺。朱四奶奶家裡真是包羅萬象，什麼人都有。她心裡這樣想著，就更不免向宋玉生多看了幾眼。

那宋玉生原來倒未曾留意。因為一個唱戲或玩票的人，根本就是容易讓人注意的，現在發覺魏太太不住的眼神照射，他想著，這或者是人家示意共同跳舞。這就走到她面前站定，向她點了個頭。

她這已明白了舞場上的規矩，是人家邀請合舞，心裡雖明明覺得和一個陌生的人挽手搭肩，不怎樣合適，可是既然開始跳舞了，就得隨鄉入俗，人家沒有失儀的時候，那就沒有拒絕人家的可能，而且對於這樣一個俊秀少年，也沒有勇氣敢拒絕人家，因之在心裡時刻變幻念頭的當兒，身子已是不由自主地站了起來，還沒有走向舞場，在這邊客廳的沙發椅子旁邊，就和人家握著手搭著肩了。

他們配合著音樂，用舞步踏進了舞場，接連地舞過兩張音樂片子，方才休息下來。這樣，彼此就很熟識了。

宋玉生在西服袋裡掏出一隻景泰藍的扁平煙捲盒子來，敞開了盒子蓋，彎腰向魏太太敬著煙。她笑道：「宋先生，你這個煙盒子很漂亮呀。」

她說笑著，從容地在盒子裡取出一支煙來。

宋玉生道：「這還是戰前北平朋友送我的，我愛它翠藍色的底子，上面印著金龍。」說著話，把煙盒子收起，又在衣袋裡掏出一隻打火機來。

這打火機的樣子也非常的別致，只有指頭粗細，很像是婦女用的口紅，圓筒上面有個紅滾的帽蓋子，掀開來，裡面是著火所在。宋玉生在筒子旁邊小紐扣上輕輕一按，火頭就出來了。

魏太太就著火吸上了煙，因笑道：「宋先生凡事都考究，這煙盒子同打火機都很好。」

宋玉生笑道：「我除了唱戲，沒有別的嗜好，就是玩些小玩意。跳舞我也是初學，連這次在內，共是三回。」

魏太太笑道：「那你就比我高明得多呀。」

宋玉生道：「可是田小姐再跳兩次，就比我跳得好了。」說著，兩人在大三件的沙發上對面坐下。

魏太太見他說話非常的斯文，每句答話都帶了笑容，覺得把范洪這路人物和他相比，那就文野顯然有別。斷斷續續談了一陣子，倒也不想再上舞場。

隨後朱四奶奶來了，因笑問道：「怎麼不跳？」

魏太太搖搖頭道：「初次搞這玩意，手硬腳硬，這很夠了。」

朱四奶奶道：「那麼，樓上的場面，現在正空著一個缺，你去加入吧。」

魏太太抬起手腕來，看了一看手錶，笑道：「已經十二點鐘了，我要回去了，再晚了，就叫不開門了。」

她這樣說著倒不是假話，她想起了由家裡出來的時候，楊嫂曾量定了今晚上回去很晚，難道真的就讓她猜到了，就算回去之後，女傭人什麼話不說，將來她人前說，先生吃官司，太太在外面尋快樂，那是會讓親友們說閒話的。

她想得對了，這就站起身來，向朱四奶奶握著手道：「我多謝了，我也不到樓上去和他們告辭。我明天早上還有點事要辦。」

朱四奶奶握著她的手，搖撼了幾下，因點點頭道：「好的，我不留你，我門口這段路冷靜得很，夜深了，恐怕叫不到轎子，我叫男傭人送你回去。」

魏太太道：「送我到大街上就可以了。」

朱四奶奶笑道：「那隨你的便吧。」她這個笑容，倒好像是包涵著什麼問題似的。

魏太太也不說什麼，只是道謝。

朱四奶奶招待客人是十分的周到，由他家的男工打著火把，領導著魏太太上道，並另給了她一隻手電筒，以防火把熄滅。

魏太太在朱公館裡，只覺得耳聽有聲，眼觀有色，十分熱鬧，忘記了門外的一切。及至走出大門來，這個市外的山路人家和樹林間雜著，眼前沒有第三個人活動，寬大的石坡路，兩個人走的腳步響，撲撲入耳。

天色是十分的昏黑。雖然是春深了，四川的氣候，半夜裡還是有霧，天上的星點都讓宿霧遮蓋了。在山腳下看著重慶熱鬧街市的電燈，一層層的，好像嵌在暗空裡一樣。回頭看嘉陵江那岸的江北縣，電燈也是在天地不分的半中間懸著。因為路遠些，霧氣在燈光外更濃重，那些燈泡，好像是通亮的星點。人在這種夜景裡走，恍如在天空裡走，四周看不到什麼，只是星點。

魏太太因今天特別暖和，身上只穿了件新做的綢夾袍子，這時覺得身上有些涼颼颼的，身上涼，心裡頭也就感覺到了清涼。回頭看看朱四奶奶公館，已經落在坡子腳下。因為她家那屋子樓上樓下全亮著電燈，雖然在夜霧微籠的山窪裡，那每扇玻璃窗裡透出來燈光，還露出洋樓的立體輪廓。**想到那樓裡的人，跳舞的跳舞，打梭哈的打梭哈，他們不會想到這屋子外面的清涼世界**。他們說是熱鬧，簡直也是昏天黑地，那昏天黑地的情況還不如這夜霧的重慶，倒也有這些星點似的電燈，給予人一點光明呢。

她這樣想著，低了頭沉沉地想，前面那個引路的火把，紅光一閃一閃，照著腳步前的石坡，有兩三丈路寬大的光亮。尺把高的小樹，在石崖上懸著，幾寸長的野草，在石縫裡鑽著。火光照到它們，顯出它們在黑暗中還依然生存著。

抬頭看看，火把的光芒，被崖上的大樹擋住。火光照在枝葉的陰面，也是一片紅。那經常受日光的陽面，這時倒在黑暗裡了。

她越走越沉思，越沉思也越沉寂。前面那個打火把的工友未免走得遠些，他就舉了火把過頭，人在火把光下面，向魏太太看過來，因道：「小姐，你慢慢走嘛，我等得起，你朗個不多耍下兒？」

魏太太徑直地爬著坡子。有點累了，這就站定了腳道：「我明天早上還有事，不能通宵地玩啦，你們家幾天有這麼一回場面呢？」

男工道：「不一定咯，有時候三五天一趟，有時候一天一趟，我們四奶奶，她就是喜歡鬧熱*，我看她也是很累咯。我說，應酬比做活路還要累人，今晚上，曉得啥子時候好睡覺啊，有錢的人硬是不會享福。」

在魏太太心裡，正是有點兒良知發現的時候，男工的這遍話，讓她聽著是相當的入耳，這就笑道：「你倒有點正義感，你們公館裡，天天有應酬，你就天天有小費可收，那還不是很好的事嗎？」

那男工並沒有答她的話，把火把再舉一舉，向山腳下的坡子看去，因道：「有人來了，說不定又是我們公館裡來的客，我們等他一下吧。」

魏太太因一口氣跑了許多路，有點氣吁吁的，也就站著不動。

後面那個人不見露影，一道雪亮的手電筒白光老遠地射了上來，放聲道：「田小姐，不忙走，我來送你呀。」

魏太太聽得那聲音了，正是姓洪的，她想答應，又不好意思大聲答應，只是默默地站著。

那男工答道：「洪先生，我們在這裡等你，夜深叫不到轎子，硬是讓各位受累。」

洪五爺很快地追到了面前，喘著氣笑道：「還好還好，我追上了，可以巴結一趟差事。朱四奶奶公館，樣樣都好，就是這出門上坡下坡，有點兒受不了。」

男工笑道：「怕不比跳舞有味。」

洪五爺笑道：「你倒懂得幽默，你回去吧，有我送田小姐，你回去做你的事，這個拿去喝酒。」說時，在火把光裡，見他在衣袋裡掏了一下，然後伸手向男工手裡一塞。

那男工知趣問道：「要得，洪先生要不要牽籐桿*？」

洪先生道：「我們有手電筒，用不著，你滾回去不成？」那男工還沒有聽到「不成」那兩個字，認為洪先生嫌囉唆，搖晃著火把就走了。

洪五爺走向前，挽了魏太太一隻手臂膀，笑道：「還有幾十層坡子呢，我挽著你走上去吧。」

魏太太是和他跳舞過幾小時以上的伴侶，這時人家要挽著，倒也不能拒絕，而且這樣夜深了，很長的一截冷靜山坡路，除了姓洪的，又沒有第三個人同走，自己也實在不敢得罪他，因之她只是默然地讓人家挾著手膀子，並沒有作聲。

姓洪的卻不能像她那樣安定，笑道：「田小姐，怎麼樣，你心裡有點不高興嗎？」

她答覆了三個字：「沒有呀。」又默然了。

洪五爺笑道：「我明白，必然是為了今天手氣不好，心裡有些懊喪，那沒有關係，都算我得了。」

魏太太道：「那怎麼好意思呢，該你的錢，總應該還你。」

洪五爺道：「不但我借給你做本錢那點款子不用還，就是你在皮包裡拿出來的現鈔，我也可以還你，剛才我上樓去，大大地贏了一筆，這並不是我還要賭，就是我想著和你去撈本了，倒是天從人願，本錢都揮回來了。既是把本錢撈回來了，為什麼不交給你呢？」

魏太太道：「你事先沒有告訴我呀，若是你輸了呢？」

洪五爺道：「我不告訴你，就是這個原故了，輸了，乾脆算我的，我還告訴你幹什麼？告訴我替你輸了錢，那是和你要債了，就算不要債，那也是增加你的懊喪。我姓洪的和人服務，那總是很賣力氣的。」

魏太太聽著，不由得格格地笑了一陣。

說著話，不知不覺的走完這大截的山坡路，而到了平坦的馬路上。

魏太太站著看時，電燈照著馬路空蕩蕩的，並沒一輛人力車，便道：「五爺多謝你，不必再送，我走回去了。」

洪五爺道：「不，我得把錢交給你。」說著把聲音低了一低，又道：「那枚大的鑽石戒指，我已經買下來了，也得交給你。」

魏太太聽了這報告，簡直沒有了主意，靜悄悄地和洪先生相對立著巷子口上，而且是街燈陰影下。

在這天色已到深夜一點鐘的時候，街上已很少行人，他們在這巷口的地方站著，那究竟不是辦法，由著洪五爺願做強有力的護送，魏太太也就隨在他身後走了。

但她為了夜深，敲那冷酒店的店門，未免又引起人家的注意，並沒有回去，當她回家的時候，已是早上九點鐘了。

十三 人為財死

她在冷酒店門口行人路邊下了人力車，放著很從容地步子走到自己屋子裡去。

當她穿過那冷酒店的時候，她看到冷酒店的老闆，也就是房東，她將平日所沒有的態度也放出來了，對著老闆笑嘻嘻地點了個頭，而且還問了聲店老闆早。

她經過前面屋子，聽到楊嫂帶兩個孩子在屋子裡說話，她也不驚動他們，自向裡面臥室裡去。這屋裡並沒有人，她倒是看著有人似的，腳步放得輕輕地走到屋子中間來。

她首先是把手皮包放在枕頭下面，然後在床底下掏出便鞋來，趕快把皮鞋脫下，意思是減少那在屋子裡走路的腳步聲。

便鞋穿上了，她就把全身的新製綢衣服脫下，穿上了藍布大褂，然後，她拿起五屜桌上的小鏡子，仔細地對臉上照了一照。

打牌熬夜的人，臉上那總是透著貧血，而會發生蒼白色的，但她看了鏡子，腮上還有點紅暈，並不見得蒼白，她左手拿了鏡子照著，右手撫摸著頭髮，口裡便不成段落的隨便唱著歌曲。

楊嫂在身後笑道：「太太回來了？我一點都不曉得。」

魏太太這才放下手上的鏡子，向她笑道：「我早就回來了，若是像你這樣看家，人家把我們的家抬走了，你還不知道呢。」

楊嫂道：「晚上我特別小心咯，昨晚上，我硬是等到一點鐘，一點鐘你還不回來，我就睡覺了。」

魏太太道：「哪裡的話，昨天十二點鐘不到我就回來了，我老叫門不開，又怕吵了鄰居，沒有法子，我只好到胡太太家去擠了一夜。」

楊嫂道：「今天早上，我就在街上碰到胡太太的，她朗個還要問太太到哪裡去了？」

魏太太臉色變動了一下，但她立刻就笑道：「那是她和你開玩笑的，你以為我在外面玩？為了先生的事，我是求神拜佛，見人矮三尺，昨天受委屈大了。」說著，長長地嘆了一口氣，然後抬起手來拍兩下胸脯道：「我真也算氣夠了。」

楊嫂遠遠地望著她的，這就突然地跑近了兩步，低了頭，向她手上看看道：「朗個的？太太！你手上又戴起一隻金剛鑽箍子？」

魏太太這才看到自己的右手，中指和無名指上全都戴了鑽石戒指，便笑道：「你好尖的眼睛，我自己都沒有理會，你就看到了。這只可不是我的，就是我自己那只小的，我也要收起來，你可不要對人瞎說。」

楊嫂瞇了眼睛向她笑著，點了兩點頭道：「那是當然嘛，太太發了財，我也不會沒有好處。」

魏太太道：「不要說這些閒話了，你該去買午飯菜，兩個孩子都交給我了，下午我要到看守所裡去看看先生，上午我就在家裡休息了。」說著，在枕頭下面掏出了皮包，打了開來，隨手就掏了幾張千元的票票塞到她手上。

這個時候，重慶的豬肉還只賣五百元一斤，她接到了整萬元的買菜錢，她就知道女主人又在施惠，這就向主人笑道：「買朗個多錢的菜，你要吃些啥子？」

魏太太道：「隨便你買吧，多了的錢就給你。」

楊嫂笑道：「太太又贏了錢？」

魏太太覺得辯正不辯正都不大妥當，微笑著道：「你這就不必問了，反正……」說著，把手揮了兩揮。

楊嫂看看女主人臉上總帶著幾分尷尬的情形，她想著，苦苦地問下去，那是有點兒不知趣，於是把兩個孩子牽到屋子裡來，她自走了。

魏太太雖坐在兒女面前，但她並沒有心管著他們，斜斜地躺在床上，將疊的被子撐了腰，在床沿上吊起一隻腳來，口裡隨便地唱京戲。

她自己不知道唱的是些什麼詞句，也不知道是唱了多少時候，忽然有人在外面叫道：「魏太太，有人找你。」

這是那冷酒店裡夥計的聲音，她也料著來的必是熟人，由床上跳下笑迎了出來。那門外過人的夾道裡，站住了一位穿西服的少年，相見之下，立刻脫帽一鞠躬，並叫了一聲田小姐。

魏太太先是有點愕然，但聽他說話之後，立刻在她醉醺醺的情態中恢復了記憶力，這就是昨晚上在朱四奶奶家見面的青衣名票宋玉生，遂喲了一聲道：「宋先生，你怎麼會找到我這雞窩裡來了？」

他笑道：「我是專誠來拜訪。」

魏太太想到自己在朱四奶奶家裡跳舞，是那樣一身華貴，自己家裡卻是住在這冷酒店後面黑暗而倒壞的小屋子裡，心裡便十分感到惶惑，但是自從昨晚和他一度跳舞之後，對他的印象很深，人家親自來拜訪，也可以說是肥豬拱門，怎能把人拒絕了，站著躊躇了一會子，還是將他引到外間屋子來坐。

恰好是她兩天沒有進這房間，早上又經楊嫂帶了兩個孩子在這裡長時期的糟亂，桌上是茶水淋漓，地板上是橘子皮花生皮，幾隻方凳子固然是放得東倒西歪，就是靠牆角一張三屜小桌，是魏端本的書房和辦公廳，也弄得舊報紙和書本遮遍了全桌面，桌面上堆不了，那些爛報紙都散落到地面上來。

魏太太一連的說屋子太髒，屋子太髒，說著，在地面抓了些舊報紙在凳面子上擦了幾下，笑道：「請坐請坐。家裡弄成這個樣子，真是難為情得很。」

宋玉生倒是坦然地坐下了。笑道：「那要什麼緊，在重慶住家的人，都是這個樣子，你不看我穿上這麼一身筆挺的西裝，我住的房子也是這樣的擠窄，所以人說，在重慶三個月可以找到一個職業，三年找不到一所房子。」說著，他嘻嘻地一笑。因為他這向話是斷章取義的，上面還有一句，就是三天可以找到一個女人。

魏太太陪著客，可沒有敢坐下，因為她沒有預備好紙煙，也不知道楊嫂回來燒著開水沒有，請客喝茶，也是問題，只是站著，現出那彷徨無計的樣子。

宋玉生倒是很能體會主人的困難，笑著站起來了，他道：「我除了特意來拜訪而外，還有點小意奉上。田小姐昨天不是對我那煙盒子和打火機都很感到興趣嗎？我就奉上吧。」說著，在西服袋裡把那只景泰藍的煙盒子和那只口紅式的打火機都掏了出來，雙手捧著，送到魏太太面前。

魏太太這才明白他來的用意，笑道：「那太不敢當了，我看到這兩樣小東西好，我就這樣的隨便說了一聲，我也不能奪人之所愛呀。」

宋玉生笑道：「這太不值什麼的東西，除非你說這玩意瞧不上眼，不值得一送，要不然的話，我這麼一點專誠前來的意思，你不好意思推辭的。」

他說的話，是一口京腔，而且斯斯文文的說得非常的婉轉，不用說他那番誠意，就是他這口伶俐的話也很可以感動人，於是她兩手接著煙盒子與打火機，點了頭連聲道謝。

宋玉生看著，這也無須候主人倒茶進煙了，就鞠躬告辭。魏太太真是滿心歡喜，由屋子裡直送到冷酒店門口，還連聲道著多謝。

這個時候，正好陶伯笙李步祥二人由街那頭走了過來，同向她打著招呼。

陶伯笙和魏端本是多時的鄰居，在表面上，總得對人家的境遇表示著關切，這就向前走著兩步，問道：「魏先生的消息怎麼樣了？」

魏太太道：「我是整日整夜地為了這件事奔走，我還到看守所裡去過好幾次，不過他倒是處之坦然，因為他這件事完全是冤枉。」她說著，臉上透著有點尷尬，說句不到屋子裡坐坐，轉身就向屋子裡去了。

李步祥隨在陶伯笙後面，走到他屋子裡，忍不住先搖了兩搖頭道：「這事真難說，這事真難說。」

陶伯笙道：「什麼事讓你這樣興奮？」

李步祥道：「你不看到她送客出來嗎？那客是什麼人？」

陶伯笙笑道：「你也太難了，魏端本也是個青年，他有青年朋友，那有什麼稀奇？」

李步祥道：「魏端本為人我大概也知道，他那人很頑固的，不會帶著漂亮青年向家裡跑的，而況這位漂亮青年還和平常人不同，他是個青衣名票，哪個青年婦女不喜歡這種人呢？」

陶伯笙笑道：「你簡直說得顛三倒四，既然說是人家這行為難說，又說青年婦女都愛漂亮青年。」

李步祥抬起手亂摸了幾下頭，笑道：「反正我覺得這事有點尷尬。」

陶伯笙道：「玩票也是正當娛樂，玩票的人就不許青年婦女和他來往嗎？你可少提這些話，來支煙，我們還是談談我們的正經生意。」

陶伯笙掏出紙煙盒來，向客敬著煙，把他拉著坐下，只是談生意經，把這問題就扯開了。

李步祥本來對這事是無意閒談的，見老陶極力地避免來談，倒越是有些注意，抽著紙煙想了一想，搖了兩搖頭道：

「現在的生意真不大好做，你看到那樣東西會漲價，他偏偏瘟下來，你說那樣東西是個冷門，有半個月就翻成兩倍的。我有個朋友，在年底下就由貴陽運了幾箱紙煙來，不料到了現在為止，紙煙就沒有漲過價，這半年的利錢賠得可以。說到金子，官價變成了三萬五，應該可以不做了，可是只要你有膽量，盡可放手去做。

「老范這回買的幾百兩金子，又翻了一個身子，黑市老是七八萬。他說，下個月初，官價一定要提高，準是五萬到六萬。有錢現在還可以做。一萬五變到兩萬的時候，那是大家大意，把這事錯過了，兩萬變到三萬五的這一關，誰都知道，我們還大大湊上一回趣呢，可是我們全和人家跑路，自己只落個幾兩，賺死了也有限。

「我們就那樣想不通，為什麼不借錢做上一大筆呢？我們就是借重慶市上最高的利，也不會超過十五分去，一百萬才十五萬利息而已，那時一百萬可以做五十兩黃金儲蓄，現在出讓給人，三萬八到四萬一兩，沒有問題，怎麼著也是對本對利。若是再熬兩個月，不用，只熬半個月，等到官價變成了五萬，我們這早期的儲蓄券，五萬二三，人家搶著要，那就賺多了。我們雖然沒有老范的那樣大手筆，可是把什麼東西都變賣了，百十萬元總湊得出來，現在一百萬，可以買到二十八兩，不到兩個月，怕不是一百五六十萬，比做什麼生意都強。」

陶伯笙道：「你那意思是要在五萬元官價還沒有宣布以前，又想搶進。」

李步祥抬起手來搔著頭皮了，他笑道：「你說怎麼辦吧，現在除了做黃金儲蓄，就沒有把握，我做了兩三年的百貨，自問多少有些辦法，可是這幾個月來，我把老底子賠下三分之一去了。前兩天接到湘西朋友來信，那邊百貨總比這裡便宜一半，我有心趕公路跑一趟。但是等我回來了，說不定重慶的貨又垮下去了。貨到地頭死，我豈不要跳揚子江？我想來想去，挑穩的趕，決計把我手上的存貨都賣了，換到了法幣，我再去換黃金。」

陶伯笙道：「這事情倒是可做，不過你還是向老范去請教請教，下個月的黃金官價是不是真會變成五萬呢？」

李步祥道：「你這話可問得外行，老范也不是財政部長，他知道黃金漲不漲價呢？不過這事實是擺在眼面前的。黑市比官價高出一倍有餘，誰做財政部長，也不能白瞪著眼睛，讓買黃金的人賺國家這些個錢。遲早是要漲價的，他又何必等？不過這裡面有點問題，就是經濟專家也沒有把握來解決，那是什麼呢？就是官價漲了，黑市必然也跟著漲，這就事情越搞越糟了。可是我們做黃金儲蓄的人，只要定單拿到手，可不管他這些。」

陶伯笙望了他笑道：「老李，看你不出，你還有這麼一套議論。」

李步祥道：「現在有三個買賣人在一處，哪個不談買金子的事，我不用學，聽也聽熟了。」

陶伯笙道：「這話說得有理，不過我陪你老兄跑了兩天市場，全是瞎撞，一點沒有結果，今天我不奉陪，你單獨的去找老范吧，不過有一層……」

說著，把聲音低了一低道：「關於隔壁那個人兒的事，你不要對老范說，本來我們和魏端本是好鄰居，也是好朋友，我們這就感到十分尷尬，老范和那人我們不都是賭友嗎？多少在老魏面前，我們是帶點嫌疑，若是再加些糾紛，我們在朋友之間可不好相處。」

李步祥笑道：「我才管不著這事呢，這時候，老范大概是在家裡吃飯，我就去吧。」說著，抓起放在桌上的一頂舊帽子，起身就走。

陶伯笙追到門外叫道：「若是買賣談好了，不要忘了我一份啦。」

李步祥笑著說：「自然自然，老范也不是那種人。」

他說了話，看到魏太太帶了兩個小孩子在街上買水果，和她點著個頭，沒說什麼就走了。

他到了范寶華家裡，老范正在客廳裡，桌上擺著算盤帳本，對了數目字在沉吟出神。看到李步祥便道：「你這傢伙，忙些什麼啦，有好幾天都沒有見著你了。」

李步祥道：「你問問府上的女管家，我每天都來問安二次，總是見不著你。我猜你這時該吃飯了，特地來看你。」說著，他伸著脖子，看看桌上的帳本。

范寶華笑道：「你這傢伙也不避嫌疑，我的帳目你也伸著頭看。」

李步祥道：「我也見識見識，你現在到底做些什麼生意呢？」

范寶華笑道：「你呀，學不了我，我現在又預備翻身，我打算把那幾百兩黃金儲蓄券再送到銀行裡去押一筆款子，錢到了手，再買黃金儲蓄券，等到黃金官價變成五萬的時候，把新的一批黃金儲蓄券賣了，少賣一點吧，打個九折，一兩金子，我白撈它一萬，也許是半個月，也許是十天，我就又賺他幾百萬。老李，你學得來嗎？」

他說著這話，得意之至，取出一支煙捲放在嘴裡。唰的一聲，在火柴盒子邊上把火柴擦著，拿火柴盒和拿火柴的手，都覺得是很帶勁。

李步祥在他斜對面的椅子上坐著，偏了頭向他望著。笑道：「老兄，你也是玩蛇的人不怕蛇咬，上次你在萬利銀行存款買金子，上了人家那樣一個大當，還要想去銀行裡設法嗎？」

范寶華道：「哪家銀行做買賣會像萬利這樣呢？他們連同行都得罪了，現在萬利的情形怎麼樣？昨天下午，我由他們銀行門口經過，看到他們在櫃上的營業員像倒了十年的楣，全是瞌睡沉沉的要睡覺，這是什麼原故，不就是想發財的心事太厲害嗎？」

李步祥嘻嘻地笑著，望了范寶華不作聲。

他道：「你今天為著什麼事來了？只要是我幫得到忙的，我無有不幫忙的，你老是作這副吞吞吐吐的樣子幹什麼？」

李步祥道：「我笑的不是這件事，我要你幫忙的事情多了，我還要什麼醜面子，不肯對你說，我笑是笑了，可是我不對你說，老陶再三警告我也不要我對你說。」

范寶華對他臉看了一看，笑道：「你不用說，我也明白，不就是魏太太的事嗎？」

李步祥搖搖頭道：「不是不是！我根本沒有看到她。」說著話時，他臉上紅紅的。

范寶華口角裡銜了煙捲，靠在椅子背上，兩手環抱在懷裡對了李步祥笑著。

李步祥笑道：「其實告訴你也沒有什麼關係，我看到她由家裡送客出來。」

范寶華道：「這比吃飯睡覺還要平常的事，陶伯笙又何必要你瞞著哩？顯然是這裡面有點兒文章。她送客送的是洪老五吧？」

李步祥道：「那倒不是，那個人是位名票友。」

范寶華將大腿一拍道：「我明白了，是宋玉生那小子。昨晚上在朱四奶奶家裡和他只跳舞了一回，怎麼就認識得這樣熟？」

李步祥笑道：「你猜倒是猜著了，但是那也沒有什麼稀奇。」

范寶華道：「自然不稀奇，他們能在一起跳舞，為什麼就不能往來，不過你好像就是為了這事要來報告我的，那能夠是很平常的事嗎？老李，我也是個老世故，難道這點兒事我都看不出來嗎？」

李步祥道：「其實我沒有看到什麼，我就只覺得奇怪，怎麼會由魏太太家裡走出一位青衣名票來？何況魏先生又不在家。」

范寶華冷笑一聲道：「嚇嚇，奇文還不在這裡哩，她昨晚上由朱四奶奶家裡出來，根本就沒有回去，洪五送著她走的，不知道把她送到哪裡去了。我怎麼知道？吳嫂今早上菜市買菜，碰到他們的。算了，不要提她了，我最冤的，是前天送了她半隻鑽石戒指。」

李步祥道：「怎麼會是半隻呢？」

范寶華道：「洪五要我合夥送她的，洪五要討好她，為什麼要我出這一半錢呢？好！我也不能那樣傻瓜，反正羊毛出在羊身上，我得向洪五借一筆資本。我這黃金儲蓄券不要抵押了，我得和洪老五借錢。老李，你幫我一個忙，和我偵探偵探他們的路線。」

李步祥笑道：「你吃什麼飛醋，偵探他們的路線又怎麼樣？這位太太根本不認識洪五，完全是你介紹的。」

范寶華沉著臉子想了一想，點頭道：「當然是我介紹的，我的用意……不說了，不說了，可是不該要我出半個鑽石戒指的錢。**這種女人，好賭，好吃，好穿，現在又會跳舞，我還對她有什麼意思！她丈夫坐了牢，她像沒事一樣，打扮得花蝴蝶子似的，東遊西蕩，那就是個狠心人，也好，落得讓洪五去上她的當。**」

他越說是越生氣，臉子漲得紅紅的。

那吳嫂提了一壺開水，正走出來向桌子上茶壺裡沖著茶，她不住地撩著眼皮，將大眼睛望了主人，卻是抿了嘴笑。

李步祥道：「你笑什麼？我笑我們說田小姐嗎？」

她冷笑道：「啥子小姐喲，不過是說得好聽吧？我們做傭人的，不敢說啥子，她來了，先生叫我朗個招待，我就朗個招待，實說嘛，招待別個，別個是不見情的。」

她口裡這樣批評，對於生人卻又顯出特別的殷勤，將新泡的茶斟上了一杯，從從容容地送到別人面前。主人雖然嫌她多嘴。可是由於她的恭順態度，先就忍住了那份不快，加之她兩手捧出茶杯過來時，那兩隻手又洗得乾乾淨淨，也覺得這傭人是不容易雇請得到的，於是接著她的茶碗，向她點了兩點頭，表示著接受她的勸告。

吳嫂這就更得意了，索性站在主人面前不走開，問道：「說不定要一下，她又要來咯，她來了，你撇她嘛。」

范寶華哈哈笑道：「那又何至於，她這樣亂搞，我倒是原諒她，**她愛花，丈夫沒有錢，自己也沒有錢，只要搞得到錢，她就什麼不管了。**」

李步祥道：「**人為財死，鳥為食亡**，誰不是這樣？」

范寶華搖搖頭道：「那也不盡然，她要肯像其他公務員的眷屬一樣過著苦日子，不賭錢，不要穿漂亮衣服，她用不著這樣亂搞了。」

吳嫂道：「對頭！無論男女，總要有志氣嘛，我窮，我靠了我的力氣和人家做活路，我也不會餓死。」

李步祥笑著伸了個大拇指向她笑道：「那沒有話說，吳嫂是好的。」

范寶華雖是這樣說了，但他不肯再說什麼，只是捧了那杯茶默然地坐著。李步祥看他那臉色，也不說什麼，吳嫂不知道他們是什麼意思，也自走開，但是加強了她一個信念，對於魏太太是無須再客氣的了。

在這日的下午，吳嫂這個計畫就實現了。

約莫是下午三點鐘，魏太太穿了一身鮮豔的衣服就來敲門。她那敲門的動作，顯然是不能和普通人相同，兩三下頓一頓，而且敲的也不怎麼響，那個動作，分明是有點膽怯。

吳嫂在開門的習慣裡，她已很知道這事了，現在聽到魏太太那種敲門的響聲，她就搶步出來，比往日懶於去開門的情形那是大變了，她在門裡就大聲問道：「哪一個？范先生不在家。」

魏太太聽了是吳嫂的聲音，就輕聲答道：「吳嫂，是我呀，我給你們送吃的來了。」這聲音是非常的和緩，吳嫂拉開門來，卻見魏太太手上提著柳條穿的兩尾大鯉魚，她很怕這魚涎會染髒了她的衣服，把手伸得直直的，將魚送了出去。

她笑道：「吳嫂，快提進去，這魚還是活的，拿水養著嘛。」

吳嫂搖搖頭道：「先生不在家，我們不要，我也做不得主。」

她這樣說著時，臉上可不帶一點笑容，黑腮幫子繃得緊緊的，很有幾分生氣的樣子。

魏太太道：「這有什麼做不得主的呢，兩條魚交給你，也沒有教你馬上就吃了牠。范先生回家來，他要是不肯受，你就把魚退還給我，也就沒有你的責任了。我和范先生也不是初交，送這點東西給他，也值不得他掛齒。」

她說著話時，也不免有點生氣，她心裡想著：好像送魚來你們吃，倒要看你們下人的顏色，於是把手上提的魚向大門裡面石板上一丟，淡笑道：「范寶華回來了，由他去處理吧。」

吳嫂看她這樣子，卻不示弱，也笑道：「交朋友，你來我往，都講的是個交情嘛！……朋友若是對不住別個，別個留啥子交情，洪五爺比我們先生有錢，那是當然，就比我們先生交得到女朋友，我們先生也是不怕上當，第一個碰到啥子袁小姐喲，落個人財兩空，現在買起金剛鑽送人，又落到啥子好處嘛？」

她說著話時，將頭微微偏著，眼睛是白眼珠子多，黑眼珠子少，那一臉瞧不起人的樣子，是誰也知道她的用意何在。

魏太太倒沒想到好意送了東西來，倒會受老媽子一頓奚落，也就板了臉道：「吳嫂，囉哩囉唆，你說哪個？我為了范先生喜歡吃魚，買到兩條新鮮的，特意送了來，這難道還是惡意，你這樣不分青紅皂白亂說，你忘記了自己是個老媽子。」

吳嫂道：「是老媽子朗個的？我又不做你的老媽子。老實說，我憑力氣掙錢，乾乾淨淨，沒得空話人說，不做不要臉的事情。」

她越說聲音越大，這裡的左右鄰居聽到那罵街的聲音，早已有幾個人由大門裡搶出來觀望。

魏太太將身子一扭道：「我不和你說，回頭和你主人交涉。」說著，她就開快了步子，向街上走去。

她又羞又氣，自己感到收拾不了這個局面，低著頭走路分不出東西南北，自己也不知道是要向哪裡去。及至感到身邊來往的人互相碰撞著，抬頭定睛細看，才知道莫名其妙的走到了繁華市中心區精神堡壘。

她站在一幢立體式的樓房下面，不免呆了一呆，心裡想著：這應當向哪裡去，還是回家？還是找個地方玩去？回家沒有意思，反正兩個孩子都交給了楊嫂了。不過要說是去玩的話，也不妥當，有一個人去玩的嘛？事前並沒有約會什麼人去玩，臨時抓角色，誰願意來奉陪！現在總算有了時間，不如趁此機會，到看守所裡去看看丈夫。

本來在魏端本入獄以後，還只看過他一次，無論如何這是在情理上說不過去的，就是每逢到親友問起來，魏先生的情形怎麼樣時，自己也老是感覺到沒有話答覆人家，現在到看守所裡去和他碰一次頭，至少在三兩天以內，有人問魏端本的事，那是可以應付裕如的，她有了這麼個主意，就向看守所那條大街上走去。

當她走了百十步之後，抬頭一看電線桿上的電燈已經在發亮，她忽然想著：雖然丈夫關在看守所裡，而探監是什麼手續，自己還毫無所知，到了這個時候，法院還允許人去探看犯人嗎？

她遲疑著步子，正在考慮著這個問題，她忽然又想著：法院讓不讓進去，那是法院的事，去不去，卻是自己的事，就算魏端本是個朋友吧，也可以再去看看，何況自己正閒著呢。

她是這樣地想，也就繼續地向前走。忽然有人在面前叫了一聲：「田小姐。」站住腳向前看看，乃是洪五夾了一個大皮包，挺了胸脯走過來。

他第二句便問：「到哪裡去？」

魏太太道：「我上街買點東西，現在正要回家。」

洪五牽著她的袖子，把她牽到人行路邊一點，笑道：「不要回家了，我帶你一個很好的地方去吃晚飯。」

她道：「這樣早就吃晚飯，總也要到六點鐘以後再說吧。」

洪五道：「當然不是現在就去，現在我也有一點事，我說的也是六點鐘以後的事，現在我還要到朋友那裡去結束一筆帳，你可不可以和我一路去？」

魏太太道：「你和朋友算帳，我也跟了去，那算怎麼回事？」

洪五道：「這個我當然考慮到的，但是我說去找的朋友之家，並不是普通人家，他們家根本就是門庭若市。你就不和我去，單獨地也可以去的，走吧走吧。」說著，挽了她一隻手就要向前拉。

魏太太扯著身體道：「那我不能去，我知道什麼地方？」

洪五笑道：「你想，我會到哪裡去算帳結帳呢？無非是銀行銀號。銀號裡，誰不能去呢。」

魏太太道：「能去，我為什麼要去。」

洪五笑道：「我給你在那裡開個戶頭，你和他們做來往，你還不能去嘛？」

魏太太聽了這話，內心一陣奇癢，那笑容立刻透上了兩腮，可是她不肯輕易領這個人情，卻向他笑道：「你開什麼玩笑，你也當知道我是不是手上拿著現款不用的人，我會有錢拿到銀行裡去開戶頭嗎？」

洪五道：「我又不是銀行裡的交際科長，我憑什麼拉你到銀行裡去開戶頭？我說這話，當然用不著你出錢。」

魏太太終於忍不住笑出來了，就扶了他的手臂道：「那我們就一路去看看吧，反正我也不會忘記你這番好意。」

洪五一面和她並肩走著，一面笑道：「直到現在，你應當知道你的朋友裡面，是誰真心待你。」

魏太太走著路，將手連碰了他兩下手臂，因道：「這還用得著你說嗎？我把什麼情分對待你，你也應當明白。」

洪五笑道：「但願你永遠是這個態度，那就很好。」

魏太太道：「我又怎麼會不是這個態度呢？」

兩人越說越得勁，也就越走越帶勁，直走到一家三祥銀號門口停了腳步，魏太太才猛然省悟，**這事有點不對，現在已是四點多鐘，銀行裡早已停止營業，就是銀號也不會例外，這個時候，到銀號裡去開個什麼戶頭？**她的臉上立刻也現出了猶豫之色。

洪五見她先朝著銀號的門看看，然後臉上有些失望，立刻也就明白了，笑道：「你以為銀號營業已經過了時，我說的話是冤你的嗎？我果然冤你，冤你到任何地方去都可以，我何必冤你到銀號裡來，而況銀號這種地方……」

魏太太恐怕透出自己外行，這就向他笑道：「你簡直像曹操，怎麼這樣多心？我臉上大概有些顏色不平常吧？這是我想起了一樁心事，這心事當然是和銀行銀號有關的，這個你就不必問了。」

洪五果然也不再問，向她點了兩個頭，引著她由銀號的側門進去。

這銀號是所重慶式的市房，用洋裝粉飾了門面的。到了裡面，大部分的屋子是木板隔壁，木板上開了不少的玻璃窗戶，電燈一齊亮著，隔了窗戶，可以看到裡面全是人影搖動。經過兩間屋子時，還聽到裡面撥動算盤子的聲音，放爆竹似的，她這就放了大半顆心，覺得銀號的大門雖然關了，可是裡面辦業務的人那份工作緊張，還有很驚人的，也許是熟人在這時候照樣的開戶頭，這些她就不多言，隨了洪五，走到後進屋子裡去。

正面好像是一間大客廳，燈火輝煌中，看到很多人在裡面坐著，喧嘩之聲也就達於戶外。但洪五並不向那裡走，引著她走進旁邊一間屋子裡去，這裡是三張籐製仿沙發椅子，圍了一張矮茶几，倒是另有一套寫字桌椅，彷彿是會客而兼辦公的屋子。

他進來了，隨著一位穿西裝的漢子也進來了。他向洪五握著手笑道：「五爺這幾天很有收穫。」

洪五笑道：「算不了什麼，幾百萬元鈔票而已，現在的幾百萬元，又做得了什麼大事。」於是給他向魏太太介紹，這是江海流經理。介紹過之後，他立刻聲明著道：「我介紹著田小姐在貴號開個戶頭，希望你們多結十點利息。」

江海流笑道：「請坐請坐，五爺介紹的那不成問題，今天當然是來不及了，當然是支票了，請把支票交給我，我開著臨時收據，明天一早就可以把手續辦好。」

他一面說話，一面忙著招待，叫人遞茶敬煙。

洪五先坐下來，他似乎不屑於客氣，首先把皮包打開來，見江海流坐在對面椅子上，就向他笑道：「明天又是比期，我們得結一結帳了。」

江海流見茶房敬的煙放在茶几上沒有用，客人似乎嫌著煙粗，這就在西服袋裡掏出賽銀扁煙盒子來，打開了蓋，托著送到洪五面前笑著：「來一支三五吧，五爺。」

洪五伸手取了一支煙，還轉著看了一看。笑道：「你這煙果然是真的，不過新貨與陳貨大有區別。」

江海流道：「若是戰前的煙，再好的牌子也不能拿出來請客吧？」說著，收回了煙盒子，掏出打火機來，打著了火給洪五點煙。

洪五伸著脖子將煙吸著了。點了兩點頭笑道：「不錯，是真的三五牌。」他將左手兩個指頭夾住了紙煙，尖著嘴唇，箭一般的，噴出一口煙來。

魏太太在一邊看著，見他對於這位銀號經理十分地漫不經心，這就也透著奇怪，不住地向主客雙方望著。

洪五向她微笑了一下，似乎表示著他的得意，然後將放在大腿上的皮包打開，在裡面取出一疊像合同一樣的東西，右手拿著，在左手手掌心裡連連的敲打了幾下，望了江海流微笑著道：「我們是不是要談談這合同上的問題？」

江海流看到他拿出那合同來的時候，臉色已經有點變動，這時他問出這句話來，這就在那長滿了酒刺的長方臉上，由鼻孔邊兩道斜紋邊聳動著發出笑容來。他那兩隻西服的肩膀，顯然是有些顫動，彷彿是有話想說而又不敢說的樣子，對了洪五，只是微點了下巴頦。

洪五道：「你買了我們的貨，到期我若不交貨，怕不是一場官司，現在我遵守合同，按期交你們的貨，你們倒老是不提，可是我們拋出貨去的人，就不能說硬話了，貨不是還在手上嗎？自然我可以沒收那百分之二十的定錢，但是那不是辦法，因為我是缺少頭寸才賣貨的，沒有錢，這比期我怎麼混得過去？我若是不賣給你們，賣給別人的話，在上個比期，我的錢就到手了。我已經賠了一個比期的利息，還要我賠第二個比期的利息嗎？」

他口裡這樣說著，手上拿了那合同，還是不住地拍打著。

江海流笑道：「這話我承認是事實，不過洪先生很有辦法，這一點貨凍結不到你，我們也是頭寸調不過來。若是頭寸調得過來的話，我們也不肯犧牲那筆定錢。」

洪五嚇嚇地冷笑了一聲道：「犧牲那筆定錢？做生意的人都是這樣的犧牲，他家裡有多少田產可賣？本來嘛，每包紗現在跌價兩三萬，一百包紗就是二三百萬。打勝仗的消息，天天報上都登載著，說不定每包紗要跌下去十萬，有大批的錢在手上，不會買那鐵硬的金子，倒去做這跌風最猛的棉紗。不過當反過來想一想，若是每包紗漲兩三萬，我到期不交貨，你們是不是找我的保人說話？」

江海流經理果然是有彈性的人物，儘管洪五對他不客氣，他還是臉上笑嘻嘻的，等他說完了，這就點點頭道：「五爺說的話，完全是對的，但是我們並不想拿回那筆定錢，也就算是受罰了，只要我們肯犧牲那筆定錢，我們也就算履行了合同。」

洪五道：「當然我不能奈你何，可是這一百包紗放到了秋季，你怕我不翻上兩番。那東西也不臭不爛，我非賣掉不可嗎？你們以為我們馬上收回武漢，湖北的棉花就會整船的向重慶裝，沒有那樣容易的事；打仗不是做投機買賣，說變就變，明年秋天也許都收復不了武漢，你們不要你以為我一定要賣給你們！但是我也不能無條件甘休，我這裡有二百兩黃金儲蓄券，在你們貴號抵押點款子用用，請你把利息看低一點，行不行？」說著，他把那張合同再放進皮包，再把裡面的黃金儲蓄券取出來。

魏太太在旁邊側眼看著，大概有上十張，她想，洪五說是有二百兩黃金，那絕不錯，他無非又是套用老范那個法子，押得了錢再去買黃金。

那江海流恰也知道他這個意思，便向他笑道：「五爺大概證實了，黃金官價下個月又要提高，轉一筆現鈔在手上，再拿去買黃金儲蓄。」

洪五笑道：「既然知道了，你就替我照辦吧。」

江海流向他微笑著，身子還向前湊了幾寸路，做個懇切的樣子，點了頭道：「過了這個比期再辦，好不好？」

洪五笑道：「你以為我過得了比期？」

正說到這裡，一個茶房進來說有電話，江海流出去接電話去了，洪五悄悄地向她笑道：「你看到沒有？不怕他是銀號裡的經理，我小小地敲他一個竹槓，他還是不能不應酬。」

魏太太看他可以壓倒銀行家，也是很和他高興的，向他低聲道：「你真可以的。」

洪五笑著點了兩點頭，彼此默然相視而笑。

這就聽到江海流在隔壁屋子裡接電話，發出了焦急的聲音道：「這就不對了，顏先生……我們這樣好的交情，你不能在比期的前夜給我們開玩笑，這個日子，我們差不了兩千萬。」

說到這裡，他接連地稱是了一陣，彷彿是聽電話那邊的人訓話，隨後他又道：「雖然我們也做了一點黃金儲蓄，那都是同事們零星湊款，大家湊趣的。你真要我們把這些儲蓄券拿出來，也未嘗不可以，不過顏先生對我們小號的交情就似乎有點欠缺了。哦！說到洪五爺，他正在我們這裡。我們的帳目全都答應展期了。哦！要洪五爺說話，好好！」

聽到這裡，洪五自取出紙煙來吸著，頭放在椅子靠背上，兩眼翻著望了天。煙由口裡噴出來，像是高射炮。這時，江海流走了進來，一路的拱著揖，他笑道：「五爺，顏老總來了電話，正和我們為難，請你去給我們圓轉兩句，我說你的帳目已經解決了。」

洪五笑道：「全都解決了？拿貨款來。」說著，伸出一隻手向江海流招了幾招。

江海流還是抱了拳連連地拱著。

洪五站起來笑道：「我的話不能白說，你得請我吃一頓。」

江海流道：「那沒有問題，我一定辦到，我一定辦到。」口裡說著，手上還連連的拱著。在這種客氣的條件下，洪五就跟著走了。

魏太太坐一旁，雖沒有開言，可是她心裡想著：洪五和老范同是做投機買賣的人，那就相差得多了，老范到銀行裡去求人，還要吃萬利銀行的虧，老洪到這銀號裡來，只管在經理面前搭架子，這位經理還是不住地向他說好話，這也就可以知道兩個人的勢力大小了。

她這樣想著，就不免對那皮包注視了一下。

洪五走得匆忙，他丟下皮包，起身就出門去了，這皮包恰是不曾蓋起來，三折的皮面全是敞開的，而且皮包就放在椅子上她手邊。她隨手在皮包夾子裡掏了一下，所掏著的是整疊的硬紙，抽出來看時，便是洪五剛才表現的那疊黃金儲蓄券，當面一張，填的數目就為五十兩，戶頭是洪萬順。

洪五的名字叫清波，倒是相當雅致的，這個戶頭絕對是個生意買賣字號，這可見做黃金儲蓄的人，隨便寫戶頭，不必和他的本名有什麼關係。

她一面想著，一面翻弄著那疊黃金儲蓄券。這裡面的數目有十兩八兩的，戶頭有趙大錢二之類的。她想著，順便和老洪開開玩笑，把那戶頭普通的給抽下兩張，看他知道不知道。她帶著笑容，就抽出三張儲蓄券來，順手塞到衣服袋裡，把其餘依然送到洪五的皮包裡去。

她這時幾乎是五官四肢一齊動用，手裡做事，耳朵卻聽著洪五在隔壁屋子裡打電話，但聽他哈哈大笑，說一切好商量好商量，似乎正在高興頭上，這又隨手在皮包裡摸索一陣，拿出來一大疊單據來看看，裡面有本票，有收條，有支票。

其中的支票，也形式不一，有劃現的，有抬頭的，也有隨便開的，數目字都是幾十萬，而其間幾張銀行本票，至少的也是十五萬，在賭場上時，見著中央銀行的五萬元本票，大家都笑著說要把它贏了過來，當為個良好的彩頭。

中央銀行的本票，和其他銀行的本票又不同，拿到大街上去買東西，簡直當現鈔用，這時眼面前就擺著有十五萬元，五十萬元，七十萬元的中央銀行本票。為什麼不順手拿過來呢？心裡這一反問，她又把三張本票揣到口袋裡去了。

但那些支票，她拿在手上，還看了沉吟著。她想劃現和抬頭支票當然不能拿，就是普通支票也當考慮，到銀行裡去取現的時候，很可能會遭受到盤問的。

她正是拿不定主意，就聽到洪五在電話裡說著再會，這也就不能再耽誤了，立刻把所有的支票收條一把抓著，向那皮包裡塞了進去。

接著聽到洪五在屋子外面笑著：「該請客了，一切是順利解決。」

她心裡到底是有點搖撼，她就站起身來，迎到屋子門口去，手皮包也夾在肋下。看到了洪五，首先表示著一種等得不耐煩的樣子，然後皺了眉道：「我還有事呢，要先走了，反正今天開戶頭也來不及了。」

洪五笑道：「田小姐，你忙什麼呢？這裡江經理要請客呢。」

江海流在後面跟著來，臉上也是笑容很濃，而且這番笑意不是先前那番苦笑，而是眉飛色舞由心裡高興出來的樣子。他鞠著半個躬道：

「田小姐，你倒是不必客氣，我們敝號裡有個江蘇廚子，一部分朋友都說他的手藝可以，隨便三五個人邀著到我們這裡來吃便飯的事，常常有之，剛才問過了廚子，今天正買著了一條好新鮮青魚。」

洪五走進屋子來，很不經意地收起了他的皮包在手上提著，向她笑道：「他們的便飯，可以叨擾，我說市面上的話，負責要得。」

魏太太最是愛吃點兒好菜，洪五點明了要江經理請他，而江經理請的就是在本銀號裡面，想必這廚子必定不錯，而且認識這位銀號經理，對自己也沒有什麼不好之處，也就笑著點點頭道：「那就叨擾吧。」

於是洪五在前引路，魏太太跟著，最後是江海流壓陣。

走了幾步，江海流在後叫道：「田小姐，你丟了東西哩。」可是她回頭看時，臉就通紅了。

原來江經理所說魏太太遺落的東西，這是讓人注意的玩意，乃是一張中央銀行五十萬元的本票。

那江經理口裡說著，已是在地面上將這張本票撿了起來，手裡高高地舉起，向她笑道：「田小姐，你失落這麼一張本票，大概不算什麼，可是非親眼得見由你身上落下來，我撿著了這張東西，還是個麻煩，收起來，怕是公家的；不收起來，交給誰？」

魏太太深怕他洩漏這秘密，他卻偏是要說個清清楚楚。她趕快回轉身來，說了聲謝謝，將這張本票接了過去，立刻向身上揣著。

洪老五對於這事，倒也並沒有怎樣地介意，他們賓主三人都到了樓上的時候，這位江經理真肯接受洪老五的竹槓，在餐廳裡特意的預備下了一張小圓桌，桌子上除已擺下菜碟而外，還有一把精美的酒壺，放在桌子下首的主位上。

魏太太對於這酒的招待很有戒心，看到之後，就喲了一聲，洪老五好像很瞭解她這個驚嘆姿態，立刻笑道：「沒有關係。你不願喝，你就不必喝吧，這是江經理待客的一點誠意。」

魏太太說了聲多謝，和洪老五同坐下。

吃時，除了重慶所謂雜鑲的那個冷葷之外，端上來的第一碗菜，就是紅燒海參。魏太太心裡正驚訝著，洪五舉起筷子瓷勺來，先就挑了一條海參，放到她面前小碟子裡去，笑道：「在戰前，我們真不愛吃海參，可是這五六年來，先是海口子全封鎖了，後來是濱海各省的交通也和內地斷了關係，海參魚翅這類東西就在館子裡不見面了。後方的人，本來沒有吃這個的必要，也就沒有人肯費神，把這東西向裡運，不過，有錢的人總是有辦法，他要吃魚翅海參的話，魚翅沒有，海參總有。」

說著，他伸著筷子頭，向海參菜碟子裡連連地點了幾下，又笑向魏太太道：「有款子只管放到三祥銀號來，你看江經理是一位多麼有辦法的人。」

江海流笑道：「這也不見得是有什麼辦法。有朋友當衡陽還沒有失守的時候，由福建到重慶來，就帶些海味送人。我們分了幾十斤乾貨，根本沒有捨得吃。現在勝利一天一天地接近，吃海參的日子也就來了，這些陳貨可以不必再留，所以我們都拿出來請客。大概再請幾回，也就沒有了。」

洪五向魏太太笑道：「我說怎麼樣，有個地方可以吃到好菜吧？這些菜在館子裡你無論如何是吃不到的。」

正說到這裡，茶房又送一盤海菜來，乃是炒魷魚絲，裡面加著肉絲和嫩韭菜紅辣椒，顏色非常的好看，她笑道：「戰前我就喜歡吃這樣菜，雖然說是海菜，每斤也不過塊兒八毛的，現在恐怕根本沒有行市吧？」她含笑向江海流望著。

江海流道：「魷魚比海參普通得多，館子裡也可以吃到，田小姐愛吃這樣菜，可以隨時來，只要你給我打個電話，我就給你預備著，吃晚飯吃午飯都可以。」

洪老五笑道：「這話是真，他們哪一餐也免不了有幾位客人吃便飯，今天除了我們這裡一個小組織，那邊大餐所裡還有一桌人。」

魏太太笑道：「這可見得江經理是真好客啊。」

他們說著話，很高興地吃完了這頓飯。

依著江海流的意思，還要請兩人喝杯咖啡。可是魏太太心裡有事，好像挺大的一塊石頭壓在心上似的，這顆心只是要向下沉著，便笑道：「江經理，我這就打擾多了，下次……」

她說到下次，突然地把話忍住，喲了一聲道：「這話是不對的，出是剛吃下去，我又打算叨擾第二頓了。」說著話，她就起身告辭。

主人和洪老五都以為她是年輕小姐好面子，認為是失了言，有些難為情，所以立刻要走，也就不再去挽留她了。

洪老五確是有筆帳要和三祥銀號算，只跟著她後面，送到銀號門口，看到身後無人，悄悄地笑道：「對不住，我不曉得你要先走，要不然，我老早就把帳結了，和你一路看電影去，今天晚上你還可以出來嗎？我還有點東西送你。」

魏太太笑道：「今天晚上我可不能出來了。」

洪五搶上前一步，握著她的手，搖撼著笑道：「你一定要來，哪怕再談半小時呢，我都心滿意足。上海咖啡店等你，好嗎？」

魏太太因他在馬路上握著手，不敢讓他糾纏得太久了，就點了頭道：「也好吧。」說著，把手摔了開來。

但洪五並不肯放了這件事，又問道：「幾點鐘？九點鐘好嗎？」

魏太太不敢和他多說話，亂答應了一陣好好，就走開了。

她回到家裡，首先是把衣兜裡揣著的黃金儲蓄券和本票拿出來，她是剛進臥室門的，看到這兩樣東西還在，她回轉身來將房門掩上，站在桌子邊，對了電燈把數目詳細地點清著。

儲蓄券是七兩一張，八兩一張，二十五兩一張，共是四十兩，本票是十五萬元一張，五十萬元一張，七十萬元一張，共一百三十五萬。這個日子，四十兩金子和一百三十五萬元的現款，那實在不是一件平常的事。這儲蓄券是新定的，雖然要到半年後才可以兌到黃金，可是現在照三萬五一兩的原價賣出去，應該沒有什麼困難，就算買主要貪點便宜，三萬整數總可以賣得到手，那就是一百二十萬了。

二百多萬的現款拿在手上，眼前的生活困難總算是可以解決的，何況手上還零碎積攢得有幾十萬塊錢，兩隻金鐲子，兩隻鑽石戒指，這也是百萬以上的價值，有三百多萬元，勝利而後定是可以在南京買所房子。

她拿了幾張本票和黃金儲蓄券在手上看著，想得只管出神，忽然房門推著一下響，嚇得她身子向後一縮，將手上拿的東西背了在身後藏著，其實並沒有事，只是楊嫂兩手抱了小渝兒送進房來，因為她沒有閒手推門，卻伸了腳將門一踢。

魏太太道：「你為什麼這樣重手重腳？膽子小一點，會讓你嚇掉了魂。」

楊嫂笑道：「往日子我還不是這樣抱著娃兒進來？我早就看到太太進來，到現在，衣服還沒有脫下，還要打算出去唆？」

魏太太道：「這個時候了，我還到哪裡去。你把孩子放下來，給我買盒子煙去。」

楊嫂笑道：「太太買香煙吃，這是少見的事喀，有啥子心事吧？」

魏太太的手皮包還放在桌上，就打了開來，取了兩張鈔票交給她，楊嫂當然不追究什麼原因，將孩子放在床上，拿了錢就出去了。

魏太太將本票和黃金儲蓄券又看了一看，對那東西點了兩點頭，就打開了皮包，把兩本票子都放了進去，且把皮包放在床頭的枕頭底下，自己身子靠了木架子的床欄桿坐著，手搭在欄桿上，托了自己的頭，左腿架在右腿上不住地前後搖撼。她的眼睛望了面前一張方桌子，回想到在三祥銀號摸洪五皮包的那一幕。

她想著不知有了多少時候，楊嫂拿一包煙，走進屋子來，看到她雖坐在床沿上，穿的還是出門的衣服，架著的腿還是著皮鞋呢，笑道：「硬是還要出去。」

她站在主人身邊，斜了眼睛望著。魏太太倒不管她注意，拿了煙盒子過來，取一支煙在嘴裡銜著，伸了手向楊嫂道出兩個字：「火柴。」她兩隻眼睛還是向前直視著，儘管想心事。

楊嫂把火柴盒子遞到她手上，她擦了一根火柴，把紙煙點著了，就遠遠地將火柴盒子向方桌上一扔。還是那個姿態，手搭在床欄桿上，身子斜靠著。不過現在手不托著頭，而是將兩個指頭夾了紙煙，她另一隻手的指頭，卻去揉搓著衣襟上的紐扣。

楊嫂這倒看出情形了，很從容地問道：「今天輸了好多錢？二天不要打牌就是，錢輸都輸了，想也想不轉來。先生在法院裡還沒有出來。太太這樣賭錢，別個會說空話的。你是聰明人，啥子想不透。」

魏太太噴著煙，倒噗嗤一聲笑道：「你猜的滿不是那回事，你走開吧，讓我慢慢地想想看。給我帶上門。」

楊嫂直猜不出她是什麼意思，就依了她的話出去，將房門帶上。

她靜靜地坐著，接連地吸了四支煙。平常吸完大半支紙煙，就有些頭沉沉的，沒有法子把煙吸完，這時雖然吸了四支煙，也並不感到有什麼醉意。

她還是繼續地要吸煙，取了一支煙在手，正要到方桌子上去拿火柴，卻聽到陶太太在房門外問道：「魏太太在家裡嗎？」

她答道：「在屋子裡呢，請進來。」

陶太太推門進來，見她是一身新豔的衣服，笑道：「我來巧了，遲一步，你出門了。」

魏太太道：「不，我剛回來，請坐坐吧。」

陶太太道：「我不坐，我和你說句話。」說著，她走到魏太太身邊，低聲道：「老范在我們那裡，請你過去。」她說這話時，故意莊重著，臉上不帶絲毫的笑容。

魏太太道：「我還是剛回來，不能賭了，該休息休息。」

陶太太搖了頭笑道：「不邀你去賭錢。范先生說，約你去有幾句話說。」

魏太太道：「他和我有話說？有什麼話說呢？我們除了賭錢，並沒有什麼來往，你說我睡了，有話明日再談吧。」

陶太太兩手按了方桌子，眼光也射在桌子面上，似乎不願和她的目光接觸，放出那種不在意的樣子道：「還是你去和他談談吧，我夫妻都在當面，有什麼要緊呢？他原來是想逕自來找你的，後來一想，魏先生不在家，又是晚上，他就到我家去了。看他那樣子，好像有什麼急事的樣子。」

魏太太低頭想了一想道：「好吧，你先回去，我就來。」

陶太太倒也不要求同走，就先去了。

魏太太將床頭外的箱子打開，將皮包裡的東西都放到箱子裡去，手上兩個鑽石戒指也脫了下來，都塞到箱子底衣裳夾層裡去，然後，把身上這套鮮豔的衣服換下，穿起青花布袍子，皮鞋也脫了，穿著便鞋。

她還怕這態度不夠從容的，又點了一支紙煙吸著，然後走向陶家來。

在陶伯笙的屋子外面，就聽到范寶華說話，他道：「交朋友，各盡各的心而已。到底誰對不住誰，這是難說的。」

魏太太聽到這話，倒不免心中為之一動，便站住了腳不走，其後聽到老范提了一位朋友的姓名，證明那是說另外的人，這就先叫了聲范先生，才進屋去。

見陶伯笙夫妻同老范品字式的在三張方凳子上坐著，像是一度接近了談話，點了個頭笑道：「范先生找局面來了？」

范寶華也只點了個頭，並不起身，笑道：「可不是找局面來了，這裡湊不起來，我們同到別個地方去湊一場，好不好？」

魏太太道：「女傭人正把孩子引到我屋子裡來，晚上我不出去了。」

范寶華道：「那就請坐吧，我有點小事和你商量商量。」

魏太太看他臉上放出了勉強的笑容，立刻就想到所談的問題不會怎樣的輕鬆，於是將兩個手指夾了紙煙，送到嘴裡吸了一口，然後噴出煙來笑道：「若要談生意經，我可是百分之百的外行。」

說著，她自拖了一隻方凳子，靠了房門坐著。

范寶華道：「田小姐，你不會做生意？那也不見得吧？明天是比期，我知道你到電燈上火了，還在三祥銀號，不知道你是抓頭寸呢？還是銀號向你要頭寸。」

魏太太立刻想到，必是洪五給他說了，哪裡還有第二個人會把消息告訴他，立刻心裡怦怦跳了兩下，但她立刻將臉色鎮定著笑道：「范先生不是拿窮人開心？銀號會向我這窮人商量頭寸？人家那樣不開眼。」

范寶華道：「這個我都不管，那家銀號的江經理不是請你和洪五爺吃飯嗎？洪五爺掉了一點東西，你知道這事嗎？」

她聽到這話，心房就跳得更厲害了，但她極力地將自己的姿態鎮靜，不讓心裡那股紅潮湧到臉腮上來，笑著搖搖頭道：「不知道，我們在那銀號樓上吃完了晚飯，江經理還留我們喝咖啡呢。我怕家裡孩子找我，放下筷子就走了。洪五爺是後來的，他掉了什麼東西呢？在銀號裡丟得了東西嗎？」

范寶華道：「哦！你不知道那就算了，我不過隨便問一聲。」

魏太太見他收住了話鋒，也落得不提，立刻掉轉臉和陶太太談話，約莫談了十分鐘，便站起來道：「孩子還等著我哄他們睡覺，我走了，再見。」

她說得快，也就走得快，可是走到雜貨店門外，范寶華就追上了，老遠地就叫道：「田小姐，問題還沒有了，忙著走什麼。」

他說話的聲音很沉著，她只好在店家屋簷下站著。

范寶華追到她面前，回頭看看，身後無人，便低聲道：「你今大是不是又賭輸了錢？」

魏太太道：「我今天沒賭錢，你問我這話，什麼意思？我倒要問你，我今天好心好意，送兩條新鮮魚到你家去，你那位寵臣吳嫂為什麼給我臉子看？不讓我進門，這也無所謂，我就不進去，指桑罵槐，莫名其妙說我一頓，用意何在？」

范寶華道：「吳嫂得罪了你，我向你道歉，至於我問你是不是又賭輸了，這是有點緣故的，因為你一賭輸了想撈回本錢，就有些不擇手段，當然我說這話是有證據的，絕不能信口胡謅。」

魏太太道：「我為了那件事，被你壓迫得可以了，你動不動就翻陳案，你還要怎麼樣呢？今天我不是還送新鮮魚給你吃嗎？我待你不壞呀。」

范寶華聽了她這話，心裡倒軟了幾分，因低聲道：「佩芝，你不要誤會，我來找你說話，完全是好意，不是惡意，**洪老五那個人不是好惹的，而且他對你一再送禮，花錢也不少，你為什麼……**我不說了，你自己心裡明白。」

魏太太道：「我明白什麼？我不解。洪老五他在你面前說我什麼？」

范寶華道：「他說他在三祥銀號去打電話的時候，皮包放在你身邊，他丟了三張本票，三張黃金儲蓄券，他當然不能指定是你拿了，不過你在三祥銀號就落了一張本票在地上，由這點線索上，他認為你是撿著他的東西的。據說，共總不過二百多萬，以我的愚見，你莫如交給我，由我交給他，就說是你和他鬧著好玩的，我把東西交給他了，我保證他不追問原因，大家還是好朋友，打個哈哈就算了。」

魏太太道：「和你們有錢的人在一起走路，就犯著這樣大的嫌疑，你們丟了東西，就是我拿了，他唯一的證據，就是我身上落下了本票。這有什麼稀奇，鈔票和本票一樣，誰都可以帶著，不過你們拿的本票也許數目字比我們大些而已，難道為了我身上有一張本票，就可以說是我拿了別人的本票？反正我有把柄在你手上，你來問我，我沒有法子可以抬起頭來，若是他姓洪的直接這樣問我，我能依他嗎？范先生，你又何必老拿那件事來壓迫我呢？我那回事做錯以後，我是多大的犧牲，你還要逼我。」說著，嗓子哽了，抬起手來擦眼淚。

范寶華聽了她的話，半硬半軟，在情理兩方面都說得過去，這就呆呆地站在她面前，連嘆了幾口氣。

魏太太道：「你去對洪老五說，不要欺人太甚，我不過得了他一隻半鑽石戒指，我也不至於為了這點東西，押在他手下當奴隸。」說著，扭轉身就向家裡走。

范寶華追著兩步，拉住她的手道：「不要忙，我還有兩句話交代你，你既然是這樣說了，我也不能故意和你為難。不過我有兩句忠言相告，這件事我是明白的，你縱然不承認，可是你也不要和洪老五頂撞著，最好你這兩天對他暫時避開一下。」

魏太太道：「那為什麼？」

范寶華道：「不為什麼，不過我很知道洪五這個人，願意花這筆錢，幾百萬他不在乎，不願意花這筆錢，就是現在的錢，三十五十，他也非計較不可。他既然追問這件事，他就不能隨便放過，你是不是對付得了他？你心裡明白，也就不用別人瞎擔心了。這幾句話可是我站在朋友的立場上，向你做個善意的建議。回家去，你仔細地想想吧。我要走了，免得在陶家坐久了，又發生什麼糾紛。」

說著，他首先抬起一隻手來，在空中搖擺了幾下，在搖擺的當中，人漸漸地走遠。

魏太太以為他特意來辦交涉，一定要逼出一個結果來的，這時他勸了幾句話，倒先走了，她站在屋簷下出了一會神，慢慢地走回家去。

楊嫂隨在她後面，走到屋子裡來，問道：「陶太太又來邀你去打牌？」

魏太太坐在床沿上，搖了兩搖頭。

楊嫂道：「朗個不是？那個姓范的都來了，我說，這幾天，你硬是不能打牌了，左右前後街上的人見了我就問，說是你們先生吃官司，你們太太好衣服穿起，還是照常出去耍，一點都不擔心嗎？我說你不是耍，就是和先生的官司跑路子，他們都不大信。你看嘛，我們前面就是冷酒店，一天到晚，啥子人沒得，你進進出出，他們都注意喀，話說出去了，究竟是不大好聽，我勸你這幾天不打牌，等先生出來了再說。」

魏太太望了她道：「這冷酒店裡，常有人注意著我嗎？」

楊嫂道：「怕不是？你的衣服穿得那樣好，好打眼睛囉！」

魏太太默然地坐著吸煙，卻沒有去再問她的話。楊嫂也摸不出來主人是什麼心事，站著又勸了幾句，自行走開，不過她最後的一句話，和范寶華說的相同，請她自己想想。

魏太太坐在床沿上，將手扶了頭，慢慢地沉思，好在並沒有什麼人在打斷她的思想，由她去參禪。

她想得疲倦了，兩隻腳互相撥弄著鞋子，把鞋子撥掉了，歪身就倒了下去。但她不能立刻睡著，迷糊中，覺得自己的房門是楊嫂出去隨手帶上的，並沒的插門。自己很想起來插門，可是這條身子竟是有千斤之重，無論如何抬不起來。

她想到箱子裡有本票，有黃金儲蓄券，尤其是有鑽石戒指兩枚，打開房門睡覺，這是太不穩當的事。用了一陣力氣，走下床來，徑直就奔向房門口。

可是她還不曾將手觸到門閂呢？門一推，洪老五搶了進來。他瞪著兩隻眼睛，吹著小鬍子，手上拿了根木棍子，足有三尺長。他兩手舉了棍子那頭，指著魏太太喝罵道：「罵你這個不要臉的東西，專門偷朋友的錢，你還算是知識分子，要人家叫你一聲小姐，你簡直是和小姐們丟臉，我的東西快拿出來，要不然，我這一棍子打死你。」說時，他把那棍子放在魏太太頭上極力的向下壓，她想躲閃，也無可躲閃，只有向下挫著，她急了舉起兩手，把頭上這棍子頂開，用大了力，未免急出一身汗來，睜眼看時，這才明白，原來是一場夢。

壓在頭上的棍子，是小渝兒的一隻小手臂，當自己一努力，身子扭動著，小渝兒的手被驚動了縮去大半，只有個小拳頭還在額角邊。她閉著眼睛，定了定神，再抬起頭看看房門，不果然是敞著的嘛？

她想著這夢裡的事，並沒有什麼不可實現的。外面是冷酒店，誰都可以來喝酒，單單地就可以攔阻洪五爺嗎？不但明天，也許今晚上他就會來。

她是自己把自己恐嚇倒了，趕快起床，將房門先閂上，閂上之後，再把門閂上的鐵搭鈕扣住。她還將兩手同時搖撼了幾下門，覺得實在不容易把門推開的，才放下了這顆心。

可是門關好了，要贓物的不會來，若是剛才到陶家去，這門沒有反鎖之時，出了亂子那怎麼辦？她又急了，喘著氣再流出第二次汗來。

心理的變態，常常是把人的聰明給塞住了，魏太太讓這個夢嚇慌了，她沒有想到她收藏那些贓物的時候，並不曾有人看見，這時，在枕頭底下摸出了鑰匙，立刻就去開床頭邊第三只箱子的鎖。

本來放鑰匙放箱子，那都是些老地方，並沒有什麼可疑的，這時在枕頭下摸出了鑰匙，覺得鑰匙就不是原來的那個地方，心裡先有一陣亂跳，再走到箱子邊，看看那箱子上的鎖，卻是倒鎖著的。她不由得呀了一聲道：「這沒有問題，是人把箱子打開了，然後又鎖著的。」於是搶著把箱子打開，伸手到衣服裡面去摸。

這其間的一個緊要關頭還是記得的，兩枚鑽石戒指是放在衣服口袋裡的，她趕快伸手到袋裡面去摸，這兩枚戒指居然還在，但摸那鈔票支票本票以及黃金儲蓄券時，卻不見了。

她急了，伸著手到各件衣服裡面去摸索，依然還是沒有，剛剛乾的一身汗，這時又冒出第三次了。

她開第二隻箱子的時候，向來是簡化手續，並不移動面上那只小箱子。掀開了第二只箱子的箱蓋，就伸手到裡面去抽出衣服來，這次她也不例外，還是那樣的做。現在覺得不對了，她才把小箱子移開，將箱子裡的衣服一件件地拿出來，全放到床上去。直把衣服拿乾淨了，看到了箱子底，還不見那三種票子。

她是呆了，她坐在床沿上想了一想，這件事真是奇怪，偷東西的，為什麼不把這兩枚鑽石戒指也偷了去呢？若說他不曉得有鑽石戒指，他怎麼又曉得有這麼些個票子呢？

她呆想了許久，嘆了幾口長氣，無精打采地也只好把這些衣服胡亂地塞到箱子裡去，直等把衣服送進去大半了，卻在一條褲腳口上發現了許多紙票子，拿起來看時，本票支票儲蓄券一律全在。

她自嗤的一聲笑了起來。放進這些東西到箱子裡去的時候，自己是要找一個大口袋的，無意之中，摸著褲腳口，就把東西塞到裡面去了，哪裡有什麼人來偷，完全是自己神經錯亂。這時，算是自己明白過來了。可是精神輕鬆了，氣力可疲勞了，大半夜裡起來，這樣的自擾了一陣，實在是無味之至。

眼看被上還堆了十幾件衣服，這也不能就睡下去，先把皮包在枕頭下拿出來，將這些致富的東西都送到皮包裡去，再把皮包放到箱子裡，至於這些衣服，對它看看，實在無力去對付它，兩手胡亂一抱就向箱子裡塞了去。

雖然它們堆起來還比箱沿高幾寸，暫時也不必管了，將箱子蓋使勁向下一捺，很容易地蓋上，就給它鎖上，隨著把小箱子往大箱子上壓下去，算把這場紛擾結束了。

不過有了這場紛擾，她神經已是興奮過度，在床上躺下去卻睡不著了。

唯其是睡不著，不免把今天今晚的事都想了一想，范寶華來勢似乎不善，可是他走的時候，卻有些同情，可能他先是受著洪五的氣話，所以要來取贓，他後來說是躲開一點的好，那不見得是假話。你看洪五到朱四奶奶家去，她都很容忍他，確是有幾分流氣。避開也好，有幾百萬元在手上，什麼事不能做，豈能白白地讓他拿了回去？

她清醒半醒的，在床上躺到天亮，一骨碌爬起來，就到大門外來，向街上張望著。

天氣是太早了，這半島上的宿霧兀自未散，馬路上行人稀落，倒是下鄉的長途班車叮叮噹噹，車輪子滾著上坡馬路不斷的過去，在汽車邊上懸著木牌子，上寫著渝歌專車，她忽然想到歌樂山那裡很有幾位親友，屢次想去探望，都因為怕坐長途汽車受擁擠，把事情耽誤了。現在可以不必顧到汽車的擁擠，保全那些錢財要緊。

她忽然有了這個念頭，就把楊嫂叫了起來，告訴要下鄉去，一面就收拾東西。好在抗戰的公務員家屬，衣服不會超過兩隻箱子。她把新置的衣鞋，全歸在一隻箱子裡，其餘小孩子衣服打了兩個大包袱，把隔壁陶太太請過來，告訴她為了魏端本的官司，得到南岸去找幾個朋友，恐怕當天不能回來，只有把兩個孩子也帶了去，房門是鎖了，請她多照應一點。陶太太當然也相信。請她放心，願意替她照顧這個門戶。

魏太太對於丈夫，好像是二十四分的當心，立刻帶了兩個孩子和楊嫂雇著人力車出門去了。雇車子的時候，她說的話，是汽車站，而不是輪渡碼頭，陶太太聽著也是奇怪，但她自己也有心事，卻沒有去追問她。

她的行為是和魏太太相反的，除了上街買東西，卻是不大出門，在屋子裡總找一點針線做，恰是這兩天女工告病假走了，家事是更忙，她沒有心去理會魏太太的家事。

這天下午，李步祥來了。

他也是像陶伯笙一樣的作風，肋下總夾著一個皮包，不過他的皮包，卻比陶伯笙的要破舊得多而已。

他到這裡，已經是很熟的了，見陶太太拿了一隻線襪子用藍布在補腳後跟，那襪子前半截已經是補了半截底的了，站著笑道：「陶太太，你這是何苦？這襪底補了再補，穿著是不大舒服的，你只要老陶打梭哈的時候，少跟進兩牌，你要買多少襪子？」

陶太太站起來，扯著小桌子抽屜，又在桌面報紙堆裡翻翻。

李步祥搖搖手道：「你給我找香煙？不用，我只來問兩句話，隔壁那位現時在家裡嗎？」

陶太太道：「你也有事找她嗎？她今天一早，帶著孩子們到南岸去了，房門都上了鎖。」

李步祥道：「我不要找她，還是老范問她。她若在家，讓我交封信給她，這封信就託你轉交吧。」說著，打開皮包，取出封信，交到陶太太手上。

她見著信封上寫著「田佩芝小姐展」七個字，就把信封輕輕在桌沿上敲著道：「你們男子漢實在是多事，人家添了兩個孩子的母親，一定要把她當作一位小姐，原來她只是賭錢，現在又讓你們教會了她跳舞了，生活這樣高，人家家中又多事……」

李步祥拱拱手道：「大嫂子，這話你不要和我說，我根本夠不上談交際，這封信我也是不願意帶的。據老范說，這裡面並不談什麼愛情，有一筆銀錢的交涉，而且數目也不小，本來這封信是可以讓老陶帶來的，老陶下不了場，只好讓我先送來了。誰知道她不在家。」

陶太太搖了兩搖頭道：「老陶賭得把家都忘了，昨天晚上出去，到這時候還是下不了場，輸了多少？」

李步祥道：「我並不在場賭，不知道他輸多少。其實這件事，你倒不用煩心，反正你們逃難到四川來，也沒有帶著金銀寶貝。贏了，他就和你們安家，輸了，他在外面借債，償還不了，他老陶光桿兒一個，誰還能夠把他這個人押了起來不成？」

陶太太道：「這個我怕不曉得，但這究竟不是個了局吧？就像你李老闆，也不是像我們一樣，兩肩扛一口，並沒有帶錢到四川來的，可是你夾上一隻皮包終日在外面跑，多少有些辦法，就說買黃金吧，恐怕你不買了二三十兩，每兩賺兩萬，你也搞到了五六十萬，你看我們老陶，搞了什麼名堂？……就是認到一班說大話的朋友，談起來就是幾十萬幾百萬，誰看到錢在哪裡？說他那個皮包，你打開來看，你會笑掉牙。也不知道是哪家關了門的公司，有幾分認股章程留下，讓他在字紙簍裡撿起來，放在皮包裡了，此外是十幾個信封，兩疊信紙，還有就是在公共汽車站上買的晚報。夾了那麼個東西，跑起來多不方便。」

李步祥笑道：「我倒替老陶說一句，夾皮包是個習慣，不帶這東西，倒好像有許多不方便，不但信紙信封，我連換洗衣服手巾牙刷，有時候都在皮包裡放著的，為的是要下鄉趕場，這就是行李包了。陶老闆和我不同，他有計劃將來在公司裡找個襄副當當，我老李命裡註定了跑街，只要賺錢，大小生意都做，不發財倒也天天混得過去。」

他這種極平凡的話，陶太太倒是聽得很入耳，便問道：「李老闆，我倒要請教你一下，你這行買賣，我們女人也能做嗎？」

李步祥搖了兩搖頭道：「沒有意思，每天一大早起來，先去跑煙市。在茶館樓上，人擠著人，人頭上伸出鈔票去，又在人頭上搶回幾條煙來，有時嗓子叫乾了，汗濕透了，就是為了這幾條煙，再走向百貨商場，看看百貨，兜得好，可以撿點便宜，兜不著的，就白混兩個鐘點。這是我兩項本分買賣，每天必到的，此外是山貨市場，棉紗市場，黃金市場，我全去鑽。」

陶太太笑道：「你還跑黃金市場啦？」

李步祥搖著頭笑道：「那完全是叫花子站在館子門口，看人家吃肉。可是這也有一個好處，黃金不同別的東西，它若是漲了價，就是法幣貶了值，法幣貶了值，東西就要漲價了。」

陶太太笑道：「什麼叫法幣貶了，什麼叫黑市了，什麼叫拆息了，以前我們哪裡聽過這些，現在連老媽子口裡也常常說這些。這年月真是變了，我說李老闆，我說真話，就是你剛才說的幾個市場，都得帶我去跑跑，好嗎？」

李步祥揭下了頭上的帽子來，在帽子底下，另外騰出兩個指頭搔著和尚頭上的頭髮，望了她笑道：「你要去跑市場，這可是辛苦的事，而且沒有得伯笙的同意，我也不敢帶你出去跑。」

陶太太靠了桌子站著，低下頭想了一想，點頭道：「那就再說吧，希望你見著伯笙的時候，勸他今天不要再熬夜了，第一是他的身體抵抗不住，第二是家裡多少總有點事情，你讓我做主是不好，不做主也不好。」

李步祥道：「這倒是對的，伯笙還沒有我一半重，打起牌來，一支香煙接著一支香煙向下吸，真會把人都熏倒了。」

陶太太道：「拜託拜託，你勸他回來吧。」

李步祥看她說到拜託兩個字，眉毛皺起了多深，倒是有些心事，便道：「好的好的，我去和你傳個信吧，現在還不到四點鐘呢，我去找他回來吃晚飯吧，若是我空的話，我索性陪他回來，說不定還擾你一頓飯呢。」說畢，他蓋著帽子走了。

陶太太聽他說到要來吃飯，倒不免添了一點心事，立刻走到裡面屋子裡去，將屋角上的米缸蓋掀起來看看。這在今日，她已是第二次看米缸裡的米了。

原來看這米缸裡的米就只有一餐飯的，陶太太看看竹篾箕裡的剩飯約莫有三四碗，自己帶兩個上學的孩子，所吃也不過五六碗，所差有限，於是買好了兩把小白菜，預備加點油鹽，用小白菜煮一頓湯飯吃。這時李步祥說要送陶伯笙回來，那就得預備煮新鮮飯了。

米缸裡現放著舀米的碗，她將碗舀著，把缸底刮得喀吱作響，舀完了，也只有兩碗半米，這兩碗半米若是拿來做一頓飯，那是不夠的。

她站在米缸邊怔了一怔，也只好把這兩碗半米都盛了起來，放在一隻瓦缽子裡，端了這個缽子，緩步地走到廚房裡去。

他家這廚房，也是屋子旁邊的一條夾巷，這裡一路安著土灶、條板、水缸、竹子小櫥，但除了水缸盛著半缸水而外，其餘都是空的，也是冷冷清清的。

為了怕耗子，剩的那幾碗飯是用小瓦缽子裝著，大瓦缽子底下還放了兩把小白菜，這樣，對了所有的空瓶空碗和那半缸清水，說不出來這廚房裡是個什麼滋味。

她想著出去賭錢的丈夫，無論是贏了或輸了，這時口銜了半支煙捲，定是全副精神都注射著幾張撲克牌上，桌子面上堆著鈔票，桌子周邊圍坐著人，手膀子碰了手膀子，頭頂的電燈可能在白天也會亮起來，因為他們一定是在秘密的屋子裡關著門窗賭起來的，屋子裡煙霧繚繞，氣悶得出汗，那和這冰冰冷的廚房正好是相反的。

她想著嘆了一口氣，但也不能再有什麼寬解之法，在桌子下面，把亂柴棍子找出來，先向灶裡籠著了火，接著就淘米煮飯。

這兩件事是很快地就由她做完了。她搬了張方竹凳子，靠了那小條板坐著，望了那條板上的空碗，成疊地反蓋著，望了那反蓋的大缽子底上放著兩把小白菜，此外是什麼可以請客的東西都沒有了，她將兩手環抱在懷裡，很是呆呆地同這夾道裡四周的牆望著。

她對於這柴煙熏的牆壁似乎感到很大的興趣，看了再看，眼珠都不轉動。

她不知道這樣出神出了多久，鼻子裡突然嗅到一陣焦糊的氣味，突然站起來，掀開鍋蓋一看，糟了，鍋裡的水燒乾了，飯不曾煮熟，卻有大半邊燒成了焦黃色，趕快把灶裡的柴火抽掉，那飯鍋裡放出來的焦味兀自向鍋蓋縫裡鑽出來，整個小廚房都讓這焦糊味籠罩了，她也管不著這鍋裡的飯了，取一碗冷水，把抽放在地面上的幾塊柴火潑熄了，還是在那方竹凳子上坐著。

她想著在沒有燒糊這鍋飯以前，至少是飯可以盛得出來。現在卻是連白飯都不能請人吃了，廚房裡依然恢復到了冷清清的，她索性不在廚房裡坐著了，到了屋子裡去，把箱子裡的蓄藏品全都清理清理，點上一點。

這讓她大為吃驚，所有留存著的十幾萬元鈔票已一張沒有，就是陶伯笙前幾天搶購的四兩黃金儲蓄券也毫無蹤影。在箱子角上摸了幾把，摸出幾張零零碎碎的小票，不但有十元五元的，而且還有一元的，這時候的火柴也賣到兩元一盒，幾百元錢能做些什麼事呢？就只好買盒紙煙待客吧？

她靠著箱子站定，又發了呆了，然而就在這時，聽到陶伯笙一陣笑聲，李步祥也隨了他的聲音附和著，他道：「你有那麼些個錢輸掉它，拿來做筆小資本好不好？」

陶伯笙笑道：「沒有關係，我姓陶的在重慶混了這麼多日子，也沒有餓死，輸個十萬八萬，那太沒有關係，找一個機會，我就把它撈回來了。喂！陶太太哪裡去了？」

當他不怎麼高興的時候，他就把自己老婆，稱呼為太太的。

陶太太聽了這口氣，就知事情不妙，這就答應著：「我在這裡呢。」

她隨了這話，立刻跑到前面屋子來。

她見丈夫在一晚的鏖戰之中，把兩腮的肌肉都刮削一半下去了，口裡斜銜了大半支煙捲，人也是兩手抱了西裝的袖子斜靠了桌子坐著的，不過他面色上並不帶什麼懊喪的樣子，而且還是把眼睛斜看著人，臉上帶了淺淺的笑容。

他道：「我們家裡有什麼菜沒有，留老李在這裡吃飯，我想喝三兩大麴，給我弄點下酒的吧。」

陶太太笑道：「那是當然，李先生為你的事，一下午到我們家來了兩回了。」

陶伯笙摸著桌子上的茶壺，向桌子這邊推了過來，笑道：「熬夜的人喜喝一點好的熱茶，家裡有沒有現成的開水？我那茶葉瓶子裡還有點好龍井，你給我泡一壺來，可是熱水瓶子裡的水不行，你要給我找點開的開水。」

陶太太並沒有說沒有兩個字，拿了茶壺，趕快到裡面屋子裡去找茶葉。小桌子上，洋鐵茶葉瓶倒是現成的，可是揭開瓶蓋子來看時，只是在瓶底上蓋了一層薄薄的茶葉末。她微微地嘆了口氣，拿著茶壺，就直奔街對過一家紙煙店去。

這家紙煙店，也帶賣些雜貨，如茶葉肥皂蠟燭手巾之類。他們是家庭商店，老老闆看守店面，管理帳目並做點小款高利貸，少老闆跑市場囤貨，少老闆娘應付門市。有個五十上下年紀的難民，是無家室的同鄉婦人。老老闆認她是親戚，由老老闆的床鋪整理，至於全店的燒茶煮飯，洗衣服，掃地，完全負責，所享的權利有吃有住，並不支給工錢。她姓劉，全家叫她劉大媽，不以傭工相待，也為了有這聲尊稱，就不給她工錢。

劉大媽又有位遠房的侄子老劉，二十來歲，也是難民，老老闆讓他挑水挑煤挑貨，有工夫，並背了個紙煙籃子跑輪船碼頭和長途汽車站。雖然也是不給工資，但在做小販的盈餘上提百分之十五，哪一天不去做小販，就不能提成，所以他每天在店裡忙死累死，也得騰出工夫去跑。

全家是生產者，生意就非常的好，他們全家對陶太太感情不錯，因為她給他們介紹借錢的人，而且有賭博場面，陶伯笙準是在他家買洋燭紙煙。

陶太太走到他們店裡來，先把手指上一枚金戒指脫下來，放在櫃檯上，然後笑道：「鄭老闆，我又來麻煩你了，朋友託我向你借一萬塊錢，把這個戒指作抵押。」

那位老老闆正在桌子上看帳，取下鼻子上的老花眼鏡，走到櫃檯邊來。他不看戒指，先就拖著聲音道：「這兩天錢緊得很，我們今天就有一批便宜貨沒錢買進。」

他口裡雖是這樣說了，但對於這枚戒指並不漠視，又把拿在手上的眼鏡，向鼻子尖上架起，拿起那枚戒指，將眼鏡對著，仔細地看了一看，而且托在手掌心裡掂了幾掂。

陶太太道：「這是一錢八分重。」

老老闆搖了兩搖頭，他在櫃檯抽屜裡取一把戥子，將戒指稱了約莫兩三分鐘，將眼鏡在戥星上看了個仔細，笑道：「不到一錢七呢。押一萬元太多了。」

陶太太道：「現在銀樓掛牌，八萬上下，一八得八，八八六十四，這也該值一萬二千元。人家可不賣，鄭老闆，你就押一萬吧。」

他沉吟了一會子，點了頭道：「好吧。利息十二分，一月滿期，利息先扣。」

陶太太看看這老傢伙冬瓜形臉上伸著幾根老鼠鬍子，沒有絲毫笑容，料著沒有多大價錢可講，只好都答應了。

老老闆收下戒指，給了她八千八百元鈔票。陶太太立刻在這裡買了二兩茶葉，一包紙煙。正好劉大媽提了一壺開水出來，給老老闆泡蓋碗茶。便笑道：「分我們一點開水吧？」

鄭老闆道：「恐怕不多吧？現在燒一壺開水，柴炭錢也很可觀。」

陶太太便抽出一支紙煙來，隔了櫃檯遞給他道：「老老闆吸支煙。」他接過了，向劉大媽道：「茶煙不分家，你和陶太太沖這壺茶，大概人家來了客，家裡來不及燒開水，陶太太剛買的茶葉，你給她泡上一壺。」

陶太太真是笑不是氣不是，打開茶葉包，撮著一撮茶葉向壺裡放著。老老闆望了道：「少放點茶葉不要緊，我們這是飛開的水，泡下去準出汁。」

陶太太笑著，沒說什麼。

老老闆將櫃檯上撒的茶葉一片片的用指頭鉗子起來，放到櫃檯上玻璃茶葉瓶裡去。那支被敬的紙煙他也沒吸，放到櫃檯抽屜的零售煙支鐵筒裡去併案辦理。

陶太太看到，也不多說，端了茶壺就向家裡走。

陶伯笙見她茶煙都辦來了，點頭笑道：「行了，去預備飯吧。」

陶太太道：「快一點，吃麵好嗎？」

陶伯笙道：「麵飯倒是不拘，給我們弄兩個碟子下酒。」

陶太太偷眼看他，臉上還是沒有多大的笑容，而且李步祥總是客人，可不能違拂了丈夫的吩咐。她說著好好，帶了她金戒指押得的八千塊錢，就提小菜籃子出去了。她在經濟及可口的兩方面都籌畫熟了，半小時內就把酒菜辦了回來。

又是十分鐘，將一壺酒兩個碟子由廚房裡送到外面屋子裡去，乃是一碟醬牛肉，一碟芹菜花生米拌五香豆腐乾。芹菜要經開水泡，本來不能辦，但是在下江麵館裡買醬牛肉的時候，是借著人家煮面的開水鍋浸著了回家來才切的。

陶伯笙是個瘦子，就喜歡吃點香脆鹹，這卻合主人的意，她也可以節省幾文了。

丈夫陪了客飲酒，算是有了時間許她做飯了，她二次在廚房裡生著火，給主客下麵。忙著的時候，雖然不免看看手指上缺少了那枚金戒指，但覺得這次差事交代過去了，心裡倒也是坦然的呢。

十四　空殼家庭

這一餐飯，陶伯笙吃得很安適。尤其是那幾兩大麴他喝得醉醺醺的，大有意思。飯後又是一壺釅茶，手裡捧著那杯茶，笑嘻嘻地道：「太太，酒喝得很好，茶也不壞，很是高興，記得我們家裡還有一些咖啡，熬一壺來喝，好不好？」

陶太太由廚房裡出來，正給陶先生這待客的桌子上，收拾著殘湯剩汁，同時心裡還計畫著，兩個下學回來的孩子，肚子餓呢，打算把剩下來的冷飯焦飯將白菜熬鍋湯飯吃，現在陶先生喝著好茶，又要熬咖啡，廚房裡就只有灶木柴火，這必須另燃著一個爐子才行，因為先前泡茶，除在對面紙煙店借過一回開水，這又在前面雜貨店裡借過兩回開水，省掉了一爐子火。

陶先生這個命令，她覺得太不明白家中的生活狀況。這感到難於接受，也不願接受，可是當了李步祥的面，又不願違拂了他的面子，便無精打采地，用很輕微的聲音答應了個好字。

陶伯笙見她冷冷的，也就把臉色沉下來，向太太瞪了一眼。陶太太沒有敢多說話，立刻回到廚房裡去，生著了爐子裡的火熬咖啡。

兩個小學生，也是餓得很，全站在土灶邊哭喪著臉，把頭垂了下來。大男孩子，兩手插在制服褲袋裡，在灶邊蹭來蹭去，小男孩子將右手一個食指伸出來，只在灶面上畫著圈圈，灰色的木鍋蓋蓋在鍋口上，那鍋蓋縫裡微微的露出幾絲熱氣。

陶太太坐在灶邊矮凳子上，板了臉道：「不要在我面前這樣挨挨蹭蹭，讓我看了，心裡煩得很，你們難道有周年半載沒有吃過飯嗎？」

大孩子噘了嘴道：「你就是會欺侮我們小孩子，爸爸喝酒吃肉，又吃牛肉湯下麵，我們要吃，半碗湯飯沒有，你還罵我們呢。你簡直欺善怕惡。」

陶太太聽了這話，倒忍不住噗嗤一聲笑了，但她並不因小孩子的話，就中止了她欺善怕惡的行為，她還是繼續地去熬那壺咖啡。

她想到喝咖啡沒有糖是不行的，她就對大孩子施行賄賂，笑道：「我給你錢去買個鹹鴨蛋，下飯吃，你去給我買二兩白糖來。」說著，給了大孩子幾張鈔票，還在他肩上輕輕拍了兩下，做了鼓勵的表示。

大孩子有錢買鹹鴨蛋，很高興地接著法幣去了。陶太太倒是很從容地把咖啡和湯飯做好。

那大孩子倒也是掐準了這個時候回來的，左手拿著一枚壓扁了的鴨蛋，右手拿著一張報紙包的白糖。那紙包上黏了好些個污泥，都破了幾個口子了，白糖由裡面擠了出來。孩子身上呢，卻是左一塊右一塊，黏遍了黑泥。

陶太太趕快接過他手上的東西，嘆了口氣道：「你實在是給你父母現眼，大概聽說有鹹鴨蛋吃，你就高興得發瘋了，準是摔了一跤吧？」

她一面說著，一面給小孩子收拾身上，不免耽誤了時間，再趕著把咖啡用杯子裝好，白糖用碟子盛著，擺在木托盤裡送到外面屋子裡去，陶伯笙和李步祥都不見了，看看他們兩人的隨身法寶兩隻新舊皮包也都不知所去。

她把咖啡放到桌上，人站著對桌子呆了很久，自言自語地道：「這不是給人開玩笑！我是把金戒指押來的錢啦。這白糖不用，可以留著，這咖啡已經熬好了，卻向哪裡去收藏著呢。」

她這樣地想著，坐在那桌子邊發呆。也不知道有了多少時候，只見兩個孩子，湯汁糊在嘴上濕黏黏的走了進來，便問道：「你們這是怎麼弄的，把飯已經吃過了嗎？」男孩子道：「人家早就餓了，你老不到廚房裡去，人家還不自己盛著吃嗎？給你還留了半鍋飯呢。」

陶太太只將手揮了兩下，說句你們去擦臉，她還是坐在桌子邊，將一隻手臂撐在桌子沿上，托住了自己的頭，約莫有半小時，卻聽到兩個婦人的聲音說話進來。

有人道：「這時候，他不會在家，準去了。」

又有人道：「既然來了，我們就進去看看吧。」

她聽出來了，說話的是胡羅兩位太太。她們徑直地走進屋子來了，看到擺著兩杯咖啡在桌上，一個人單獨地坐著，這是什麼意思呢？

陶太太直等兩位客人都進了房，她才站了起來，因道：「喲！二位怎麼這個時候雙雙地光臨？請坐請坐！」

羅太太笑道：「坐是不用坐，我們來會陶先生來了，他倒是比我們先走了嗎？這倒有點奇怪。」

陶太太道：「我們這口子，什麼事也不幹，就是好坐桌子，昨天晚上出去的，直到今天吃晚飯的時候他才回來。他和朋友回來，喝了四兩酒，又叫我熬咖啡他喝，等我在廚房裡把咖啡熬得了，送到外面屋子裡來的時候，他到哪裡去了也不知道了。」

胡太太聽著，帶著微笑向羅太太看看，羅太太也是帶了會心的微笑，向她回看了過去。

陶太太望了她們道：「我說的話有什麼好笑的嗎？」

胡太太笑道：「老實告訴你，昨天晚上，我們就在一處賭的，因為老范贏得太多，大家不服氣，約了今晚上再戰一場。」

陶太太對這兩位太太都看了一眼，見她們雖然在臉上都抹了胭脂粉，可是那眼睛皮下，各各的有兩道隱隱的青紋，那是熬了夜的象徵。

但她還是不肯說破，含笑道：「我們怎麼能夠和范先生去打比。他資本雄厚，有牌無牌，他都拿大注子壓你，不服氣有什麼用，賭起來，不過是多送幾個錢給他。昨晚上是在范先生家裡了，今天晚上，是在哪裡呢？」

羅太太道：「原來約了到朱公館去，打電話去問，四奶奶不在家，有些人要換地方，有些人主張去了再說。我們因為摸不著頭腦，所以來問一聲，偏偏陶先生已經先走了。老胡，我們就去吧。」

胡太太在她那白胖的臉上，帶著一點紅暈，她那杏核兒大眼睛，閃動著上下的睫毛，搖了兩搖頭道：「若是到四奶奶家裡去賭，我不去。」

羅太太望了她道：「那為什麼？」

胡太太道：「我上次到朱家去賭了一場，還是白天呢，回家去聽了許多閒話。」

羅太太道：「外面說的閒話，那都是糟蹋朱四奶奶的，你們胡先生還是記住上次和你辦交涉的那個岔子，他向你投降了，絕不能干休，總得報復你一下。他說的話，你也相信嗎？」

胡太太道：「我當然不能相信，不過很多人對朱四奶奶的批評都不怎樣好。」

羅太太將臉色沉了一下，而且把聲音放高了一個調子，她道：「別人瞎說，我們就能瞎信嗎？我們和她也認識了兩三個月了，除了她殷勤招待朋友而外，並沒有見她有什麼鋪張，難道好結交朋友，這還有什麼不對嗎？別人瞎說八道，我們不能也跟著瞎說八道，去吧。」

她說著，就伸手挽了胡太太一隻手，胡太太倒並不怎麼拒絕，就隨著她走了。

陶太太無精打采地把她們送出店門口，這才明白，原來陶伯笙是到朱四奶奶家打梭哈去了，不管怎麼樣，那裡是高一級的賭博場面，這戲法就越變越大了。

她心裡壓著一塊石頭似的，走回屋子去，把那兩杯咖啡潑了，把糖收起，又在桌子邊坐著。還是孩子們吵著要睡覺，她才去給他們鋪床。

然後她想到了一件什麼事沒有辦完，又到廚房裡去巡視一番。

她嗅到鍋蓋縫裡透出來的一陣飯菜香味，這才讓她想起來了，自己還沒有吃飯。掀開鍋蓋來看時，那鍋湯飯煮得乾乾的，摻和在飯裡的小青菜，都變成黃葉子了。

她站在灶邊，將碗盛著乾湯飯吃了，再喝些溫開水，就回房去，但她並沒有睡覺，在陶伯笙沒有回來的時候，她一定得守著孤單的電燈去候門。

這個守門的工夫，就憑了補襪底補衣服來消磨。她補襪子補得自己有些頭昏眼花的時候，她想起了燒焦了的那幾碗飯，是盛起來放在瓦缽子裡的。

重慶這地方，耗子像螞蟻一樣的出動，可別讓耗子吃了，趕快放下針線，跑到廚房裡去看時，那裝飯的缽子和上面蓋著的洋鐵盤子全打落在地面，缽子成了大小若干瓦片，除了地面上還有些零碎飯粒而外，人捨不得吃的飯都給耗子吃了，那些零碎的飯粒，還要它幹什麼呢，嘆了口氣，自走回屋子去。

這點飯餵了耗子倒不算什麼，不過自己有個計畫，這些冷飯留著到明天早上，再煮一頓湯飯菜。照著現在這個情形，那就完全推翻了。

陶伯笙今晚上若是贏了錢回來，這可向他要一點錢，拿去買米。若是他輸了，根本就不必向他開口了；甚至他賭得高興了，今晚上根本就不回來，連商量的人都沒有，乾脆還是自己想法子吧。

拿出衣袋裡押金戒指的那些鈔票數了一數，隻剩下了五千多元，全數拿去買米，也沒有一市斗，此外還有油鹽菜蔬呢。而且猜得是對的，過了深夜一點鐘，陶伯笙還沒有回來，她自覺悶得很，就打開窗戶來，伸頭向外面看看。

重慶春季的夜半，霧氣瀰漫的時候較多，這晚上卻是星斗滿天，在電燈所不能照的地方，那些星斗之光照出了許多人家的屋脊。這吊樓斜對過也是吊樓，在二層樓的紙窗戶格裡，猛然電燈亮著，隨著窗戶也打了開來，在窗戶裡閃出半截女子的身體。

陶太太就問道：「潘小姐，這時候你還沒有睡嗎？」

那位潘小姐索性伸出頭來，笑道：「我還是剛剛回來呢，今天我是夜班。這兩天，醫院裡忙得很，有兩位看護小姐都忙病了，我明天八點鐘還得去接早班，回來搶著睡幾小時吧。現在為生活奔走，真是不容易，陶太太也沒有睡？」

她嘆了一口氣道：「潘小姐，就是你所說的話，生活壓迫人啦。」

潘小姐道：「唉！這年月，生活真過不下去。只要能換下錢來，什麼事都肯幹，我們醫院裡找人輸血，只說句話，多少人應徵？」

陶太太道：「我特意等你回來問呢，我的血驗過了，可以合用嗎？我希望明天就換到錢。」

潘小姐道：「喲，陶太太，你的身體不大好，你不要幹吧。」

陶太太道：「我的身體不大好嗎？我三年來就沒有生過一次病。我的血不合用嗎？」

潘小姐笑道：「合倒是合用的，不過，你也不至於短錢用到那種程度。」

陶太太道：「合用就好了，潘小姐，我不說笑話，你明天早上什麼時候起來？我到你家裡來找你。我們雖然天天見面，隔了窗戶說話，你哪裡知道我的苦處。唉！」

說著，她長長地嘆了口氣。在她這口氣嘆過之後，又吁了一聲。

潘小姐看她這樣子，的確是有些為難，便道：「你若是一定要輸血的話，你明天早上再來找我吧。」

陶太太連說好的好的，方才和潘小姐告別，關上了窗子。

她在床上躺著，睜了眼睛，望了天花板，卻只管去想家裡要的米和醫院裡要的血。她想得迷糊地睡了一覺，被兩個上學的孩子驚醒，立刻起床，披著衣服，就打開窗戶看看，正好那邊的窗戶也是洞開著，潘小姐就在窗戶邊洗臉架子邊洗臉。她一抬頭，兩手托著手巾舉了一舉，笑道：「陶太太，早哇！」

陶太太道：「請你等一等，我就來。」說著，趕快到廚房裡取了一盆冷水來，匆匆地洗過一把臉，找了一件乾淨藍布大褂，就向潘小姐那邊屋子走去。

潘小姐是母女兩個人，共住著一間吊樓屋子的，她們都在臉上帶了一分驚奇的顏色望著她。

她也明白這一點，進門就先笑道：「潘太太，潘小姐，你們一定覺得我要賣血，這是一件很奇怪的事吧？實對你說，我們家裡今天沒有下鍋的米。我們那位先生，已是兩天兩夜不回家了，我不想點法子怎麼辦？」

潘太太道：「你們陶先生在外也交際廣大呀，難道會窘到這樣子？」

這五十上下年紀的老太太，穿著件灰布短棉袍兒，瘦削著一張皺紋臉子，倒是把半白的頭髮梳得清清楚楚的，手上挽了個籃子，正待出門去買菜呢。

陶太太道：「潘太太，你這不是去買菜嗎？我今天就不能去買菜。因為什麼？口袋裡沒有錢。」

潘小姐笑道：「陶太太，你是不明白醫院裡的情形。這輸血的事，並不像有米拿出去賣，立刻可以換到錢。你登記和輸血的手續，雖是做過了，一定等病人要輸血的時候才叫你去輸血。輸了血之後，那才可以領到錢。你今天等著米下鍋，那可來不及。」

陶太太聽了這話，不免臉上掛著幾分失望，怔怔地望了她母女兩個。

潘小姐道：「不過這也碰機會，碰巧了，立刻就有病人等著輸血，立刻就可以換到錢。昨天晚上，我聽到醫生說，有兩個病人情形相當嚴重，也許今天上午就要輸血，若是你的血正合這兩個人用，今天就行，你不妨和我一路去試試。我這馬上就走了，你隨我去試試吧。」

陶太太聽了這話，又提起了幾分興趣，就隨在潘小姐身後，同到那醫院裡去。這時病人正紛紛的掛號就診，潘小姐先讓她在候診室裡等著，先到院長那裡去報告。

過了一會，她笑著出來道：「你來的機會太好了，我說的那兩個病人，果然都要輸血，現在正要通知輸血的人到醫院裡來。你的血檢驗的結果，對病人都合適，今天上午就輸五十ＣＣ。」說著，潘小姐就帶她進去見院長和主任醫生。

經過了三十分鐘，她把一切手續辦完了，最後的一個階段，是一位女看護，將一根細針插到手膀的血管子裡去，針的那頭，是小橡皮管子接著，通到小瓶似的玻璃管裡去，那玻璃管裡有了大半瓶血，這是讓醫生再拿去看看的，這事完了，潘小姐又讓她在護士休息室裡候著。

過了一小時，潘小姐拿了一張油印的紙單子遞到她手上，笑道：「這事情成了，真算你來得巧，你在這志願書上簽個字吧。」

陶太太道：「早登記過了，我還要簽個字嗎？難道……」

潘小姐笑道：「這是手續。」

她看那字條上印好的字，是說：「今願輸血救濟病人，如有意外，與院方無涉。立字為據。」便淡笑道：「你們醫院也太慎重了，我既然要賣血，還訛人不成。簽字就簽字吧。」

潘小姐還是笑著交代了一句手續，就引她到桌子邊，交枝筆請她在字條上簽個字，然後引她到診病室裡去。

穿白衣服的醫生含笑向她點了個頭，在眼鏡裡面的眼睛，很快地偵察了一下。她看那醫生桌上長針橡皮管玻璃管一切都已預備好，她料著那個玻璃管就是盛自己的血的，看那容量，總有一小茶杯，但到了這時，她也不管，將右手的衣袖捲起，把頭偏到一邊去，醫生和女護士走近她的身邊，她全不顧，她只覺得手膀經人扶著，擦過了酒精，插進去了根針，她益發地閉上了眼睛。

她也不知道是經過幾多分鐘。又覺得手臂上讓人在揉擦著，那個插血管的銀針也拔走了，便問道：「完了嗎？」

在身邊的女護士道：「完了，不要緊的。」她這才回過頭來，向女護士點了個頭。同時，這女護士似乎表示了無限的同情，在沉重的臉色上，也和她點了幾下頭，而她手上拿著的玻璃管子裝滿了鮮紅的液體。

醫生將桌上的白紙用自來水筆很快地寫了兩行藍色字，乃是：「憑條付給輸血費五萬元。」

他將這張字條交到陶太太手上，並給了一個慈祥的笑容，點頭道：「你到出納股去取款吧。」

陶太太情不自禁的，抖顫了聲音說著謝謝，接過字條，由潘小姐引著，取得了五萬元法幣。

在民國三十四年的春季，五百元的票額還不失為大鈔，五萬元鈔票正好是一百張。這醫院裡出納員似乎對賣血的人也表示幾分同情，他們就拿了一疊不曾拆開號碼的新票子交給她，這票子印得是深藍色的，整齊劃一，捆束得緊緊的一紮，看起來美麗，拿在手上也很結實。

陶太太把這疊鈔票掖到衣袋裡去，趕快地就走出醫院。抬頭看看天上太陽，在薄霧裡透出來，卻是黃黃的。

她揣摸著這個時候，應該是十一點多鐘，兩個上學的孩子還有些時候倒家，這就不忙著回去，先到米市上去買了兩斗米，雇了人力車子，先把這米送回去。看看家裡沒人，再提著菜籃子出門，除了買了大籃子的菜蔬，並且買了斤半豬肉，十幾塊豬血。又想到小孩子昨晚上為了吃一個鹹鴨蛋而高興得摔了跤，又買了幾個鹹鴨蛋帶回去。這樣的花費，她覺得今天用錢是十分痛快，把衣袋裡的鈔票點點數目。那賣血的錢還剩有五分之三，她心裡自己安慰著自己說，雖然抽出去了那一瓶子血，可是買回來這樣多的東西，那是太好了。

可惜是人身上的血太有限了，賣過了今天這回，明天不能再賣。她躊躇著這回的收入，又滿意著這回的收入，可說是躊躇滿志。

就在這個時候，先是兩個學生回家了，隨後是陶伯笙回來了。他照樣地還是夾了那個舊皮包回家，並沒有損失掉，不過他臉上的肌肉一看就覺得少掉了一層，尤其是那些打皺的皮膚，一層接觸了一層，把那張不帶血色有臉子更顯得蒼老。

他口角上銜了一支紙煙，一溜歪斜地走進屋子來。陶太太看到，隨著身後問道：「還喝咖啡不喝，我還給你留著呢。」

陶伯笙聳動著臉上的皺紋，露了幾粒微帶黃的牙齒，苦笑著道：「說什麼俏皮話，贏也好，輸也好，我並沒有帶什麼南莊的田北莊的地到重慶來賭。我反正是把這條光桿身子去滾，滾贏了，樓上樓，滾輸了，狗舔油。」

說著，他將皮包帽子一齊向小床鋪上一丟，然後身子也橫在鋪上，將兩隻皮鞋抬起來，放在方凳子上，抬起兩手倒伸了個懶腰，連連打了兩個呵欠，笑道：「我想喝點好茶，打盆熱水來，我洗把臉。」

陶太太對他臉上看看，笑著點了兩點頭，自轉身向廚房裡去了。

陶伯笙躺著了兩三分鐘，想著不是味兒，他也就跟到廚房裡來，當他走到廚房裡的時候，首先看到那條板上，青菜豆腐菠菜蘿蔔全都擺滿了，尤其是牆釘上，掛了一刀肥瘦五花肉，這是家裡平常少有的事。還有個大瓦盆子，裝了許多豬血。

太太正把臉盆放在土灶上，將木瓢子向臉盆裡加著水，灶口裡的火生得十分的旺盛，鍋裡的水煮得熱氣騰騰的，這個廚房是和往日不同了，便笑道：「今天不錯，廚房裡搞得很熱鬧。」

陶太太道：「你不管這個家，我也可以不管嗎？洗臉吧。」說著，端了臉盆向臥室裡走。

陶伯笙對廚房裡東西都看了一眼，回到臥室裡去的時候，見屋角上的小米缸，米裝得滿滿的，木蓋子都蓋不著缸口，便道：「喲！買了這些個米？家裡還有錢嗎？」

陶太太將洗臉盆放在桌上，將肥皂盒、漱口盂陸續地陳列著，並把手巾放在臉盆口覆著，然後環抱了兩手，向後退著兩步，望了丈夫道：「錢還有，可是數目太小，不夠你一牌梭的。」

陶伯笙走到桌子邊洗臉，一面問道：「我是說箱子裡的錢我都拿走了，家裡還有錢辦伙食嗎？」

陶太太笑道：「箱子裡沒有錢，我身上還有錢呢，你可以在外面混到飯吃，我和兩個孩子可沒有混飯吃的地方。」

陶伯笙笑道：「這可是個秘密，原來你身上有錢，下次找不著賭本的時候，可要到你身上打主意。」

陶太太噘了嘴笑，點點頭。

陶伯笙兩手托了熱面巾，在臉上來回地擦著笑道：「你樣樣都辦得好，就是那盆豬血辦得不大好。」

陶太太道：「你把熱手巾洗過臉，你也該清醒清醒，還說我豬血辦得不好呢。」說著，她眼圈兒一紅，兩行眼淚急流了下來。

陶伯笙問太太的這句話覺得是很平常，太太竟因這句話哭了起來，倒是出於意外的，因道：「豬血這東西，我看是不大乾淨，吃到嘴裡也沒有什麼滋味，我說句不好，也沒有多大關係，你怎麼就傷心起來了？」

陶太太在衣袋裡掏出一方舊手絹，揉擦著眼睛，淡淡地道：「我也不會吃飽了飯，把傷心來消遣，我流淚當然有我的原因，現在說也無益，將來你自然會明白。」

陶伯笙笑道：「我有什麼不明白的，無非是你積蓄下來的幾個錢，為家用墊著花了，這有什麼了不起，明後天我給你邀一場頭，給你打個十萬八萬的頭錢，這問題就解決了。」

陶太太道：「說來說去，你還是在賭上打主意，你腦筋裡除了賭以外，就想不到別的事情嗎？」

陶伯笙望了她道：「咦！怎麼回事，你今天有心和我彆扭嗎？你可不要學隔壁魏太太的樣子。她和丈夫爭吵的結果，丈夫坐了牢，她自己把家丟了，躲到鄉下去，你看這有什麼好處？」

陶太太道：「我和魏太太學？你姓陶的一天也負擔不起，人家金鐲子鑽石戒指，什麼東西都有，我只有一枚金戒指，昨天晚上就押出去給你打酒喝了。你一天到晚夾了只破皮包，滿街亂跑，你跑出了什麼名堂來？你還不如李步祥，人家雖是做小生意買賣出身的，終年苦幹，多少總還賺幾個錢。你有什麼表現？你說吧。」

陶伯笙道：「我有什麼表現？在重慶住了這多年，我並沒有在家裡帶一個錢來，這就是我的表現。」

陶太太笑了一聲道：「你在重慶住了這多年，沒有在家裡帶錢來，那是不錯，可是馬上勝利到來，大家回家，恐怕你連盤纏錢都拿不出來，你在重慶多年有什麼用？你就是在重慶一百年，也不過在這重慶市上多了一個賭痞。」

陶伯笙把臉一沉道：「你罵得好厲害，好，你從今以後，不要找我這賭痞。」說著，一扭身走到外面屋子裡去，提了他那個隨身法寶舊皮包，就出門去了。

陶太太在氣頭上，對於丈夫的決絕表示也不怎樣放在心上，可是他自這日出去以後，就有三天不曾回來。陶太太賣血的幾個錢還可以維持家用，雖然陶伯笙三天沒有回家，她還不至於十分焦急。

這日下午，她正悶坐在外面屋子裡縫針線，一面想著心事，要怎樣去開闢生財之道，而不必去依靠丈夫，忽然外面有個男子聲音問道：「陶先生在家嗎？」她伸頭向外看時，是鄰居魏端本。

他是新理的髮，臉上刮得光光的，頭上的分髮也梳得清清楚楚，只是身上穿的灰布中山服髒得不像樣子，而且遍身是皺紋，這就立刻放下針線迎到門外笑道：「魏先生回來了，恭喜恭喜。」

他的臉子已經瘦得尖削了，嘴唇已包不著牙齒，慘笑了道：「**我算做了一回黃金夢**，現在醒了，話長，慢慢地說吧，我現在已經取保出來了，以後隨傳隨到，大概可以無事，我太太帶著兩個孩子到哪裡去了？」

陶太太道：「她前幾天突然告訴我，要到南岸去住幾天，目的是為魏先生想法子，到南岸什麼地方去了，我不知道，她把鑰匙放在我這裡，小孩子都很好，你放心。」

魏端本道：「我家楊嫂也跟著她去了？」

陶太太進裡面屋子去取出鑰匙交給了他，向他笑道：「楊嫂跟著她去是對的，不然，你那兩個孩子什麼人帶著呢。你回去先休息休息吧，慢慢再想別的事，我想，**我們都得改換一下環境，才有出頭之日，老是這樣的鬼混，總想撿一次便宜生意做，發一筆大財，這好像叫花子要在大街上撿大皮包，哪有什麼希望？**」

魏端本走回家去，看到房門鎖著，本來也就滿心疑惑，現在聽了她的話，更增加了自己的疑團，但是急於要看著自己家裡變成了什麼樣子，也不去追問了，說了聲回頭見，趕快地走回家去。

打開鎖來，先讓他吃了一驚，除了滿屋子裡東西拋擲得滿床滿桌滿地而外，窗子是洞開的，灰塵在各項木器上都鋪得有幾分厚，正像初冬的江南原野，草皮上蓋了一層霜。床上只剩了一床墊的破棉絮，破鞋好幾雙，和一隻破網籃都放在棉絮上。桌上放著一隻鐵鍋，蓋住了些碗盞，一把筷子塞在鍋耳子裡，油鹽罐子和醬醋瓶子代替了化妝品放在五屜桌上，地面上除了碎報紙，還有幾件小孩的破衣服。

他站著怔了一怔。心想太太這絕不是從容出門，必定是有什麼急事，慌慌張張就走了，想當年在江蘇老家，敵人殺來了，慌忙逃難，也不過是這種情景，這位夫人好生事端，莫不是惹了什麼是非了。

他在屋子中間呆站了一會，絲毫沒有主意，後又開了外邊屋子的門，這屋子的窗子是關的，裡面的東西，都也是平常的佈置。他到廚房裡去，找到了掃帚撣子，把外面屋子收拾了一番，且坐著休息五分鐘。

但就是這五分鐘，只覺得自己心裡是非常的空虛，出了看守所，滿望回得家來，可以得著太太一番安慰，至少看到自己兩個孩子，骨肉團聚之後，也可以精神振奮一下，然而……他這個轉念還沒有想出來，桌子下面瑟瑟有聲，低頭看時，兩隻像小貓似的耗子由床底下溜出來，後面一隻，跟著前面這隻的尾子，繞了桌子四條腿，忽來忽去，鬧過不歇。

重慶這個地方，雖然是白天耗子就出現的，可是那指著人跡稀少的地方而言，像外邊這間屋子乃是平常吃飯寫字會客的地方，向來是不斷人跡的，這時有了耗子，可見已變了個環境。他立刻哀從中來，只覺一陣酸氣直透眼角，淚珠就要跟著流出來。

他又想著，關在看守所裡，受著那樣大的委屈，自己也不肯哭，現在恢復了自由，回到了家裡，還哭些什麼？於是突然地站起，帶著掃帚撣子，又到裡面去收拾著。

兩間屋子都收拾乾淨了，向冷酒店的廚房裡舀了一盆涼水擦抹著手臉，看看電燈來火，口也渴了，肚子也餓了，這個寂寞的家庭實在忍耐不下去，鎖了門出去，買了幾個熱燒餅，帶到小茶館裡，打算解決一切。

重慶的茶館，大的可以放百十個座頭，小的卻只有兩三張桌子，甚至兩三張桌子也沒有，只是在屋簷下擺下幾把支腳交叉的布面睡椅，夾兩個矮茶几而已，作風倒都是一樣，蓋碗泡茶約分四種，沱茶、香片、菊花、玻璃。

玻璃者，白開水也。菊花是土產，有銅子兒大一朵，香片是粗茶葉片子和棍子，也許有一兩根茉莉花蒂，倒是沱茶是川西和雲南的真貨，沖到第二三次開水的時候，釅得帶苦橄欖味。此外是任何東西不賣，這和抗戰時期的公務人員生活最是配合得來。在三十四年春天，還只賣到十元錢一碗。

魏端本打著個人的算盤，就是這樣以上茶館為宜，但電燈一來火，茶館裡就客滿，可能一張灰黑色的方桌子圍著五六位茶客，而又可能是三組互不相識的。

他走進一爿中等的茶館，二三十張桌子的店堂全是人影子，在不明亮的電燈光下擁擠著，他在人叢中站著，四周觀望了一下，只有靠柱子，跨了板凳，擠著坐下去。

雖然這桌子三方已經是坐了四個喝茶的人，但他們對於這新加入的同志並不感到驚異，他們照舊各對了一碗茶談話。

魏端本趁著茶房來摻開水之便，要了一碗沱茶，先就著熱茶，一口氣把幾個燒餅吃了，這才輪到茶碗摻第三次開水的時候，慢慢地來欣賞沱茶的苦味。

他對面坐了一位四十上下的同志，也是一套灰色中山服，不過料子好些，乃是西康出的粗嗶嘰，他小口袋上夾一支帶套子的鉛筆，還有一個薄薄的日記本，頭髮謝了頂，由額頭到腦門子上，如滑如鏡。

他圓臉上紅紅的，隱藏了兩片絡腮鬍子的鬍樁子，他也是單獨一個人，和另外三個茶客並不交言。他大口袋裡還收著兩份折疊了的晚報，而他面前那碗茶，掀開了蓋子並不怎樣的黃，似乎他在這裡已消磨了很久的時間了。

魏先生料著他也是一位公務員，但何以也是一人上茶館卻不可解，難道也有一樣的境遇嗎？心裡如此想著，不免就多看了那人幾眼。

那人因他相望，索性笑著點了個頭道：「一個人上茶館，無聊得很啊。」

魏端本道：「可不是，然而我是借了這碗沱茶進我的晚餐，倒是省錢。重慶薪水階級論千論萬，而各種薪水階級的生活倒五花八門，無奇不有，大概我們是最簡化的一種。」

那人因他說到我們兩字，有同情之意，就微微一笑。

魏端本感到無聊，在衣袋裡掏摸一陣，並無所獲，就站起來，四面望著。

那人笑問道：「你先生要買紙煙嗎？買紙煙的幾個小販子今天和茶館老闆起了衝突，今天他們不來賣煙了。我這裡有幾支不好的煙，你先嘗一支怎麼樣？」說著，他已自衣服口袋裡，掏出一隻壓扁了的紙煙盒子。

魏端本坐下來，搖著手連說謝謝。那人倒不受他的謝謝，已經把一支煙遞了過來，向他笑道：「不必客氣，茶煙不分家，我這煙是起碼牌子黃河。俗言道得好，人不到黃河心不死，吸紙煙的人到了降格到黃河牌的時候，那就不能再降等了，再降等就只有戒煙了。」

魏端本覺得這個人很有點風趣，接過他的煙支，就請問他的姓名。

他在口袋裡拿出一疊二指寬的薄紙條，撕下一張送過來。這是抗戰期間的節省名片。魏端本接了這名片，就覺得這人還有相當交際的，因為交際不廣的人，根本就把名片省了。

看那上面印著余進取三個字，下注了「以字行」，上款的官銜，正是一個小機關的交際科的科長，這就笑道：「我一看余科長就是同志，果然不錯。我沒有名片，借你的鉛筆，我寫一寫名字吧。」

余進取口袋裡鉛筆取出來，交給了他，他不曾考慮，就在那節省名片上把真姓名寫下來，遞了過去。

余進取看到，不由得哦了一聲，魏端本道：「余科長，你知道嗎？」

他沉吟著道：「我在報上看到過的，也許是姓名相同吧？」

魏端本這就省悟過來了，自己鬧的這場黃金官司，報上必然是大登特登，今天剛出法院，還不知道社會上對自己的空氣，現在人家看到自己的名字就驚訝起來，想必這個貪污的名聲已經傳佈得很普遍了，便向余進取點了兩點頭道：「一點不錯，報上登的就是我，你先生看我這一身襤褸，可夠得上那一份罪名？至少我個人是個黑天冤枉。」

余進取點點頭道：「你老兄很坦白，這年月，是非也不容易辨白，這是茶館裡，不必談了。」

他說著話時，向同桌的人看了看，另外三個人雖然是買賣人的樣子，自然，他也就感到不談為妙，吸著煙，談了些閒話，那三位茶客先走了。

魏端本終於忍不住胸中的塊壘，便笑道：「余先生，你真是忠厚長者，其實，就把我的姓名再在報上宣揚著，我也不含糊，我根本是個無足輕重芝麻小的公務員，誰知道我？以後我也改行了，擺個紙煙攤子，比拿薪水過日子也強。話又說回來，薪水這東西，以前不叫著養廉銀子嗎？薪水養不了廉，教人家從何廉起？無論做什麼事的，第一要義，總得把肚子吃飽，做事吃不飽肚子，他怎麼不走出軌外去想法子呢？」

余進取隔了桌面，將頭伸過來，低聲笑道：「國家發行黃金儲蓄券，又拋售黃金，分明給個甜指頭人家吮吮，好讓人家去踴躍辦理，而法幣因此回籠，這既是國家一個經濟政策，公務員也好，老百姓也好，只要他不違背這個政策，買金子又不少給一元錢，為什麼公務員一做黃金就算犯法呢？還有些人做黃金儲蓄好像是什麼不道德的事一樣，不願人知道，這根本不通，國家辦的事，你跟著後面擁護，那有什麼錯？難道國家還故意讓人民做錯事嗎？」

魏端本聽了，將手連連的在桌子沿上拍了幾下道：「痛快之至！可是像這種人就不敢說這話了。」

余進取在袋裡取出那兩份折疊著的晚報來問道：「你今天看過晚報嗎？」

魏端本道：「我今天下午三點鐘才恢復了這條自己的身子，還沒有恢復平常生活，也沒有看報。」

余進取將報塞到他手上，指了報導：「晚報上登著，黃金官價又提高，不是五萬就是六萬，由兩萬漲到三萬五，才有幾天，現在又要漲價了，老百姓得了這個消息，馬上買了金子，轉眼就可以由一萬五賺到兩萬五，而且是名正言順的賺錢，他為什麼不辦？公務員若是有個三五萬富餘的錢在手上，當然也要辦。你不見當老媽子的，她們都把幾月的工錢湊合著買一兩二兩的。」

魏端本點點頭道：「余先生這話，當然是開門見山的實情，可是要面子打官腔的人，他就不肯這樣說，若有人肯這樣想，我也就不吃這場官司了。」

余進取又安慰了他幾句，兩個人倒說得很投機，坐了一個多鐘頭的茶桌方才分手。

魏端本無事可幹，且回家去休息。雖然家裡是冷清清的，可是家裡還剩下一床舊棉絮，一床薄褥子，籐繃子床柔軟無比，回想到看守所裡睡硬板，那是天遠地隔，就很舒適地睡到天亮。

他還沒有起來，房門就推了開來，有人失聲道：「呀！哪個開了鎖？」

他聽到楊嫂的聲音，一翻身由床上坐起來，問道：「太太回來了嗎？」

楊嫂看到主人坐在床上，她沒有進入，將房門又掩上了。

魏端本隔了門道：「這個家弄成了什麼樣子，我死了，你們不知道，我回來了，你們也不知道，你們對我未免太不關心了。」

他說是這樣地說了，門外卻是寂然。心裡想著：難道又是什麼事得罪了太太，太太又鬧彆扭了，於是靜坐在床上，看太太什麼表示。

直等過了十來分鐘，外面一點動作沒有。下床打開房門來看，天氣還早，連冷酒店裡也是靜悄悄的，裡外叫了幾聲楊嫂，也沒有人答應，倒是冷酒店裡夥計掃著地，答道：「我一下鋪門，楊嫂一個人就回來了，啥子沒說，慌裡慌張又走了。」

魏端本道：「她沒有提到我太太？」

夥計道：「她沒有和我說話，我不曉得。」

魏端本追到大門口兩頭望望，這還是宿霧初收，太陽沒出的早市，街上很少來往行人，一目了然，看不到楊嫂，也看不到家中人，這樣看起來，楊嫂原是不知道主人回了家才回來的，看到了主人，她卻嚇跑了，那麼，自己太太是個什麼態度呢？洗過了手臉，向隔壁陶太太家去打聽，正好她不在家，只有兩個孩子收拾書包，正打算上學去。因問他：「媽媽呢？」

大孩子說：「爸爸好幾天沒有回來，媽媽找爸爸去了。」

魏端本驚著這事頗有點巧合，一個不見了太太，一個不見了先生，那也不必多問了，身體是恢復了自由，手上卻沒有了錢用，事是由司長那裡起，現在想到機關裡去恢復職務，那是不可能，但司長總要想點法子來幫助，於是就徑奔司長公館裡去。

他還記得司長招待的那間客室，為了不讓司長拒絕接見，徑直上樓，就叩那客室之門，心裡已通盤籌畫了一肚子的話，於今是一品老百姓，不怕什麼上司不上司，**為了司長想發黃金財，職業是丟了，名譽是損壞了，而太太孩子也不見了**，司長若不想點辦法，那只有以性命相拼。他覺得這個撒賴的手段，是可以找出一點出路的，然而，不用他叩，那客室之門根本是開的，裡面空洞洞的，就剩了張桌子歪擺著，就是上次招待吃飯的那個年輕女傭人，蓬著頭穿了件舊布大褂，周身的灰塵。

她手提了只網籃，滿滿的裝著破舊的東西，要向外走。

她自認得魏端本，先道：「你來找司長來了？條了（逃了）坐飛機上雲南了。」

他怔了一怔道：「真的？」

她道：「朗個不真？你看嗎，這個家都空了。」

魏端本點點頭道：「好！還是司長有辦法。昨天下午，劉科長來了嗎？」

她還沒有答應，卻有人接言道：「我今天才來，你來得比我還早。」

說著話進來的，正是那劉科長。

魏端本嘆了口氣道：「好！他走了，剩下我們一對倒楣蛋。」

劉科長走進屋子各處看看，回轉身來和魏端本握手，連連地搖撼了幾下，慘笑著道：「老弟台，不用埋怨，**上當就這麼一回，我們不是為了想發點黃金財弄得坐牢嗎？**做黃金並不犯法，只是為了我們這點老爺身分才犯法，現在我們都是老百姓，把褲子脫下來賣了，我也得做黃金，不久黃金就要提高到五萬以上，打鐵趁熱，要動手就是現在。」

說時，他不握手，又連連地拍了魏端本肩膀，他好像有了什麼大覺悟一樣，交代完了，立刻就轉身出去。

魏端本始終不曾回答他一句，只是看看那個女傭人在裡裡外外，收拾著司長帶不上飛機的東西。他心想：人與人之間，無所謂道義，有利就可以合作，司長走了，這位女傭人，還獨自留守在這裡，她為的是什麼？為的就是那些破碎的東西了。那末，反想到自己的太太，連自己的家也不要，那不就是為了家裡連破爛東西都沒有嗎？

劉科長說的對，還是弄錢要緊，脫了褲子去賣，也得做黃金生意，他有了這個意思發生，重重地頓了一下腳，復走回家去。

當然，這個家裡沒有人，究比那有個不管家的太太還要差些，不但什麼事都是自己動手，這張嘴也失去了作用，連說話的機會也沒有。無可奈何，還是出門去拜會朋友，順便也就打聽打聽太太和孩子的消息，但事情是很奇怪，沒有任何朋友知道田佩芝消息的，這些情形，給予了他幾分啟示，太太是拋棄著他走了。

夫妻之間，每個月都要鬧幾回口頭離婚，田佩芝走了也不足為怪，只是那兩個孩子卻教他有些捨不得。

他跑了一天，很失望地走回家去。他發現了早上出門，走得太匆促，房門並不曾倒鎖，這時到家，房門是開了。他心裡想著，難道床上那床破棉絮和那條舊褥子還有人要？

他搶步走進屋子去看，東西並不曾失落一樣，床面前地板上有件破棉襖，有條黃毛野狗睡在上面，屋子裡還添了一樣東西。那野狗見這屋子的主人來了，夾著尾巴，由桌子底下躥到門外去了。

他淡笑了一笑，自言自語地道：「這叫時衰鬼弄人。」

坐在床沿上，靠了床欄桿，翻著眼向屋子四周看看，屋子裡自己已經收拾過了，屋子中間的方桌子是光光的，靠牆那張五屜桌也是光光的，床頭邊大小倆口箱子都沒有了，留下擱箱子的兩個無面的方凳架子。

屋子裡是比有小孩、有太太乾淨得多了，可是沒有了桌上的茶杯飯碗，沒有了五屜桌上大瓶小盒那些化妝品，以及那面破鏡架子，這屋子裡越是簡單整潔，他越覺得有一種寂寞而又空虛的氣氛。

同時，牆角下有兩個白木小凳子，那是兩個孩子坐著玩的。他想到了兩個孩子，好像兩個小影子在那裡晃動，他心房連跳了幾下，坐不下去了，趕快掩上房門倒扣了，又跑上街來。

他看到街兩邊的人行道上，來往地碰著走，他看到每一輛過去的公共汽車，擠得車門合不攏來，他覺得這一百二十萬人口的大重慶，是人人都在忙著，可是自己卻一點不忙，而且感到這條閒身子簡直沒有地方去安頓，於是看看街上的動亂，他有點茫然。不知不覺地，隨了兩位在面前經過的人走去。

走了二三十家店面，他忽然省悟過來：**我失業了，我沒有事，向哪裡去？**把可以看的朋友今天也都拜訪完了，晚晌也不好意思去拜訪第二次。他想來想去地走著，最後想著，還是去坐茶館吧，立刻就向茶館走。

這晚來得早一點，茶館裡的座位很稀鬆，其中有一位客人占著一張桌子的，和人併座喝茶，這是最理想的地方，他就徑走攏，跨了凳子坐下。

原來坐著喝茶的人，正低了頭在看晚報。這時被新來的人驚動著抬起來頭，正是昨日新認識的余進取先生。他呀了一聲，站將起來，笑著連連的點頭道：「歡迎歡迎！魏先生又是一個人來喝茶？今天沒有帶燒餅來？」

魏端本笑道：「我們也許是同志吧？我吃過了晚飯，所以沒有帶燒餅，可是余先生沒有例外，今天還帶著晚報。」

他笑道：「你看我只是一位起碼的公務員不是？但是我對於國家大事倒是時刻不能忘懷，我也希望能夠發財，有個安適的家，可以坐在自己的書桌上，開電燈看晚報，但也許那是戰後的事了。」他說畢，微微的嘆了一聲，兩手捧起晚報來，向下看看。

魏端本聽他這話音，好像他也是沒有家的，本來想跟著問他的，他已是低頭看報，也就自行捧了蓋碗喝茶。

那余先生看著報，突然將手在桌沿上重重拍了一下道：「我早就猜著是這個結果，**黑市和官價相差得太多了，政府絕不能永遠便宜儲蓄黃金的老百姓，到了一定的時期，官價一定要提高。**據我的推測，三個月後，黃金的官價一定要超過十萬。這個日子，有錢買進黃金，還不失為一個發財的機會。」

他先是看了報紙，後來就對了魏端本說，正是希望得一聲讚許之詞，可是魏端本心裡，就彆扭著想：怎麼處處都遇見談黃金生意的人呢？

魏端本迷了一陣子黃金，絲毫好處沒有得著，倒坐了二十多天的看守所，他對於黃金生意雖然不能完全拋開，但他也有了點疑心，覺得這注人人所看得到的財，不是人人所能得到的，可是他的朋友卻不斷地給他一種鼓勵，第一是陶伯笙太太，她說要另想辦法，第二是劉科長，他說以後不受什麼拘束，脫了褲子去賣，也要做黃金生意。第三就是這位坐茶館的余進取先生了，他不用人家提，自言自語地要做黃金生意。這是第二次見面，就兩次聽到他發表黃金官價要提高。

魏先生心裡自想著，全重慶人無論男女老少，都發生了黃金病，若說這事情是不可靠的，難道這些做黃金的人都是傻子？

他心裡立刻發生了許多問題，所以沒有答覆余進取的問話。然而余先生提起了黃金，卻不願終止話鋒，他望了魏端本笑道：「魏先生，你覺得我的話怎麼樣？有考慮的價值嗎？」

魏端本被他直接地問著，這就不好意思不答覆，因道：「只要是不犯法的事，我們什麼都可以做。」

余進取笑著搖搖頭道：「這話還是很費解釋的，犯法不犯法，那都是主觀的。有些事情，我們認為不犯法，偏偏是犯法的，我們認為應當犯法，而實際上是絕對無罪。再說，這個年月，誰要奉公守法，誰就倒楣，我們不必向大處遠處說，就說在公共汽車上買車票吧。奉公守法的人最是吃虧，不守法的人可以買得到票，上了車，可以找著座位，那守法的人，十回總有五回坐不上車吧？

「我是三天兩天就跑歌樂山的人，我原來是排班按次序買票，常常被擠掉，後來和車站上的人混熟了，偶然還送點小禮，彼此有交情了，根本不必排班就可以買到票。有了票，當然可以先上車，也就每次有座位，這樣五六十公里的長途，在人堆裡擠在車上站著，你想那是什麼滋味？那就是守法者的報酬。」

魏端本坐在茶館裡，不願和他談法律，也不願和他談黃金，因他提到歌樂山，便道：「那裡是個大建設區了，現在街市像個樣子了吧？」

余進取道：「街市倒談不上，百十來家矮屋子在公路兩邊夾立著，無非是些小茶館小吃食宿。有錢的人，到處蓋著別墅，可並不在街上，上等別墅不但是建築好，由公路上引了支路，汽車可以坐到家裡去。你想國難和那些超等闊人有什麼關係？」

魏端本道：「但不知這些闊人在鄉下做些什麼娛樂，他們能夠遊山玩水，甘守寂寞嗎？」

余進取道：「那有什麼關係？他們有的是交通工具的便利，什麼時候高興，什麼時候進城，耽誤不了他們的興致。若是不進城，鄉下也有娛樂，尤其是賭錢，比城裡自在得多，既不怕憲警干涉，而且環境清幽，可以聚精會神的賭。天晴還罷了，若是陰雨天，幾乎家家有賭。」

魏端本笑道：「到了霧季，重慶難得有晴天。」

余進取笑道：「那還用說嘛？就是難得有一家不賭，這倒也不必管人家，**世界就是一個大賭場，不過賭的手法不同而已。你以為希特勒那不是賭？**」

魏端本坐的對面，就是一根直柱，直柱上貼了張紅紙條，楷書四個大字「莫談國事」。他對那紙條看了看，又覺得要把話扯開來，嘆口氣道：「談到賭，我是傷心之極。」

余進取笑道：「你老哥在賭上翻過大筋斗的？」

他搖搖頭道：「我不但不賭，而且任何一門賭我全不會，我的傷心，是為了別人賭，也不必詳細說了。」說畢，昂著頭長長地嘆了口氣。

余進取聽了這話，就料定他太太是一位賭迷，這事可不便追著問人家，於是在身上掏出那黃河牌的紙煙，向魏端本敬著。

他笑道：「我又吸你的煙。」

余進取笑道：「我還是那句話，茶煙不分家，來一支，來一支。」說時，他搖撼著紙煙盒子，將煙支搖了出來，同時，另一隻手在制服衣袋裡掏出火柴盒子，向桌子對面扔了來，笑道：「來吧，我們雖是只同坐過兩次茶館，據我看來，可以算得是同志了。」

魏端本看他雖一樣地好財，倒還不失為個爽直人，這就含笑點著頭，把那紙煙接過來吸了。

兩人對坐著吸煙，約莫有四五分鐘都沒有說話。

余進取偷眼看了看他的臉色，見他兩道眉頭子還不免緊蹙到一處，這就向他帶了笑問道：「魏先生府上離著這裡不遠吧？」

魏端本噴著煙嘆了口氣道：「有家等於無家吧？太太帶著孩子回娘家去了，家裡的事全歸我一人做，我不回家，也就不必舉火，省了多少事，所以我專門在外面打游擊。」

余進取拍了桌沿，做個贊成的樣子，笑道：「這就很好哇，我也是太太在家鄉沒來，減輕了罪過不少，別個公教人員單身在重慶，多半是不甘寂寞，可是我就不怎麼樣，如其不然，我能夠今天在重慶，明天有歌樂山嗎？魏先生哪天有工夫，也到歌樂山去玩玩，我可以小小的招待。」

魏端本淡淡地一笑道：「你看我是個有心情遊山玩水的人嗎？但是，我並沒有工作，我現在是個失了業又失了靈魂的人。」

余進取越聽他的話，越覺得他是有不可告人之隱，雖不便問，倒表示著無限的同情，想了一想道：「老兄若是因暫時失業而感到無聊，我倒可以幫個小忙，我們那機關現在要找幾個雇員抄寫大批文件，除了供膳宿而外，還給點小費。這項工作雖不能救你的窮，可是找點事情做，也可以和你解解悶。」

魏端本道：「工作地點在歌樂山吧？城裡實在讓我住得煩膩了，下鄉去休息兩個月也好，這幾天我還有點事情要做，等我把這事情做完了，我就來和余先生商量。」

余進取昂頭想了一想，點了下巴頦道：「我若在城裡，每日晚上準在這茶館子裡喝茶，你到這裡來找我吧。」

魏端本聽了這話，心裡比較是得著安慰，倒是很高興地喝完了這回茶。

當天晚上他回到家裡，獨自在臥室裡想了兩小時，也就有了個決心。次日一早起來，把所有的零錢都揣在身上，這就過江向南岸走去。

南岸第一個大疏建區是黃角椏，連三年不見面的親友都算在內，大概有十來家，他並不問路之遠近，每家都去拜會了一下。

他原來是有許多話要問人家，可是他見到人之後，卻問不出來，只是說些許久不見，近來生活越高的閒話。可是他的話雖說不出來。在大家不談他的太太，或者不反問他的太太好嗎，這就知道他太太並沒有到這裡來，那也就不必去打聽，以免反而露出了馬腳。

這樣經過了一日的拜訪，並無所得，當晚在黃角椏鎮市上投宿，苦悶淒涼地睡了一晚。

第二日一早起來。恐怕去拜訪朋友不合宜，勉強地在茶館裡坐著喝早茶，同時，也買些粗點當早飯。這茶飯去菜市不遠，眼看到提籃買菜的，倒有一半是人家的主婦，這自然還是下江作風。他就連帶地想起一件事，太太的賭友住在黃角椏的不少人裡面，很有幾位是保持下江主婦作風的，可能她們今天也會來。那麼，遇到了她們其中的一個，就可以向她打聽太太的消息了。

這樣想著，就對了街上來往的行人格外注意。

總算皇天不負苦心人，當他注意到十五分鐘以後，看到那位常邀太太賭錢的羅太太，提了一隻菜籃子由茶館門前經過，這就在茶座前站了起來，點著頭叫了聲羅太太。她和魏端本也相當地熟，而且也知道他已是吃過官司的人，很吃驚地呀了一聲道：「魏先生今天也到這裡來了？太太同來的嗎？」

魏端本道：「她前兩天來過的。」說著話，他也就走出茶館來。

羅太太道：「她來過了嗎？我並沒有看到過她呀，我聽到說她到成都去了。」

魏端本無意中聽了這個消息，倒像是兜胸被人打了一拳，這就呆了一呆，若笑著沒有說出什麼話來。

羅太太多少知道他們夫妻之間的一點情形，立刻將話扯了開來，笑道：「魏先生，你知道我家的地點嗎？請到我家去坐坐。」

魏端本道：「好的，回頭我去拜訪。」

其實，他並不知道羅公館在哪裡。

眼望著羅太太點頭走了，他回到茶座上呆想了一會，暗下喊著：「這我才明白，原來田佩芝到成都去了，這也不必在南岸胡尋找些什麼，還是自回重慶去做自己前途的打算。**這位抗戰夫人早就有高飛別枝的意思，女人的心已經變了，留戀也無濟於事，只要自己發個千兒八百萬的財，怕她不會回來，所可惜的是自己兩個孩子，**隨著這個慕虛榮的青年母親，知道他們將來會流落到什麼人手上去。唶！人窮不得。」

隨了他這一聲驚嘆，口裡不免喊出來，同時，將手在桌沿上拍了一下。

凡是來坐早茶館的人，在這鄉鎮上大多數是有事接洽，或趕生意做的。只有魏先生單獨地起早坐茶館無所事事，他已經令人注意，他這時伸手將桌子一拍，實在是個奇異的行動，大家全回過頭來向他望著。他也覺得這些行動，自己是有些失態，便付了茶資匆匆地走了。

他獨自地走著路，心裡也就不斷的思忖藉以解除著自己的苦悶。他忽然聽到路前面有操川語的婦人聲，還帶了很濃重的江蘇音，很像是自己太太說話。抬頭看時，前面果有三個婦人走路。雖然那後影都不像自己的太太，但他不放心，直等趕上前面分別地看著，果然不是自己的太太，方才甘休。

他在過渡輪的時候，買的是後艙票，他看到有個女子走向前艙，非常地像自己的太太。後艙是二等票，前面有木柵欄著，後艙人是不許可向前艙去的。他隔了木柵，只管伸了頭向前艙去張望著。

當這輪船靠了碼頭的時候，前後艙分著兩個艙口上岸，魏端本急於要截獲自己的太太，他就搶著跑到人的前面去。

跳板只有兩尺多寬，兩個排著走，是不能再讓路的了。他急於要向前，就橫側了身子，做螃蟹式的走路。在雙行隊伍的人陣上，沿著邊抄上了前。

上岸的人看到他這個樣子，都瞪了大眼向他望著。但他並不顧忌，上了岸之後，一馬當先，就跑到石坡子口上站定，對於上岸的任何一個人都極力地注意看。

在上岸的人群中，他發現了三個婦人略微有點兒像自己的太太，睜了大眼望著。可是不必走到面前，又發現自己所猜的是差之太遠了。站在登岸的長石坡上，自己很是發呆了一陣，心想，自己為什麼這樣神經過敏，太太把坐牢的丈夫丟了，而出監的丈夫，就時刻不忘逃走的太太。

他呆站著望了那滾滾而去的一江黃水。那黃水的下游，是故鄉所在，故鄉那個原配的太太，每次來信，帶了兩個孩子，在接近戰場的地方，掙扎著生命的延長，希望一個團圓的日子，無論怎麼樣，那個原配的太太是大可欽佩的。他這樣地想著，越覺得自己的辦法不對，這也就不必再去想田佩芝了。

他回想到余進取約他到歌樂山去當名小雇員，倒還是條很好的路子，當天晚上就去茶館裡去候他，偏是計畫錯了，他這天並不曾來。

過了三天，也沒有見著，自己守著那個只有傢俱，沒有細軟，沒有柴米的空殼家庭，實在感到無味，而自己身上的零碎錢，也就花費得快完了。

終日向親友去借貸，也不是辦法，於是自下了個決心，向歌樂山找余先生去，好在余先生那個機關總不難找。他鎖上了房門，並向冷酒店裡老闆重託了照應家，然後用著輕鬆的情緒，開著輕鬆的步子，向長途汽車站走去。

這個汽車站，總攬著重慶西北郊的樞紐，所有短程的公共汽車都由這裡開出去。在那車廠子裡，成列的擺著客車，有的正上著客，有的卻是空停在那裡的。車站賣票處，正排列著輪班買票的隊伍。

在購票的窗戶外面，人像堆疊在地面上似的，大家在頭頂上伸出手來，向賣票窗裡搶著送鈔票。魏端本看看這情形，要向前去買票是不可能的，而且賣票處有好幾個窗戶眼，也不知道哪個窗戶眼是賣歌樂山的票。

他被擁擠著在人堆的後面，正自躊躇著，不知向哪裡去好，也就在這時，聽到身後有人叫人力車子，那聲音非常像自己太太說話，趕緊回頭看時，也沒有什麼跡象，他自己也就警戒自己，為什麼神經這樣緊張？

風吹草動都翻，自己太太有關係，那也徒然增加自己的煩惱，於是又向前兩步擠到人堆縫裡去，接著又聽到有人道：「柴家巷和人拍賣行。」這句話，聽得清清楚楚，決計是自己太太的聲音。

剛才回頭看時有一輛由歌樂山開來的車子，剛剛到站才有兩三個人下車。當時只注意到站上原來的人，卻沒有注意上下車的人，也許是太太沒有下車，就在車子上叫人力車的。

這樣想著，立刻回轉身來向車廠子外看了去，果然是自己的太太，坐在一輛人力車上。

因為車站外就是一段下坡的馬路，人力車順了下坡的路走去，非常地快，只遙遠地看到太太回轉雪白泛紅的臉子，向車站看上了一眼，車站上人多，她未必看見了丈夫。

抬起手來，向馬路那邊連連地招了幾招，大聲叫著佩芝，可是他太太就只回頭看了一次，並不曾再回過頭。他就想著：太太回到了重慶，總要回家，到家裡去等著她吧。鑰匙在自己身上，太太回去開不了門，還得把她關在房門外頭呢，想時，不再猶豫了，一口氣就跑回家去。

冷酒店裡老板正站在屋簷下，看到他匆匆跑回來，就笑問道：「魏先生不是下鄉嗎？」

他站著喘了兩口氣，望了他道：「我太太沒有回來？」

老闆道：「沒有看見她回來。」

魏端本還怕冷酒店老闆的言語不可靠，還是穿過店堂，到後面去看看。果然，兩間房門還是自己鎖著的原封未動。

他想著太太也許到廚房裡去了，又向那個昏暗的空巷子裡張望一下。這廚房裡爐灶好多天沒有生火了，全巷子是冷冰冰的，人影子也沒有，倒是有兩隻尺多長的耗子在冷灶上逡巡，看到人來，拋梭似地逃走，把灶上一隻破碗沖到地面，打了個粉碎。

魏先生在這兩隻老鼠身上，證明了太太的確沒有回來。他轉念一想，她是把鑰匙留在陶家的，也許她在陶家等著我吧？於是抱著第二次希望，又走到隔壁陶家去。

那位陶伯笙太太，提了一籃子菜，也正自向家裡走。她沒有等魏端本開口，先就笑道：「太太是昨晚上回來的嗎？怎麼這樣一早就出去了？」

魏端本道：「你在哪裡看到她的，看錯人了吧？」

陶太太笑道：「我們還說了話呢，怎麼會看錯了人呢？」她並不曾對魏端本的問話怎樣注意，交代過也就進家去了。

魏端本站在店鋪屋簷下，不由得心房連跳了幾下。**她回到了重慶，並不回家，也沒**

有帶孩子，向哪裡去了？而且她回頭一看時，見她胭脂粉塗抹得很濃，身上又穿的是花綢衣服，可說是盛裝，她又是由哪裡來？

聽到叫車子是向人和拍賣行去，她發了財了，到拍賣行裡收買東西去了，彼此拆夥，也不要緊，但為了那兩個孩子，總也要交代個清楚，時間不算太久，就迫到拍賣行去看看，無論她態度如何，總也可以水落石出。他這樣想著立刻開快了步子，就向柴家巷走了去。

事情是那樣的不巧，當魏先生看到人和拍賣行大門相距還有五十步之遙，就見一個女人穿了寶藍底子帶花點子的綢衫，肩上掛了一只有寬頻子的手皮包，登上一部漂亮的人力車，拉著飛跑地走了。

那個女人，正是自己的太太。他高喊著佩芝佩芝，又抬起手來，向前面亂招著，可是那輛車子，是徑直地去了，絲毫沒有反響。

魏端本看那車子跑著，並不是回家的路，若是跟著後面跑，在繁華的大街上未免不像樣子。他慢慢地移步向前，且到拍賣行裡去探聽著，於是放從容了步子，走進大門去。

這是最大的一家拍賣行，店堂裡玻璃櫃子縱橫交錯的排列著。重慶所謂拍賣行，根本不符，它只是一種新舊物品寄售所，店老闆無須費什麼本錢，可以在每項賣出去的東西上得著百分之五到十的傭金，所以由東家到店員都是相當闊綽的。

魏端本走進店門去，首先遇到了一位穿西服的店員，年紀輕輕的，臉子雪白，頭髮梳得很光，鼻子上架著金絲眼鏡，看起來，很像是個公子哥兒。

魏端本先向他點了頭，然後笑道：「請問，剛才來的這位小姐，買了什麼去了？」那店員翻了眼睛向他望著，見他穿了灰布制服，臉上又是全副黴氣，便道：「你問這事幹什麼？那是你家主人的小姐嗎？」

魏端本聽著，心想，好哇，我變成了太太的奴隸了，可是身上這一份穿著和太太那份穿著一比，也無怪人家認為有主奴之分，便笑道：「確是我主人的小姐，主人囑我來找小姐回去的。」

說到這裡櫃檯裡又出來一位穿西服的人，年紀大些，態度也穩重些，就向魏端本道：「你們這位小姐姓田，我們認得她的，她常常到我們這裡來賣東西。前幾天她在手上脫下一枚鑽石戒指，在我們這裡寄賣，昨天才賣出去。今天她來拿錢了，買主也是我們熟人，是永康公司的經理太太。你們公館若要收回去的話，照原價贖回，那並沒有問題。」

魏端本明白了，拍賣行老闆把自己當了奉主人來追贓的聽差，笑道：「那是小姐自己的東西，她賣了就賣了吧。主人有事要她回去。不知道她向哪裡去了。」

那年紀大的店員向年紀輕的店員問道：「田小姐不是不要支票，她說要帶現鈔趕回歌樂山嗎？」

年輕店員點了兩點頭。

那店員道：「你要尋你們小姐，快上長途汽車站去，搭公共汽車並沒有那樣便利，你趕快去，還見得著她，不過你家小姐脾氣不大好，我是知道的，你仔細一點，不要跑了去碰她的釘子。」

魏端本聽到這些話，雖然是胸中倒抽幾口涼氣，可是自己這一身穿著，十分的簡陋，那是無法和人家辯論的，倒是**由各方面的情形看起來，田佩芝的行為是十分的可疑，必須趕快去找著她，好揭破這個啞謎**。

這樣地想了，開快了步子，又再跑回汽車站去。

究竟他來回地跑了兩次，有點兒吃力，步伐慢慢地走緩了。

到了車站，他是先奔候車的那個瓦棚子裡去。這裡有幾張長椅子，上面坐滿了的人，並不見自己的太太，再跑到外面空場子來，坐著站著的人紛紛擾擾，也看不出太太在哪裡，他想著那店友的話，也未必可靠，這就背了兩手，在人堆裡來回地走著。

約莫是五六分鐘，他被那汽車哄咚哄咚的引擎所驚動，猛然抬頭，看到有輛公共汽車，上滿了客，已經把車門關起來了。看那樣子，車子馬上就要開走。車門邊掛了一塊木牌子，上寫五個字，開往歌樂山，他猛然想起，也許她已坐上車子去了吧？於是兩隻腳也不用指揮，就奔到了汽車邊。

這回算是巧遇，正好車窗裡有個女子頭伸了出來，那就是自己的太太，他大聲地叫了一句道：「佩芝，你怎麼不回家？又到哪裡去？」

魏太太沒有想到上了汽車還可以遇到丈夫，四目相視，要躲是躲不了的，紅了臉道：「我……我……我到朋友那裡去有點事情商量，馬上就回來。」

魏端本道：「有什麼事呢？還比自己家裡的事更重要嗎？你下車吧。」魏太太沒有答言，車子已經開動著走了。

魏端本站在車子外邊，跟著車子跑了幾步，而魏太太已是把頭縮到車子裡去了。他追著問道：「佩芝，我們的孩子怎麼樣了？孩子！孩子！」

魏端本先生雖是這樣地叫喊著，可是開公共汽車的司機，他並不曉得，這輛汽車很快地就在馬路上跑著消失了。

他在車站上呆呆地站了一陣子，心裡算是有些明白：**太太老說著要離婚，這次是真的實現了。她簡直不用那些離婚的手續，逕自離開就算了事。太太走了就走了，那絕對是無可挽回的，不過自己兩個孩子總要把他們找回來。**

他站著這樣出神，那車站上往來的人看到他在太陽光下站著，動也不動，也都站著向他看。慢慢的人圍多了，他看到圍了自己是個人圈子，他忽然省悟，低著頭走回家去。

他說不出來心裡是一種怎樣的空虛，雖然家裡已經搬得空空的，可是他覺著這心裡頭的空虛比這還要加倍，所幸家裡的破床板還是可以留戀的，他推著那條破的薄棉絮，高高地堆著，側著身子躺下去。也許這天起來得過早，躺下去，就昏昏沉沉地睡著了。

不知睡了多少時候，醒過來坐著，向屋子周圍看看，又向開著的窗口看看，自言自語地說了句沒意思，他又躺下了。

這次躺下，他睡得是半醒，聽得到大街上的行人來往，也聽到前面冷酒店裡的人在說話，可是又不怎樣的清楚。

幾次睜開眼來，幾次復又閉上。最後他睜開眼，看到屋梁上懸下來的電燈泡已發著黃光，他就突然地一跳，又自言自語地道：「居然混過了這一天，喝茶去。」

他起身向外，又覺得眼睛迷糊，人也有些昏沉沉的，這又回身轉來，拿了舊臉盆，在廚房裡打了一盆冷水來洗臉。

雖然這是不習慣的，臉和腦子經過這冷水洗著，皮膚緊縮了一下，事後，覺得腦子清楚了許多，然後在燒餅店裡買了十個燒餅將報紙包著，手裡捏了，直奔茶館。

這次沒有白來，老遠的就看到余進取坐在一張桌子邊，單獨地看報喝茶。魏先生當然和他同桌坐下。余進取只是仰著臉和他點了個頭，然後又低下頭去看報。

魏端本是覺得太饑餓了，么師*泡了沱茶來了，他就著熱茶，連續地吃他買的十個燒餅。

余進取等他吃到第八個燒餅的時候，方才放下報來，這就笑道：「老兄沒有吃飯吧？我看你拿著許多燒餅，竟是一口氣吃光了。」

魏端本道：「實不相瞞，我不但沒有吃晚飯，午飯也沒有吃，早飯我們是照例免了的。」

余進取將手上的報紙放在桌沿上，然後將手拍了兩下，嘆道：「老兄，你的生活太苦了，這樣下去，你這樣維持生活，再說，你有家屬的人，太太也不能永遠住在親戚家裡，她肯老跟你一樣，每日只吃幾個燒餅度命嗎？」

魏端本道：「那是當然，離亂夫婦也管不了許多，大難來到各自飛跑。」說著，他連續地把那剩餘的兩個燒餅吃了，然後，端起蓋碗來，咕嘟了兩口熱茶。

余進取道：「我勸你還是找點小生意做吧，不要相信那些高調，說什麼堅守崗位。」

魏端本道：「我當然不會相信這些話，而且我根本也沒有崗位。」

余進取道：「你能那樣想，那就很好。你看這報上登著這物價的行市，上去了就不肯下來，縱然有跌，也是漲一千跌五十，連一成也不夠。你不要相信什麼管制統制的話，譬如黃金官價現定三萬五一兩，官家可不肯照這行市二兩三兩的賣現金給你。你要買，是六個月以後兌現的黃金儲蓄券，或者是連日期都沒有的期貨，而且那是給財神爺預備的，我們沒有這分希望，我們只有做點兒小生意買賣吧，反正什麼物價也是跟了黃金轉。你看今天的晚報。」說著，他將手指著晚報的社會新聞版。

魏端本看那手指的所在，一行大字題目，載著七個字：「**金價破八萬大關**。」他心裡想著，原來余先生天天看晚報上勁，他所要知道的，並不是我們的軍隊已反攻到了哪裡，而是金價漲到了什麼程度，**像他這樣一個天天坐小茶館的人，有多少錢買金子，何必這樣對金價注意？**

他是這樣想著，而余先生倒是更是表現著他對金價的注意，他已把那張晚報重複地捧了起來，就在那昏黃的燈光向下看。

魏端本笑道：「余先生，我倒有句話忍不住要問你了。你大半時間在鄉下的，在鄉下打聽不到金價，我們要根據這金價做生意，那怎樣地進行呢？」

他含笑道：「做生意的人，無論住在什麼地方，消息也是靈通，就以我住的歌樂山而論，那周圍住的金融家、政治家，數也數不清，在他們那裡就有消息透出來。」

今天聽到歌樂山這個名詞，魏端本就覺得比往日更加倍的注意，這就問道：「歌樂山的闊人別墅很多，那我是知道的，好像女眷們都不在那裡。」

余進取道：「你這話正相反，別墅裡第一要安頓的，就是好看的女人，有眷屬的，當然由城裡疏散到鄉下去；沒有眷屬的，他們也不會讓別墅空閒著。你懂這意思嗎？那裡也可以湊份臨時家眷啦，有錢的人何求不得？」

他說著話，不免昂起頭來嘆了口氣。

十五　翻本機會

這話像是將大拳頭在魏先生胸口上打了一下，他默默地喝著茶，有四五分鐘沒有作聲。

他臉上現出了很尷尬的樣子，向余進取笑問道：「你幾時回歌樂山去？」

余進取見他臉上泛起了一些紅色，以為他是不好意思，這就向他笑道：「我本來打算後天回去，不過我來往很便利，我可以陪同你明日到歌樂山去，給你把那工作弄好。抄文件這苦買賣，現在沒有人肯幹，你隨時去都可以成功，是我先提議的，你有什麼不好開口的呢？」

他根本沒有瞭解魏端本的心事，魏先生苦笑了一笑，又搖了兩搖頭道：「朋友，我落到現在，還有什麼顧忌，而不願開口向人找工作嗎？我心裡正還有一件大事解決不了，我想找個人商量商量，這人也許在歌樂山，所以我提到下鄉，我心裡就自己疑惑著，是不是和那人見面呢？」

余進取笑道：「大概你是要找一位闊人。」

魏端本道：「那人反正比我有錢，我知道今天她就賣了一只鑽石戒指。」

余進取道：「是個女人？」

魏端本也沒有答覆他這話，自捧起蓋碗來喝茶。

他向旁邊桌子上看去，那裡正有兩個短裝人，抱了桌子角喝茶，其間一個不住的向這邊桌子上探望。魏端本心想，什麼意思？我那案子總算已經完了，他老是看著我，還有人跟我的蹤嗎？

就在這時，一位穿粗嗶嘰中山服的中年漢子走了進來，下面可是赤腳草鞋，頭上戴了頂盆式呢帽子，走進了茶館，也不取下。

這就聽到送開水的么師叫著，劉保長來了。那個短裝人就仰向前道：「保長，我正等著你呢，一塊兒喝茶吧。」

劉保長笑道：「要得嘛！羅先生多指教，洪先生倒是好久不見，聽說現在更發財了。」

那個姓羅的，就拉了保長到更遠的一張桌子上去了。

魏端本想著，這事奇怪，簡直是計算著我。我可以不理他，法院已經把我取保釋放了，還會再把我抓了去不成？而且我恢復自由，天天為了兩頓飯發愁，根本沒有什麼行動可以引人注意的。這就偏過臉去和余進取談話。

余先生心裡沒事，也就沒有注意往別張茶桌上看。看了他那份尷尬的樣子，倒十分地同情他，就約了次日早晨坐八點鐘，第二班通車到歌樂山去。

魏端本說不來心裡是一種什麼滋味，像是空蕩蕩的，覺得什麼希望都沒有了，好像有千種事萬種事解決不了，把五臟都完全堵塞死了。

他出了茶館，走到自己家的冷酒店門口，他又停住了腳，轉著身向大街上走。

他看到那個綢緞百貨店窗飾裡燈彩輝煌，心裡就罵著：這是戰時首都所應有的現象嗎？走到影院門口，看到買電影票子的，也是排班站了一條龍，他心裡又暗罵著：這有買黃金儲蓄券那個滋味嗎？

看到三層樓的消夜店，水泥灶上，煮著大鍋的湯糰，案板上鋪著千百隻餛飩，玻璃窗裡放著薰臘魚肉，彷彿那些魚肉的香味都由窗縫子裡射了出來。

那穿西裝的人，手膀上挽了女人，成對地向裡面走。他心裡想著：**這大概都是做生意的人吧。這世界是你們的，你們囤積倒把，有了錢就這樣的享受，我不過挪用幾個公款，照規矩去做黃金儲蓄，這有什麼了不得，而自己就為這個坐了牢了。天下事，就這樣不平等？**我要撿起一塊磚頭來，把這玻璃窗子給砸了。

他想到這裡，咬著牙，瞪了眼睛望著。身後忽然有人叫道：「魏先生，你回來了。」

他回頭看時，正是鄰居陶伯笙，他站在人行路上，身子搖搖晃晃的，幾乎是要栽倒，雖是不曾說話，那鼻子裡透出來的酒味，簡直有點讓人嗅到了要作嘔，便答道：「我回來好幾天了。老沒有看到你。你們都到哪裡去了？」

陶伯笙兩手一拍道：「不要提，賭瘋了。」

他說這話時，身子前後搖盪著，幾乎向魏端本身上一栽，他道：「陶兄，你喝多了，我送你回去吧。」

陶伯笙搖了兩搖頭道：「我不回去，我不發財，我不回去。要發財，也不是什麼難事，實不相瞞，我已經兜攬得了一筆生意，我陪人家到雷馬屏去一道，回來之後，他們賺了錢，借一筆款子我做生意，我……」

說著，他身子向前一歪，手扶了魏端本的肩膀，對他耳朵邊輕輕地道：「雷波這一帶是川邊，出黑貨，黑市帶來脫了手，我們買黃的。」

魏端本立刻將他扶著，笑道：「老兄，你醉了，大街之上，怎麼說這些話。」

他站定了，笑道：「沒關係，人為財死，鳥為食亡，我今天晚上有個局面，再梭哈一場，贏他一筆川資。回去我是不回去的了，我已經知道，我女人在醫院裡輸血，換了錢買米，我男子漢大丈夫，還好意思回家去吃她的血嗎？今天晚上贏了錢，明天請你吃早點。」

他說著這話，抬起一隻手在空中招了兩招，跌跌撞撞，在人叢中就走了。

走了十來步，他又復身轉來，握了魏端本的手道：「**我們同病相憐，我太太瞧不起我，你太太也瞧不起你**，我太太若有你太太那樣漂亮，那有什麼話說，也走了。你太太的事，我知道一點，不十分清楚，誰讓你不會做黃金生意呢？」

他說了這話，伸手在魏端本肩上拍了兩下，那酒氣熏得人頭痛。

魏端本趕快偏過頭來，咳嗽了兩聲，回過頭來時，他已走遠了。

魏端本聽了這話，心裡是格外地難過。

回家的時候，正好在門口遇到陶太太，她左手上提了一隻旅行袋，右手扶一根手杖，魏端本道：「你這樣深夜還出門嗎？」

她道：「你不看我拿著手杖，我是由外而化緣回來。」

他道：「化緣？這話怎麼說？」

她嘆了口氣道：「老陶反對我勸他戒賭，他有整個禮拜不回來了，我知道他無非是在幾個濫賭的朋友家裡停留下了，那也只得隨他去吧。他不回來，我倒省了不少開支。我現在自食其力，在親戚朋友那裡，不論多少，各借了一點錢，有湊一萬八千的，也有千兒八百的，裝了這一袋零票碎子，從明天起，我出去擺個紙煙攤子，我倒要和他爭一口氣。」

魏端本聽了這話，就沒有敢提陶伯笙的話，不過陶伯笙說是同病相憐，卻不解何故，他呆站著望了陶太太，不能作聲，陶太太倒怪不好意思的，悄悄地走了。

魏端本將陶家夫婦和自己的事對照一下，更是增加了感慨，也懊喪地走回家去。臥室門是開的，電燈也亮了，他心想：出門的時候，是帶著房門的，難道又是野狗衝進去了？

可是野狗也不會開電燈。因此進房之後，不免四處張望，見方桌上放了一封信，上寫魏端本君開拆，那信封乾淨，墨汁新鮮，分明是新寫的。趕快拿起信來，將信箋抽出來看，倒只有一張信紙，並無上下款。信紙上寫：

「你太太在外邊，行同拆白，騙了友人金鐲，鑽石，衣料多件，又竊去友人現款三百萬元之多。聽說你要下鄉去找她，那很好，你告訴她，偷騙之物早早歸還，還則罷了，如其不然，朋友絕不善罷甘休，閣下也必須連帶受累。請將此信帶給她看，她自知寫信者為誰也。」

信後畫了一把刀，注著日子，並無寫信人具名。

魏先生拿了這紙信在手上，只管周身發抖。眼看了這紙上的字都像蟲子一樣，只管在紙上爬動。他將信放下，人向床鋪上橫倒下去，全身都冒著冷汗。

他前後想了兩三小時，最後，他自己喊出了個「罷」字，算是結論，而且同時將床鋪捶了一下。

他當然又是一晚不曾睡好。不過他迷糊著睡去，又醒來之後，卻是聽到一片的嘈雜市聲。在大街上寄居的人，這點可告訴他是時間不早了，他跳下床來，首先到前面冷酒店裡去打聽了一下時間，業已八點，他匆匆地收拾了十五分鐘，立刻帶了一個包袱，奔上汽車站。

又是個細雨天，滿街像塗了黑漿，馬路兩邊，紙傘擺著陣勢，像幾條龍燈，來往亂鑽。穿過兩條街，在十字路口有個驚奇的發現，陶太太靠著一家關閉著店門的屋簷，坐在階石上，身邊立著一個白木支腳的紙煙架子，其上擺滿了紙煙盒。

她身上穿件舊藍布罩衫，左鼻子上架了一副黑眼鏡，兩手撐起一把大雨傘，然而她衣服的下半截已完全打濕了，在那副黑眼鏡上，知道她是不願和熟人打招呼的，自也不必去驚動她了。

他又是低了頭走著。有人叫道：「魏先生，也是剛出門，我怕我來遲了，你會疑心我失約的。」

說話的，正是余進取，他是由一家銀樓出來。

魏端本道：「余先生買點金子？」

他低聲笑道：「我買什麼金子？我有這麼一個嗜好，若是在城裡的話，我總得到銀樓裡去看看黃金的牌價。銀樓是重慶市上的新興事業，幾乎每條街上都有銀樓，我隨便走到哪裡，都可以看看黃金的牌價。在這點上，倒讓我試出了銀樓業的信用這倒是一致的，任何大小銀樓，牌價倒是一樣。」

魏端本滿腹都是愁雲慘霧，聽了他這話，倒禁不住笑了出來。

卻喜是陰雨天，下鄉人少，到了車站，很容易地買到了車票。

上車之後，魏端本又發現了一個可注意的人，便是昨晚在茶館裡向保長說話的羅先生。他緊跟在後面，走上了車子，就找個座位坐了。魏端本看他一眼，他也就回看了一眼，魏端本心裡想著，難道我還值得跟蹤？好在自己心裡是坦然的，就讓他跟著吧。

他默然地和余進取坐在車子角上。但是姓余的卻不能默然，一路都和他談著物價黃金。魏端本只是隨聲附和，並沒有發表意見。

余進取也就看到了他一點意思，把話轉了一個方向，因道：「你的工作沒有問題，不必發愁，為了安定你的心事起見，下車之後，我就帶你去見何處長。本來這事無須去見這高級長官，不過他這個人倒也平民化，你和他談過了，給他一個好印象，也許有升遷的機會。」

魏端本只是道謝著。

十二點鐘，車子到了歌樂山。

余進取是說了就辦，下車之後，將彼此帶的東西存在鎮市上一家茶館裡，就帶了魏端本向何處長家來。

離開公路，由山谷的水田中間，順了一條人行小路，走上一個小山丘。那山丘圓圓的，緊密著生了松槐雜樹，有條石砌的坡子，在綠樹裡繞著山麓上升。這個日子，正是杜鵑花盛開的時候，樹底下，長草叢中，還有石砌縫子裡，一叢叢的杜鵑花紅得像在地面上舉著火把。這時細雨已經定止了，偶然有風經過搖著樹枝，那上面的積水滴卜滴卜，打在石坡上作響。

魏端本道：「在這個地方住家真好，這裡是沒有一點火藥味的。」

余進取笑道：「我們得發財呀，發了財就可以有這種享受了，所以我腦子裡晝夜都是一個經營發財的思想。這個大前提不解決，其餘全是廢話，有人笑我財迷，你就笑我吧，他們沒有知道這無情的社會，是現實不過的，沒有錢還談什麼呢。」

魏端本還想答應他這話，隔了樹林子，卻被風送來一陣女人的笑語聲，這是快到何處長的家了，大家就停止了談話。

順石路，穿過了樹林，是個小山谷。四周約有三四畝大的平地，中間矗立著三幢小洋樓。洋樓面前各有花圃，正有幾個男女在花圃中的石板路上散步。

其中有個穿中山服的漢子，余進取收著雨傘，站定了向他一鞠躬，叫著何處長，魏端本只好遠遠地站住了。可是，這讓他大大地驚奇一下。

何處長後面站著兩個女人，手挽手地花看風景，其中一位穿藍花綢長衫的燙髮女郎，就是自己的太太，她似乎沒有料到丈夫會到這裡來，還在和那個挽手的女人說笑。她道：「何太太，你昨晚上又大大地贏了一筆，該進城請客了，處長什麼時候去呢？搭公家的車子去吧。」

魏端本料著那位太太就是處長夫人，自己正是求處長賞飯吃而來，怎好去衝犯處長夫人的女友，就沒有作聲。

余進取已是搶先兩步走到處長面前去回話。

何處長聽過他介紹之後，點了兩點頭。余進取回頭向魏端本招著手道：「韓先生，你過來見處長。」這是早先約好了的。

魏端本這三個字為了黃金案登過報，不能再露面，他改叫著韓新仁了。

這聲叫喊驚動了魏太太回過頭來，這才看清楚了是丈夫來了，她臉色立時變得蒼白，全身都微微地抖顫著。

何太太握了她的手道：「田小姐，你怎麼了？」

她道：「大概感冒了，我去加件衣服吧。」說畢，脫開何太太的手，就走到洋樓裡面去了。

魏端本雖然心裡有些顫動，**但他已知道自己的太太完全變了，這相遇是意外，而她**

的態度卻非意外，也就從從容容走到何處長面前回話去。當然，這在他兩人之外，是沒有人會知道當前正演著一幕悲喜劇的。

這位何處長倒的確是平民化，看到魏端本走了過去，他也伸著手，和他握了一握，然後笑道：「韓先生，我們這抄寫文件，是個機械而又辛苦的工作，你肯來擔任，我們歡迎。不過我們有相當的經驗，往日來抄寫的雇員往往是工作個把月，就掛冠不辭而去，新舊銜接不上，我們的事情倒耽誤了，我們希望韓先生能夠多做些日子。」

魏端本在這個時候簡直是方寸已亂，但他有一個概念，這個地方絕不能多勾留，可是何處長和他這麼一客氣，他拘著面子，倒是不好有什麼表示了，只是連連地說了幾遍是。

何處長又道：「我們辦公的地方離這裡也不遠，有什麼不瞭解的地方，你可以問李科長。李科長如不在辦公室裡，你逕直來問我也可以，余先生索性煩你一下，你引他去見一見李科長去。」

余進取當然照著何處長的指示去辦。

魏端本跟到辦公處。見過那李科長，倒也是照樣地受著優待。他那不肯在這裡工作的心思，也就只得為這份優待所取消。

這個辦公地點自然是和那何處長公館的洋樓不可同日而語，這裡是靠著山麓蓋的一帶草房，木柱架子連著竹片黃泥石灰糊的夾壁。因為是夾壁，所以那窗戶也不能分量太重，只是兩塊白木板子，在直格子裡來回的推拉著，不過窗外的風景還不算壞，一片水田夾在兩條小山之中。

這小山上都高高低低長有松樹，這個日子都長得綠油油的，水田裡的稻子長著有兩三尺高，也是在地面上鋪著青氈子。稍遠的地方，有兩三隻白色的鷺鷥在高的田埂上站著。陰陰的天氣，襯托著這山林更顯著蒼綠。

這裡李科長為了使他抄寫工作不受擾亂起見，在這一帶屋子最後的一間讓他工作。這裡有一位年老的同事，穿一件舊藍布大褂，禿了一個和尚頭。頭髮和他嘴上的鬍子一樣，是白多黑少，架了一副大框老花眼鏡，始終是低頭抄寫。

僅是進門的時候，李科長和他介紹這是陳老先生，而且聲明著他是個聾子，這樣事實上還等於他一人在此工作，連個說話的機會都沒有，一張白木小桌子靠窗戶擺著，上面堆了文具和抄件。

魏端本和陳老先生背對背各在窗戶下抄寫，抄過兩頁，送給李科長看了，他對於速率和字體，認為很滿意，就吩咐了庶務員，給他在職員寄宿舍裡找了一副床鋪，並介紹他加人公共伙食團。他雖對於這個工作非常的勉強，可是人家這份溫暖卻不好拒絕。

到了黃昏時候，余進取又給他在茶館裡把包裹取來，並扛了一條被子來，借給他晚上睡眠，而且悄悄地還塞了幾千鈔票在他手上當零用。魏先生在這多方面的人情下，他實在不能說辭謝這抄寫工作的話。

當晚安宿在寄宿舍裡，乃是三個人共住的一間屋子，另外兩位職員，他們是老同事，在菜油燈光下，斜躺在床鋪上談天。魏端本新到此地，又滿腹是心事，也只有且聽他們的吧，他們由天下大事談到生活，再由生活談到本地風光。

一個道：「老黃呀，我們不說鄉下寂寞，今天孟公館裡就在開跳舞會呀，老遠望見孟公館燈火通明，那光亮由窗戶裡射出來，照著半邊山都是光亮的。我一路回來，看到紅男綠女，成雙作對向那裡走。」

又一個道：「我們何處長太太一定也加入這個跳舞會的。」

那個道：「一點不錯，她還帶了兩位女友去呢，什麼甜小姐鹹小姐都在內，她可是和我們何處長脾胃兩樣。」

魏端本聽到田小姐這個名稱，心裡就是一動，躺在床上，突然地坐了起來，向這兩位同事望著。

人家當然不會想到這麼一位窮雇員和摩登小姐有什麼關係，其中一位同事望了他道：「韓先生，你不要看這是鄉下，由這向南到沙坪壩，北到青木關，前後長幾十公里，斷斷續續，全是要人的住宅，你要聽黃色新聞，可比重慶多呀。」

魏端本也只微笑了一笑，並沒有答應什麼話，不過這些言語送到他耳朵裡，那都覺得是不怎麼好受的；他勉強地鎮定著自己的神志，倒下床鋪去睡了。

從次日起，他且埋下頭去工作，有時抽出點工夫，他就裝成個散步的樣子，在到何處長公館的小路上徘徊著。他想：自己太太若還是住在何公館，總有經過這裡的時候。

他這個想法，是沒有錯誤的。

在一周之後，有一下午，他在那松樹林子裡散步的時候，有兩乘滑竿由山頭上抬了下來。滑竿上坐著兩個婦人，後面那個婦人是何處長太太，前面那個婦人，正是自己太太田佩芝。

只看她身上穿花綢長衫，手裡拿著亮漆皮包。坐在滑竿上蹺起腿來，露著兩隻玫瑰紫皮鞋和肉色絲襪子，那是沒有一樣穿著會比摩登女士給壓倒下來的。自己身上這套灰布中山服，由看守所裡出來以後，曾經把它洗刷了一回，但是沒有烙鐵去燙，只是用手摩摩扯扯就穿在身上的，現在又穿了若干日子，這衣服就更不像樣子了。

他把自己身上的穿著，和坐在滑竿上太太的衣服一比，這要是對陌生的人說彼此是夫婦，那會有誰肯信呢？他這麼一躊躇，只是望著兩乘滑竿走近，說不出話來。

下坡的滑竿走得是很快的，這山麓上小路又窄，因之魏端本站在路頭上，滑竿就直衝了他來。

重慶究竟還是戰都，談不到行者讓路那套。在舊都北平，請人讓路，是口裡喊著借光您哪；在南京新都，就直率地叫著請讓請讓。重慶不然，叫讓路是兩個手法，一種恐嚇性的喊著：開水來了，開水來了；一種是命令式地喊著兩個字：左首！他那意思，就是叫前面的人站到左首去。初到此地的人若不懂得這個命令而給人撞了，那不足抗議的。

當時抬著魏太太的滑竿夫，也是命令著魏先生左首，魏先生雖想和他太太說話，先讓了這氣勢洶洶的滑竿夫再說，他立刻手扶著路邊的一棵松樹閃了過去。

那滑竿抬走得很快，三步兩步就衝過去了，呆坐在滑竿上的魏太太，眼光直射，並無笑容，更也沒有作聲，接著是後面何太太的滑竿過來了。

她在滑竿上，倒是向他點了個頭，笑道：「韓先生，你出來散步，對不起。」她說著這話，滑竿也是很快地過去了，魏端本不知道這聲對不起，她是指著沒有下滑竿而言呢？還是說滑竿夫說話冒犯，這也只有向了點個頭回禮。

滑竿是過去了，魏端本手扶了松樹，不由得大大地發呆。向去路看時，魏太太坐在前面那乘滑竿上，正回頭來向著何太太說話。對於剛才在路上頂頭相遇的事情似乎沒有介意，他想著：何太太倒是很客氣的，還叫他一聲韓先生。

不過她既叫韓先生，是確定自己姓韓，縱然田佩芝承認是魏太太，這也和姓韓的無干，在這裡工作，把名字改了也就行了，一時大意，改了姓韓，卻不料倒給了太太一個賴帳的地步，看這兩乘滑竿不像是走遠路的，也許他們又是赴哪家公館的賭約去了。

他怔然地站了一會，抬起頭來向天上望著，長長地嘆了一口氣，然後隨手摘了一支松椏，低了頭緩緩地走回辦公室去。

他看到那位聾子同事正低了頭在抄寫，要叫他時，知道他並聽不到，這就向他做了個手勢，彼此各點了兩點頭，也就自伏到桌上的去抄寫文件。

他好在是照字抄字，並不用得去思索，抄過了兩頁書，將筆一丟，兩手環抱在懷裡向椅子背上靠著，翻了兩眼向窗子外青天白雲望去。呆望了一會，心裡可又轉了個念頭，人家約了自己來抄寫文字的，食住都是人家供給，豈能不和人家做點事，嘆了口氣，又抄寫起來。

當天沉悶了一天，晚上又想了一宿，覺得向小路上去等候太太，那實在是一件傻事，看到了田佩芝，也不能帶她走，至多是把她羞辱一場，而自己又有什麼面子呢？於是次日早上起來，倒是更努力地去抄寫。

正是抄得出神時候，卻聽到隔壁牆啪啪地敲了兩下，當時雖然抬頭向外望了一眼，但是並沒有人影，還是低頭去抄寫。只有幾分鐘的工夫，那夾壁又拍了幾下響，只好伸著頭由窗子縫裡向外看了去。

這一看，不免讓他大吃一驚，正是三度見面不理自己的太太。

他呆著直了眼睛，說不出話來。魏太太倒還是神色自然，站在屋簷下向他招招手道：「你出來我和你說幾句話。」

魏端本匆遽之間也說不出別的，只答應了好吧兩個字，他看看那位聾子同事，並沒有什麼知覺，就開了屋門跑出去。

魏太太看到他出來，首先移步走著，一方面回過頭來向他道：「這裡也不是談話的地方，你和我到街上談談吧。」

魏端本沒說什麼，還是答應她好吧兩個字，跟著她身後，踏上穿過水田平谷中間的一條小路，這裡四周是空曠的，可以看到周圍很遠。

魏太太就站住腳了，她沉住了臉色，向丈夫道：「端本，請你原諒我，我不能再和你同居下去了。」

魏端本笑道：「這個我早已明白了，不是我看見你和何太太在一處，我自慚形穢，都沒有和你打招呼嘛？」

魏太太點了頭道：「這個我非常感謝你，唯其如此，所以我特意來找你談話。」

說著，她將帶著的手提皮包打開，取出一大疊鈔票拿在手上，帶了笑容道：「我知道你已經失業了，可是你幹這個抄寫文件的工作，怎麼能救你的窮？你抄著寫著，也不過是混個三餐一宿，反是耽誤了你進取的機會，這裡有三十萬元錢，我送給你作川資，我勸你去貴陽，那裡是舊遊之地，你或者還可以找出一點辦法來。」

魏端本笑道：「好哇！你要驅逐我出境。不過你還沒有這個資格。」說著，昂起頭來，哈哈大笑。

魏太太手上拿了那一大疊鈔票，聽著這話，倒是怔住了，於是板住了臉道：「姓魏的，你要明白，我們只是同居的關係，並沒有婚約，誰也不能干涉誰，就算我們有婚約，你根本家裡有太太，你是欺騙人的騙子，你敢在這地方露出真面目來和我搗亂嗎？你這個貪污案裡的要犯，人家知道你的真名實姓，就不會同情你。」

魏端本道：「這個我都不和你計較，你愛罵我什麼就罵我什麼，**我是讓金錢引誘失足在前，你是讓金錢引誘你正在失足中**，喊叫出來，你我都不體面。你離開我就離開我吧，我毫不考慮這事。我已經前前後後，想了多天了。我來找你，有兩件事，第一件是我兩個孩子你放在哪裡，你得讓我帶了回去，小孩子沒有罪過，我不願他們流落了。」

魏太太道：「兩個孩子，我交給楊嫂了，在這街邊上租了人家一間屋子安頓了他們，這個你可以放心。」

魏端本道：「為什麼你不帶在身邊？」

魏太太道：「這個你不必過問，那是我的自由，我問你第二件什麼事？」

魏端本可笑道：「你不說我是要犯，是騙子嗎？別人也這樣地罵你，可說是無獨有偶了，你不妨拿這封信去看看，這是人家偷著放在我屋子裡桌上讓我帶來的。」說著，在衣袋裡掏出那封匿名信遞了過去。

魏太太看他這樣子，是不接受那鈔票。她依然把鈔票收到皮包裡面去，然後騰出手來，將這信拿著看。

她看了之後，身子禁不住地突然抖顫一下，夾在肋下的皮包就撲通地落在地上。

魏端本並不去和她拾皮包，望了她淡淡地笑道：「那何必驚慌失措呢？人家的鈔票和鑽石也不能無緣無故地落在你手上，你把對付我這種態度來對付別人也就沒有事了。」

魏太太將那信三把兩把扯碎了，向水田裡一丟，然後彎腰把皮包撿了起來，淡淡地笑道：「你這話說對了，鈔票，鑽石，金子，那也不能夠無緣無故地到我手上來，我並不怕什麼人和我算帳，這件事我自有方法應付，也絕不會連累到你。」

魏端本道：「我打聽打聽，你為什麼把鑽石戒指賣了？」

她道：「那還有什麼不明白？我賭輸了。」

魏端本道：「你還是天天賭錢？」

她笑道：「天天賭，而且夜夜賭，我賭錢並不吃虧，認識了許多闊人的太太，我相信我要出面找工作，比你容易得多，而且我現在衣食住行和闊人的太太一樣，就是賭的關係。」

魏端本道：「既然如此，各行其是吧，不過我的孩子，你得交還給我，你若割離了我的骨肉，我也就顧不得什麼體面不體面，那我就要喊叫出來了。」

他說著這話時，可就把兩手叉了腰，對她瞪了大眼望著。

魏太太道：「不用著急，你這個要求並沒有什麼難辦的，我答應你就是了。」

魏端本道：「事不宜遲，你馬上帶我去看孩子。」

魏太太道：「你何必這樣急，也等我安排安排。」

魏端本道：「那不行，你現在是閒雲野鶴的身子，分了手，我到哪裡去找你，你現在就帶我去。」他說著話時，兩手叉腰更是著力，腰身越發挺直著。

魏太太四周觀望，正是無人，她感覺到在這裡和他僵持不得，這就和緩著臉色，向他微笑道：「你既然對我諒解，我也可以答應你的要求的，不必著急，我們一路走吧。」

魏太太說完了，就向前面走。魏端本怕她走脫了，緊緊地跟著。

他看到四顧無人，覺得這個女人心腸太狠，很想抓住她的衣服，向水田裡一推。他咬著牙望了她的後影，幾回想伸出手來，可是他終於是忍住了。

慢慢地向前，已將近公路，自更不能動手，也就低了頭和她同走到歌樂山的街上來。可是到了這裡，魏太太的步子就走緩了，她不住地停著步子小沉吟一下，似乎是在考慮著什麼。魏端本也不作聲，且看她是怎樣的交代。

這時，迎面有三個摩登婦女走來。其中一個跑步向前，伸手抓住魏太太的手，笑道：「好極了，我們正要去找你，就在這裡遇著了，我家裡來了幾位遠客，請你去作陪。」

魏太太道：「我有點事，遲一小時就到，好不好？」

那婦人笑道：「不行不行！你不去，就要答應別家的約會了。」說著，她將聲音低了低道：「聽說你昨天又敗了。」

魏太太沒有答覆，只點了兩點頭。她道：「既然如此，你應該找個翻本的機會呀！今天在場的人，就有昨天贏你錢的人，你不覺得這是應該去翻本的嗎？」說著，拖了魏太太就走。

她回頭看魏端本時，見他將兩手環抱在懷裡，斜伸了一隻腳，站在路頭上，臉上絲毫沒表情，只是呆了眼睛看人。

魏太太就向女友道：「一小時以內我準到，我城裡的親戚來了，讓我引他去看看幾家親戚，我僅僅是作個引導，一會兒就可以了事。」

那婦人將嘴向魏端本一努道：「那是你們親戚？」

她道：「不是。我們親戚在前面等著，這是親戚家裡的同鄉。」

那婦人道：「好吧，讓你去吧，我等你吃飯。你若是不來，以後我們就不必同坐著桌子了。」說畢，撒了手，魏太太就趕快地走開。

魏端本也只有無聲地冷笑著，跟了走。魏太太已不願意走街上了，看到公路旁有小路，立刻轉身走上了小路。

魏端本在後面叫道：「田小姐，你可不能開玩笑，說了在街上，怎麼又走到街外去了呢？」

她道：「我總得把你帶到，你何必急呢。」說著，她卻是挑了一條和公路作平行線的小路倒走回去，終於是在歌樂山背街一個小茶館的後身站住了腳，魏端本正疑惑著她是什麼騙局，忽然聽到有小孩子叫喚爸爸的聲音。

在泥田埂上，兩個小孩子跑了過來。

兩個小孩全打了赤腳，小娟娟的頭髮蓬得像只鳥窠。天氣已經是很暖和了，她下身雖是單褲，上身還穿著毛繩褂子，而這毛繩褂子在袖口上全已脫了結，褂穗子似的墜出很多線頭。小渝兒呢，和尚頭上的頭髮長成個毛栗蓬，身上反是穿了姐姐的一件帶裙女童裝。裙半邊拖靠了腳背。他們滿身全是泥點，小渝兒臉上也糊了泥，兩人手上各拿了一把青草。

小渝兒好久沒有看到父親了，見了魏端本，直跑到他面前來，魏端本看見男孩子的小圓臉又黃又黑，下巴頦也尖了，已是瘦了三分之一，他將手摸著孩子的頭，叫了一聲孩子，嗓子哽了，兩行眼淚直流下來。

小娟娟似乎受到過母親的教訓，看到母親那一身花綢衣服，她沒有敢靠近，站在父母中間，將一個小手指頭送到嘴裡抿著。

魏端本向她招招手，流著淚連叫幾個來字。孩子到了身邊，他蹲在地上，一手摟著一個問道：「你們怎麼在田裡玩泥巴？楊嫂哪裡去了？」

小娟娟道：「楊嫂早走了。爸爸沒有叫她來嗎？」

魏端本望了魏太太道：「這是怎麼回事？」

魏太太道：「我們家散了，還要女傭人幹什麼？這兩個孩子，我託一個養豬的女人養了。」

魏端本道：「那也好，**把孩子當豬一樣的養，你只知道自己享受，你把孩子糟蹋到這樣子，你太殘忍了。**」

魏太太道：「是我殘忍嗎？我倒要問你，這養孩子的責任是該由父親負擔呢？是該由母親負擔？你自己沒有拿出一文錢來養活孩子，你說什麼殘忍不殘忍的風涼話？」

魏端本道：「廢話也不用多說，今天是來不及了，我今天向這何處長告辭，明天我帶了孩子走，你把那個養豬的女人叫來，我們三面交代清楚。」

說著，泥牆的小門裡，走出一位周身破片的女人，先插言道：「小娃兒的老漢來了唉？要帶起走，我巴不得，飯錢我不能退回咯。」

魏端本道：「那是當然，我這孩子不是你帶著，也許都餓死了，我這裡有點錢，算是謝禮。」說著，在身上掏出幾張鈔票，塞到她手上，點個頭道：「再麻煩你一下，晚上你弄點水給我孩子洗個澡，梳梳頭髮，我明天早上來帶他們走。若是我身上方便的話，我明天再送你一點錢。」

那女人接著錢笑道：「這話我聽得進，要像是這位小姐，一次丟了幾個飯錢，啥子不管，我就懶得淘神。娃兒叫她媽，她又說是親戚的娃兒。是浪個的？」

魏端本苦笑著向太太道：「這也是我的風涼話嘛！」

她臉色一變，並不答覆，扭轉身就跑了。

魏太太在這個環境中，她除了突然的跑開，實在也沒有第二個辦法。她固然嫌著兩個孩子累贅，她也更討厭這窮丈夫掃了她的面子。

她走開以後，魏端本和孩子們要說什麼話可以不管。因為那些背後說的閒話，人家可以將信將疑的。她把這個問題拋到了腦後，放寬了心去赴她的新約會。

那個在街鎮上相遇的女人，是這附近有錢的太太之一，她丈夫是個公司的經理，常常坐著飛機上昆明，有時放寬了旅程索性跑往國外。這一帶說起她的丈夫劉經理，沒有人不知道的。

劉經理有一部小坐車，每日是上午進城，下午回家。有時劉經理在城裡不回家，汽車就歸她用。歌樂山到重慶六七十公里，劉太太興致好的時候，每天遲早總有一天進城，所以她家裡的起居飲食無城鄉之別，因為一切都是便利的。

他家也就是為了汽車到家便利的原故，去公路不遠，有個小山窩子，在那裡蓋了一所洋房，城裡有坐汽車來的貴賓，那是可以到她的大門裡花圃中間下車的。

魏太太對於這樣的人家最感到興趣，她走進了那劉公館的花圃，就把剛才丈夫和兒子的事忘個乾淨了。

那主人劉太太，正在樓上打開了窗戶，向下面探望，看看她來了，立刻伸出手來，向她連連地招了幾下，笑道：「快來快來，我們都等急了。」

魏太太走到劉家樓上客廳裡，見摩登太太已坐了六位之多。三位新朋友，劉太太從中一一介紹著，兩位是銀行家太太，一位是機關裡的次長太太，那身分都是很高的。不過她們看到魏太太既長得漂亮，衣服又穿得華麗，就像是個上等人，大家也就很願意和她來往。

這裡所謂上等人，那是與真理上的上等人不同，這裡所謂上等人，乃是能花錢，能享受的人，魏太太最近在有錢的婦女裡面廝混著，也就氣派不同。

她和那位銀行家太太都拉過手。在把手的時候，她還剩下枚鑽石戒指，自在人家眼光下出現，這樣，人家也就不以她為平常之輩了。

十分鐘之後，劉公館就在餐廳裡擺下很豐盛的酒席招待來賓。

飯後，在客廳用咖啡待客。女主人笑說：「到了鄉下來，沒有什麼娛樂，我們只有摸幾只牌，贊成不贊成呢？」

其實她所問的話，是多餘的，大家絕沒有不贊成之理。六位來賓，加上主人劉太太和魏太太共是八位，正好一桌陣容堅強的梭哈。

魏太太今天賭錢，還另有一個想法，就是今天給魏端本的三十萬元鈔票雖然讓人家碰回來了，可是自己兩個孩子就要讓丈夫帶走，丈夫雖然可以不管，孩子呢，多少總有點捨不得，趁著明天離開這裡以前，給他們四五十萬元，有這些錢，魏端本帶他們到貴陽去，川資夠了，就是在重慶留下，也可以做點小本生意。

自己皮包裡有三十萬元本錢，還可以一戰，今天當聚精會神對付這個戰局，碰到了機會，就狠狠地下一大注。

她這樣想了，也就是這樣做。

起初半小時，沒有取得好牌，總是犧牲了，不下注進牌。這種穩健辦法也就贏了個三四萬元。當然！這和她的理想相差得很遠。

這桌上除了今天新來的三位女賓，其餘的賭友是適用什麼戰術，自己完全知道。她們也許是打不倒的。至於這三位新認識的女友，可以說只有一個戰術，完全是拿大資本壓人，這種戰術極容易對之取勝，只要自己手上取得著大牌，就可以反擊過去。

她這樣看定了，也就照計而行，贏了兩回，此後，她曾把面前贏得和原有的資本，和一位銀行家太太梭了一牌，結果是輸了。

這一下，未免輸起了火，只管添資本，也就只管輸。戰到晚上七點鐘，是應了俗話，財歸大伴，還是新來的三位女友贏了，魏太太除了皮包裡的鈔票已完全輸光，還借了主人劉太太三十萬元，也都輸了。

那三位貴婦人還有其他的應酬，預先約好了的戰到此時為止，不能繼續，魏太太只有眼睜睜地看著人家飽載而去。偏是今日這場賭，女主人也是位大輸家，據她自己宣布，輸了一百萬。三十四年春季，這一百萬還是個不小的數目。

雖然魏太太極力地表示鎮靜，而談笑自看，叫是她臉皮紅紅的，直紅到耳根下去。這就向女主人道：「我今天有點事，預備進城去的，實在沒有預備許多資本，支票本子也沒有帶在身上。」

劉太太不等她說完，就搖了手攔著道：「不要緊的，今天我又不要錢用，明天再給我吧。」

魏太太總以為這樣聲明著，她一定會客氣幾句的，那就借了她的口氣拖延幾天吧。不想和她客氣之後，她倒規定了明天要還錢，便道：「好的，明天我自己有工夫，就自己送來，自己沒有工夫，就派人送來。」

劉太太道：「我歡迎你自己來，因為明天我的客人還沒有走呢。老王呀，滑竿叫來了沒有？」她說著話，昂頭向屋子外面喊叫著。

屋子外就有好幾個人答應著：「滑竿都來了，到何公館的不是？」

原來這些闊人別墅的賭博也養活不少苦力，每到散場的時候，所有參與賭博的太太小姐，都每人坐一乘滑竿回家，好在這筆錢由頭子錢裡面籌出，坐著主人的滑竿，可是花著自己的錢，坐滑竿也是坐著自己分內的，所以她毫不猶豫地就告別了主人，坐著滑竿回到何公館來。

這時，也不過七點半鐘，春末的天氣就不十分昏黑，遠遠地就看到何公館玻璃窗戶向外放射著燈光。她下了滑竿，一口氣奔到放燈光的那屋子裡去，正是男女成圈，圈了一張桌子在打梭哈。

何太太自然也在桌子上賭，看到了魏太太，就在位子上站了起來，向她招招手笑道：「來來，快加入戰團。」

魏太太走近場面上一看，見桌子中間堆疊了鈔票，有幾位賭客，正把全副精神射在面前幾張牌上，已達到了勾心鬥角的最高潮。

何太太牽著她的手，把她拉近了，笑道：「來吧。你是一員戰將，沒有我們鏖戰，你還是袖手旁觀的。」

魏太大對桌上看著，笑著搖了兩搖頭道：「我今天可不能再來了，下午在劉太太那裡，殺得棄甲丟盔，潰不成軍。」

何太太笑道：「唯其如此，你就應該來翻本啦。」她這樣地說著，就親自搬了一張椅子來放在身邊，拍了一下椅子背，要她坐下。

魏太太笑道：「我是個賭鬼，還有什麼臨陣脫逃之理，不過我的現錢都輸光了，我得去拿支票簿子。」

座中有位林老太太，是個胖子，終日笑瞇瞇的，唯其如此，所以她也就喜歡說笑話。這就笑道：「哎呀！田小姐，曉得你資本雄厚，你又何必開支票嚇人呢？」

魏太太一面坐下來，一面正色道：「我是真話。今天實在輸苦了，皮包裡沒有了現錢了。」

何太太笑道：「我們是小賭，大家無聊，消遣消遣而已，在我這裡先拿十萬去，好不好？」

魏太太正是等著她這句話，便點頭道：「好吧，我也應當借著別人的財運轉一轉自己的手氣。」

她口裡這樣說，心裡可是另一種想法。她想著：手上輸得連買紙煙的錢都沒有了，明天得另想辦法，現在有這十萬元也許能翻本。不必多贏，只要能撈回四十萬的話，把三十萬元還劉太太，留十萬元作川資到重慶去一趟，也許在城裡可以找出一點辦法來。

這麼一想，她又把賭錢的精神提了起來。

可是這次的事，**不但不合她的理想，而且根本相反，在她加入戰團以後，就沒有取得過一次好牌，每次下注進牌一次，就讓人家吃一次**。賭到十二點鐘散場，又在何太太那裡拿了二十萬元輸掉了。這樣一來，她自是懊喪之至。納悶著睡覺去了。

這裡的主人何太太，對她感情特別好，所以好的原因，偶然而又神秘，當魏太太帶著楊嫂和兩個孩子到歌樂山來的時候，她在一家不怎麼密切的親戚家裡住著。

這人家的主人在附近機關裡任一個中等職務，全家都有平價米吃，而住的房子，又是公家供給的，所以生活很優裕，主婦除了管理家務，每天也就是找點小賭博藉資消磨歲月，魏太太住在這樣的主人翁家裡，當然也就情意相投，跟隨在主人後面湊賭腳。

有一次遊賭到何公館來了，她被介紹為田小姐。何太太見她長得漂亮，舉止豪華，就直認為是一位小姐，對她很是客氣。

這何太太的丈夫，雖是一位處長，可是她沒有正式進過學校，認字有限，連報都不能看懂，很想請位家庭教師補習國文，然而為了面子關係，又不便對人明說。

和魏太太打過兩次梭哈之後，有一天晚上，魏太太來了，沒有湊成賭局，談話消遣。魏太太說是和丈夫不和，由貴陽到重慶來，想謀得一份職業，現在雖因娘家是個大財主，錢有得用，但自己要自食其力，不願受娘家的錢。在職業未得著以前，到鄉下來，打算住兩個月，換換環境。

何太太聽她這樣說了，正中下懷，先就答應騰出一間房子讓她在家裡住下。魏太太自然是十分願意，但兩個髒的孩子不便帶了來，而親戚家裡又不便把孩子存放著，正好自己贏了兩回錢，就叫楊嫂帶著孩子住到那養豬的人家去。

這種地方，楊嫂當然不願意，也不徵求女主人的同意，竟自帶著錢跑回重慶去了。這麼一來，兩個孩子依靠著那養豬的女人，為了他們更髒，她也就更要把他們隱藏起來。每次上街，就抽著工夫給那養豬的女人幾個錢。

這裡的女主人何太太自不會猜到她有那種心腸，在一處盤桓到了一星期，彼此自相處得很好，何太太也就告訴了她自己的秘密，請她補習國文。當魏端本到這裡來的時候，她已經和何太太補習功課三天了。

這兩天不是跳舞就是賭錢，何太太就沒有念書。這晚何太太卻沒有輸錢，而且這樣的小輸贏，何太太根本也不放在心上，所以下了場之後，她就走到魏太太屋子裡去，打算請她教一課書。

推開房門來，魏太太是和衣橫躺在床上，仰了臉望著屋頂。何太太笑道：「你惡戰了十幾小時，大概是疲倦了吧？」

她絲毫沒有考慮地坐了起來，隨口答道：「我在這裡想心事呢。」她說過之後，又立刻覺得不對，豈能把懊喪著的事對別人說了，便笑道：「我沒有家庭，又沒有職業，老是這樣鬼混著過日子，實在不是了局，在熱鬧場中，我總是歡天喜地的，像喝醉了酒的人一樣，把什麼都忘記了，可是回到自己的屋子裡，形單影隻，我的酒醒了，我的悲哀也就來了。」

何太太在床上坐下，握著她的手道：「我非常之同情你，你這樣漂亮又有學問，怎麼會得不著愛情上的安慰呢？這事真是奇怪。我若是個男子，又娶得了你這樣一位太太，我什麼事都願意做。」

魏太太微笑著，搖了兩搖頭道：「天下事並不像人理想上那樣簡單，這個社會是黃金社會，沒有錢什麼都不好辦。」

何太太道：「你府上不是很富有的嗎？」

她道：「我已經結了婚了，怎好老用娘家的錢？我很想出點血汗，造一個自己的世界。」

何太太道：「現在除非有大資本做一票投機生意才可以發財呀。做太太小姐的，有這個可能的嗎？」

魏太太挺了胸道：「可能，我現在有個機會，可以到加爾喀達去一趟，若是有充足資本的話，一個月來回，準可以利市三倍。我打算明天進城去一趟，進行這件事。明天又是星期六，上午趕不到銀行裡，我的支票要後天才能取得款，我有兩隻鐲子，你給我到那裡押借一二十萬用用，後天出利取回，今晚上就有辦法嗎？」

何太太道：「二十萬元現在也算不了什麼，我這裡也許有，你拿去用吧，這還要拿東西抵押嗎？」

魏太太：「那好那好！我可以多睡兩小時，免得明早趕第一班車子走。」說著，握住了女主人的手，搖撼了幾下，表示著感謝。

何太太倒是很熱心的，就在當晚取了二十萬元現鈔交給她，以為她有到印度去的壯舉，也不打攪她了，讓她好好安息了，明天好去進行正事。

魏太太得了這二十萬元，明日進城的花銷是有了，不過算一算在這裡的欠款，已經有六七十萬元，若再回來，這筆欠款是必須還給人家的，這不但是體面所關，而且幾十萬元的欠款都不能歸還人家，田小姐這尊偶像就要被打破了。

她有了這二十萬元的川資，反倒是增加了她滿腦子的胡思亂想，大半夜都沒有睡著，醒來已是半上午了。

她對人說，要趕早進城去，那本是藉口胡謅的，雖然睡到半上午了，她也並不為這事而著急，但聽到何處長在外面大聲地說：「我們這份抄寫工作實在養不住人，那位新來的韓先生又不告而別了，這個人字寫得好，國文程度又好，我倒是想過些時候提拔提拔他的。」

魏太太聽了這消息，知道是魏端本已經走了，她倒是心裡落下一塊石頭，更是從容地起身。

何太太因為她說進城之後，後天不回來，大後天準回來，又給了她十幾萬元，託她買些吃的用的。這些錢，魏太太都放到皮包裡去了，她實在也是想到重慶去找一條生財之道。出了何公館，並沒有什麼考慮，直奔公共汽車站。

這歌樂山的公共汽車站，就在街的中段，她緩緩地走向那裡。

在路邊大樹蔭下，有個擺籮筐攤子的，將許多大的綠葉子托著半筐子紅櫻桃，又將一隻小木桶浸著整捆的杜鵑花。她在大太陽光下站著，看了這兩樣表示夏季來臨的東西，不免看著出了一會神。

忽然肩上有人輕輕拍了兩下，笑道：「怎麼回事，想吃櫻桃嗎？四川的季節真早啊！一切都是早熟。」

魏太太回頭看時，是昨日共同大輸的劉太太，因道：「我倒不想吃，鄉下人進城帶點土產吧。這裡杜鵑花滿山都是，城裡可稀奇，我想買兩把花帶進城去送人。」

劉太太道：「你要進城去嗎？」

魏太太笑道：「負債累累，若不進城去取點款子回來，我不敢出頭了。」

劉太太笑道：「那何至於，今天是星期六，下午銀行不辦公，後天你才可以在銀行裡取得款子，你現在忙著進城幹什麼？」

魏太太道：「我也有點別的事情。」

劉太太抓著她的手，將頭就到她耳朵邊，低聲道：「那三位來賓今天不走，下午我們還賭一場，輸了的錢，你不想撈回來嗎？今天上午有人在城裡帶兩副新撲克牌回來了，我們來開張吧。」

魏太太皮包裡有三十多萬現鈔，聽說有賭，她就動搖了。本來進城去，也是想找點錢來還債，找錢唯一便利的法子，還是梭哈，既然眼前就有賭局，那也就不必到重慶去打主意了，便笑道：「我接連大輸幾場，我實在沒有翻本的勇氣了。」

劉太太極力地否認她這句話，長長地唉了一聲，又將頭搖擺了幾下，笑道：「你若存了這種心事，那做輸家的人，只有永遠地輸下去了，走吧走吧。」抓了魏太太的手就向她家裡拖了走。

魏太太笑道：「我去就是了，何必這樣在街上拉著。」她說著話，帶了滿面的笑痕，她整晚不睡著的倦容，那都算拋棄掉了。

到了劉公館，那樓上小客廳裡的圓桌上，已是圍了六位女賭友坐著，正在飛散撲克牌。

劉太太笑道：「好哇！新撲克牌，我說來開張的，你們已是老早動起手來了。」桌上就有人笑應道：「田小姐也來了，歡迎歡迎，昨日原班人馬一個不動，好極好極！」

魏太太倒沒有想著能受到這樣盛大的歡迎，尤其那兩位銀行家太太，很想和她們拉攏交情，她們既然這樣歡迎，也就在兩位銀行太太中間坐下去。同時，她想著昨天早晚兩場的戰術，取的是穩紮穩打主義，多少有些錯誤，很有兩牌可以投機，都因為這個穩字把機會失去了，今天在場的又是原班人馬，她們必然想著是穩紮穩打，正可以借她們猜老寶，投上兩回機。

這樣想過之後，她也就改變了作風，上場兩個圈，投了兩回機，就贏下了七八刀，這樣一來，不但興趣增高，而且膽子也大了。

可是半小時後，這辦法不靈，接連就讓人家捉住了三回。一小時後，輸二十萬元了，兩小時後，輸五十萬元，除了皮包裡鈔票輸個精光，而且又向女主人借了二十萬元。賭博場上不由人算如此！

這樣慘敗，給予魏太太的打擊很大。賭到了六點鐘，她已沒有勇氣再向主人借錢了，輸錢她雖然已認為很平常，可是她這次揣了錢在身上，卻有個新打算，憑了身上這些資本，哪條路子也塞死了。

她手裡拿了牌在賭，心裡可不定地在計畫新途徑，她看到面前還有一兩萬鈔票的時候，突然的站了起來，向主人劉太太道：「這樣借個三萬五萬賭一下，實在難受得很，我回去拿錢去吧。」

主人對於她這個行動，倒不怎麼地攔阻，因為她昨晚和今天所借的錢已經六七十萬，若要再留她，就得再借錢給她，實在也不願賠墊這個大窟窿，只是微笑著點了頭，並沒有什麼話。

魏太太在這種情形中，突然地扭轉身就走，在賭場上的人為了賭具所吸引，誰都不肯離開位次的，因之魏太太雖然告辭，並沒有挽留她。

她走出了劉公館，那步子就慢慢地緩下來，而心裡卻一面地想自己這將向哪裡去呢？難道真的向何公館去拿錢，那裡只有自己的兩隻箱子和一套行李，不能把這東西扛到賭場上來做賭本，若是和何太太借去，那還不是一樣，更接近了斷頭路。

她心裡雖然沒有拿定主意，可是她兩隻腳已經拿定了主意，徑直地向公共汽車站上走。

這裡到重慶的最後一班車，是六點半鐘開，她來的恰是時候，而且這班車，乘客是比較的少，就很容易地買得了車票，就上車直奔重慶。

但她到了重慶，依然是感到惶惑的，先說回家吧，那個家已由自己毀壞了。若是去找范寶華這位朋友吧？自己的行為，已很是他們所不齒，她憑了身上這點錢，竟不能去住旅館。就有錢去住旅館，明日的打算又怎麼樣？

她想到旅館，就想到了朱四奶奶家裡，她家就很有幾間臥室，佈置得相當精緻，而且也親眼看到，有些由鄉下進城的太太小姐們，不必住旅館，就住在她家裡。這時到她家裡去，無論她在家不在家，找張好床鋪睡，那是不成問題的。

不過朱四奶奶家裡，十天總有八天賭錢，這時候跑了去，她們家裡正在梭哈，那做何打算？還是加入，還是袖手旁觀？袖手旁觀，那是不會被朱四奶奶所許可的。加入吧，就是身上作川資剩餘下來的幾千元了。這要拿去梭哈，那簡直是笑話，不過時間上是不許她有多少考慮的。

她下了公共汽車，重慶街道已完全進入了夜市的時間，小街道上，燈火稀少，人家都關了門，這時去拜訪朋友，透著不知趣，而且沒吃晚飯，肚子裡也相當饑荒。

由於街頭麵館裡送出來的炸排骨香味，讓她聯想到朱四奶奶家裡的江蘇廚子做出來的江蘇菜，那是很可留戀的，於是不再考慮了，走到那下坡的路口上，雇了一乘轎子，就直奔朱公館。

她們家樓上玻璃窗子總是那樣的放出通亮的電光。這可以證明朱四奶奶在家，而且是陪了客在家裡的。

她的轎子剛歇在門口，那屋子裡的人為附近的狗叫所驚動，就有人打開窗子來問是誰？魏太太道：「我是田佩芝呀，四奶奶在家嗎？」

她這個姓名，在這裡倒還是能引動人的，那窗戶裡又伸出一截身子來，問道：「小田嗎？這多日子不見你，你到哪裡去了，快上樓來吧。」

隨了這話，她家大門已經打開了。

她走到樓上，覺得朱公館的賭博場面今天有點異樣。乃是在小屋子裡列著四方桌子，有兩男兩女在摸麻將牌。這四個人中有一個熟人，乃是青衣票友宋玉生。走到那房門口，心裡就是一動，然後猛可地站住了。

可是宋玉先已抬頭看到了她，立刻手扶了桌沿站了起來，向她連連地抱著拳頭作揖笑道：「田小姐，多久不見了，一向都好。」他說話總是那樣斯斯文文的，而且聲調很低。

這日子，他穿了翠藍色的綢夾袍，在兩隻袖口外，各捲出了裡面兩三寸寬的白綢汗衫袖口，他雪白的臉子和烏光的頭髮，由這大電燈光一照耀著，更是覺得他青春年少，便笑著點了個頭道：「今天怎麼換了一個花樣呢？」

宋玉生道：「我們不過是偶然湊合的。」

他下手坐了一位三十來歲的胖太太，這就夾了一張麻將牌，敲著他扶在桌沿上的手背道：「你還是打牌，還是說話？」

宋玉生笑著說是是，坐下來打牌，可是他是不住地向魏太太打招呼。朱四奶奶就給她拖了個方凳子，讓她在宋玉生身後坐下看牌。

主人她是在這裡坐著的，就問道：「今天由哪裡來？是哪一陣風把你吹來了？」

魏太太笑道：「這個我先不答覆你，反正來得很遠吧？實不相瞞，我還是今日中午十二點鐘吃的午飯。」

朱四奶奶笑道：「那說你來巧了，玉生也是沒有吃晚飯，我已經叫廚子給他預備三菜一湯。你來了，加個炒雞蛋吧，這飯馬上就得。」

宋玉生回過頭來道：「飯已得了，就等我下莊，可是我的手氣偏好，連了三莊，我還有和的可能。田小姐，你看這牌怎樣？」說著，他閃開身子，讓魏太太去看桌上所豎立的牌。

就在這時，對面打出一張牌，她笑道：「宋先生，你和了。」

宋玉生笑道：「有福氣的人就是有福氣的人，你不說話看一看我的牌，我就和了。」

魏太太笑道：「別連莊了，讓四奶奶替你打吧，我餓了。」

宋玉生站起身，向她作了一個揖，笑道：「請替我打兩牌吧。」

四奶奶笑道：「照說我是犯不上替你打牌的，剛才我說菜怕涼，請你讓我替你打。你說贏錢要緊，這時魏太太一說，你就不是贏錢要緊了。」

宋玉生道：「我餓了不要緊，自己想贏錢活該，田小姐陪著受餓，那我就不對了。」他說著，已是起身讓坐，四奶奶自和他去做替工。

朱公館大小兩間飯廳都在樓下，她家女僕就引著到樓下飯廳裡來。桌上果然是四菜一湯，女傭人安排著杯筷，是兩人對面而坐。她盛好了飯，就退出去了。

宋玉生在魏太太對面，向她看看，笑道：「田小姐，你瘦了。」

她嘆了口氣道：「我的事瞞不了你，你是到我家裡去過的，你看我這樣的環境，人還有什麼不瘦的？」

宋玉生道：「不過我知道，你這一陣子並不在城裡呀。」

魏太太道：「你怎麼知道我的行蹤？」

他手扶了筷子碗不動，望了她先微微地一笑，然後答道：「你對於我很漠然，可是我是在反面的，我已經託人打聽好幾次了。今天我實在沒有想到你會到這裡來，你是不是猜著我在這裡？不過那我太樂觀了。」

她笑道：「這也談不上什麼悲觀樂觀。」

宋玉生道：「你忽然失蹤了，我的確有些悲觀的。」

說時，她手裡那只飯碗已經空了，宋玉生立刻走出他的位子來，接過她的飯碗，在旁邊茶几上洋瓷飯罐裡給她盛著飯，然後送到她面前去。

魏太太點了頭道：「謝謝，你說悲觀，在我倒是事實。這回我離開重慶市區，我幾乎是要自殺的，我實告訴你……」

說著，她向房門外看了看，然後笑道：「你看我手上，不是有兩枚鑽石戒指嗎？已經賣掉了一枚了。」

她說著話時，將拿筷子的手伸出來些，讓他看著，接著道：「女人非到萬不得已的時候，她不會賣掉這樣心愛的東西的，我已經虧空了百十萬了，就是再賣掉手上這枚戒指也不夠還債，因為你到過我那破鴿子籠，知道我的境況的，倒不如對你說出來還痛快些，若對於別人，我還得綳著一副有錢小姐的架子呢。」

宋玉生道：「你不就是虧空百多萬嗎？沒有問題，我可以和你解決這個困難。」

魏太太望了他道：「你不說笑話？」

宋玉生道：「我說什麼笑話呢？你正在困難頭上，我再和你開玩笑，我也太沒有心肝了。」

魏太太倒沒有料到誤打誤撞，會遇到這樣一個救星，這就望了他笑道：「難道你可以和我個人演一回義務戲？」

宋玉生道：「用不著費這樣大的事。我有幾條路子，都可以抓到一筆現款，究竟現在哪條路準而且快，還不能決定。請你等我兩天，讓我把款子拿了來。」

魏太太道：「多承你的好意給我幫忙，我是當感謝的，不過，總不能師出無名，你得告訴我為什麼要幫助我？」

宋玉生笑道：「你這是多此一問了，我反問你一聲，為什麼我唱義務戲的時候，你我並不認識，你肯花好幾千元買張票看我的戲呢？」

魏太太道：「因為你是個名票，演得好，唱得好，我願意花這筆錢。」

宋玉生笑道：「彼此的心理不都是一樣，你只要相信我並不是說假話，那就好辦了，一定要把內容說出來，倒沒有意思。吃完了飯了，喝點這冬菜鴨肝湯吧，這不是朱四奶奶的廚子，恐怕別人還做不出來這樣的菜。」

說著話，他就把魏太太手裡吃空了的飯碗奪了過來，將自己面前的瓷勺兒和她舀著湯，向空碗裡加著，一面笑道：「牌我不打了，你接著替我打下去吧，我在旁邊看著，夜是慢慢地深了，你還打算到哪裡去呢。」

魏太太道：「我不能在這裡過夜。」說著，她也向房門外看了一看，接著道：「而且我還希望四奶奶給我保守秘密，不要說我來過了。」

宋玉生把湯舀了小半碗兩手捧著，送到她面前，低聲笑道：「你那意思，是怕老范和洪五吧？姓洪的到昆明去了。」

魏太太紅著臉道：「我怕他幹什麼，大家都是朋友，誰也干涉不了誰。」

宋玉生伸出雪白的手掌，連連搖撼了幾下，笑道：「不要提他，誰又信他們的話。

吃完了飯，趕快上樓去吧。」

魏太太聽宋玉生的口音，分明洪范二人已對他說了些秘密。自己紅著臉，慢慢地把那小半碗湯喝完，也頗奇怪。

他們這裡吃完了飯，那女傭人也就進來了，她拿著兩個熱手巾把子，分別送到兩人面前，向宋玉生低聲笑道：「我已經煮好了一壺咖啡，這還是送到樓上去喝呢，還是宋先生喝了再上樓？」

魏太太看那女傭人臉上就帶三分尷尬的樣子，這很讓自己難為情，便道：「宋先生在樓上打著牌呢，這當然是大家上樓去。」說著，她就先走。

宋玉生緊跟在後面上來，將手扶了她的手臂，直托送到樓口。

魏太太對於這件事，倒沒有怎麼介意。到了那小房間裡，朱四奶奶老遠地看到，就抬了手連連招著笑道：「玉生快來吧，還是你自己打，我和你贏了兩把，他們大家都不高興。」

宋玉生道：「我讓給田小姐了，我在旁邊看看就行了。」

朱四奶奶對於男女交際的事，她是徹底的瞭解，宋玉生這樣地說了，她並不問那是什麼原因，就站起來讓座給魏太太坐下。

這已是十點多鐘了，魏太太打牌之後，就沒有離開朱四奶奶家。

到了次日，她確已證明洪五已到昆明去了，膽子就大了許多，雖然范寶華也很為自己花了些錢，但這是不怕他的。恰好昨晚一場麻將，宋玉生大贏，他到魏端本家裡去過，知道她是個紙老虎，因此連本帶利三十多萬元，全送給了她。她掏空了皮包，現在又投下去許多資本，心裡更覺舒服。

這天晚上，朱四奶奶家裡居然沒有賭局，她有了幾張話劇榮譽券，邀了魏太太和幾位女朋友去看話劇，散戲之後，魏太太就說要到親戚家裡去。

四奶奶和她走到戲館子門口，拖著她一隻手，向懷裡一帶笑道：「這樣夜深，你還打算到哪裡去？今晚上我家裡特別地清靜，你陪著我去談談。」

魏太太對於她所問的要到哪裡去，根本不能答覆，不過她約著去陪了談談，倒是可以答覆的，便笑道：「你那肚子裡海闊天空，讓我把什麼話來陪你說。」

朱四奶奶還牽著她的手呢，微微地搖撼了幾下，笑道：「你若是這樣說話，就不把我當好朋友了。」

魏太太自樂得有這個機會，就跟了她一路回家去。

朱四奶奶家裡傭人是有訓練的，她在外頭聽戲，家裡就預備下了消夜的，朱四奶奶是不慌不忙，吃過了夜點，叫傭人泡了兩玻璃杯好茶，然後把魏太太引到自己臥室裡去。

重慶的沙發椅子，多半都是籐製的大三件，上面放下了軟墊，以為沙發的代用品。不過朱四奶奶家裡，究竟氣派不同，除了她的客廳裡有兩套沙發之外，她的臥室裡也有兩件。這時，紅玻璃罩子的電燈發著醉人顏色的光亮，那兩把沙發圍了一張小茶桌，上面兩玻璃杯茶，兩碟子糖果，一聽子紙煙。

四奶奶拉了魏太太相對而坐著，取了一支紙煙擦了火柴點著吸了，搖著頭噴出一口煙來，然後將手指頭夾了煙支向屋子四周指著，笑道：「不是我吹，一個女人能在重慶建立這麼一番場面，也很可自傲了。」

魏太太笑道：「那的確是值得人佩服的事，何須你說。」

四奶奶搖搖頭道：「究竟不然，我的漏洞太多。實不相瞞，我的筆下不行，有許多要舞文弄墨的地方，我就只好犧牲這著棋，這不知有多少損失，還有我這麼一個家，每天的開支，就是個口記的數目，並沒有一本帳，我必得找個人合作，補救我這兩件事的缺憾。」

魏太太聽到這裡，就知道她是什麼用意了，笑道：「你所說的，當然是女人，這樣的女人在你朋友裡面，就會少了嗎？」

四奶奶搖搖頭道：「不那麼簡單，除了會寫會算之外，必須是長得漂亮的。」

魏太太笑道：「這就不對了，你又不是一個男人用女秘書，你管她漂亮不漂亮呢？」

朱四奶奶笑道：「這是你的錯誤。審美的觀念那是人人有的。這問題擺到一邊，不要研究。我朋友裡面，能合這個條件的雖然有幾位，但最合條件的，就莫過於你。你的環境，我略微知道一點。我這個要求，你是可以答應的，因為無論怎麼樣，在我這裡住著，比在何處長家裡住著，要舒服得多。」

魏太太聽了這話，倒不免嚇了一跳。在何處長家裡住著，她怎麼會知道，心裡想著，臉上不免閃動了兩下。

四奶奶笑道：「你必然奇怪，我怎麼會知道你在何家的消息呢？」說著，她就笑了，把胸脯微挺了起來，表示她得意之色，因道：「老實說，大概能交際的女人，我很少不認得的。歌樂山來人，也有到我這裡的啊，假如你在我這裡能住個一兩月，你對這些情形就十分明瞭了。」

魏太太沒有勇氣敢拒絕她的要求，也在桌上煙盒子裡取出來一支紙煙，慢慢地吸著。

朱四奶奶笑道：「你的意思如何？你若願意在這裡屈留下來，除了我所住的這間屋子，你願意在哪間，隨你挑選，花錢的事，你不必發愁，我有辦法，將來你自己也有辦法。至於洪五爺那層威脅，你不必顧忌，你不就是欠他幾個錢嗎？他在昆明的通信地址我知道，我寫信給他，聲明這錢由我歸還，也許他就不肯要了。」

魏太太笑道：「我真佩服你，怎麼我的事情你全知道？」

朱四奶奶將指頭夾著煙支，在嘴裡吸上了一口，笑道：「我多少有點未卜先知。」

魏太太默然地吸著煙，有兩三分鐘沒有說話。

四奶奶道：「你沒有什麼考慮的嗎？」

魏太太道：「有這樣的好事，我還有什麼考慮的呢？不過你還沒有告訴我，我在你這裡，要做些什麼事？我是否擔任得下來？」

四奶奶笑道：「你絕對擔任得下來，大概三五天，我總有一兩封信給人，每次我都是臨時拉人寫，雖然這並不費事，可是我就沒有了秘密了。這件事我願意託給你。此外是每天的家用開支，我打算有個帳本，天天記起來，這本來我自己可以辦的，可是我就沒有這股子恆心，記了兩天，就嫌麻煩把它丟下了。這件事也願意交給你，也就只有這兩件事，至多是我有晚上不回來的時候，打個電話給你，請你給我看家。也許家裡來了客，我不在家，請你代我招待招待，這個你還辦不來嗎？」

魏太太由歌樂山出走，身上只有了一萬多錢法幣，除了買車票，實在是任何事不能幹了。現在不經意中得了這樣一個落腳的地點，而且依然是和一批太太小姐周旋，並不失自己的身分，這是太稱心意的事了，這就笑道：「四奶奶的好意，我試兩天吧。若是辦得不好，你不必客氣，我立刻辭職。」

四奶奶伸著手掏了她一下臉腮，笑道：「我們這又不是什麼機關團體，說什麼辭職就職。好了，就是這樣辦了，你要不要零錢用？我知道你在歌樂山是負債而來的。」

魏太太道：「宋玉生贏的那筆錢，他沒有拿走，我就移著花了。」

四奶奶起身，就開了穿衣櫃扯出一隻抽屜，隨手一拿，就拿了幾卷鈔票，這都交到魏太太懷裡，笑道：「拿去花吧，小宋是小宋的，四奶奶是四奶奶的，錢都是錢，用起來滋味不一樣。今晚上，你好好地睡著想一想，有什麼話明天對我說，那還是不晚的。」

魏太太看四奶奶那烏眼珠子轉著，胖臉腮不住地閃動，可以說她全身的毫毛都是智慧的根芽，自己哪敢和她鬥什麼心機？便笑道：「沒有什麼話說，我是個薄命紅顏，你多攜帶攜帶。」

四奶奶拍了她的肩膀笑道：「談什麼攜帶不攜帶，你看得出來我這裡的情形，總是大家互助，換句話說，就是大家互樂呢。去安歇吧，有話明天答覆我。」

魏太太表面上雖然表示著躊躇，其實她心裡並沒有絲毫的考慮，因為她現在沒有了家，什麼地方都可落腳。

當晚回到四奶奶給她預備的臥室裡，倒是舒舒服服睡了一宿，醒來的時候還很早，掏出枕頭下的手錶看，還只有七點鐘。

她有意看看今日的陰晴，掀開了窗戶的花布簾子，向外張望了一下。這窗戶是和大門同一個方向的，偶然朝下看，卻見宋玉生由這樓下走出去，他取下頭上的帽子，在空中招擺著，正是和樓上人告別。

她心想：這傢伙來得這樣早嗎？不過她又一轉念，以後正要幫助著朱四奶奶，這一類的事，那是大可不必研究的。

第四部

誰証服了誰

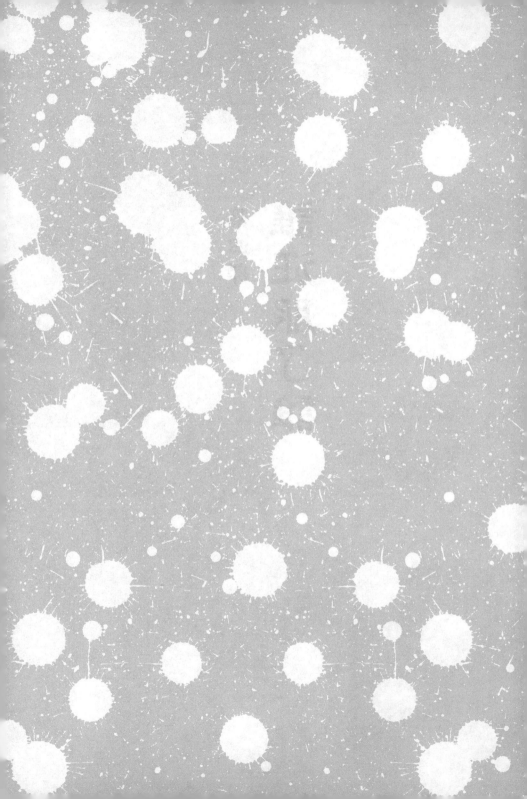

十六　朱四奶奶

朱四奶奶這種人家，固然很是紊亂，同時也相當的神秘。魏太太聽著四奶奶的話，好像很是給自己和宋玉生拉交情，現在看到宋玉生一早由這裡出去，這就感到相當的奇怪。

她放下了窗簾，坐在椅子上，呆呆地想了一陣，也想不出一個什麼道理來，悄悄地將房門開了，在樓上放輕腳步巡視一番，只聽到樓下有掃地的聲音，此外是全部靜止，什麼聲響沒有。

經過四奶奶的房門外，曾停住聽了兩三分鐘，但聽到四奶奶打鼾的聲音很大，而且是連續地下去，並沒有間斷。她覺著這並沒有什麼異樣，也就回房去再安歇了。

午後朱四奶奶醒來，就正式找了魏太太談話，把這家務託付給她。

她知道自己的事，四奶奶一本清楚，也就毫不推辭。過了兩天，四奶奶和她邀了一場頭，分得幾十萬元頭錢，又另外借給了她幾十萬元，由她回歌樂山去把賭帳還了，把衣服行李取了來。

當她搭公共汽車重回重慶的時候，在車子上有個很可驚異的發現，見對座凳上有個穿布制服的人，帶著一隻花布旅行袋。在旅行袋口上擠出半截女童裝，那衣服是自己女兒娟娟的，那太眼熟了。這衣服怎麼會到一個生人的手上去？這裡面一定有很曲折的緣故。

她越看越想，越想也就越要看。那人並不緘默，只管和左右鄰座的旅伴談著黃金黑市，分明是個小公務員的樣子，可是他對於商業卻感到很大的興趣。

那人五官平整，除了現出多日未曾理髮，鬢髮長得長，鬍樁子毛刺刺而外，並沒有其他異樣的現象。這不會是個壞人，怎麼小孩子的衣服會落到他手上呢？

魏太太只管望了這旅行袋，那人倒是發覺了，他先點個頭笑道：「這位太太，你覺得我這旅行袋裡有件小孩子衣服，那有點奇怪嗎？這是我朋友託我帶回城去的。他很好的一個家庭，只為了太太喜歡賭錢，把一個家賭散了，那位太太棄家逃走，把兩個親生兒女丟在一個養豬的窮婆子那裡餓飯，這位朋友把孩子尋回去了，自己在城裡賣報度命，兩個孩子白天放在鄰居家裡，晚上自己帶了他們睡，又做老子又做娘，他小孩還有幾件衣服存在鄉下，我給他帶了去。」

魏太太道：「你先生貴姓？」

他笑道：「我索性全告訴你吧，我叫余進取，我那朋友叫魏端本，我們的資格，都是小公務員，不過魏先生改了行，加入報界了。太太你為什麼對這注意？」

魏太太搖搖頭道：「我也沒有怎樣的注意，我要和我自己孩子做兩件衣服穿，不過看看樣子。」

余進取看她周身富貴，必定是疏建區的闊太太之一，也就不敢多問什麼。

倒是魏太太方面，誤打誤撞的，探得了丈夫和孩子們的消息，心裡是又喜又愁，**喜的是和姓魏的算是脫離了關係，以後是條孤獨的身子，愛幹什麼，就幹什麼，不會覺著拘束。憂的是魏端本窮得賣報為生，怎樣能維持這兩個孩子的生活呢？**

雖然和姓魏的沒有關係了，這兩個孩子總是自己的骨肉，怎能眼望著他們要飯呢！她在車上就開始想著心事，到了重慶，將箱子鋪蓋捲搬往朱公館，在路上還這樣的想著呢：不要在路上遇到魏端本賣報，那時可就不好意思說話了，**難道像自己這樣摩登的女人，竟可以和那一身破爛的人稱夫妻嗎？**她想是這樣想了，但並沒有遇到魏端本。

等著坐了轎子押解著一挑行李到了朱公館，那裡可又是賓客盈門的局面。樓底下客廳裡男女坐了四五位，宋玉生在人圍正中坐著，手指口道，在那裡說戲。魏太太急於要搬著行李上樓，也沒過去問。

上樓之後，就聽到前面客廳裡有人說笑著，想必也是一個小集會。她把東西在臥室裡安頓好，朱四奶奶就來了。她笑道：「你回來就好極了，我正有筆生意要出去談談，樓上樓下這些客，你代我應酬應酬吧，有一半是熟人。樓上有了六個人，馬上就要梭哈。樓下的人，預備吃了晚飯跳舞。回頭你告訴他們把播音器接好線，地板上灑些雲母粉。我要開溜，他們若知道，就不讓我走的。」

魏太太道：「什麼生意，要你這樣急著去接洽呢？」

她笑道：「有家百貨店，大概值個兩三千萬元，股東等著錢做黃金生意，要倒出，我路上有兩個朋友願意頂他這爿鋪子，託我去做個現成的中人。」

魏太太道：「既是有人願意倒出百貨店來做金子買賣，想必是百貨不如黃金，你那朋友有錢頂百貨店，不會去買現成的金子嗎？」

朱四奶奶笑道：「這當然是各人的眼光不同，現在我沒有工夫談這個，回家之後，我再和你談這生意經吧。」說著，她將兩手心在臉上撲了兩撲，表示她要去化妝，扭轉身子就走了。

魏太太在她家已住過一個時期，對於她家的例行應酬已完全明白，這就走到了樓上客廳裡去，先敷衍這些要賭錢的人。

今天的情形特殊，完全是女客，魏太太更是覺得應付裕如。其中有兩位不認識，經在場的女賓一介紹，也就立刻相熟了。魏太太宣布四奶奶出門了，請各位自便。大家就都要求她也加入戰團，她見了賭，什麼都忘記了的人，當然也就不加拒絕。

十分鐘後，客廳隔壁的小屋子裡，電燈亮了起來。圓桌面上鋪了雪白的桌布，兩副光滑印花的撲克牌放在中心，這讓人在桌子外面看到，先就引起了一番欣慕的心理。她隨了這些來賓的要求，也就在桌子旁邊的椅子上坐下，這樣在余進取口裡所聽到的魏端本消息，也就完全丟在腦後了。

但她究竟負有使命，四奶奶不在家，不時地要向各處照應照應，所以在賭了二三十分鐘之後，她必得在樓上樓下去張羅這一陣。這樣倒使她的腦筋比較的清醒，她進著牌時，有八九分的把握才下注，反之，有好機會，她也寧可犧牲，因之，這天在忙碌中抽空打牌，倒反是贏了錢。

晚飯是魏太太代表著四奶奶出面招待的，又是兩桌人。她當然坐主位，而宋玉生也就挨了主席坐著。

吃飯之間，他輕輕地碰了她一下腿，然後在桌子下張望著，就放下筷碗彎腰到桌子下去撿拾什麼。他道：「田小姐，請讓讓，我的手絹落在地上。」

她因為彼此擠著坐，也就閃開了一點椅子，她的右手扶著椅子座沿。宋玉生蹲在地上，就把一張紙條向她扶了椅子的手掌心裡一塞，立刻也就站起來了。

魏太太對於這事，雖覺得宋玉生冒昧，但當了許多人的面，說破了是更難為情的，默然地捏住了那紙條，當是掏手絹，把那紙條揣到衣袋裡去。

飯後，她搶著到臥室裡去，掩上了房門，把紙條掏出來看。其實，這上面倒沒有什麼下流的話。上寫著：

四奶奶今天去接洽這筆生意，手續很麻煩，也許今晚上不回來的。飯後跳舞，早點收場。今天賭場上的人都不怎麼有錢，你犯不上拿現錢去贏賒帳。

在這字條上，所看出來的，完全是宋玉生的好意，魏太太再三地研究，這裡沒有什麼惡意，也就算了。不過她倒是依了宋玉生的話，對於樓下的舞廳，她沒有把局面放大。

因為朱四奶奶常是在晚飯前後，四處打電話拉人加入跳舞的，飯前如在賭錢，忘了這事，飯後她就沒打一個電話，反正只有那幾個人跳，到了一點鐘，舞會就散了。

樓上那桌賭因為四奶奶不在家，有兩位輸錢的小姐無法挪動款項，也就在跳舞散場的時候隨著撤退。魏太太督率傭人收拾一切，安然就寢。

她次日十點多鐘起床，朱四奶奶已經回來了。兩人相見，她只是微笑，朱公館的上午，照例是清靜的。

四奶奶和她共同吃午飯的時候，並無第三人。四奶奶坐在她對面，只是微笑，笑著肩膀亂閃。

魏太太道：「昨晚上那筆生意，你處理得很得意吧？這樣高興。」

四奶奶道：「得意！得意之至！我賺了二百元美鈔。」

魏太太聽了這話，不由得兩腮飛起兩塊紅暈，低下頭挾了筷子盡吃飯。

四奶奶微笑道：「田小姐，老實對你說，你愛小宋，我是知道的，可是我也很愛他，**他並沒有錢，他花的全是我的，他送你的二百美鈔，就是我的。**凡事他不敢瞞我，你沒有起床的時候，他在樓下客廳裡等著我呢，我見了他，第一句話就問他，我給的二百美鈔哪裡去了，他說轉送給你了，而且給我下了一個跪，求我饒恕他。我當然饒恕他，**我並不要他做我的丈夫，我不會干涉他過分的，你雖然愛他，你沒有撩他，全是他追求你，我十分明白。這不能怪你，像他那柔情似水的少年，誰不愛他？**不過我待你這樣周到，你不能把我的人奪了去呀。」

魏太太聽她赤裸裸地說了出來，臉腮紅破，實在不能捧住碗筷吃飯了。她放下碗筷，兩行眼淚像拋沙似的落下來，她在衣襟紐扣上掏下了手絹，只管擦眼淚。

四奶奶笑道：「別哭，哭也解決不了問題，我可以稱你的願，把小宋讓給你，我不在乎，要找什麼樣子的漂亮男子都有，我還告訴你一件秘密消息，袁三小姐也是我的人，她和我合作很久了，范寶華在她手上栽筋斗，就是我和她撐腰的，老范至死不悟，又要栽筋斗了，他現在把百貨店倒出，要大大地做批金子，我昨天去商量承頂百貨店就是他的。他在我這裡另外看上了一個人，就是昨晚和你同桌賭梭哈的章小姐，我已經答應和他介紹成功，但是我有一個要求，教他將他和你的秘密告訴我，他大概很恨你，全說出來了。」

魏太太沒想到她越說越凶，把自己的瘡疤完全揭穿，又氣又羞，周身陡顫，哭得更是厲害。

朱四奶奶撲哧一聲笑道：「這算得了什麼呢？四奶奶對於這一類的事就經過多了，來，洗臉去。」說著拉了魏太太一隻手拖了就走。

她把魏太太牽到屋子裡，就叫女傭人給田小姐打水洗臉，當了女傭人的面，她還給魏太太遮蓋著，笑道：「抗戰八年，誰不想家？勝利快要來了，回家的日子就在眼前，何必為了想家想得哭呢？」

等女傭人打水來了，她叫女傭人出去，掩上了房門，拉著魏太太到梳妝檯面前，低聲笑道：「我不是說了嘛？這沒有什麼關係，四奶奶玩弄男人，比你這手段毒辣的還有呢，將來有閒工夫，我可以告訴你，我用的花樣兒就多了。」

魏太太看她那樣子，倒無惡意，就止住了哭，一面洗臉，一面答道：「你是怎麼樣能幹的人，我還敢在你孔夫子面前背書文嗎？我一切的行為，都是不得已，請你原諒。」

四奶奶笑道：「原諒什麼，根本我比你還要鬧得厲害。」

魏太太道：「我真不知道那二百美鈔是四奶奶的，我分文未動，全數奉還。」

四奶奶將手拍了她的肩膀，連搖了幾搖頭道：「用不著，送了不回頭，我送給小宋了，他怎麼樣子去花，我都不去管他，我不但不要那二百元美金，我還再送你三百，湊個半千。」

魏太太不明白她這是什麼意思，望了她道：「四奶奶，你不是讓我慚愧死了嗎？」

四奶奶笑道：「這錢不是我的，是位朋友送給你的，讓我轉送一下而已，這個人，你和他賭過兩次，是三代公司的徐經理。」

魏太太道：「他為什麼要送我錢呢？」

四奶奶笑道：「小宋又為什麼送你錢呢？錢，我已經代你收下了。在這裡。」說著，她就打開了穿衣櫃，在抽屜裡取出三疊美鈔，放在梳粧檯上，笑道：「你收下吧。」

魏太太道：「我雖和徐經理認識，可是不大熟，我怎好收他這樣多的錢呢？」

四奶奶道：「你也不是沒有用過男朋友的錢，老范和洪五爺的錢你都肯用，姓徐的錢，你為什麼就不能用？」說著這話，她可把臉色沉下來了。

魏太太紅著臉，拿了一隻粉撲子在手，對了梳粧檯上的鏡子，只管向臉上撲粉，呆了，說不出話來。

朱四奶奶又撲哧地笑了，低聲道：「美鈔是好東西，比黃金還吃香，三百美鈔，不是個小數呀，收著吧。」說時，她把那美鈔拿起來，塞到她衣服口袋裡去了。

魏太太覺得口袋裡是鼓起了一塊，她立刻想到這換了法幣的話，那要拿大布包袱包著才拿得動的，這就放下了粉撲子，抓住四奶奶的手道：「這事怎麼辦呢？」說時，眼皮羞澀得要垂下來。

四奶奶笑道：「你真是不行，跟著四奶奶多學一點。**男人會玩弄女人，女人就不能玩弄男人嗎？拿了錢來孝敬老娘，就不客氣地收著。不趁著這年輕貌美的時候，挖他們幾文，到了三十歲以後，這就難了**，四十歲以後呢，女人沒有錢的話，那就只有餓死。事情是非常的明白。你不要傻。」

魏太太被四奶奶握著手，只覺她的手是溫熱的。這就低垂了眼皮低聲問道：「這事沒有人知道嗎？」

四奶奶笑道：「只有我知道，而且你現在是自由身子，就是有人知道了，誰又能干涉你？那徐經理今天請你吃晚飯。」

魏太太道：「改天行不行呢？」

四奶奶道：「沒關係，儘管大馬關刀敞開來應酬，自然我會陪你去。」

魏太太在四奶奶屋子裡坐了一會子，實在也說不出什麼話來，自己任何一件秘密，人家都知道，有什麼法子在她面前充硬漢呢？而況又是寄住在她家裡。

當時帶了幾分尷尬的情形，走回自己臥室裡去。把口袋裡的美鈔掏出數了一數。五元一張的，共計六十張，並不短少。她開了箱子，把三百元美鈔放到那原存的二百元一處，恰好那也全是五元一張的，正好同樣的一百張。

這真是天外飛來的財喜，若跟著魏端本過日子，做夢也想不到這些個錢吧？四奶奶說得對了，**不趁著年輕貌美的時候敲男子們幾個錢，將來就晚了**，反正這個年月，男女平等，男子們可以隨便交朋友，女子又有什麼不可以？自己又不是沒有失腳的人，反正是糟了。

她站在箱子邊，手扶了箱子蓋，望了箱子裡的許多好衣服，和那五百元的美鈔，這來源都是不能問的，同時也就看到了手上的鑽石戒指。這東西算是保存住了，不用得賣掉它了，她關上了箱子，拍了箱蓋一下，不覺得自己誇讚自己一句：我有了錢了。

俗言說，**衣是人的精神，錢是人的膽**，她現在有了精神，也有了膽，自這日起，連牌風也轉過來了，無論打大小梭哈，多少總贏點錢。**有了錢，天天有的玩，天天有的吃，她可以說是沒有什麼心事該想的**。

然而也有，就是自己那兩個孩子現在過的什麼日子，總有些放心不下。她聽說白天是寄居在鄰居家，這鄰居必是陶太太家。想悄悄到陶家看看小孩子吧？心裡總有點怯場，怕是人家問起情形來，不好對人家說實話。考慮著，不能下這個決心，而朱四奶奶家又總是熱鬧的，來個三朋四友，不是跳舞唱戲，就是賭錢，一混大半天和一夜，把這事就忘了。

不覺過了七八天，這日上午無事，正和朱四奶奶笑談著，老媽子上樓來說，范先生和一個姓李的來了，魏太太忽然想起了李步祥，問道：「那個姓李的是不是矮胖子？」女傭人道：「是的，他還打聽田小姐是不是也在家呢？我說你在家。」

魏太太道：「既是你說了，我就和四奶奶一路去見他。」說著，兩人同時下樓，到了樓梯半中間，她止住了步子，搖了幾搖頭。

四奶奶道：「不要緊，范寶華正有事求著我，他不敢在我這裡說你什麼，而且你也很對得起他。」

魏太太道：「我倒不怕他，把話說明了，究竟是誰對不住誰呢？只是這個姓李的，我不好意思見他，他倒是個老實人。他好像是特意來找我的。他和陶家也很熟，也許是姓魏的託了他來談孩子的事吧，我見了面，話不好說，而且我又喜歡哭。」

四奶奶笑道：「你的意思我明白，我找著他在一邊談談吧，假如孩子是要錢的話，我就和你代付了。」

魏太太點了點頭，倒反是放輕了步子回轉到樓上去。

四奶奶在樓下談了半小時，走回樓上來，對她笑道：「你不出面倒也好，李步祥說，他是受陶伯笙太太之託來見你的，姓陶的和太太鬧著彆扭，一直沒有回家，陶太太自己擺紙煙攤子度命，自己的孩子都顧不了，怎能代你照應孩子呢？她很想找你去看看孩子，和魏端本說開了，把孩子交你領來。我想你一出面，大人一包圍，孩子拉著不放，你的大事就完了。我推說你剛剛下鄉去了，老媽子不知道。我又託姓李的帶十萬元給陶太太說，以後有話對我說。這事我給你辦得乾淨俐落，教他們一點掛不著邊。」

魏太太默然地坐著有五分鐘之久，然後問道：「他沒有說孩子現在過得怎麼樣？」

朱四奶奶道：「孩子倒是很好，這個你不必掛念。」說到這裡，她把話扯開，笑道：「你猜老范來找我是什麼事？」

魏太太道：「當然還是為了那座百貨店的出頂。」

朱四奶奶道：「光是為這個，那不稀奇。他原來出頂要三千五百萬，現在減到只要兩千四百萬了。此外，他出了個主意，說是我不頂那百貨店也可以，他希望我對那個店投資兩千萬，他歡迎我做經理。兩千萬我買小百貨店的經理當，朱四奶奶是幹什麼的？肯上這個當嗎？」

魏太太道：「姓范的手上很有幾個錢啦，何至於為了錢這樣著急？」

朱四奶奶道：「這就由於他發了財還想發財，大概他已打聽得實了，黃金的官價馬上就要升為五萬，他就要找一筆現款，再買一大批黃金。現在是三萬五的官價，他想買三千五百萬元的黃金，馬上官價發表，短短的時間就賺一千五百萬，而且買得早的話，把黃金儲蓄券弄到手，送到銀行裡去抵押，再可以套他一筆，所以他很急。不過各人的看法不同，他肯二千四百萬出頂那個百貨店，也有人要，你猜那人是誰。」

魏太太道：「投機倒把的事，我一摸漆黑，不知道。」

四奶奶伸手一掏她的臉腮，笑道：「就是你的好友徐經理呀。」

魏太太聽了這話，臉上一紅，微微一笑。

魏太太的微笑，不僅是難為情，她也這樣想著，我也眼看到范寶華出賣他的財產，而且也可以說是賣給自己的好友。

在范寶華交易成功以後，到朱公館來和四奶奶道謝，她也就一同隨四奶奶出來相見。

范寶華看到她，首先是一驚，她不但裝扮得更是漂亮，而且臉上和手臂上的肌肉長得十分豐潤。

這已到了四川的初夏季節，魏太太穿了一件藍綢白花背心式的長衫，兩隻肥白的手臂完全露出。在左臂上圍了一隻很粗的金膀圈，當大後方大家全著了黃金迷的日子，凡是佩戴著新的金器品，那就是表示了那人有錢。

她在朱公館住了這些時候，已是應酬爛熟，這就伸出一隻手來和他握著，笑問道：「范先生更發財了吧？」

他道：「發財？我瞞不了四奶奶，我把老底子都抖著賣了。」

賓主落了座，范寶華首先表示道：「今天來此，並無別事，特意來和四奶奶道謝，這爿店倒出了，你給我幫了不小的忙，因為上個比期，我聽到說黃金官價快要升到五萬了，我就大膽借了一筆錢，做了一百五十兩黃金儲蓄，利息是十一分。不想儲蓄券買到手了，偏偏是官價沒有提高。昨天的比期，我若不還錢，又得轉一個比期，那我就要蝕本了，前天我把倒店的這筆錢得著了，昨天還了債，而且是喜事成雙，大概明後天官價就要提高，這個消息，我得的十分準確，四奶奶可以趁此機會趕快做點黃金儲蓄吧。」

四奶奶笑道：「做黃金生意的人，天天自己騙自己，總說是黃金官價要提高，財政部長比做生意的人還要聰明得多，他不會讓老百姓佔便宜下去的。」

范寶華道：「那是當然，不過現在黃金黑市是八萬上下，一兩黃金比官價貴四五萬元，財政部能夠老是這樣吃虧下去嗎？」

朱四奶奶點著頭道：「那是當然，不過三萬五的黃金現在還可以儲蓄，到了五萬就動不得了，你若是願意出四萬的價錢，我這裡有朋友託賣的幾十兩儲蓄券，八月底到期。」

范寶華道：「真的，那是兩萬官價定的了。」

四奶奶道：「那就憑你去計算吧，反正你現在出四萬，三個月後至少撈回八萬。」

范寶華大為興奮，不由得站起來問道：「多少兩呢？」

四奶奶道：「五十多兩，分四張儲蓄券，你要接受，就趁早。這是兩位小姐輸了錢，抵押賭博帳的。」

范寶華拍了手道：「我全要，我全要！」

魏太太坐在一邊看到，微笑道：「范先生對於買金子還是這樣感到興趣。」

范寶華道：「我穩紮穩打，又不冒一點險，怕什麼的，至少是不賺錢，絕不會吃官司。」

她聽說，臉一紅，沒有話說，朱四奶奶把話扯開來道：「范老闆，言歸正傳，你要買這五十兩儲蓄券，四十八小時限期，過期我就賣給別人了。還有一層，若是官價宣布到五萬，你就帶了錢來，我也不賣，反正不能比官價還便宜些。」

范寶華站著向她拱了手道：「四奶奶再幫我一次忙，請你替我保留四十八小時，若是官價升到了五萬，那當然另作別論。」

說時，他看到魏太太冷冷地坐在那裡，也向她拱了手道：「田小姐，請你替我美言兩句，我若是賺了錢，一定請客。」

魏太太只抿嘴笑著，沒有作聲。

范寶華要去籌款，就向四奶奶告別了。

他走著路，心裡想著這將近二百萬的現鈔，要由哪裡出？唯一能和他跑腿的，還是李步祥。

他連走了兩家談生意的茶館，把李步祥找著，請他到家裡吃午飯，並把朱四奶奶讓出五十兩黃金儲蓄券的話告訴他，問道：「老李，你能不能和我再跑兩天，我手上還有一小批五金材料，你去和我兜攬兜攬主顧看。」

李步祥道：「五金材料也不比黃金壞，留在手上，照樣的漲價，我看你還是把買得的黃金儲蓄券送到銀行裡去抵押，再套一批款子，用黃金滾黃金，這法子最簡單。」

範寶華笑道：「這個法子，我還要你說嘛？我手上的黃金儲蓄券，有十分之五六都在銀行裡，只有最後套來的一批還放在手上，大概還有二百多兩，這二百多兩拿去抵押，總還可以借到五六百萬，可是你得算算利錢，每個月負擔多少？我就是盡五十兩做，恐怕也要拿出八十兩去押，才套得出現款來，這樣套著，買的黃金儲蓄越多，手裡的存券就越少。反過來，利錢倒越背越多，所以我現在不想套著做了，願意拿現錢買現貨。五金變成金子，不賺錢也不會吃虧。」

李步祥將手摸摸頭，笑道：「若是據你這說法，黃金提高官價的事，一定是千真萬確的了，第一次黃金漲兩萬的時候，我失了機會，只買了幾兩，第二次漲三萬五的時候，我還是沒有趕上，只買了幾兩，這一次漲五萬以前，嚇！我得狠他一下。」說著一拍大腿，用腳在地面重重一頓。

範寶華道：「我老早不是說過了嗎？就是借錢幹，也還比做普通生意強。」

李步祥道：「你看這次黃金加價，會在什麼時候發表？」說著，他向範寶華的臉上看著，好像他的臉上就有一行行的字，能把這問題答覆下來。

他笑道：「信不信由你，至多不會出一個禮拜，在銀行裡擺著一字長蛇陣的人，搶著買黃金，財政部要提高，也得壓兩天他們的寶，若是可以由人民隨便押中，以後的戲法就不靈了，這幾天銀行裡買黃金的高潮又過去了，財政當局再也憋不住的。」

李步祥笑道：「你雖不是財政部長，由於上兩次加價，你都猜得很準，我是一定相信你。你有什麼東西零賣，開張單子給我，我和你跑跑。」

范寶華就在他的皮包裡取了十張單子給他，並答應借給他五兩金子的本錢。這個重賞，把李步祥激動了，立刻就走去。

范寶華也夾了皮包，上他的寫字間。在每日下午兩三點鐘的時候，這裡總有些人來往，交換商場情報。這來往的並不限於正式商人，品類是相當複雜的。

他正由樓下的公司營業部走上了樓梯口。一位穿西服的，迎面相遇，抓著他的手道：「你這時候才來，我到你寫字間來了兩三次了。」

范寶華道：「失迎失迎，我今天中午接洽一筆買賣，未免來得晚了一點。屋子裡談吧。」

這人隨著范老闆進了屋子，他隨手就把房門掩上，笑道：「老實說，我是夠交情的。我為了報告你這消息，三十分鐘之內，我兩次上這個樓。」

范寶華笑道：「你看金子官價快要發表了嗎？」說著，他在身上取出煙盒子來，打開盒子，捧著送到客人面前，請他取煙。

他搖搖手道：「我沒有工夫。我看到我們老闆剛才發出去一封親筆信，是送給一家銀行經理的，又打出去兩個電話，再三叮囑快點辦，遲了時間就來不及了。我看這情形，就猜著和金價有關。老實說，我也想發財，我就特別獻殷勤，借著向老闆回話的機會，故意到公事抽屜櫃裡去尋找文件。

「其實這都是極普通的文件，連人家送的雜誌都分別塞在那裡，老闆向來不看。重要文件，有他的機要秘書管著，不會放在那裡，我故意自言自語地說，前幾天收到兩張訃聞不知道是什麼日子開弔，應該查查看。我這樣說著，就只管在那裡整理文件，意思是要等我們老闆接過電話。

「我這個計畫，總算沒有白費力，不到十五分鐘，來了電話。我們老闆接著電話，先就是一陣高興，後來說：『當然請客，還要大大地請客，數目可以做三四個戶頭，反正不把我的姓改掉就成，用什麼名字都可以，不過後天禮拜六下午可能發表，你辦得要馬前一點。若是提前發表，我們就撲空了。』我聽了這些話，再根據老闆向銀行裡經理去信的事，互相參考一下，那不是買黃金儲蓄是幹什麼。說的後天發表，不是黃金官價發表，又是什麼？」

范寶華偏著頭想了一想道：「你猜著應該是對的，縱然不對，我們也應當向這個方向辦。」說著和那人握了兩握手。

那人笑道：「我還有幾個地方要去，事情緊迫，不說閒話了。」說著轉身就向外走。

范寶華道：「我的期票還沒有開給你呢。」

那人笑道：「我們都是在社會上要個漂亮場面的人，誰也不會過河拆橋，你趕快預備頭寸吧。」說著，抬起手來向他招了兩招，拉開門出去了。

范寶華送到了房門口，呆站了一下，見來人是匆匆而去，步子放落得極不自然，可知道他心裡是很著急的。

他回到屋子裡，先坐下來吸了一支煙，自己一拍大腿，也就站起來，隨著信口道：

「找頭寸去。」

門一推，進來一位穿藍湖縐長衫的朋友，他這衣服是戰前之物，表示了他是位囤積的能手，他蓄著兩撇短八字鬚，梳了半把背頭，臉子上光滑紅潤，也表示他保養有術。

他從容地走了進來，問道：「我以為你和朋友在談生意經呢。」

他笑道：「談生意經的朋友剛剛走出去，我在著急，黃經理有何見教。」

他將房門隨手關上了，低聲笑道：「據我得的消息，三天之內就要……」

范寶華：「黃金官價，加到五萬，或者七萬。」

黃經理道：「你只猜到了一半，是黃金儲蓄要停止辦理，這本來是個極明顯的事情，黃金黑市到了八萬多，官價還是三萬五，那不是有意讓國庫虧本？不過為了官方面子，咬著牙拖下來這麼一個時期，現在實在拖不下去了，非停辦不可。停辦之後，黑市脫了官價的聯繫，那還不是拼命的跑野馬，老兄若是手上有錢，趕快的做黃金儲蓄吧，三天之後，你就可以發小財。」

范寶華道：「你這消息可靠嗎？」

黃經理道：「太可靠了。」

范寶華笑道：「多謝多謝，你給我這消息，是太夠交情了，我若賺了錢，請你吃飯。」

黃經理搖搖頭道：「請我吃飯用不著，今天晚上有個小應酬，要請你幫一點忙。」

范寶華道：「只要我能夠辦到的，你就說吧。」

黃經理道：「我們公司裡一個姓吳的小職員，太太添了孩子，自己有點小虧空，想不出法子彌補，聽到黃金儲蓄要停辦的消息，他忽然計上心來，打算邀一場頭，將所得的頭錢趕快就去做黃金儲蓄，等著黃金儲蓄停辦了，他把儲蓄券出賣，一定可以撈個對本對利，他所邀的角色，都是這二樓上的老闆先生們，你是個梭哈能手，對這事諒無推辭的了。」說著，他拱了兩拱手。

范寶華笑道：「打梭哈我沒有推辭過的事。不過今天的時間，我要騰出來去找頭寸。」

黃經理笑道：「談到找頭寸，范先生有的是辦法，難道還要整夜地奔忙嗎？而且太晚了，頭寸也無法去找，我們現在不妨把時間定到晚上八點鐘。這位邀頭的吳老弟，他當然要辦一點菜，請大家吃餐便飯。」

范寶華道：「這樣下本錢，還要請大家吃頓便飯，那麼，打少了頭錢，人家還不夠開銷呢。」

黃經理道：「唯其如此，所以還要找大角兒名角兒才能唱成這臺戲。」

范寶華沉思了一下子，點頭道：「我就湊一腳吧，在什麼地方？」

黃經理道：「我們那小職員所住一間屋，餐廳和廁所都在那裡，那也實在無法招待來賓，就在我家裡吧。」

黃經理也是在這樓上設下寫字間，專做游擊生意的，范寶華偶然周轉不靈，也和他通融些款子，他出來替夥計們邀一場賭，自也不能駁回，就約定了八點半鐘以前準到。

這時他心裡不想別的，料著不論是黃金折價，或者是停止儲蓄，但在最近幾天，必有一樁實現，實現以後，黑市必又是一個劇烈的波動，這個機會不能失掉，他抬頭一看，那位黃經理什麼時候走去，已不知道。

剛才站在屋子裡低頭沉思，已是出了神了，他後悔不該讓李步祥去兜賣五金材料，自己親自出馬，倒是立刻就可以知道好壞的消息，現在把事情交給人家辦去了，若是自己又出去辦，這事就弄得一女許配兩個郎了。他心裡這樣想著，兩手背在身後，就在屋子裡繞圈子走著。

走了幾個圈子，他又坐下來，吸一支紙煙，最後，他站起來一拍桌子，說了一句走，把放在桌子上的皮包提了起來，就有個要出門的樣子。

倒不想門外有人答應了，笑道：「范老闆起什麼急，你怕金子會飛了？」說話的，正是他盼望的李步祥。

便問道：「有好消息嗎？」

李步祥搖搖頭道：「接連跑了四五家，有的說，你那單子上定的價錢賽過了行市，他們不能接受；有的一看單子，就知道是范老闆的存貨，他們說得更是氣人，范老闆又是買金子差了頭寸，拋出五金材料來換現錢，賣貨要賺錢，買金子又要賺錢，錢都歸范老闆一個人賺了，這個時候，有現錢在手的人，誰不去買黃金，又痛快，又簡單，誰願囉哩囉唆，買一批五金材料在家裡擺著。」

范寶華淡笑道：「你出去跑了半天，就是把人家這些罵我的話帶了回來？」

李步祥笑道：「你別忙呀，當然我還有話。最後我跑了兩家五金行，他們正要帶些材料到內地小縣分去，看了這單子上的貨，有合用的，也有不合用的，要分開來買，若不分開，就照碼打七折。」

范寶華搖著頭，那句不賣的話還沒有說出，李步祥又道：「我給你算了一算，就是打七折，你還可以賣出二百萬大關，只要你一點頭，他們把銀行裡的本票給你，你有了本票，明天上午就可以買黃金儲蓄券，後天上午，你就把儲蓄券拿到手。若是這個時候宣布黃金加價，你還是合算之至！你若不放心，我已給你找到了路子，你自己去接洽。」

范寶華低著頭想了幾分鐘，頓著腳道：「好吧，為了黃金，我百貨店都倒出了，這一點五金材料的存貨，我留著也做不出好大的辦法來。好罷，我掃清底貨，賣了就賣了，以後我專做黃金，連這個寫字間也不要了。」

李步祥笑道：「你也就是坐在家裡等著發財。」

范寶華道：「我八點半鐘還有個約會，現在我們就去簽張草約。走吧。」說著，他挽了李步祥的手就走。

這個寫字間，范老闆和鄰居亭子間共用了一名茶房，叫老么。他在老闆來了之後，就去給他預備開水泡茶，他這時提著茶壺來了，卻正碰到老闆走出門，他這就笑道：「生意郎個忙，茶都不喝一口唆？」

范寶華笑道：「我實在也是忙糊塗了，我走進這寫字間，是怎樣進來的都不知道，我還忘了有個李老么呢。」

他笑道：「范先生，你不忙走，我有件事求求你，你硬是要答應咯。」

范寶華笑道：「你還沒有說出要求來，先就說硬是要我答應，這話教我怎麼說呢？」

李老么鞠著躬道：「范先生，你忙，也不在乎幾分鐘嘛，你耍一下，我有話說。」說著，他斟了一杯茶，雙手送到面前，請他接著，然後在衣服袋裡取出一張紙條，又是一鞠躬，雙手呈給范老闆。他接過來看著。上面這樣寫：

敬呈范大經理。啓者無別，止因我家老祖母冉病在床，沒得醫藥費。立馬要借薪工三個月。他是七十八歲之人，望大經理開恩，借我，三個月巴。二天長薪工我的薪工不加，算是利錢，要得？千即千即。茶房李老么鞠躬。

范寶華笑道：「難得，雖然上面不少別字，我居然看懂。你有老祖母？我沒聽見你說過，你不是再三聲明，你是六親無靠的一個人嗎？」

李老么笑道：「這個老祖母是我過房么叔的祖母。」

范寶華笑道：「更胡說了，你么叔的祖母，是你的曾祖母，你怎叫祖母呢，你老實說，是怎樣搞虧空了，要借錢。」

李老么正了臉色道：「龜兒子騙你，我沒有搞虧空，我不嫖不賭，六親無靠，啥子虧空？」

范寶華笑道：「現在是你自己說的，你六親無靠，你哪裡來的祖母？」

李老么將手抬起來搔搔頭髮，這就笑道：「我有點正當用途，確是，龜兒子就騙你。」

范寶華道：「你有什麼正當用途？快說，我要走了。」

李老么道：「大家都在買金子準備發財，我當茶房的人就買不得？你借三個月薪工給我，有個四五萬塊錢，我也買一兩耍耍。」

李步祥在一旁聽到伸了一伸舌頭。

范寶華笑道：「你說明了，我倒是可以幫你一個忙，明天上午，你到我家裡去，我準給你一兩黃金的錢，你要發這注小財，還是越快越好，明天上午你必須把現款交到銀行裡去。」

李老么聽說，深深地鞠躬，范李二人這才從容地出門。

走在路上，李步祥道：「老么怎麼也知道搶黃金？」

范寶華道：「大概這黃金停止儲蓄的消息，這三層樓都傳遍了，**利之所在，誰不去搶？**」

他們說著話，已經到了樓房的大門口。身後忽然有人接嘴道：「李老闆，教你笑話。」回頭看時，卻是陶伯笙太太。

她提了一隻大白包袱，裡面伸出許多長紙盒子的兩頭，正是整條的紙煙。她穿了件舊藍布大褂子，脊梁都讓汗濕透了，李范兩人都知道她已在擺紙煙攤子了，並不敢問她提著什麼。

范寶華向她點了個頭道：「久違久違，我是和老李談著茶房借工資買黃金的事。」陶太太把包袱放在地面，掏出手絹擦了一擦額頭上的汗，然後笑道：「實不相瞞，我正也是為了這事來見范先生的，你這大樓我不敢胡亂上去，我看到李先生進去的，我就在這門口等著。」

范寶華以往在她家打攪過的，自不能對人家冷淡，便道：「我正有一點事，不能招待陶太太，有什麼見教，你就請說吧。」

她笑道：「伯笙不告而別地離開家庭到西康去了，我一個女人，怎能維持得了這個家，我現在已經做小生意了，做小生意怎能有多大翻身呢？家裡還有幾件皮衣服，我想託范先生給我賣掉它，就是賣不掉，押一筆款子也好，因為我等著錢用。」

范寶華笑道：「夏天賣皮貨，這可不是行市。你有什麼急用呢？」

陶太太笑道：「剛才范先生說了，茶房都要借工錢做黃金儲蓄，哪個不想走這條路呢？」

范寶華聽她這話，又看她臉上黃黃的，很是清瘦。他心裡這就聯想到，無論什麼人都在搶購金子了。

陶太太這個要求，在李步祥看起來倒是很平常的，什麼人都變賣了東西來做黃金生意，她把那用不著的皮貨變成黃金，那不是很好的算盤嗎？便在一旁湊趣道：「陶太太現在的生活，也很是可憐，范先生路上若有熟人願意收買皮貨的，你就和她介紹介紹吧。」

范寶華很是怕她開口借錢，就連連地點了頭道：「好的好的，我給你留心吧。」說著，他拔步就走。

李步祥倒是不好意思向人家表示得太決絕，只得站在屋簷下向她點了頭，微笑道：「陶太太現在是太辛苦了，是應當想一個翻身的法子，伯笙走的這條路子，也算是個發財的路子，等他回來了就好了。」

陶太太看了范寶華已經走遠，笑道：「發財的人，就是發財的人，他生怕我們沾他什麼光，其實我不要沾什麼光，我是來碰碰機會，看看那位魏太太在不在這裡？她不要魏先生，那也算了，這年月婚姻自由，誰也管不著她，只是她那兩個孩子，總是自己的骨肉，她應該去看看，有一個孩子，已經病倒兩天了，魏先生自己要做買賣，又要帶孩子，顧不到兩頭，只好把那攤子擺在那冷酒店門外，那就差多了。」

李步祥道：「他不是在賣報嗎？」

陶太太道：「白天擺小書攤子，晚上賣晚報，這兩天不能賣報了。真是作孽，他想發個什麼財，要買什麼金子呢？當個小公務員，總比這樣好一點吧？」

李步祥站著想了一想，點著頭道：「你是一番熱心，我知道。魏太太不會到這裡來的，她現在和闊太太闊小姐在一處了，你這話，我倒是可以轉告她。我要陪范先生去做筆生意，來不及多談，有工夫，我明天去回你的信吧。」他說畢，也就走開。

范寶華在街邊等著他呢，問道：「準是她和你借錢吧？」

李步祥笑道：「人窮了，也不見著發財的人就紅眼，她倒是另有一件事訪到這裡來的。」因把陶太太的話轉述了一遍。

范寶華搖搖頭道：「那個女人，雖然長得漂亮，好吃好穿又好賭，任什麼事不會幹，姓魏的把她丟開了，那是造化，要不然，他也許還要坐第二拘監所。今天我的生意做妥了，我倒可以周濟周濟他，快點去把這筆買賣做成吧。」

他口裡說著快，腳下也就真的跟著快，向李步祥道：「走上坡路，車子比人走慢得多。走吧。」

說著，他約莫是走了二三十家店面，突然停住了腳步，向他笑道：「這個不妥，我們趕上門去將就人家，也許人家更要捏住我們的頸脖子，東西少賣幾個錢，我倒是不在乎，若是人家拖我兩天日子，那我就全盤計畫推翻，還是你去接頭，我在家裡等著，只要今天晚上他們能交現款，我就再讓步個折扣也在所不惜。老李，人在這個時候，是用得著朋友的，你得和我多賣一點力氣。」

說時，伸手連連地拍了他的肩膀。他也不等李步祥回答，就向回家的路上走了。

他到了家，那位當家的吳嫂看了他滿臉焦急的樣子，知道他又是在買金子，因為每次收買金子，他總要緊張兩天的，便向他微笑道：「你硬是太忙，發財要緊，身體也要緊，不要出去了，在家歇息一下嘛，消夜沒得。」說著，伸手替他接過皮包和帽子。

老范不由得打了個哈哈笑道：「我忙糊塗了，忘記了吃飯這件大事，我生在世上，大概不是為吃飯來的，只是為掙錢來的。好，你給我預備飯。」

他說著話，人向樓上走。走到樓梯半中間，他又轉身下來，站在堂屋中間，自搔頭髮自問道：「咦！我忘了一件什麼事，想不起來，但並沒有忘記什麼東西。哦，是了，我的皮包沒有拿回來。吳嫂，暫不開飯我出去一趟，馬上就回來。」

吳嫂和他捧著茶壺走來，笑道：「喝杯茶再走嘛，應了那句話，硬是搶金子。」

他道：「我把皮包丟在寫字間了，有圖章在裡面，回頭我等著用。」

吳嫂笑道：「硬是笑人，皮包你交給我，我送到樓上去了，你不曉得？」

范寶華笑道：「是的是的，你在門外頭就接過去了，不過我總忘記了一件事。」

吳嫂斟了一杯茶，雙手遞給他，笑道：「不要勒個顛三倒四。是不是沒看著晚報？」

他道：「不是為了夜報，但我的確也忘了看，你給我拿來吧。」

他端了茶杯，坐在椅子上慢慢地喝著，眼睛還是望了茶的顏色出神，見杯子裡漂著兩片小茶葉，他就看這兩片茶葉的流動。

吳嫂站在身邊道：「看報，不要啥子，你回回做金子都賺錢，這回還是賺錢。」

她把晚報放在他茶杯子上，笑道：「你看報，好大的一個金字。」

范寶華順眼向報上看去，果然是報上的大題目有一個金字。**這個金字，既是吳嫂所認得的，當然他更是觸目驚心，立刻放下茶杯，將晚報拿起來看。**

歐洲的戰事國內的戰事，他都不去注意，還是看本市版的社會新聞。那題目是這樣的寫著：「黃金加價，即將實現。」他立刻心裡跟著跳了兩跳。

他還怕看得有什麼錯誤，兩手捧了報，站在懸著電燈光底下，仔細看著。那新聞的大意，是**黃金加價問題，已有箭在弦上之勢，日內即將發表，至於加價多少卻是難說，黃金問題必定有個很大的變化，若是不加價，政府可能就會停止黃金政策的繼續發行。**

老范看了那新聞，覺得對於自己所得的消息並沒有錯誤。他把報看過之後，又重新地再看一遍，心裡想著，總算不錯，今天預先得著了消息，趕快就抓頭寸。這消息既然在晚報上登出來了，那不用說，明天日報會登得更為熱鬧，回頭李步祥把主顧帶著來了，只要給現錢，我什麼條件都可以接受。

他這樣的想著，將報拿著，兩手背在身後，由屋子裡踱到院子裡去，由院子裡又踱到屋子裡來，就是這樣來回地走著。

吳嫂把飯菜放到堂屋裡桌上，他就像沒有看到似的，還是來回地走著。吳嫂叫了幾聲，他也沒有聽到。吳嫂急了，就走過來牽著他的衣袖道：「朗個的？想金子飯都不吃喫？」

范寶華這才坐下來吃飯，可是他心裡還不住地想著，假如李步祥失敗，就要錯過一個絕大的發財機會。

他正吃著飯，突然地放下筷子碗，將手一拍桌子道：「只要有現款，什麼條件我都可以接受。」

吳嫂站在一邊望了他，臉上帶了微笑，正有一句話要問他，桌子一響，她嚇了身子震動著一跳，笑道：「啥子事？硬是有點神經病。」

范寶華回頭看了她笑道：「你懂得什麼，你要在我這個境遇，你會急得飛起來呢。」

李步祥在門外院子裡答言道：「范先生，有客來了。」

范寶華放下筷子碗，迎到屋子外面來，口裡連說著歡迎。但他繼續到第三個歡迎名詞的時候，感覺到不妥，還不知道來的人屬於百家姓上哪一姓，怎好就說出歡迎的話來？因之，立刻把那聲音縮小了。

隨著李步祥走進屋子來的，也是一位穿西服的下江人。他黃黃的臉，左邊腮上有個黑痣，上面還長了三根黃毛。這個人在市面上有名的，諢號「穿山甲」，范寶華自認得他，問道：「周經理，好久不見，用過晚飯沒有？」

他笑道：「我們不能像范先生這樣財忙，現在已是九點多鐘了，豈能沒有吃過晚飯？你可以自便，等著你用過了飯，我們再談吧。」

范寶華餓了，不能不吃，而又怕占久了時間會得罪了這上門的主顧，將客人讓著在椅子上坐下了，又敬過了一遍茶煙，這才坐下去將筷子碗對著嘴，連扒帶倒，吃下去一碗飯，就搬了椅子過來，坐在面前相陪。先就說了幾聲對不起。

李步祥怕他們彼此不好開口，先笑道：「周老闆很痛快的，我把范兄的意思和他說了，他說在商業上彼此幫忙，一切沒有問題。」

范寶華連說很好，又遞了一遍紙煙。

那「穿山甲」周老闆笑道：「都是下江商人，什麼話不好說。那個單子，我已經算好了，照原碼七折估計，共是二百四十二萬，說一是一，說二是二，我們就照單子付款，不過那時間太晚了，連夜要抓許多現款實在不是容易事，現在我只找到二百萬本票，已經帶來，都是中央銀行的，簡直當現鈔用，這對於范老闆那是太便利了。」

說著，在身上掏出一隻透明的料器夾子，可以看到裡面全是本票和支票。他掏出幾張本票，交到范寶華手上，笑道：「這是整整二百萬。至於那四十二萬零頭，開支票可以嗎？」

范寶華雖然不願意，可是接過了人家二百萬本票，就不好意思太堅持自己的意見，點頭道：「當然也可以，不過我明天上午就得當現款用，支票就要經過銀行一道交換的手續與時間。」

穿山甲道：「若是范老闆一定要本票，今晚上我去和你跑兩家同業，作私人貼現，也許可以辦到。為了省去麻煩起見，兩萬你不要了，我去找四十萬現鈔給你，好不好？」

范寶華道：「若是貼現的話，我還是要本票，兩萬就不要了吧。」

穿山甲向他笑道：「痛快，三言兩語，一切都說妥了，不過這批五金，並不是我要，我和別人拉攏的，大家都是朋友，我不能說要傭金的話，你總得請請客。」

范寶華笑道：「沒有問題，明天晚上我請你吃飯。」

穿山甲笑道：「彼此都忙，也許沒有工夫，我看你單子上開有燈泡兩打，你又塗掉了，大概因為不屬於五金材料的緣故，你就把兩打燈泡送給我吧。」

范寶華道：「這是我自己留著用的。好吧，我送一打給你。」

穿山甲道：「好，就是那麼辦。我現在還是把那四十二萬的支票給你，以表示信用。你現在開張收條給我，並在單子上注明，照單子提貨，不付退款，並注明加送燈泡一打。」

范寶華也沒有考慮，就全盤答應了。

穿山甲的一切，好像都是預備了的，就在料器夾子裡，掏出一張現成的支票給他。范寶華看時，數目是四十萬，日子還開去十天，因笑道：「不對呀，周老闆，這是期票。」

他道：「這是人家開給我的支票，當然不能恰好和你所要的相符，反正這支票我是作抵押的，又不當現鈔給你，過兩小時也許不到兩小時，我就會拿本票或現鈔來換的。」

范寶華因他已經交了二百萬本票，也就只好依照他的要求，寫了一張收據和提貨單子給他。並注明如貨色不對，可以退款。

他接到那單子，就笑問道：「貨在哪裡呢？我好雇車子搬走。」

范寶華道：「貨在家裡現成，夜不成事，你明天來搬還晚了嗎？」

穿山甲笑道：「夜不成事，我怎麼給你貨款呢？我又怎麼答應著給你拿支票去貼現呢？貨不是我買的，我已經交代過了，交了款，我拿不到貨回去，我怎麼交代？」

他說到這裡，已不是先前進門那種和顏悅色，臉子冷冷的，自取了紙煙，擦著火柴吸煙，來個一語不發。

范寶華不能說收了人家的錢，不給人家貨，笑道：「倒不想周老闆這樣不放心，好吧，你就搬貨吧。」於是亮著樓下堆貨房間的燈，請李步祥幫忙，把所有賣的貨全搬了出來。由穿山甲點清了數目，雇了人力車子運走。

直等他走後，范寶華一看手錶，已是十點多鐘，拍了手道：「穿山甲這小子，真是名實相符，我中了他緩兵之計。現在已經大半夜了，到哪裡拿支票貼現去？看這樣子，就是明天上午，他也不會送現款來，反正他已把貨搬了去了，我還能咬他一口嗎？」

李步祥道：「你也是要錢太急，他提出什麼要求，你都答應了，我不知道你是什麼算盤，我沒有敢攔著你。」

范寶華背了兩手，在屋子裡轉了圈子走路。大概轉有十多個圈子，他將放在茶几上的那份晚報拿起來看看，又拍了手道：「不管了，吃點小虧，買了金子我就撈回來了。老李，明日上午還得跑銀行，要起早，我請你吃早點。」

李步祥道：「你還跑什麼銀行？朱四奶奶那裡有五十兩黃金的黃金儲蓄券，現成的放在那裡等著，你交款就手到拿來。」

范寶華道：「她的話，不能十分靠得住，我現在是搶時間的事，假如讓她耍我半天，下午也許銀行裡就停止黃金儲蓄了。辦了這筆，我再想法去買了那筆。」說話時，他坐一會，站了一會，又走一會，他當家的吳嫂，不斷地來探望他。

李步祥因已深夜，也就告辭了。他在路上想著，老范這樣忙著要買金子，想必這是要搶購的事情，他臨時想得一計，自己皮包裡，還有老家新寄來的一封信，是掛號的，郵戳分明。在大街上買了兩張信紙，帶到消夜店裡去，胡亂吃了一碗餛飩，和櫃上借了筆墨，揑造了一封家書，上寫家中被土匪搶劫一空，老母氣病在床，趕快匯寄一筆家用回來，免得全家老小饑餓而死。

他把那家書信封裡的原信紙取消，將寫的信紙塞了進去，冒夜就跑了七八處朋友家裡，他拿出信來，說是必須趕快匯一筆錢回去，但時間急迫，要想立刻借一筆款子，這是不可能的事。現在只有打一個會，每個朋友那裡湊一萬元的會資，共湊十萬元。在深夜的燈光裡，大家看到他那封信，也都相信，他既需款十分迫切。在當時，一萬元又已不算什麼大數目，都想法子湊足了交給他。有的居然還肯認雙股。於是他跑到十二點鐘，就得了十一萬五千元。他的目的，不過想得十萬元，這就超過了他的理想了。他很高興地回到了寓所，安然地睡覺。

到了次日早上，他起床以後，就奔向范寶華的約會。他們在廣東館子裡吃早點，買了兩份日報看，報上所登的，大概地說，世界戰局和國內的戰局都是向勝利這邊走，物價不是疲也是平，只有黃金這樣東西，黑市價目，天天上升。

范寶華的皮包裡，已經帶有兩百多萬現款，他含著笑容向李步祥道：「老實說，我姓范的做了這多年的抗戰商人，已經變成個商業油子了。我無論做哪票生意，沒有把握就不投資，投資以後準可撈點油水。」

李步祥偷看他的顏色，還是相當的高興，這就一伸脖子向他笑道：「你押大寶，我押小寶，我身上現有四兩的錢，不夠一個小標準，你可不可以借點錢給我湊個數目。」

范寶華笑道：「你要我來個四六拆帳，那未免太多了吧？」

李步祥笑道：「那我也太不自量了，只要你借我四萬元，讓我湊個小五兩。我昨天和你跑了一下午不算。今天我還可以到銀行裡去排班，以為報酬。」

范寶華擦了一根火柴，點著煙吸，噴出一口煙來笑道：「以前我是沒有摸到門路，到國家銀行裡去亂擠，現在用不著了，這事情可交給商業銀行去辦。我們就走，我準保沒有問題。」說著，站起來就要向外開步。

李步祥扯著他的衣袖笑道：「四萬元可沒借給我，你還打算要我會東。」

范寶華呵了一聲笑著，複坐下來把東會了。

李步祥道：「我看你這樣子有點精神恍惚，你不要把昨晚收到的本票都丟了。」

范寶華道：「穿山甲答應給我現鈔的，可能那張四十萬元的期票都會是空頭，那我也不管它了，有了機會再抓。四十萬元的虧，我還可以吃得起。」

李步祥見他帶著那不在乎的樣子，也就不再追問，跟了他走。

范寶華自從和萬利銀行做來往，上了一次當以後，他就不再光顧滑頭銀行了。現在來往最密的是誠實銀行。

這家銀行穩做，進出的利息都小。那銀行經理賈先生，也能顧名思義，他卻是沒有一切的浮華行動，終年都是藍布大褂，而頭上也不留頭髮，光著和尚頭，嘴唇上似有而無的有點短鬍茬子，他口裡老銜著支長可二尺多漆桿煙袋，斗子上，插一支土雪茄。這是個舊商人的典型。

范寶華對他倒很是信仰，帶著李步祥到了誠實銀行，直奔經理室。那賈經理一見，起身相迎，就笑道：「范先生又要做黃金儲蓄。」

他呆站了望著他道：「你怎麼會知道這件事呢？」

賈經理左手執了旱煙袋，先伸出右手和他握了一握，然後指了鼻子尖道：「我幹什麼的？難道這點事都不知道嗎？就從昨天下午四點鐘起，又來了個黃金浪潮，不過這買賣竟是穩做可靠。」

范寶華見他這樣說穿了，也不必彎曲著說什麼，就打開皮包來，取出本票，託他向國行去辦黃金儲蓄六十兩，而且還代李步祥買五兩。

賈經理很輕微地答覆道：「沒有問題，先在我這裡休息休息，吸支煙喝杯茶，我立刻叫人去辦。」

他把客人讓著坐了，叫茶房把一位穿西服的行員叫了來。他將經理桌上的便條，開了兩個戶頭的名字，和儲蓄黃金的數目，交給那個行員道：「最好把儲蓄券就帶了回來。」

那行員答應著去了，賈經理道：「范先生，你能等就等，不能等，就在街上遛個彎再來，我先開張收據給你，也不必經營業股的手了，我親自開張便條吧，在兩個鐘頭就要把收據收回來的。」

范寶華道：「我一切聽便。」

那賈經理口裡還咬住旱煙袋嘴子，將旱煙桿放在身旁。他坐在經理席上偏了頭就將面前的紙筆寫了一張收據並蓋了章，交給范寶華道：「兩筆款子開在一處，沒有錯。」說畢，吸著旱煙。因為經理室又有客來，范李二人馬上告辭。

到了街上，李步祥道：「我看這位經理土頭土腦，做事又是那樣隨便，這不會有問題嗎？」

范寶華笑道：「我們這點錢，他看在眼裡？兩億元他也看得很輕鬆，我非常地信任他，回頭來，我們就可以取得黃金儲蓄券，我心裡這塊石頭算是落下去了。現在我們要考慮的，就是到哪裡去消磨兩三個鐘頭。」

李步祥道：「我要看看魏端本去，到底怎樣了，我倒是很同情他。」

范寶華同意他這個說法，走向魏端本住的那個冷酒店來。

在街上，遠遠地就看到那裡圍上一圈人，兩人擠到人圈子裡看時，一個穿灰布中山服的人，蓬著頭髮，他手上拿了幾張鉛印的報紙傳單，原是賣西藥的廣告，上面蓋了許多鮮紅的圖章。

他舉著那傳單，大聲叫道：「這是五十兩，這是五百兩，這是一兩，大小數目都有，按黃金官價對折出賣，誰要誰要？」

他叫完了，圍著的人哄然大笑。

這個瘋子所站的身後，地面上鋪了一塊席子。席子上放了一些新舊書本，和一些大小雜誌。那席子邊站著一個穿青布制服的漢子，兩手環抱在胸前，愁眉苦臉的，對這個瘋子望著，那正是魏端本。

范寶華進入圈子裡，向他點了個頭道：「魏先生，好哇？這個人怎麼回事？」

魏端本也向他點點頭，斷章取義的，只答應了下面那句話，苦笑道：「這是我一個朋友余進取先生，是個小公務員，因為對黃金問題特別感到興趣，相當有研究，可是他和我一樣的窮，沒有資本做這生意，神經大概受了一點刺激，其實沒有什麼了不得。」

余進取先生笑嘻嘻地聽他介紹，等他說完了，就向范寶華笑道：「誰要說我是瘋子，他自己就是瘋子，我沒有一點毛病，你先生的西服穿得很漂亮，皮包也很大，我猜你絕不是公務員，你一定是商人。你願不願意和我合夥做金子，我準保你發財。你看，我這不是黃金儲蓄券？由一千兩到一兩的，我這裡全有。」說著，他把手上拿著的一疊傳單舉了起來。

范寶華笑道：「余先生，你醒醒吧，你手上拿的是賣藥的傳單。」

他笑道：「你難道不識字？這一點沒有錯，是黃金儲蓄券。這個不算，我還有現貨。」說著，他就回轉身去，在地面上拾了一塊石頭，高高地舉過了頭笑道：「你看，這不是金磚？」

圍著看的人又哈哈大笑。這算是驚動了警察，來了兩名警士瞪了眼向瘋子道：「剛才叫你走開，你又來了，你再不走，我就把你帶了走。」

他淡笑道：「這奇怪了，買賣黃金是政府的經濟政策，我勸市民買黃金，這是推行政令，你也干涉我。」

警士向前推了他道：「快走，你是上輩子窮死了，這輩子想黃金把你想瘋。」他帶說帶勸把他拉走，看到人跟在後面，也就離開了這冷酒店的門口。

范寶華這就近前一步，向端本笑道：「你這位朋友很可憐，眼看見勝利快要接近，他倒是瘋了，將來回家，連家裡人都不認得了。」

魏端本笑道：「我的看法，倒是和范先生相反，瘋了更好，瘋了就什麼都不想了。」他說著話，彎下腰去，把席子上放的書本整理了一下，手上拿起兩本書，向空中舉著，笑道：「我現在做這個小生意了。往日要知道不過是這樣的謀生，何必費那些金錢和精神，由小學爬到大學，幹這玩意，認識幾個字就行了。」

李步祥怕人家不好意思，始終是遠遠地站在街邊上，現在看到魏端本並不遮蓋窮相，也就走了過來，向他笑道：「魏先生多時不見，你改了行了。」

魏端本站起來笑道：「李老闆，我不是改行，我是受罰。我不肯安分守己，站在自己的崗位上工作，好好地要做黃金夢。你想，假如這黃金夢是我們這樣普普通通的人都可以實現的，那些富戶豪門他都幹什麼去了，做黃金買賣可以發財，那些富產豪門，他早就一口吞了。不是我吃不到葡萄，我就說葡萄是酸的，除非那些富戶豪門，他要利用大家搶購黃金，好得一筆更大的油水，不然的話，大魚吃小魚，他們在不久的將來，一定要把這些做黃金的人吃下去。縱然不吃下去，他也會在每人身上咬一口。」

他說著話時，那黃瘦的面孔上繃得緊緊的，非常的興奮。

李步祥看他這個樣子，好像是得著了什麼新鮮消息，就走近了前，扯著他衣襟，低聲問道：「魏先生，你得了什麼新聞嗎？」

他道：「我並沒有得什麼新聞，不過我不想發財了，我的腦筋就清楚過來。憑我多年在重慶觀察的經驗，我就想著**辦財政的人，開天闢地以來，就沒有做過便宜老百姓的事**。」

他這樣地說著，倒給予了范寶華一個啟迪，這的確是事實。把握財權的人，都是大魚吃小魚，誰肯把自己可以得的便宜去讓給老百姓，范寶華便點頭道：「魏先生這樣自食其力，自然是好事。本錢怎麼樣，還可以周轉得過來？」

他將手向地攤上指了兩指，笑道：「這些爛紙，還談得上什麼本錢？要有本錢，我也不擺地攤了。」

范寶華笑道：「要不要我們湊點股子呢？」

魏端本對於這句問話大為驚異，心想：他為什麼突然有這個好感，於是對他臉上很快地看了一眼，見他面色平常，並沒有什麼奇異之處，這就點了頭道：「謝謝，我湊乎著過這個討飯的日子吧。我因為小孩子病了，不能不在家裡看守著，假使我能抽出身子在外面多跑跑的話，找到幾個川資，我就帶著孩子離開重慶了。」

李步祥道：「魏先生幾個孩子？」

他嘆了口氣道：「兩個孩子，太小了，女的五歲，男的三歲不到，偏是最小的孩子病了，時時刻刻地我得伺候他的茶水。」

李步祥道：「找了醫生看沒有？」

魏端本道：「大概是四川的流行病，打擺子，我買點奎寧粉給他吃吃，昨天有些轉機了。現時睡在床上休息。」

李步祥道：「我倒有個熟醫生，是小兒科，魏先生若是願意找醫生看看的話，我可以介紹。」

魏端本道：「謝謝李老闆，我想他明天也許好了。」他口裡雖是這樣拒絕著的，臉上倒是充分表示了感激的意思。

李步祥是很知道他的家務情形，望了他道：「魏先生，我有點事情和你商量，到你屋子裡去談幾句，可以嗎？」

魏端本道：「可以的，我得去請人給我看攤子。」

范寶華笑道：「你請便吧，我在這冷酒店外面桌子上來二兩白酒，可以代勞一下。」

魏端本又向他道著謝，才帶了李步祥走到屋子裡去。

他外面那間屋子，已經是用不著了，將一把鎖鎖了，引著客到裡面屋子來，客人一進門，就感到有一種淒涼的滋味撲上人的心頭，靠牆壁的一張五屜櫃，零落的堆著化妝品的罐子和盒子，還配上了兩隻破碗，桌子裡面放了一把尺長的鏡子，鏡架子也壞了，用幾根繩子架花的拴縛著，鏡子面，厚厚的蒙了一層灰塵。

正中這張方桌子，也亂放著飯碗筷子，瓦缽子，還有那沒蓋的茶壺，盛了大半壺白水，大女孩子手上拿了半個燒餅，趴在床沿上睡著了，上身雖穿了一件半舊的女童裝，下面可赤了兩隻腳，滿頭頭髮紛披著把耳朵都蓋上了，看不到孩子是怎樣睡著的。

一張大繃子床，鋪了灰色的棉絮，一個黃瘦的男孩子，將一床青花布的棉被角蓋了下半截，上身穿件小青布童裝，袖子上各撕破了兩塊，臉尖成了雷公模型，頭枕在一件折疊的舊棉襖上，眼睛是半開半閉的睡著。那床對面朝外的窗戶，大部分是掩閉著的，所有格子上的玻璃，六塊破了五塊，空格子都用土報紙給遮蓋了，屋子裡陰暗暗的。在光線不充分的屋子裡，更顯著這床上兩個無主的孩子十分可憐。

魏端本看到客人進屋以後，也有點退縮不前，就知道這屋子給人的印象不佳，這就嘆口氣道：「我這麼個家，引著來賓到屋子裡來，我是慚愧的。請坐吧，我是連待客的茶煙都沒有的。」

他說著話，在桌子下拖出一張方凳子來，又在屋子角落裡搬出個凳子在桌子前放著。

李步祥看到他遇事都是不方便的，這也就不必在這裡放出來賓的樣子了，拱拱手向主人道：「我也可以說是多事，不過陶太太託了我，我若不給你一個回信，倒是怪不好的。我也是無意中遇到她的，以前我在陶太太那裡見過，也許她還不認識我呢。」

他說著，繞了一個大彎子，還沒有歸到本題，說時，臉上不住的排出強笑來，而且還伸著手撫摸頭髮，那一份窘態是可想到他心裡很怕說的。

魏端本笑道：「李老闆不說，我也明白了，你是說陶太太託你去找孩子的母親，你已經把她找到了？」

李步祥笑道：「是的，我也不是找她，不過偶然碰著她罷了。她現在很好。不過也不大好，一個人，孩子總是要的啊！」

魏端本笑道：「我完全明白了，她不要孩子算了。有老子的孩子，那絕不會要娘來養活他們。李先生這番熱心，那我很是感激的，不過我並沒有這意思，希望她回來養這個孩子，我若是那樣，也就太沒有志氣了。多謝多謝！」說著，他既拱手，又點頭。

這麼一來，倒弄得李步祥不能再說一個字了，只有向魏端本做了同情的態度，點了頭道：「魏先生這話是很公正的，我們非常的佩服。我姓李的沒有什麼長處，若說跑路，不論多遠，我都可以辦到，魏先生有什麼要我跑路的事，只管對我說，我一定去辦，那我打攪了。」說著，他也就只好向外走。

他們這一說話，把床上那個孩子就驚醒了。

魏端本道：「孩子，你喝口水吧！」

他道：「我不喝水，我要吃柑。」

魏端本道：「現在到了夏天，廣柑已經賣到五百塊錢一個，一天吃六七個廣柑，你這個擺攤子的爸爸，怎麼供養得起？」

李步祥站在門外，把這話自聽到了。

隨後魏端本出來，他和范寶華告辭，在路上就把屋子裡面的情形告訴了他。

范寶華笑道：「**沒有錢娶漂亮老婆，那是最危險不過的事**，他現在把那個姓田的女人拋開了，那是他的運氣。」

李步祥道：「那個生病的孩子沒有娘，實在可憐，我想做點好事，買幾個廣柑送給那孩子吃。你到銀行裡去拿儲蓄券吧，吃了午飯，我到你公館裡去。」

范寶華笑道：「你發了善心，一定有好報，你去辦吧。」

李步祥卻是心口如一，他立刻買了六隻廣柑，重新奔回那冷酒店。

這時，那個為黃金發瘋了的余進取，又到了那店外馬路邊上站著。老遠的就聽到他大聲笑道：「我是一萬五買的期貨，買了金磚十二塊，現在金價七萬五，我一兩，整賺六萬，有人要金磚不要？這塊整八十兩，我九折出賣。好機會，不可失掉。」

他兩手各拿了一塊青磚，高高舉起，過了頭頂，引得街上看熱鬧的人哈哈大笑，魏端本也就被圍在那些看熱鬧的人圈子裡。

李步祥想著，這倒很好，免得當了魏先生的面送去，讓魏先生難為情，於是把廣柑揣在身上，悄悄地由冷酒店裡溜到那間黯淡的房子裡去。

那個男孩子在床上睡著，流了滿臉的眼淚，口裡不住地哼著，我要吃廣柑。那個女孩子已不趴在床沿上睡了。她靠了床欄桿站著，也是窸窸窣窣地哭，同時，她提起光腿子來，把手去抓著，有幾道血痕向下流著。

李步祥趕快在身上掏出廣柑來，各給一個，問女孩子道：「你那腿，怎麼回事？」她拿著廣柑擦了眼睛道：「蚊子咬的，爸爸也不來看看我。」說著，咧了嘴又哭起來了。

李步祥道：「不要哭，你爸爸就來的。」說著，又給了她一個廣柑。

那孩子兩手都拿了廣柑，左右開弓地拿著看看，這就不哭了。床上那個男孩子更是不客氣，已把廣柑兒的皮剝了，將廣柑瓤不分瓣地向口裡亂塞了去。

李步祥對於這兩個孩子的動作不但是不譏笑他們，倒是更引起了同情心，便把買來的廣柑都放在床頭邊，因道：「小朋友，我把廣柑都給你留下來了，可是你慢慢地吃。下午我再來看你。若是我來看你的時候，你還有廣柑，我就給你再買；若是沒有了，我就不給你再買了。」

小渝兒聽說，點了兩點頭道：「我留著的。」他一面說，一面將廣柑拿了過去，全在懷裡抱著。

李步祥道：「你還想什麼嗎？」他這樣說，心裡便猜想著，一定是想糖子想餅乾。可是他答覆的不是吃的，他說我想媽。李步祥只覺心裡頭被東西撞了一下，看看孩子在床上躺著，黃瘦的臉睜了兩隻淚水未乾的眼睛，覺得實在可憐。雖然對了這兩個小孩子，也被他窘倒了，而說不出一句適當的話來。

他正是這樣怔怔地站著，窗子外面忽然發生一種奇怪的聲音，哇的一聲像哭了似的，李步祥聽了這聲音，很是詫異，趕快打開窗戶來向外看去。

魏端本住的這間屋子是吊樓較矮的一層樓，下面是座土堆，在人家的後院子裡，由上臨下，只是一丈多高，他向下看時，乃是方桌子上擺了一架梯子，那梯子就搭在這窗子口。

有個女人剛由梯子上溜下去，踏到了桌子面上了，她似乎聽到吊樓上開窗子響，扭轉了身由桌子上向地面一跳。

李步祥雖看不到她的臉，但在那衣服的背影上，可以看出來那是魏太太，立刻伏在窗臺上低聲叫道：「魏太太，你不要走，你的孩子正想著你啦。」

她也不回轉頭來，只是向前走著。不過對李步祥這種招呼，倒不肯不理，只是抬起嫩白的手，在半空中亂招擺著。

她這擺手的姿勢裡，當然含著一個不字。不知她說的不，是不來呢，或者是不要聲張？李步祥不知道人家的意思如何，自然不敢聲張，可又不願眼睜睜望了她走去，只好抬起一隻手來，向她連連地亂招著。

可是魏太太始終是不抬頭，徑直的向前走。她走進人家的屋子門，身子是掩藏到門裡去了，卻還伸出一隻手來，向這吊樓的窗戶連連地搖擺了幾下，李步祥這就證明了那絕對是已下堂的魏太太，左右鄰居少不得都是熟人，她知道孩子病了，偷著到窗戶外面看看，這總算她還沒有失去人性。

他呆站了一會，見床上那個男孩和床面前站的這個女孩都拿著廣柑在盤弄，這就向他們點個頭道：「乖孩子，好好地在家裡休息著，你爸爸若是問你廣柑由哪裡來的，你就說是個胖子送來的，我放著一張名片在這鏡子上，你爸爸自會看到這名片。」

他真的放了一張名片在那捆縛鏡子的繩圈裡，就放輕著腳步走出去了。

他走開這冷酒店的時候，首先把臉掉過去，不讓魏端本看到。

走不多路，就遇到了那位為黃金而發瘋的余進取。他沒有拿傳單，也沒有拿青磚，兩手捧了一張報在看，口裡念念有詞。

因為他在馬路邊的人行道上走，不斷地和來往的人相撞。他碰到了人，就站住了腳向人家看上一眼，然後翻了眼向人家道：

「喂！你看到報上登的黃金消息沒有？又要提高，每兩金子，官價要提高到八十萬，你若是現在三萬五買一兩金子，就可以賺七十六萬五，好買賣呀。我沒有神經病，算盤打得清清楚楚。現在做個小公務員，怎麼能夠活下去，一定要做一點投機生意才好。

「我很有經驗，中央銀行中國農民銀行都要請我去做顧問。買黃金期貨到農民銀行去買，做黃金儲蓄，到中央銀行去做，你以為我不曉得做黃金生意？帶了鋪蓋行李，到銀行門口去排班，那是個傻事。我有辦法，無論要多少金子，我打兩個電話就行了。這是秘密，你們可不要把話胡亂對人說呀……這些事情，做乾淨了，發幾千萬元的財，就像撿瓦片那樣容易，做得不乾淨呢，十萬塊錢的小事，你也免不了吃官司。」

他說著話時，順手就把最接近他的一個路人抓住，笑嘻嘻地對人家說著。

街上看熱鬧的人又在他後面跟上了一大群，他越看到人家圍著他，越是愛說。小孩子們起鬨，叫他把金子拿出來看，他那灰布中山服的四個口袋，都是裝得滿滿的，由胸面前鼓了起來，走一步，四個頂起來的袋子就晃蕩著一下。

他聽到人家問他金子，他就在四個口袋裡陸續地取出大小石塊來，舉著向人表示一下，笑嘻嘻地道：「這是十兩的，這是十五兩的，這是二十兩的，這是五十兩的。」他給人看完了，依然送回到口袋裡去。

李步祥看他所拿的那些大小石頭，有不少是帶著黑色的。他也是毫無顧忌的，只管向口袋裡揣著，不免向他皺了兩皺眉，又搖搖頭。

偏是這位瘋人就看到了他的表情，迎向前笑道：「你不相信我的話，那你活該倒楣，發不了財。你像魏端本那個人一樣，只有擺攤子的命。」

李步祥聽到他口裡說出魏端本來，倒是替這可憐人捏一把汗，瘋子亂說，又要給人家添上新聞材料了。這時，身後有人輕輕地叫了一聲李老闆，而且覺得袖口被人牽動著。

回頭看時，魏太太站在身後，臉子冷冷的，向他點了個頭，可是看她兩眼圈紅紅的，還沒有把淚容糾正過來呢。

李步祥輕輕哦了一聲，問道：「田小姐，你有什麼話要和我說的嗎？」

魏太太道：「我的事不能瞞你，但是你總可以原諒我，我是出於不得已。多謝你，你給我兩個孩子送東西去吃，以後還多請你關照。」說著，她打開手上的提包，在裡面取出兩疊鈔票來，勉強地帶了笑容道：「請你好人做到底，給那兩個孩子多買點吃的送了去。」

李步祥接過她的鈔票，點了頭道：「這件事，我可以和你做，不過我勸你回去的好，你千不看、萬不看，看你兩個孩子。」

她連連地搖著頭，道：「孩子姓魏，又不姓田，我豈能為這孩子犧牲我一輩子的幸福？我多給孩子幾個錢花，也就很對得住他們了。」

李步祥道：「不過，我看你心裡也是捨不得這兩個孩子的，你不是還去偷偷地看過他們嗎？」

魏太太道：「我又後悔了，丟開了就丟開了吧，又去看什麼呢？有了你這樣熱心的人，我更放心了。」

李步祥心想：這是什麼話？我管得著你這兩個孩子嘛？兩個人原是走著路說話的，他心裡一猶豫，腳步遲了，魏太太就走過去好幾步了。

李步祥正是想追上去再和她說幾句，卻有一輛人力車子也向魏太太追了去。車子上坐著一個摩登太太向她亂招著手，連叫了田小姐，隨著，也就下了車了。兩人站在路邊，笑嘻嘻地談話。

李步祥見魏太太剛才那副愁容完全都拋除了，眉飛色舞地和那摩登女子說話，他就故意走近她們之後，慢慢地移著步子，聽她們說些什麼。

魏太太正說著：「晚上跳舞，我準來，白天這場梭哈，我不加入吧？我怕四奶奶找我。」

那個女子笑道：「只三小時，放你回去吃飯。沒有你，場面不熱鬧，走吧。你預備四五十萬元輸就夠了。」說著，挽了魏太太手臂一同走去。

李步祥自言自語地道：「這傢伙還是這樣的往下幹，魏端本不要她也好。唉！女人女人！」

十七　雪球戰術

人類雖然是自私的，但有那事不干己的批評，卻能維持正義感。李步祥對於魏太太的看法，他這番自言自語，引起了一個同調，有人在身後接話道：

「是這個樣子，我也就不必去再找她了。」

李步祥回頭看時，正是陶太太。她帶了個穿學生制服的男孩子，將一隻布包袱包了許多條紙煙在身上背著，他跟在後面，手提了一隻籃子，也裝了許多紙煙。

步祥道：「陶太太真忙，我老是看到你運貨。」

她嘆了口氣道：「有什麼法子，不是兩餐飯太要緊了嗎？我原來是在城裡擺攤子，這利息太少，我現在跑這一點，到南岸龍門浩渡口上去擺攤子，晚上就回來，再擺兩三小時。今天為了魏太太的事，我忙了一天，總算有點成績，魏太太居然答應了來看看孩子，她是託人悄悄地告訴我的，希望不要讓一個人知道。

「她偷著看孩子一眼，我想人心都是肉做的，看到了自己的孩子，一定會回心轉意，不想她看過之後，絲毫也不動心，這種人，心腸是鐵打的，我若也像她這樣，不管孩子，我又何必吃這些苦呢？把孩子丟開，我一個人管一個人還會餓死嗎？李先生，哪天你得閒，我願和你請教，我也想跑跑百貨市場。」

李步祥提到他內行的事，精神就來了，將頭連連地搖上了一陣，連說道：「不行了，不行了，不是時候了。將來海口打通，外國貨什麼都可以來，物價就要大垮，現在重慶市上囤積的百貨，若是不向內地去分銷的話，十年也用不了。現在德國快打垮，將來大家全力去打日本，這還有什麼問題，不出一年，日本鬼子就要退出中國，誰肯把百貨還留在手裡呢？所以兩個月來，只有百貨漲不上去，你還走上這條路幹什麼？我非常之贊成你這番奮鬥精神，我得和你出點主意。你什麼時候在家呢？」

陶太太道：「我簡直不能在家了。你若有工夫，晚上可以到精神堡壘那裡去找我，我總在那裡擺攤子的。我初擺煙攤子的時候，總怕人家見笑，藏藏躲躲，那怎麼能做生意呢？後來一想，這不過是窮了，有什麼怕見人，我索性就到最熱鬧的地方擺攤了。」

李步祥嘆了口氣道：「**世界上就是這樣不公道，像你這樣刻苦奮鬥的人會有人笑，像魏太太那樣好賭胡鬧的人，到處有人叫她田小姐。**」

陶太太低聲笑道：「我們不要在街上道論人家，改日見吧。」於是她跟著孩子走了。

李步祥對她這些舉動都覺得不錯，心裡更留下了一個絕對幫忙的意思。幫人家的忙，要有力有錢，這又讓他想到了金子生意了，於是挑選好了目的地，走向范寶華家去，這是他的熟路，見大門敞著就徑直地向裡走。

在天井裡先就聽到吳嫂一陣笑聲，她道：「這是主人家的地方，主人家答應了，我有啥子話說？你們買金元寶，買金條，我啃一點元寶邊就要得。」

這就聽到另一個人說：「假如能打得二十萬的頭錢，我除了五萬元的開銷，還落十五萬，我決計分一半給你，就算七萬，也可以儲蓄二兩黃金，馬上黃金官價提高，算他變成五萬吧，這七萬就賺了三萬，過了半年，你怕黃金黑市不會超過十萬，七萬就雙成了二十萬，那個時候，你把儲蓄券兌了現金在手，變成錢，也好置許多東西，就是不變成錢，貼點工資，你可以打兩隻金鐲戴，你看這不是很風光的事嗎？」

最後這兩句話，吳嫂最是聽得進，彷彿兩隻手臂上就都戴了金鐲子，不免對自己的手臂看了一看，由嗓子眼裡格格地笑出來。她說：「我怕沒得勒個福氣，做大娘的戴鐲子，硬是少見咯。」

那人又說：「這年頭兒，什麼都變了，大娘做太太的，我就看到好幾位，戴金鐲子算什麼。」

吳嫂說：「有是有咯，也是各人的命。」

李步祥聽著，心想：這是誰，真能迎合著吳嫂的心事說話，伸頭看時，一位穿西服的小夥子，站在客堂裡和吳嫂說話。

當年重慶市上要表示場面，必得穿套西裝，尤其做生意買賣發了財的人，和在商界裡當小職員的人，不吃飯，也置得一套西裝。

同時，在抗戰前經常穿西服的人，無非是公教人員，如今在鄉下住著草房，吃著平價的黃色而有稗子的米，這西裝又有何用，賣一套西裝，可以維持一個月生活，又都把西裝送到名為拍賣行的舊貨店裡去寄賣。

這種西裝，總有半舊，樣子也是老的，買去穿的人，無論長短肥瘦，總不能和身體適合，尤其是兩隻肩膀的地方，不是多出來一塊，就是縮進去一截。這位小夥子穿的，也就是這個樣子，說話帶著很濃厚的下江口音，可以知道他是一位生意人。

李步祥還沒有說話，吳嫂已經看到了他，便點頭道：「進來嗎，先生在樓上。」

李步祥走進屋去時，那小夥子看他不過是穿了一套青色粗布的中山服，就沒有怎樣地理他，自坐下去掏出紙煙來吸。

李步祥昂起頭來，向樓上叫了兩聲老范。

范寶華應聲下來，向他笑道：「成功了，人家辦得是特別加快，已經把儲蓄單子拿來了，你的五兩在這裡。」說著，在身上掏出一張黃金儲蓄券遞到他手上。

李步祥接著過來一看，果然不錯，深深地點了個頭，說著謝謝。

范寶華道：「你謝我幹什麼，你得謝那位誠實銀行的賈經理，你只看他把款子送到銀行裡去兩小時，就把儲蓄單子拿了出來，這一份能力，絕非偶然。」

他這麼一說，那個穿西服的小夥子感到了很大的興趣，站起來伸著頭問道：「范先生，有這樣快的手續嗎？普通做黃金儲蓄的，都是第一天交上款子去，銀行裡交給你一塊銅牌子取儲蓄單子。這還是上午去辦。若是下午去辦，還得遲延一天。」

范寶華望了他笑道：「讓你又學得了一個乖，你有多少錢呢？我可以和你去存。」

李步祥見老范對他不怎麼禮貌，也就向他注意著看了一下。

范寶華笑道：「老李，你不認得他，他是榮長公司的學徒，黃經理很相信他。他昨天邀了一場頭，打了十多萬頭錢，這傢伙是得著甜頭了，今晚上又要借我的地方給他打一場撲克，你來湊一腳好不好？」

李步祥看了那小子兩眼，臉上帶了三分微笑，那意思是說，原來你是個學徒，便笑道：「我湊一腳，也配嗎？」

范寶華笑道：「你不要以為他穿西服，你穿破中山服就不如他。這小子財迷腦殼，居然想得了個法子，運動我的女管家，約法三章抽得了頭錢，除了開支，二一添作五，對半分。他也姓吳，和我們吳嫂拜乾兄妹。」

這麼說著，把那小夥子羞成一張大紅臉。

范寶華抓了李步祥的手道：「你和我上樓來說話吧。」

李步祥跟著他上樓，范寶華笑道：「黃金官價的確要變，有賈經理這條路子，今日交款，今日就可以取得儲蓄單，太便利了。我家裡還有二百多兩的單子，不妨再倒一下把，拿去抵押三四百萬，還可買進一百多兩，官價一提升，我賣掉一百兩的單子，就可以還二百兩的債。現在押在銀行裡的單子和家裡所有的單子，約莫是三千五百五十兩。我真正掏出去的本錢，不過是四千多萬，就照現在的官價來合計，我那些金子已值一億一千萬了。這都是**買了就押，押了再買，再買再押，再押再買，用滾雪球的辦法滾起來的**，我通盤算了一下，我大概欠銀行四千多萬的債，黃金官價提高，一千兩金子就值五千萬，也許還多些，我統共拿出去四千多萬法幣，我套進了兩千多兩金子，不必等半年，一兌現，我就是萬萬富翁了。」

說著，伸手拍了兩拍李步祥的肩膀，笑道：「老李，我有沒有辦法？我為什麼把這些實話告訴你呢？我看你這人很忠實，也很勤快，我發了財，打算勝利以後到南京去開一爿綢緞百貨莊，要你給我當經理。你看好不好？」他說著，眉飛色舞，翹起嘴角不住的微笑。

李步祥聽了他這個報告，也是替他歡喜，伸了手只管摸頭髮，笑道：「老兄真有辦法，不過我的意思，還是穩紮穩打的好，不要把黃金儲蓄券都押到銀行裡去。」

老范笑道：「我原來也是這個想法，不過我既然採用了滾雪球的戰術，我就索性做個徹底，誠實銀行的老賈，他也說我這個辦法對，黃金儲蓄是國家辦的，越是勝利在望，國家越要顧全信用，到期的黃金一定要兌給老百姓的。第二層，官價和黑市相差得這樣遠，政府只有兩個法子來挽救，不是提高官價，就是停止黃金儲蓄。不管他走哪條路，現在八萬多的黑市價一定可以保持。若是停止黃金儲蓄的話，黑市也許會再漲，那末，我押在銀行裡的儲蓄券，照分兩計算，我就沒有押到二萬一兩，只要我不把日子拖長，連本帶利，我買一兩黃金儲蓄券，就可以還二兩押款。這是十拿九穩的事，我還有什麼顧慮，你想，我這看法還有什麼漏洞不成嗎？」

李步祥昂頭想了一想，笑道：「倒沒什麼漏洞。」

范寶華笑道：「好了，就是這樣辦，我有三千多兩金子這件事，你得和我保守秘密，尤其是在袁小姐那方面，你不可以和我透露個字，她要知道我有這麼些個錢，又要敲我的竹槓了。你到我這裡來，有什麼事？」

李步祥道：「陶伯笙和我們都是朋友，他太太現在做香煙販子，生活非常的苦。我想著，大家幫點忙，給她湊點資本，你的意思如何？」

范寶華道：「可以的，我給她邀一場賭。」

李步祥搖搖頭道：「不好！你范老闆可以說是渾身的道法，何必又在賭上出主意，陶家弄成這個樣子，就是邀頭的結果。」

范寶華道：「我明天把這筆黃金買賣做完了，我就提筆款子加入她香煙的股本吧，賺了錢，她還我，給我兩盒紙煙算紅利，不賺錢，股本算我白送。」

李步祥道：「那太好了，你打算加入多少資本？」

范寶華隨便地答道：「兩三萬吧，」

李步祥拱了兩拱手道：「你留著梭哈一陣牌吧。」

范寶華笑道：「我就不願意和你說實話，說了實話，你就要把我當財神了。」

李步祥笑道：「你和那個小徒弟，一次二次幫幾十萬的忙，到了自己的朋友，你就只給兩三萬，這不是太說不過去了嗎？」

范寶華笑道：「姓吳的這個孩子，有點兒只重衣衫不重人，你賭口氣，回頭也湊上一腳，他立刻就要捧你了。」

李步祥道：「你預備滾雪球，我們往小處說，搓搓藿香丸子也是好的，我也得把這五兩定單和箱子裡的八兩定單找條出路去。若是押得到十兩金子現鈔的話，我十三兩黃金也就變成了二十三兩的虛數，等黃金官價漲了，賣掉七兩，可以還十兩的債，那我至少十二兩變成十六兩，經營得好，也許可以變成十七八兩，有財喜不撈，我來賭錢嗎？」

范寶華笑道：「你現在也想明白了這個滾雪球的訣竅了，好吧，你回去想法子變錢吧。若是變不出錢來，明天九、十點鐘到誠實銀行去找我，我也可以託賈經理和你辦點小押款。」

李步祥越想找錢的辦法，越是有趣，在范家就坐不住，立刻下樓。在客堂裡，見吳嫂又在和那小夥子計議賭局，就笑道：「吳嫂，你忙著抽頭幹什麼？你要買金子，范先生有的是辦法。」

范寶華在後面跟著來了，笑道：「你又打算瞎說了。我罰你請我吃晚飯。」他說著話，只管跟了李步祥走。

姓吳的小夥子就向前扯著他的衣服道：「范先生，你不要走，還幫我這個忙，湊成今晚上這個局面吧。」

范寶華向李步祥的後影指了兩下，然後將手掩了半邊嘴，低聲向他笑道：「這位李先生今天晚上要和人家簽訂合同，訂人家一爿綢緞莊，辦上一桌頂好的喜酒，答謝讓盤的主兒和中人，他是我們朋友裡面的大亨，我可不敢得罪他。」

小夥子道：「真的？」

范寶華道：「他和你們經理都拜過把子，怎麼不真？你若能邀他也來賭一腳，我就不走。」

小夥子見范寶華說得很是詭秘，又親自見他交了一張黃金儲蓄券給他，料著這事沒有錯，就很快地追出大門口來，見李步祥還站在巷子裡等候，便跑到他面前，深深點了個頭陪了笑臉道：「師叔，范師叔請你回去說話。」

李步祥聽此稱呼，大為驚異，望了他不知道怎樣的答覆。

他又笑道：「今天師叔辦喜酒，做晚生的願意沾沾師叔的喜氣。」

他的話還沒有交代完畢，范寶華在後面跟著出來，揮了手道：「和你開玩笑的，掛了球了，快走吧。」

李步祥最怕警報，掛球是警報的先聲，他聽了這個消息，什麼都不管，掉頭就跑。范寶華還是哈哈大笑。

吳家那小夥子對於他這作風倒有些莫名其妙，只有翻了兩眼望著他。

范寶華笑道：「你猜這位姓李的是幹什麼的？他是二把手一個廚子，你叫他師叔，你學過廚子嗎？」

小夥子紅了臉道：「范先生不是說他要承頂人家的綢緞百貨莊嗎？」

范寶華笑道：「他到底是幹什麼的，我不告訴你，大概你和吳嫂可以拜兄妹，也就可以向他叫師叔了。」

那小夥子雖知道這是范先生戲弄他，可不敢怎樣反駁，因笑道：「只求范先生今晚上把這場賭湊成，你說我什麼都行。」

范寶華道：「你們經理說是你太太分娩，等著要錢用，真的嗎？你說實話。」

吳小夥子看看吳嫂，又看看主人，紅了臉笑道：「我想買點黃金儲蓄。」

范寶華笑道：「總算你肯說實話，不過我今晚上不能賭錢，我得在家裡細細地算一算晚上的帳，老弟台，我和你一樣，犯了愛金子的毛病，明天我得跑一上午，跑出這筆金子來。明天金子到了手，我就精神抖擻了，那時，沒有人邀頭，我也要賭錢的，你可以改期明天嗎？」

吳小夥子先是皺了眉頭子，然後微笑道：「范師叔，你看這事就是這麼一點討厭，不知道黃金漲價是哪一天，若是明天不買，後來漲了價，那就沒有意思了。」

范寶華坐到籐椅上，架起腿來吸紙煙，斜著眼向他看看，又向吳嫂看看，笑道：「我倒有變通辦法。你大概需要多少錢，先和我們吳嫂借著用一兩天，然後我和你打一場梭哈，抽得頭錢還她。」

吳嫂搖搖頭道：「我一個當大娘的人，叫我放債把穿洋裝的先生，硬是笑人。」

范寶華笑道：「你怎麼說這話，他不是和你認本家嗎？」

吳嫂道：「那是別個說得好耍的嗎。」

范寶華道：「姓吳的小娃兒，人家不和你沾親帶故，那是不會幫你的忙的，你說和她認本家，是不是拿她開玩笑？你若是拿她開玩笑，不但她不願意，我也不願意，那就什麼都談不上了。」

他看了看范寶華的顏色，真的還有幾分嚴重的樣子，這就帶了笑容道：「我們本來都姓吳嘛。」

你的。」

還你。」

范寶華向吳嫂笑道：「人家西裝穿得這樣漂亮，和你認本家兄妹，還有什麼對不起

吳嫂笑道：「啥子本家兄妹，我二十三，他二十二。」

范寶華道：「那你是姊姊了，你得幫你兄弟一個忙，借給他幾萬塊錢，二天我負責

吳嫂對那小夥子看看，只是微笑。

范寶華笑道：「要不要買金子？要買金子，趕快認親戚，吳嫂這個樣子，分明說你沒有誠心。你不叫她一聲姊姊，這個忙我幫不成了。」

那小夥子站在兩人面前，不敢拒絕，又不好意思叫出來，只好捧著拳頭，連連作了兩個揖笑道：「請多幫忙吧。」

范寶華道：「不行，你請誰幫忙，沒有交代出來。」

那小夥子笑道：「請我們本家大姊幫忙呀。」

范寶華操了川語問吳嫂道：「要得這聲大姊，就值幾萬咯。」

吳嫂點了頭道：「就是就是，要借幾萬？」

范寶華道：「你借給他十萬吧，他可以定三兩黃金儲蓄，五天之內，我負責還你。」

吳嫂向小夥子笑道：「你耍一下，我去拿錢。」說著，她真上樓取錢去了。

那小夥子弄成了一張通紅的臉，只有傻笑。

吳嫂的手上倒還是相當的便利，不到五分鐘，她就拿了一大疊鈔票來，兩手捧著交

給那小夥子，笑道：「我是個窮姊姊，幫不到好大個忙，拿去一本萬利。」

那小夥子雖然不好意思，但是鈔票交過來了，他也不能不接，只是點著頭連說謝謝。他的目的已經達到了，認了個老媽子做姊姊，久在這裡，也沒多大的意思，說聲謝謝，扭身走了。

范寶華笑道：「吳嫂，你認了這麼一個兄弟，安逸不安逸？」

她笑道：「啥子安逸，那是想借我的錢嘛，你怕我不曉得。」

范寶華笑道：「你也知道，錢的力量多大吧？今晚讓我在樓上算一夜的帳，你不要攪我。」

吳嫂翻了大眼，向他笑道：「哪個攪你嗎？」

范寶華哈哈大笑。他說了卻真是這樣的做了，吃過晚飯，他在樓上掩著房門，算了大半夜的帳，吳嫂只是送了幾回茶水，照例要問明天吃啥菜的話都免除了。

次日早上，他用皮包裝著支票簿黃金儲蓄券圖章，就奔上誠實銀行。

那位賈經理銜了一支長桿旱煙袋，這時正仰臥在睡椅上，睜眼望了天花板，他架起腿來，將身穿的那件藍布在褂抖得周身顫動，似乎想心事正想出了神。

范寶華走到經理室裡就笑嘻嘻地道：「賈經理，我又找你來了。」

賈經理坐了起來，笑道：「黃金官價今天還沒有提升，你還得滾一回雪球。」

范寶華笑道：「我是受賈經理的勸告，再做一回。」說著，就挨著賈經理旁邊坐下，低聲笑道：「我還有二百四十多兩黃金儲蓄券，我想在你這裡押借八百萬。」

賈經理不等他說完，聳了小鬍子向他笑道：「你都是兩萬一兩買進的吧，倒要在我這裡賺錢。」

范寶華笑道：「少借點我也行啦。」

賈經理點點頭道：「錢我可以借給你，黃金儲蓄券今天我可不能代辦。這兩天國行掐得很緊，上五十兩的，就押日子，而且我和朋友辦的也太多，樹大招風，我得休息休息。」

范寶華道：「我朋友那裡倒有五十多兩現券，我嫌數目小，沒有買下，我押二百兩給你，你借我五百萬，我再把那五十多兩滾到手，二百兩的官價，現在也值七百萬，押五百萬，實在不算多。」

賈經理笑道：「各有各的演算法。照十五分利息算，一個月是七十五萬利息，兩個月就離七百萬不遠了，你三個月不還錢，我們就賠了。」

范寶華道：「黃金官價提到五六萬的日子，你怕我不趕快還錢？」

賈經理笑道：「范先生，你要辦，就趕快辦，明天星期六，到了星期一，也許黃金真有變化，那時候你出新價錢買，就太吃虧了。你不信，到國行門口去看看，做黃金儲蓄的人，今天又擠破了門。我幫你最後一個忙，你把二百四十兩都放下來，我借你五百萬，這兩天滾黃金擠得頭寸緊極了，你不妨到別家去試試，恐怕二三百萬都調不動。」

范寶華沉靜地想了一想，跳起來道：「讓我叫個電話試試。」說著，他真的撥動了電話。他拿著電話道：「是田小姐嗎？請四奶奶說話，我姓范。對了，窮忙，改日奉訪，請四奶奶說話。」他奉著話機，等了兩分鐘，先笑著答應了。

他道：「並非我失信，因為沒有調到頭寸。現在有點辦法了，那五十兩可以出讓嗎？漲價？反正不能漲過官價三萬五吧？就是就是，我請客。滾雪球？這個名詞，四奶奶也曉得。不說笑話，我哪裡是想發財，不過現在沒什麼生意好做，只有走上這條路。好，回頭我帶款子來。好，不是現鈔，就是本票。再會。」

他掛上了電話，向賈經理笑道：「居然又滾到五十兩。」

賈經理將兩個指頭摸了小鬍子，笑道：「你在電話裡叫的四奶奶，是不是出名的朱四奶奶？」

范寶華點了兩點頭，賈經理兩手一拍，忘其所以，把口裡銜的旱煙袋都落到地下來了。

賈經理這個表示，范寶華也就認為十分驚異，向他望著問道：「賈先生對朱四奶奶的觀感怎麼樣？」

賈經理彎下腰去，在地面上拾起旱煙袋來，笑道：「我對此公聞名久矣，不知道究竟是怎麼個人物？」

范寶華道：「並沒有什麼了不得，長圓的臉，有點兒滬頭。左邊嘴上長有一個小黑痣。此外，不過是化妝成一個摩登少婦而已，這有什麼了不起的嗎？」

賈經理笑著把小鬍子都閃動起來了，他搖搖手道：「不是你這個說法，我覺得她好像有一種特別的魔力，可以顛倒眾生。我倒要看看她這份魔力是怎樣的施展出來的。」

范寶華笑道：「你要見她，那是太容易了。賈經理有工夫，我陪著你到她家裡去拜訪一下，這事就解決了，這時她正在家，或者我打個電話給她，請她來拿錢。」

賈經理將旱煙袋送到口裡吸了兩下，笑道：「我真的還想領教嗎？說說罷了。我惹不起。」

范寶華看看這屋子裡，除了一位襄理，還有一位銀行行員，賈經理縱然願意和朱四奶奶談談，當然他也不便說出來，這就向他笑道：「好奇的心理，人人有之，凡是一種特殊的人，大家總會想見見的，我是少不得要請她一次的，將來請你作陪吧。言歸正傳，我要借的那個數目，賈經理能不能答應？」

他又把旱煙袋在嘴裡默然地吸了兩口，笑道：「反正也就是這一次了，多次的忙，我都幫過你了。這一次我不答應，也就把以前的人情完全斷送。好吧，我借五百萬給你吧，開一張劃現的本票，可以嗎？」

范寶華道：「朱四奶奶當然不要現鈔用，不過她也是轉交別人，你不必劃現了。」

賈經理笑道：「開一張朱四奶奶的抬頭票子吧，老兄，我幫你的忙，你也給我們拉拉存戶呀。」

范寶華聽他這口音，就曉得他有意把朱四奶奶找了來看看，笑道：「好的，你隨便開什麼樣的本票都可以，我明天把她拉了來，親自和你接洽。她是個大手筆，做個兩三千萬的來往還真不費事。」

賈經理聽說，滿臉帶了笑容，就和范老闆把五百萬的借款辦好，並依了他的要求，將這個數目開成三張本票。老范借得了錢，又向朱四奶奶通了個電話，說明馬上就來，和賈經理握了握手，夾著皮包就走。

今天賈經理卻是特別的客氣，隨在後面，送到大門口來，笑嘻嘻地道：「你所說的話是真的嗎？」

范寶華被他問著，先是愕然了一下，自己向他許過什麼願心呢？但在賈經理那副笑容上，立刻想到他說的是要見朱四奶奶，便笑道：「明天我準把她拉了來。」

賈經理笑道：「我也不過好奇而已，並無別故。」

范寶華也只笑著說是是，在街上叫了一輛車子，向朱四奶奶家跑。馬路是不能通到她家的，有一截下坡路。他怕走著會耽誤了時間，在岩口上又換了小轎。到了朱公館門口，遠遠看到四奶奶伏在樓上窗戶口閒眺，這才鬆了口氣，覺得這五十兩黃金儲蓄券是完全買到手了。

他下轎子的時候，四奶奶在窗戶裡就向他招了兩招手，那意思自然是讓他上樓去了。

他到了樓上客室裡，朱四奶奶左手扶著門，右手扣著衣服的紐扣。她身上披了一件淡黃色印紅綠花的長衫，還敞著下擺三四個紐扣，光著兩條腿子踏了拖鞋。

范寶華笑道：「這樣子，四奶奶還是剛起來呢。」

她道：「起是起來一會兒了，昨天許多人在我這裡跳舞到天亮才散，我家裡還有兩位小姐睡著沒走呢。」

范寶華道：「是熟人嗎？」

他不大經意的樣子問著，坐在沙發上，架起腿來吸紙煙。

朱四奶奶坐在他對面椅子上，笑道：「有熟人又怎樣？現在你是一腦子的黃金，恐怕也沒有那閒情來跳舞吧？」

范寶華搖搖頭道：「我是徒有其名，到處找頭寸，到處碰釘子，十兩八兩地湊點數目，就是買一個月不斷，又能買多少。人家大戶開著支票，一來就是兩千兩，神不知，鬼不覺，和我們是天遠地隔。」

朱四奶奶望了他道：「錢帶來了嗎？」

范寶華道：「當然帶來了，在四奶奶面前，還敢掉槍花嗎？」說著就打開皮包，將三張本票取出，雙手遞過來。

朱四奶奶道：「這夠買一百四十多兩的了，我沒有這些個儲蓄券。」

范寶華笑道：「四奶奶有的是，我聽說一次梭哈，你就贏得了二十張黃金儲蓄券。」

她笑著把鼻子哼了一聲，點點頭道：「也許之，可是四奶奶一次輸出一百多兩黃金，足有三十張儲蓄券，你就沒有聽到說過呢，你等著吧。」說著起身就走。那三張本票，她放在茶几上，並沒有拿著。

不到五分鐘，四奶奶手裡捧著小小的綠漆保險匣子出來。她將匣子放在茶几上，將蓋口上的對字鎖轉動著，鈴子在匣子響了一陣，她將蓋子打開，裡面先是一層內蓋，再揭開這層內蓋，露出裡面，並沒有別的，全是黃金儲蓄券。

范寶華看到，不覺暗暗叫了一聲慚愧，想著這些儲蓄券，便是一兩一張，也夠二三百兩，這女人真有辦法。

四奶奶挑了三張黃金儲蓄券交到他手上，笑道：「這是六十兩，我收下你二百萬一張本票，就算兩清吧。其餘的款子你拿回去。我並不等二百萬元現款用，我猜你或者難買，讓六十兩給你。我是兩萬定的儲蓄，多少賺了一點錢，照官價三萬五算，你還差十萬零頭，不必找我了。」

說著，她收下了一張二百萬元的本票，把其餘的交還給范寶華。

他笑道：「四奶奶原說有兩位小姐要出賣黃金儲蓄券，我以為是誰賭輸了拿這個還賭帳，原來是四奶奶的，我就不敢要了。」

朱四奶奶已把保險盒子關上，拍了盒子蓋道：「東西放到這裡面去了，你以為就是釘下萬年樁的嗎？慢說是黃金儲蓄券，就是金子，也不能當飯吃當衣穿，餓了冷了總是要換掉的。」

范寶華笑道：「這個我當然知道，不過你也不會等著把這個換衣穿換飯吃，這是因為我找黃金儲蓄券，找得很忙，你故意讓六十兩給我的。」

朱四奶奶站著本是要提了保險盒子走，這就半回轉身來，偏了頭，斜了眼珠向他望著，微笑道：「你懂得這一層就好了，大家是**魚幫水，水幫魚**，你有機會，也得和四奶奶效點勞才好。」說著，她提了盒子走了。

范寶華始終不解她表示如此的好意是為了什麼，也只有坐在這裡納悶。忽然門外有人嬌滴滴地叫著：「四奶奶，什麼時候了？我該回去了。」

那是下江人，勉強地說著國語，聽起來很是不自然，隨了這話，一個女子推門而進。

她蓬著滿頭很長的燙髮，將根紅辮帶子束了腦頂四周，兩片臉腮，脂粉抹得像蘋果的顏色一樣。尤其是兩道眉毛長而細，細而黑，眼圈子上簇擁著覆射線的長睫毛，身上穿件短袖子白綢襯衫，翻著領子向外，露出頸脖子下一塊白胸脯，兩個乳峰頂得高高的，下面穿著藍羽毛紗西服長腳褲，攔腰束了一根紫色皮帶，下面赤腳穿了漏幫子高跟白皮鞋，十個腳指頭全露在外面，每腳指甲上，都塗了蔻丹，這是戰時首都一九四五式最摩登的裝束。她雖是細長的個子，卻是肌肉飽滿，皮膚白嫩，簡直周身上下，無懈可擊。

范寶華的神經，隨了他的視線一同緊張起來，驚訝著身子向上一站。那位女郎也就同樣的驚訝，輕輕地喲了一聲，自說著兩個字：「有客。」身子向後一縮。但是她要表示著大方，並沒有走，站在客室門邊，冷冷地問道：「是會四奶奶的嗎？」

范寶華站起來道：「是的，我們已經會談過了。」

那位小姐並不和他談話，自轉身走了。

她走了不上兩分鐘，朱四奶奶來了。范寶華笑道：「剛才有位小姐找你，她是誰？」

朱四奶奶笑道：「漂亮嗎？」

范寶華笑道：「像是一位明星。摩登之至！摩登之至！」

四奶奶笑道：「總算你眼力不錯。這是東方曼麗小姐，你應該也聽到過她的大名。」

范寶華笑道：「昨晚上她在這裡跳舞的嗎？」

朱四奶奶笑道：「你忙著黃金儲蓄，你還有工夫跳舞嗎？」

范寶華笑道：「我也不過是這樣隨便地問一聲罷了。」他說時，將頭歪倒在肩膀上，笑嘻嘻望了女主人。

四奶奶帶笑著嘆了一口氣道：「唉！我給你介紹吧。」於是就大聲叫著曼麗。曼麗來了。她笑道：「還叫我呢？我要回去了。」

四奶奶指著范寶華道：「這是范先生，他對你久仰得很，讓我介紹介紹。」

范寶華笑著，還沒有說話，曼麗就走向前來，伸出手來和他握手。

范寶華雖是匆匆地和她握了一握，可是心裡立刻覺得舒服之至。他也找不出什麼好應酬名詞來，只管向她說著：「久仰久仰。」

曼麗笑道：「不要客氣吧，我們都是常到四奶奶家裡來會面的熟人。」說著，她掉過頭來向四奶奶道：「我真要回去一趟，午飯不叨擾了。」說著，她向外走，四奶奶送了出去。

范寶華料著她由大門走，就伏在樓窗上看。

他看了她的後影子，只管出神。房門推開了，身後一陣嘻嘻的笑聲，他回頭看時，朱四奶奶手扶了門框，向著范寶華點了兩點頭。

范寶華道：「四奶奶笑什麼？長得好看的人，不是大家都愛看的嗎？」他說著話，和四奶奶又在沙發上坐下了。

朱四奶奶向他先斜瞟了一眼，然後笑道：「你想和曼麗交朋友嗎？」

他搭訕著吸紙煙，笑道：「那當然哪，不過我看她那分排場，恐怕我這窮小子有點結交不上。」

朱四奶奶笑道：「你客氣什麼，你手上那麼些個金子，拿出二三百兩來，什麼摩登女郎不會讓你打倒？」

范寶華伸了一伸舌頭，笑著又搖了兩搖頭。

朱四奶奶笑道：「我介紹你們去做朋友，那是不成問題的，至於伺候女朋友的花費，那要看各人的交情，同時，也要看各人的個性，這是難說的。也許曼麗喜歡你，什麼錢都不要你花，天下事就是這樣，不能預料。」

范寶華笑道：「我征服女人，沒那回事吧？不過你要老說錢的話，那可說得我們太小器了，而且也把曼麗小姐看輕了。」

朱四奶奶將嘴一撇，鼻子裡哼了一聲道：「這算你懂得女人，這件事我也不提了，我還是談我的吧，老范，你和萬利銀行的何經理很熟，他最近買金子栽了個大筋斗，你曉得嗎？」

范寶華笑道：「怎麼不曉得？他現時在銀行界，弄得名譽很糟。」

朱四奶奶道：「雖然如此，可是他私人還很有錢，倒楣的是銀行的存戶而已，我有點事想和他談談，你能介紹我去見他嗎？」

范寶華吸著紙煙，沉默地想了兩分鐘，笑道：「四奶奶若是要在銀行裡做什麼來往的話，何必找萬利銀行。凡是可靠的銀行，都可以辦。我現在作來往的那誠實銀行的賈經理，人就很好。我可以介紹你和他談談，而且他非常之仰慕你的。」

朱四奶奶聽到賈經理這名詞，先就嗤嗤地一笑，然後點點頭道：「這個人很有點名。」

范寶華道：「這個人是票號出身，買賣做得穩當得很。」

朱四奶奶將頭一擺道：「那麼一個小商業銀行，有什麼名不名的，我所說的，是關於他本人別的事情。」說到這裡，她又是嗤嗤的一笑。

范寶華笑道：「怎麼提到了賈經理，四奶奶就要發笑，難道這裡面還隱藏著什麼有趣的新聞嗎？」

四奶奶將眼珠望了他很靈活的一轉，笑道：「你要知道賈經理怎樣有名，我屋子裡有他姨太太一張相片，你不妨來看看。」

說著，她站起身來就向范寶華招了招手。

范寶華知道朱四奶奶這個人交起朋友來，無所謂男女的界限。她既這樣地招呼著，也就跟了她一路而去。

四奶奶在她自己那間又當書房又當秘密客室的小屋子裡，和范寶華談了一小時，復又同到客室裡來，這就笑道：「老范，你若肯聽老大姐的話，你準可以發財。老實說，依照你這樣滾雪球辦法做黃金儲蓄，你就做到二三百條金子又有什麼了不得？你想變成一個富翁，必得轟轟烈烈大幹一場。」

范寶華坐在沙發上搖搖頭道：「四奶奶看得多，經過得多，敢說這種大話。兩三百條金子，我不但不敢小視它，老實說，我也很難達到這個程度。」

朱四奶奶道：「你要自暴自棄，我也沒有法子，我還談我的吧，你能不能依我的辦法進行。」

說著，她由原坐的另一張沙發移過身體來，和老范同坐在一張長沙發上，然後伸著手，輕輕拍了他兩下大腿，笑道：「你也不妨跟在我後面看看，**你們男子，總以為金錢可以征服女人，但在朱四奶奶眼裡，那是女人征服金錢的。**」

范寶華點點頭笑道：「在你口裡說出這話來，我相信是正確的。現在還不到十二點鐘，老賈還沒有下班，我趕著到銀行裡去先和他談談，不過這樣的作風，是不是嫌著太急岔兒一點呢。」

朱四奶奶笑道：「在你四奶奶手上，不管什麼樣子的老奸巨猾，他都得翻筋斗。沒關係，你就去告訴老賈，我也是你這樣的辦法，要押掉黃金儲蓄券再滾著買新的，急於和他談談，不過我今天去先開戶頭。」

范寶華笑道：「好吧，我試試。」說著，他就站起身來。

四奶奶向他招了兩招手，笑道：「真是重賞之下必有勇夫，我白白地使喚你，那怎麼行？我總得肯捨一點。等著吧，小弟兄。」說著，她起身就向裡面去了。不到五分鐘，她又出來了。她手上拿了兩張黃金儲蓄券，向他面前的茶几上一扔，笑道：「這是九十兩，也是零數不計，就折合你那三百萬元吧。」

范寶華笑道：「我又占四奶奶的便宜。」

朱四奶奶笑道：「占的便宜不大，你心裡明白就是了。」

范寶華覺得她一百多兩黃金儲蓄券做兩次拿出來，那是大有手腕的，這也不敢多事猶疑，立刻就在皮包裡取出那兩張本票奉上。

朱四奶奶左手接了那本票，右手抬起來，將中指夾了大拇指，重重的一彈，笑道：「小兄弟呀，你被我征服了。我們兩個人的交涉完了，這就看你的了。」

范寶華捧了拳頭，連連地拱著手道：「那是當然，那是當然，我馬上就走，就走就走。」說著，他真的走了。

他像來的時候那樣趕路，不到二十分鐘就到了誠實銀行。見了賈經理，將他拉到小會客室裡，談了十來分鐘，兩個人是笑容滿面的走回了經理室，他首先拿起電話機子來，就向朱四奶奶通了個電話。

朱四奶奶是個聰明透頂的人，根本就在電話旁邊等著。

范寶華道：「我和賈經理說過了，他說不知道四奶奶要多少款子，數目太多的話，他得臨時去調動頭寸，所以讓我先和四奶奶通個電話，銀行裡的廚子做的是北方菜，麵食很好，四奶奶可以到這裡來吃午飯嗎？那不要緊，我們可以等半小時。」

他在這裡和朱四奶奶通電話，賈經理口銜了旱煙袋，正是注意地看著他，這就立刻接嘴道：「沒有關係，就多等一個鐘頭那也不要緊。我是吃過早點的，晚點吃午飯，那絲毫沒有關係。」

范寶華這就向電話裡報告著道：「四奶奶聽見了嗎？賈經理說了，就是等一個鐘頭也不要緊。好好！我們一定等著。」

他掛上了電話，回頭就向賈經理笑道：「經理先生，預備了什麼好菜？」

他笑道：「當然要豐盛一點，叫廚子預備四個碟子一大碗滷。」

范寶華聽了這話，心裡涼了半截，問道：「四個碟子，那是什麼菜？」

賈經理道：「兩葷兩素，葷的是醬牛肉和松花蛋，素的是油炸花生米，五香豆腐乾。」

范寶華看到經理室內並無外人，他不由得伸了一伸舌頭，笑著叫道：「我的經理，你這算是請朱四奶奶吃飯啦。趁早由我做個小東。」

賈經理笑道：「你是南方人，不知道北方人的習慣，北方人吃麵是不要菜的，這樣辦，我覺得已經是十分豐盛了。」

他說是這樣說了，可是他的臉皮已經紅了。

范寶華笑道：「真的，我來做這個東。」說著，就在身上掏出一疊鈔票來，笑道：「請你把廚子叫來，我讓他替我代辦兩萬元的酒菜。」

賈經理笑道：「老兄，你這樣的作風，簡直是北方人所說罵人不帶髒字，在我這裡招待來往戶，難道兩萬元的東我都做不起？」

說著，打著桌上的叫人鈴，叫聽差把廚子叫了來，當了范寶華的面，吩咐著道：「你給我預備兩萬元的菜，中午就吃，你要當我正式請客那樣辦，先到庶務那裡去拿錢。越快越好。」

廚子答應去了，賈經理就笑嘻嘻地表示了他一份得意，似乎他這手筆是非常之大的。

果然，他和老范說著閒話，不到半小時，聽差進來報告：「有一位朱太太……」賈經理不等他報告完畢，就站了起來道：「請請請，請到客廳裡坐。」他於是放下了手上的旱煙袋，就掏出藍布口袋裡的手絹擦了一把臉。

他和老范走到會客室，朱四奶奶已經先在了。她穿了件黑綢印花紅桃點子的長衫，露出雪白的肥手臂，這已讓人感到黑白分明，而她兩隻閃亮的眼睛，烏眼珠子在濃抹脂粉的臉上轉動，配上嘴角上那點小黑痣，真有幾分動人。

她用不著范寶華介紹，首先伸出肥白的手臂到賈經理面前來，笑道：「這是賈先生了，久仰得很。」

賈經理握著她的手，覺得柔軟得像個棉絮團子一樣，這就笑道：「我對四奶奶實在是久仰的了，請坐。」

這時，聽差照著平常的辦法，將紙煙聽子送著煙，將茶杯敬著不帶茶葉的黃茶，賈經理搖搖頭道：「這些茶煙，怎樣待客。把瓜片茶泡兩杯來，把美國煙拿來。」

四奶奶笑道：「賈先生不必客氣，以後熟了，有許多事要你幫助，不要把我當貴客。」

賈經理讓著她在長籐椅子上坐著，斜對了相陪，不斷地偷看她那黑綢衣服裡伸出來的白手臂。聽差送著好茶好煙來了，賈經理道：「去拿點美國糖果來。」

范寶華心想：這傢伙怎麼變了，全拿美國貨來表示敬意。

這銀行斜對門，就是代賣美國軍用品的走私貨的。不到十分鐘，就是兩隻大玻璃碟子裝著美國糖果送到茶桌上。

這東西倒是四奶奶喜歡吃的。她一面剝著糖果紙，一面向賈經理道：「我那一點小事情，范先生和賈經理提過了嗎？」

他點了點頭道：「提過的，黃金儲蓄券押款，我們本來做得不少，但四奶奶要款子，我們絕對辦，至於我們這裡的比期存款，都是八分，四奶奶的款子，我們也一定優待，改為九分。」

四奶奶腿架了腿坐著，向他顛動了身子，笑道：「謝謝，我也沒有多少款子可存，不過我所認識的一些小姐太太們，各有各私房，都願意直接在銀行裡存點款子花利息，而她們又不願站在銀行櫃檯邊辦理，希望我給她們介紹一位誠實可靠的銀行經理。我今天是先來打個頭陣，做開路先鋒。今天我認識了賈經理，以後我就可以帶著太太小姐們來見經理了。賈先生不嫌這事麻煩嗎？」說著，她烏眼珠又是向賈經理一轉。

賈經理道：「這是我們的業務，怎麼能說麻煩呢？四奶奶以後隨時來，我們歡迎之至。」

說到這裡，廚子在客廳門口一瞥，賈經理知道他有話說，就走了出來。

廚子低聲道：「經理叫我辦的菜，時間太急，來不及，我辦的是些熟菜，另外只買了條大魚。」

賈經理道：「你想法子做兩樣海菜吧，你和館子裡很熟悉，通融一點現成的材料拿回來做。要不然，給我叫兩樣菜來，這頓便飯，一定要辦得像樣點，錢你就不必計較了。」他說著這話，聲音並不怎樣的低，在客廳的人都聽到了。

范寶華心裡想著：這和他原來定的只辦四個碟子吃打滷麵完全不同了，這位打算盤的賈經理一見四奶奶就變了樣了。

他這樣想著，四奶奶見他臉色變動，也就抿了嘴笑著，將一個食指，指了自己的鼻子尖，那意思說：**四奶奶很行，你看是女人征服了資本家，還是資本家征服了女人呢？**她這樣無言地發問時，不住地點頭，表現了得意之色。

朱四奶奶和賈經理談了一小時，廚子把酒菜就準備得妥當，送到飯廳裡放著，請著男女來賓入席。

范寶華是最留意賈經理的這桌席，除了那一大盤子滷菜的雜鑲佈置得十分精美而外，第二道菜，就是白扒魷魚。在大後方的城市裡，根本沒有了海味，富貴人家還可以吃到囤積多年的海參，其次一點的是墨魚，而在酒席館子裡可以吃到的，最上等的海味，就是魷魚了。

朱四奶奶被讓在首席坐著，她看到了第二道菜，先就笑道：「賈經理辦這樣好的菜請客，大概借錢是沒有問題的了。」

賈經理笑道：「四奶奶和我們客氣什麼?你有時頭寸調轉不過來，在我這裡移動一點款子，那是毫無問題的。現在所要考慮的，就是我們這小銀行是否承受得了四奶奶這個大戶頭的調動？」

四奶奶點了兩點頭道：「我承認賈經理應當有這個看法，可是我實在是個空名，並沒有什麼錢，假如我有錢，我也和那些會找舒服的人一樣，坐飛機到美國去了。」

賈經理笑道：「那還是四奶奶客氣，四奶奶真要到美國去，還會有什麼困難嗎？」

她將上面的牙齒咬了下面的嘴皮，道：「我也就是混上這點虛名，承各方面的朋友看得起我，都以為我是有辦法的。好吧，我也就借了大家看得起我的這點趨勢，自己努力前進，將來也許有點造就吧。」

她的說話，就是這樣，有時是自謙，有時又是自負，讓人摸不著她到底有多麼深淺，不過賈經理坐在她對面，覺得她一言一笑全有三分媚氣，說她是過了三十歲的人，實在也看不出來。

這一頓飯，辦得實在豐盛之至，談著吃著，混了一小時，正事倒是隨便只談幾句，但朱四奶奶的要求很簡單，只要她拿金子來押款，賈經理答應借給她，她就算得著了圓滿的解決。

那賈經理呢？對於朱四奶奶，根本沒有打算在她頭上賺多少錢，只要她常常到銀行來，而且能介紹幾位太太小姐的存戶，他也十分滿足，所以事實上也沒什麼可做長談的。

吃過了午飯，這誠實銀行又早是下午的營業時間，她向范寶華笑道：「多謝你介紹，我的事情已經成功了，現在可以告辭了。」說著就起身向賈經理道謝。賈經理雖是不嫌她多坐一會，不過今天是初次見面，卻也不便表示挽留，親自把她送出銀行大門。

他回到經理室的時候，老范還坐在沙發椅上。他聳著小鬍子搖了頭，微笑道：「這是個了不得的女人，這是個了不得的女人。」說著，拿起長旱煙袋來，向口裡銜著，緊傍了老范坐下。

當他將煙袋嘴子銜著的時候，不住地由心窩裡發出笑來，幾乎是張開了口，含不住那煙袋嘴子。

范寶華道：「賈經理說她是個了不得的女人，就算是個了不得的女人吧，這也不至這樣的好笑。」

賈經理道：「我說她了不得，並不是說她的本領有什麼了不得，我是瞧她的年歲說話，據說她是四十將近的人了，照我看去，不過二十多歲，而且肌肉豐滿，有一種天然的嫵媚，我覺得她比少女還美，簡直……簡直……哈哈。」

他形容不出來了，卻把那笑聲來結束他的談話。

范寶華聽了，暗下大吃一驚，心想：和朱四奶奶交朋友的，無非是借她的介紹，另結交一兩位異性的朋友，誰會直接去賞識這隻母老虎！賈經理鄉下老兒的樣子，倒有打老虎的主意，這膽子大得驚人。

可是受了朱四奶奶的重託，卻不便在一旁破壞，這就笑道：「你這看法是對的，她若是沒有一點魔力，那些太太小姐們怎麼肯和她親熱得像親生姊妹一樣呢？」

賈經理道：「聽說她家裡佈置得很好？」

他這原是一句平淡的問話，可是他問過之後，卻又嘻嘻地笑了起來。

范寶華聽了他這話音，已很明白他是什麼用意，這就點了頭笑道：「要談怎麼樣好，那倒是各人看法不同，不過她家裡有個小舞廳，有兩間賭錢的小屋子，有一位會做江蘇菜的廚子，二三友好到她那裡去，倒是可以消遣半天的，賈經理哪天有工夫，我奉陪你到她公館裡去看看。」

賈經理左手握著旱煙袋，右手摸摸頭髮，笑道：「我既不會跳舞，又不會打牌，那去了有什麼意思呢？」

范寶華笑道：「難道你看人跳舞還不會嗎？吃江蘇菜還不會嗎？」

賈經理道：「據你這樣說，到那裡去，乃是專門享受去了。」

范寶華笑道：「那是當然，最大的好處就是精神上的享受，交不到的女朋友，在這裡都交到了，我就……」

說著，將手掩了半邊嘴臉，對著賈經理的耳朵低低地說了兩句。

他哈哈大笑道：「我老了，沒有這個雄心了。」他又立刻下了句轉語道：「不過我也總應當去回拜人家一下。」

范寶華點頭說好，就約了隔一兩天來奉約，倒是真落個賓主盡歡而散。范寶華心裡，這時又不在女朋友問題上，他所計畫的是皮包裡的那幾張黃金儲蓄券。他告訴人家，手上的黃金券都抵押光了，那正是和其他有錢的人同樣的作風，越有就越說沒有。

他急於要回家去盤盤自己的帳底，加上了今天所得的黃金儲蓄券，數目和兌現的日期，應該列一個詳細的表，假如還能滾一次雪球，不妨再滾上一回，他這樣想著，就直奔回家去。

吳嫂老遠地迎著他笑道：「金子買到了手沒得？」

范寶華夾著皮包一面上樓，一面笑道：「金子買到了，你倒是很關心的。」

吳嫂笑道：「那是啥話，我靠那個吃飯嘛！」

范寶華走到了樓梯半中間，回轉頭向她笑道：「你靠我吃飯？現在用不著。你有個在公司裡當職員的好兄弟可以幫助你了，那小子多麼漂亮。」說著，打了個哈哈奔上樓去。

他向來是這樣和傭人開玩笑慣了，說完了，自也不把任何事放在心上。

他回到了屋子裡，掩上了房門，就把箱子裡的黃金儲蓄券和收買金券的帳目仔細盤查了一下，第一次是先後買進了四百兩，也押掉四百兩，買進三百多兩，變成七百多兩；第二次把出頂百貨店的錢，買進七百多兩，合併手裡的存貨，押出去一千一百兩，再買進八百多兩，變成了二千五百兩。

第三次只押出去二百多兩，買進一百多兩，現在是銀行裡押著一千八百兩不到，手裡也就把握著將近一千兩的黃金儲蓄券，共是二千八百兩。假如小小地再滾一次雪球，押出去五百兩，買進來三百兩，就突破三千兩的大關了，真正掏腰包買的黃金只有一千二百兩，這滾雪球的辦法，滾出一千六百兩。

黃金官價一提高，賣掉八百兩，就可以把銀行裡押的一千八百兩贖回，這錢就賺多了。希望黃金提價還遲延幾天，再把最後一次雪球滾成，那就可以暫時休息一下。先在重慶成家立業，然後等勝利到來，回下江去享享福。這樣看起來，還是我范寶華有辦法。

他想到此處十分高興，將手拍了桌子一下，大聲叫道：「還是我有辦法。」他拍這下桌子，乃是自己讚賞自己，並沒有其他的意思，可是這聲音非常的重大，在這聲大響中，把樓底下的吳嫂也驚動了。她提了一壺開水，紅著兩隻眼睛，板著臉子走上樓來。

到了范寶華面前，噘了嘴道：「啥事又發脾氣嘛！」

范寶華道：「我沒有發脾氣呀，哦！你說我拍了一下桌子，那是我高興起來，自己誇讚了自己一句，與別人不相干。嚇，你為什麼哭了。」

他不問倒罷了，他問過之後，吳嫂手上的開水壺已經是力不勝任，這就放下水壺，兩行眼淚拋沙一般地落著。

范寶華笑道：「大概因為說你有了個把兄弟，你就不高興了，其實我就是說你有個把兄弟罷了，另外並沒有什麼意思。這不去管他了，我告訴你真話，我真發了財了，你伺候我兩年，我不能不重重地酬謝你一下，我送你一張十兩的黃金儲蓄券。這已過了一個多月限期了，再過四個多月，你就可以拿到十兩黃金了。」說著，就在整疊的黃金儲蓄券裡面，抽出了一張，交給吳嫂。

她放下水壺之後，就抬起手來，不住地揉擦眼睛，聽到主人要給她十兩黃金儲蓄券，已經是一陣歡喜，由心眼裡癢到眉毛尖上來，但是眼淚水還沒有擦乾，自不便笑出來，只有板了臉子，將肋下抽出來的手絹只管擦抹臉皮，呆呆地並不說話。

及至范寶華將黃金儲蓄券遞過來，她也認得幾個字，接過來一看，這就露了白牙笑道：「真的送給我？」

范寶華笑道：「我縱然說假話，那儲蓄券是國家銀行填寫著的，絕不會假。」

吳嫂笑道：「謝謝你，我和你泡好了茶，就去和你上菜市買點好菜來消夜，你發財應該吃好。」

范寶華亂點了頭道：「吃好點，吃好點，我也不是那種守財奴，只曉得看錢成堆而不曉得用的人，大概今天晚上沒有人來，我們可以一塊兒吃。」

吳嫂笑著頭一扭，提了開水壺走了。

但她不到兩三分鐘又來了，給主人打手巾，送茶壺，遞紙煙，並用玻璃碟子裝著花生米，放在主人算帳的桌子上，最後站在旁邊笑道：「沒有啥事我就買菜去了。」交代過這句話，她方才走去。這當然都是十兩金子的力量。

這日下午，老范就沒有出去，他結帳之後，覺得是擁有兩千多兩黃金的富翁，抗戰八年，實在沒有白吃這番苦處，於是躺在床上，架起腿來，仰臥著看天花板，覺得那天花板上不斷的現出幻影來，洋房，汽車，漂亮的女人，都是心愛之物，同時，他心裡也就覺得已經嘗到了這洋房汽車等等的滋味。他越想是越沉醉，也就不想出門了。

次日早上，他還睡得很晚才起床，朦朧中就聽到叮叮咚咚，樓下打著門響，吳嫂由樓下笑著進屋來道：「快穿衣起來。那個李老闆來了，我看他紅光滿面，眉毛眼睛都是笑的，一定是有啥子好消息告訴你。」

范寶華道：「那麼，你請他在樓下等著，我一會兒就來。」

吳嫂下去了，范寶華穿好衣服，也就不及洗臉漱口，就向樓底下走。

只走到樓梯半中間，就聽到李步祥帶著強烈的笑音，叫起來道：「老范呀，這一寶我們完全押中了，黃金官價果然提高到五萬，你三萬五買進的黃金儲蓄券，每兩就賺到一萬五了。」

范寶華走到樓下，但見他胖臉紅得發光，坐都坐不住，手裡拿著一塊手絹，滿頭亂擦，又揩揩額角上的汗，只是間著步子，繞了椅子轉圈圈。

范寶華笑道：「這一大早，你又是在什麼地方得來的這馬路消息。」

李步祥道：「好！馬路消息，報上已經是很大的字登著了。」說著，他就在他那青呢布中山服的口袋裡，掏出兩張報紙交給他看。

當然，這是范寶華最需要的食糧，趕快接過來，就展開著，兩手捧了看。

李步祥是比他更注意，已經在報紙中間用紅筆圈了個大圈，那紅圈中間，就是一條花邊新聞。很大的題目字寫著黃金官價提高為五萬。

他打了個哈哈，跳著叫起來道：「究竟是我猜對了，究竟是我猜對了。」

他說著話，身子隨了這聲音緊張，兩手也情不自禁地顫動著，於是在兩手過分地用勁之下，唰的一聲，把手上的報紙撕成兩半邊。

李步祥笑道：「老范，你這是怎麼了？」

范寶華搖搖手笑道：「你不用過問，這無非是我神經緊張過分，這段新聞，我還只看了個題目，你不要打岔，讓我把這段新聞詳細地看看吧。」

說著，把兩個半張報紙放在桌上，平鋪著，將破裂的地方拼攏起來，然後伏在桌上，低了頭細細地向下看。

雖是那段新聞只有百十來個字，可是他看得非常地有趣，看過一遍，再看一遍，足足有十來分鐘之久。他然後點著頭笑道：「我又是高興，我又是可惜。」

李步祥望了他問道：「你這話是怎麼個說法？」

范寶華道：「我昨天滾了一次雪球，又滾進一百多兩，這又白撈了幾百萬，當然值得我高興。可是也就為了我又滾進了一百多兩，我就鬆懈下來，在家裡舒服了大半天，沒有再去打主意，假如我再肯出去跑跑，多少還可以滾進幾十兩，這豈不是可惜？總是有點遺憾的。」

李步祥道：「你還有遺憾嗎？我跑了一天，只搞到十來兩，也就心滿意足了，我還不夠你搞得的零頭呢。」

范寶華將手亂摸著頭，笑道：「我們總算沒有白費氣力，各發了一點小財了。今天下午，我們儘量地輕鬆一下，老李，你是要看戲，還是要看電影？」

李步祥笑道：「我們這算什麼發財，錢還沒有到手，這就先要花掉一半。」

范寶華笑道：「你不要先裝出那窮相，今天無論怎麼樣子花錢，都歸我付，還不行嗎？」說著，伸了手拍著李步祥的肩膀哈哈大笑。

吳嫂聽到大笑，搶出來看，李步祥看她紅光滿面，將牙齒只管微微地咬了下嘴唇，這就笑道：「吳嫂，你也發了財吧！恭喜恭喜。」

吳嫂的臉更是紅了，扭轉頭去就跑，隔了門道：「我們是窮人嘛，發啥子財！」

李步祥低聲道：「老范，你這就不對，吳嫂在你家，不但是把鑰匙，而且是個百寶囊，什麼事她不和你辦。你也應當在經濟上幫助她一點。」

范寶華道：「這還用得著你說嘛，也許她手上積攢的錢，不比你手上的少。」

李步祥笑道：「那我倒是相信的，黃金官價一提高，我們就都有了辦法，真得謝謝財政部。」

范寶華也是很高興，笑得兩隻肩膀左閃右動，忙個不了。

他倒是言而有信，留著李步祥在家裡吃過午飯，邀著李步祥一路出門，先到戲園子裡去，買好了夜場的票，然後兩個人同去看電影。看完了電影，先和李步祥同去吃江蘇館子，然後從從容容地上戲館子。

兩人在路上走的時候，范寶華笑道：「老李，今天總夠你快活一天的了吧？現在日本飛機讓美國飛機打得無影無蹤，在城裡找娛樂，現在還有個好處，就是用不著擔心警報，把這顆心完全放下來找娛樂，這是十年來很少有的事呀。」

李步祥笑道：「不過在你的立場上，那倒不見得是夠娛樂的，至少你得手挽著一個如花似玉的小姐，那你才算合適呢。」

范寶華笑道：「天下事是難說的，今天我和你一路進戲館子，明天我就挽一個如花似玉的摩登女子同去看戲，你看這話真不真？」

李步祥笑道：「那有什麼不真？你范老闆根本就有錢，也交過漂亮的女朋友，現在你又走熟了朱四奶奶的那條路子，那就是個大交際場，還怕朱四奶奶……」

范寶華這就把手連碰了他兩下，笑道：「聲音小一點，你看，說曹操，曹操就到了。你看，那前面是誰？」說時，他就拉住李步祥的手，讓他站住。

李步祥向前看時，一男兩女，笑說著走近了戲館子的大門。兩個女的是朱四奶奶和魏太太，那個男的卻穿了一身灰嗶嘰筆挺的西服，頭上沒有戴帽子，黑頭髮梳著溜光的背頭。

李步祥低聲道：「那個男子是誰？」

范寶華笑道：「那是田佩芝小姐的新朋友，是一家公司的經理，年紀不大，四十來歲。」

李步祥道：「四十多歲，年紀還算不大嗎？」

他笑道：「當然不大，有錢的人，七十歲還可交女朋友呢。」

他們站在這裡笑著，那一男兩女，已是走進了戲館子。

李步祥笑道：「老范，你還進去不進去？」

他道：「我花了錢買戲票，為什麼不進去？你這話問得太奇怪了。」

李步祥笑道：「我怕你看了吃醋。」

范寶華昂著頭道：「我吃什麼醋，她有辦法，我也有辦法，她能找對手，我也能找對手，進去吧。」說著，他大了步子走進戲館。

他們都是對號入座的票子，由茶房順了號頭找去，事情是非常的湊巧，他們座位的前面，就是朱四奶奶的座位，恰好范寶華就坐在魏太太的身後。因他們已經坐定了在看戲，身後有什麼情形發生，自然不是她們所能知道，而且范寶華坐下來，還有一種很熟識的香味，不斷地向鼻子裡送了來。

他本來是心裡不存什麼芥蒂的，可是坐得這樣近，可以看到魏太太後腦脖子下的白皮膚，又聞到了這種香味，他說不出來心裡有一種什麼煩惱，雖然戲臺上在唱戲，可是他眼睛對於戲子的動作，簡直沒有印到腦子裡面去。偏偏前面這位徐經理，並沒有什麼感覺，他緊緊地挨了魏太太坐著，偏過頭去，對她的耳朵不斷地喁喁說著話。魏太太是時刻地在臉上露出笑容，范寶華看到恨不得把面前這只茶杯子對兩人砸了過去。

約莫是十來分鐘，座位旁忽然輕輕喊了一聲道：「在這裡，在這裡。」

范寶華回頭看時，卻是兩個摩登男女，男的是宋玉生，穿著翠藍綢長衫，配著黑頭髮，越是襯出雪白的臉子，女的就是在四奶奶家會面的那位曼麗小姐。她今天還是上穿襯衫，下套西服褲子，不過襯衫變換了條子紋的，臉上的胭脂擦得通紅。

宋玉生先笑道：「怎麼分開來坐，分成了前後排呢？」

他這句話說著，四奶奶和魏太太站起來，回頭看到了范寶華，都驚訝地喲了一聲。

這兩排座位上，正好范寶華靠外的座位空著，四奶奶靠裡的座位也空著，她笑道：「小宋坐我這裡，曼麗坐在老范那裡。」

曼麗道：「這和我們票上的號碼相符嗎？」

四奶奶道：「你儘管坐下，若是不對的話，茶房自然會來和我們對號。先坐著先坐著，別攪擾別人聽戲。」

曼麗倒是很大方，就在范寶華身邊坐下，還笑著向他低聲道：「范先生早來了？」

老范真沒有想到有這樣一個好機會，笑著連說是的。四奶奶卻站起身來，反身伏在椅子背上，扯著范寶華的肩膀，帶了媚笑，輕輕地對了他的耳朵道：「你發財的人運氣好，今天可說各得其所吧？」

范寶華點了頭不住地笑。

在這個地方遇到曼麗小姐，那的確是范寶華意外的事，不過既是遇著了，這個機會就不可以失掉，於是向她敬煙，向她斟茶，還買糖果水果敬客，不斷的周旋。

曼麗小姐對於這幾個角兒表演的戲，很感到興趣，尤其她對臺上一個唱小生的角兒很是讚賞，她除了低聲叫好之外，還鼓了幾回掌。

范寶華低聲向她笑道：「東方小姐，你覺得這戲很不錯嗎？」

她點點頭道：「我覺得很是不錯。」

他笑道：「不知東方小姐明天有工夫沒有？若是抽得出工夫來，我願明天請你再看一回。」

她笑道：「我是閒人一個，天天有工夫，但也不知哪裡來的許多閒事，總是交代不清楚，所以也可說沒有工夫。」

范寶華笑道：「那麼，我就去買票，明天請你和四奶奶一路來好不好？」

曼麗向他笑著，將嘴對前座魏太太的後影子一努，范寶華笑著搖搖頭，也沒有說一個字，於是四目相視而笑。

范寶華在朱公館跑著的日子雖不見多，可是四奶奶來往的賓客，差不多都是消息靈通的，自己的事為東方曼麗熟知自在意中，倒也不去介意，就悄悄地買下了次日的戲票。

戲散之後，四奶奶抓著范寶華的手道：「我明天中午請你吃飯，今天派你一個差使，護送曼麗回家。」

范寶華笑道：「有這樣優厚的報酬，我敢不效勞？只要曼麗小姐願意，我也應當護送。」

朱四奶奶笑道：「請你吃飯，派你護送小姐，根本是兩件事。」

范寶華口裡說著是是，看看曼麗的臉色，略微有點笑容，不點頭，也不說話，只是瞬眼望了他。范寶華向她點點頭表示了願意聽她的指揮，至於同伴看戲的人，他已全忘了。她始終是帶了微笑，站著他身邊。

大家出了戲館子，范寶華就隨在她身後走去了。

這是深夜十二時以後，重慶的街市，已是車少人稀，只有電線桿上的孤零電燈，斷續地在夜空裡向人睜著雪亮的眼睛。曼麗沒有坐車子，在馬路邊沿上走著，范寶華跟在後面，有一句沒一句地和她聊著閒話。

走了兩條馬路，她忽然問道：「范先生，你今天是太高興了吧？」

范寶華笑道：「當然是很高興，難得我和你做了朋友。」

她笑道：「那什麼稀奇，我有很多男朋友，你也有很多女朋友，我是說你今天有筆很大的收入。」

范寶華道：「我也不必相瞞，我是老早買了點黃金儲蓄券，今天官價提升了，不過翻身的人太多，也不止我一個，而且我是其中渺乎其小的一個。」

曼麗道：「這倒是實話，重慶市上一買幾千兩金子的有的是，明天中午吃飯，你知道有些什麼人嗎？」

范寶華道：「大概今日在場的人都有了吧？哦！我那同伴不會在內。喲！他走開了，我都不知道。」

曼麗笑道：「你有了新的女朋友，就忘了舊的男朋友了，四奶奶也是這樣，你可以拜她為師。明日中午吃飯，有賈經理，沒有小宋，你知道那為什麼嗎？」

范寶華嗤嗤地笑了一聲。

曼麗笑道：「天下也不少大膽的人，要在太歲頭上動土，范先生，你不覺得我是一位太歲。」

范寶華在後面連點頭帶拱手，只管說不敢，不敢。曼麗格格地笑了一陣。范寶華覺得這位小姐倒是單刀直入，有話肯說。可是這讓人說話不能帶一點彈性，也就只好隨聲附和的一笑。

又送了兩條街，就到了曼麗寄宿舍的門口。她回轉身來，伸手和他握了一握，笑道：「明天午飯見了，謝謝你呀。」

范寶華倒覺得她的態度不壞，笑著告別。

回得家去，吳嫂開門相迎，他首先就聞到一種香氣，上得樓來，在燈光下看到她一張大白臉，笑道：「今天你也高興，化妝起來了。」

她笑道：「哪裡是？是吳家娃兒下午來了，他說，你這寶硬是押得好準，他把所有的錢前後買了十兩金子。本錢都是三萬五。今天一漲價，他賺了五十萬。他說，謝你是謝不起，送了我一瓶雪花膏，我擦了試試，好香喲！」

范寶華笑道：「那麼，你收了我一張十兩的黃金儲蓄券，你也賺了十五萬了，我不很對得起你嗎？」

說話時，她正在他面前，向桌面的玻璃杯子裡倒茶，范寶華就趁便在她橫胖的臉腮上撅了一把，兩個指頭黏滿了雪花膏。

吳嫂倒不閃開，就讓他撅，微笑道：「啥事我不和你做，你也應該謝謝我嘛！」

范寶華大笑。他手上端著杯子，坐在椅子上，只是昂了頭出神。

吳嫂望了他道：「又有啥事在想？你還想發財？」

他道：「我暫時夠了，不再想倒把了，不過我在想，這次黃金一漲價，大家大小占點便宜，我想不起來，還有誰吃虧的沒有。」

吳嫂道：「你朋友裡頭，那個賭鬼陶先生好久沒來，說是到川西販大煙土去了，回來了沒得？他不買黃金，買烏金，恐怕發不到財。」

范寶華道：「本來賭錢也可以發財，但是他的手藝不到家，那也就認命吧。」

吳嫂道：「我就認命，我和你到下江去當一輩子大娘，我都願意。」

范寶華道：「不過我娶了太太以後，就怕你不願意了。」

她鼻子哼了一聲道：「你若是娶田小姐那樣的女人，你就要倒楣咯。」

范寶華笑道：「你還是放她不過。」

吳嫂道：「我有啥子放她不過。你不信就往後看嘛！」

老范點點頭道：「我承認你這話有些理由，不必往後看，明天上午我就可以把她看出來了。」

吳嫂並不知道他說話何指，只是笑笑。范寶華是比昨天更高興，今天是在發財之後又認識一位曼麗小姐了。

十八　勸世歌

到了次日中午，他換了一套漂亮的西服，到了朱四奶奶家門口，老遠地就看到一乘小轎，追蹤而來。他心想著：這或者是曼麗小姐來了，可就站在路邊等轎子抬了過來。不多一會，轎子到了身邊，他才看得清楚了，轎裡乃是一位穿西服的黃臉漢子。他正注意著，轎子裡笑著叫了一聲老范，他由聲音裡面聽出來了，正是誠實銀行的賈經理。

他忍不住笑道：「我都不認得了，好漂亮。前面那幢洋樓就是朱公館，已經到了。」

賈經理叫住了轎子，下來和他握著手，笑道：「老兄，和你兩天不見，你可發了大財了。」

范寶華笑道：「你打發了轎錢，我們再說話。」

賈經理打發轎子走了。

范寶華握著他的手，對他這身西服看了一看，這倒是挺好的灰色派立司做的，不過身上的兩隻衣肩在他的瘦肩膀上各伸出來一塊，領子也現著開了個更大的領圈，這樣，就連帶著腰身也不相稱了。

西服裡面，也是一件雪白的綢襯衫，只是他打的一條紅藍格子的領帶卻歪扭到一邊，於是情不自禁地，將他的領帶扭正過來。

這不免又有了個新發現，原來他的小鬍子原來是沿著上嘴唇一抹乎的，這時，只在鼻子底下養了一小撮小牙刷子似的東西，便笑道：「賈經理，你失落了什麼東西吧？」

賈經理聽說，不免愕然一下，只管望著他。

范寶華道：「我猜想著，你不會知道是失了什麼的。我告訴你吧，你鼻子以下，嘴唇以上，丟了論百數的物資。」

賈經理想過來了，哈哈笑道，伸手拍了他的肩膀道：「老弟臺，你不要見笑，誰到女人堆裡去，不要修飾修飾呀，我們不讓人見喜，也不要讓人討厭吧？」

范寶華笑道：「是的是的，我給賈經理捧場，見了四奶奶，我多給你說好話。」

賈經理笑道：「快到人家門口了，說話聲音小一點兒吧。」

於是老范故意挽了他的手膀，做出很年輕而頑皮的樣子，帶跳帶走。賈經理自不便這樣做，只有加快了步子跟他走去。

到了朱公館門口時，四奶奶已是含了滿面的笑容，站在石階下等著了。

她今天似乎有意和賈經理比賽著年輕，換了一件花綠綢的西裝，翻著領子，敞開了脖子下一塊白胸脯，攔腰微微地束住了一根綠綢帶子，頭髮半蓬鬆著，在腦後簇起一排烏雲捲，在右邊鬢角下斜插了一朵茉莉花球。看到客人來了，老遠地伸出光而又白的手臂，和客人一一握手，連說歡迎。

在四奶奶後面，同時閃出曼麗小姐。她今日也換了裝束，穿了白底紅花的長衫。那花全是酒杯大一朵的玫瑰，長髮梳了兩條小辮，而且還戴了兩個紅結子，鮮豔奪目。

賈經理兩道看數目字的眼光，早被這一團紅花所吸引。她已是迎出來了，在紅嘴唇裡，先是露出兩排雪白的牙齒，向老范一笑，然後點了頭道：「客都到齊了，就等你二位。」

她本還不曾認識賈經理，而賈經理借了這句話，取下頭上新買的呢帽，連點頭帶鞠躬，笑道：「來晚了，對不住，對不住！」說著，閃到一邊。

主人將來賓迎到客廳裡，果然還有一對客人，男的是徐經理，女的是魏太太田佩芝小姐。她和女主人一樣，今天改穿了西裝，不過顏色更鮮豔一點，乃是紫色帶白點子的花綢作底。鬢邊也學了主人，斜插著茉莉花球，而她臉上的胭脂，擦得比任何一次都要濃厚些。

當女主人將男女來賓一一介紹之時，她也和范寶華握著手，而且還笑著說：「我們是很久不見了。」

老范見她贅上這句話，有點莫名其妙，昨晚上不還在戲館子裡見面的嗎？但也不聲辯，只是笑笑。

次之，徐經理和范賈二人握手，他穿著一套漂亮的白嗶嘰西服，在重慶，那簡直是少有人能表現的。在他的手指上，就套著一枚鑽石戒指。**老范心裡想著，這位田小姐大概是根據金剛鑽交朋友的，誰有金剛鑽，就和誰要好。**

他心裡這樣想著，和徐經理握著手，卻很快地看了魏太太一眼，大家落座。

朱家漂亮的女僕，摝瓷托盤，先托著兩隻玻璃杯送到茶桌上。賈經理看杯子上蓋著蓋子，隔了玻璃看到裡面的茶色綠瑩瑩的，每片茶葉都舒展地堆疊在杯子底上。魏太太笑道：「這茶可喝，是福建真品。在四川於今能喝到福建茶，這不是容易的事呀。」

正說著，女主人親自捧了只圓形的玻璃盒子進來，裡面是整塊的乳油蛋糕，女僕跟在後面，送著瓷碟子和水果刀來。女主人掀開盒蓋，將來放在茶桌上，然後將蛋糕切著，放在碟子裡，每人面前送去一碟。

范寶華按著碟子笑道：「哎呀，這是祝壽蛋糕呀，四奶奶的華誕？」

她且不答覆這話，向曼麗瞟了一眼。

曼麗坐在旁邊椅子上，就站了起來，向她搖著手道：「不能再誤會了，我的生日早過去了。」

四奶奶笑道：「不管是誰的生日吧，反正不是我的生日。」

賈經理看到曼麗和魏太太都是年輕貌美，而且也非常的活潑，並沒有什麼男女界限，心裡暗暗想著，這地方實在是個引人入勝之處，能夠常來，必定可以交到女朋友，既然如此，這就必須裝得大方些，好給人家一個好印象，於是笑道：

「那我得恭賀一番，讓我打一個電話到行裡去，給曼麗小姐預備一點壽禮。」

范寶華心裡想著：這傢伙福至心靈，居然自動地說送禮。

曼麗聽到銀行經理要送禮，不由得破顏一笑，點了頭道：「賈經理你不要客氣，我已經聲明了，並不是我的生日。」

賈經理端著蛋糕碟子，正將賽銀小叉子叉著大塊的蛋糕向嘴裡塞了去，見曼麗向他笑著，不免慌了手腳，咀嚼著蛋糕道：「沒有別的，送點兒壽桃壽麵來，湊份熱鬧罷了。」

曼麗料著他這是虛謙之詞，依然笑了謙遜著道：「不要破費，不要破費！」

范寶華可知道他的脾氣，說是壽桃壽麵，必是三斤切麵，二三十個白麵饅頭，這種東西送到朱四奶奶家裡，只好讓人家倒了餵狗。他若是真打電話送來了，那可是個笑話，於是笑道：「要送禮，我們就合股公司吧，來來，我們商量商量。」說著，把賈經理引到舞廳的門簾子下面，低聲道：「你打算送東方小姐一些什麼？」

賈經理道：「我不是說送人家壽桃壽麵嗎？」

范寶華道：「你說的是三斤切麵，二三十個饅頭？」

賈經理道：「送饅頭究竟不大好，我想送十個小雞蛋糕，那些小雞蛋糕不有歪桃子形的嗎？正好當壽桃用。」

范寶華抱著拳頭，給他拱了兩拱手，低聲笑道：「勞駕！你不必辦，都交給我吧，我絕對向曼麗說，是我們兩個人買的。」

賈經理道：「那麼，你打算送什麼東西？」

范寶華道：「我送她一個金鎖片和一副金鏈子。」

賈經理怔了一怔，翻眼望著他道：「我們兩個人？」

范寶華笑道：「我出錢，你出名。」說著，捏了他的手，連搖撼了兩下，意思是教他不必再說。

於是兩人復歸到座位。

老范向曼麗笑道：「東西我們已經商量好了，明日補祝。」

徐經理和魏太太表現得很親密，坐在一張仿沙發的長籐椅上，態度很是自然。他也向曼麗笑道：「我們也當略有表示，只好補祝了。」

曼麗笑道：「我說不是生日，你們一定要說是我生日，那我有什麼法子，好在我能白得許多東西，也不吃虧，我就糊裡糊塗算是過生日吧。」

朱四奶奶端了一碟蛋糕，傍著賈經理身邊的椅子坐著，笑道：「大家都湊份子，不帶我一股嗎？二位也替我代辦一下吧。」

賈經理在她坐下來的時候，就覺得有一陣動人的香氣送到了鼻子裡，同時，又看到四奶奶露著細白整齊的牙齒向人笑來，尤其是她以南方人操著的國語，覺著比純粹北方人說的還要清脆入耳。

他很怕答應晚了，招致四奶奶的不快，立刻笑道：「我們代辦，我們代辦，假如辦得不稱意，還可以更改。」

四奶奶對於賈經理之為人雖略微瞭解，可是對於范寶華之個性卻摸得更熟，老范正開始追求曼麗，他把老賈拉到一邊去，一定商量好了送禮的辦法，而且由他作主，一定是很優厚的。於是向范賈二人笑了一笑。

這裡是剛把壽糕吃完，老媽子就請上樓去吃飯。這原來賭錢的小客室裡，佈置了一張小圓桌，又是六把彈簧椅子，圓桌上是雪白的臺布蒙著，放下了賽銀的杯碟牙筷。這在戰前，實在平常得很，可是在大後方的今日，卻是個極不容易遇著的事。

賈經理先是一驚，桌子中間放下一隻一尺二寸直徑大彩花盤子，裡面放著什錦拼盤，賈經理站在桌邊看去，就看到其中有的魚和龍鬚菜兩樣。明知道這是飛機帶來的罐頭貨，可是這日子要在重慶吃這樣的罐頭貨，非得和盟友有些來往不行，心裡就回想到前天請四奶奶吃飯，幸而是接受了老范的勸告，若是只弄四個碟子請她吃麵，絕非這種大手筆的人看得慣的。

他正這樣出神呢，四奶奶走到他的身邊，輕輕地挽了他一隻手臂，向正面席上推動著，笑道：「賈先生，請到上面坐。」

他是站在桌子下方的，笑道：「不必客氣，我就在這裡坐。」

朱四奶奶向他看了一眼微笑道：「那不妥當吧？你和我女主人坐在一處，要占我的便宜？」

賈經理對於她這個說法，真是沒有法子辯護，把老臉漲紅了，連說不敢。

四奶奶笑道：「既不敢，你就服從我的命令，請坐上席。」

賈經理本已詞窮，聽到她這話，又很有點味兒，就只好坐了上席。

於是主人讓范寶華、徐經理左右夾著賈經理坐了，曼麗、田佩芝左右夾著自己坐了。

坐定，她先笑道：「我們這裡，男女陣線壁壘分明，各占桌子半邊，田小姐和徐經理挨著坐，友誼本來是深的，曼麗小姐和范先生挨著坐，我也希望友誼有進步，我和賈經理隔著個桌面，好像是友誼淺薄一點，但我希望能夠不劃分這樣深遠的界限，因為現在時代不同了。請喝酒。」

她說話時，老媽子早在各人杯子裡斟上了酒，她舉起杯子來，對著各人敬酒，而她的眼光卻在杯子沿上望了賈經理，賈先生真覺得滿身都是舒服，也就端起杯子奉陪。主人是十分的周到，她先向曼麗敬酒，說是祝壽，要范寶華相陪，然後向魏太太道：「田小姐，我恭賀你一杯。」

魏太太和徐經理公開的陪伴，本來日子很短，在范寶華當前，她說不出來精神上是受著一份什麼壓迫，所以她始終不大說話，只是微笑著。這時女主人正式向她敬賀一杯，只得舉起杯子來笑道：「我有什麼可賀的呢，我並不過生日。」

四奶奶笑道：「我這杯酒，比恭賀你做生日那還要有勁，徐經理快陪一杯，我知道你們的喜期快了。」

這位徐經理恰好也是不大說話的，舉著杯子笑道：「多謝多謝，我乾杯。」

四奶奶道：「這多謝是雙關的，有謝介紹人的意思在內。老范曼麗，你們也同賀一杯。賈經理，就剩你了，咱們也恭賀這兩對一杯，好嗎？」

這咱們兩個字，說得賈經理心服口服，連說好好，他也就端起杯子來，於是同乾了一杯。這樣魏太太的情形是公開了，曼麗的態度也相當明朗，最妙是四奶奶自己的心事也略有透露，於是三位男賓皆大歡喜。

朱四奶奶為什麼請吃這頓便飯，賈經理還有些莫名其妙。照著普通人的習慣，當然是要向銀行裡借錢，才向銀行老闆拉攏，朱四奶奶為了買黃金儲蓄，才把原有的儲蓄券在銀行裡押款，以便調動現金，再去套買。現在黃金官價已升高到了五萬一兩，已經沒有大利可圖，四奶奶那種聰明人，應該不會去做這樣的傻事，那麼，這就另外有事相求了。那是什麼事呢？必須知道她是一種什麼要求，才好先想得了答詞來應付這個竹槓。

他心裡有了這麼一個念頭，所以談笑著吃過飯以後，他就表現著緘默。

主人讓到小客廳裡來坐，用大的玻璃缸子裝著廣柑白梨桃子待客。四川地方，任何農產物都比下江早一兩個月，但冬季的水果，能和夏季的水果一同拿出來，那還是非特別有錢的人不辦，賈經理立刻又有個感想：朱四奶奶手上還是有錢，也許她不會向銀行來借錢的，於是很從容地坐著吃水果。

徐經理靠近了他坐著，就向了他笑道：「賈先生，黃金官價一提高，做黃金倒把不行了，這些人不亂抓頭寸，銀根又該鬆下來了吧？」

賈經理道：「雖然金子的漲落很可影響到銀根的鬆緊，但是重慶市面上的金融千變萬化，而各商業行莊各走的路子不同，所以不能完全用黃金價格去看金融市場。徐先生貴公司完全是經營生產事業，不會受市場金價高低的波動吧？」

徐先生原來很沉默，他只有看到魏太太的脂粉面孔，有時做一陣微笑。不過談到了生意經，也就興奮起來了，搖搖頭道：

「不那麼簡單，鋼鐵，紗布，糖，我們都經營過，不是原料不夠，就是沒有出路。現在我們是專營酒精，印度的輸油管已經通到了昆明，眼見酒精又沒有了多大的出路。不過湘西和四川境內，現在還談不到用汽油，暫時可以維持一個時期，勝利是慢慢的接近了，我們不能不早早的做復員計畫，最近我也想到貴陽去看一趟。」

朱四奶奶正握著魏太太的手，坐在對面一張沙發上，這就接了嘴道：「徐經理不帶個伴侶同走嗎？」

他道：「我去個十天半月就回來，只是觀察，沒有什麼事要辦，我不打算帶同事的去。」

朱四奶奶將嘴向魏太太一努，笑道：「誰管你同事的，我是問你帶不帶她去？」

他笑道：「我當然是很歡迎的。」

魏太太因范寶華坐在旁邊，不便說什麼，只是微笑。

曼麗正將一隻廣柑在碟子裡切成了四瓣，她就把手上的賽銀水果刀子把碟子在茶几上向對面撥動，因為范寶華就坐在茶几對面，她將下巴微微點著，笑道：「老范，給你吃。」

他笑著說聲謝謝。曼麗笑道：「不用謝，這是我運動運動你，到四川來了這麼多年，還沒有去過成都，這實在是個遺恨，馬上勝利來到，我們就要出川，這時還不到成都去看看，那就更少到成都去的機會了，老范什麼地方都熟，能不能夠在公路局給我找張到成都的車票？」

范寶華道：「這好辦，你什麼時候走？」

曼麗道：「我不是要普通的車票，我要坐特別快車，有位子的車票。」

范寶華道：「那也好辦，告訴我日子就行。」

朱四奶奶向他瞟了一眼道：「你不是對我說，要帶百十萬元到成都去玩上幾天嗎？你自己買票，和曼麗帶買一張就是。」

范寶華心想：我幾時說過要到成都去？但他第二個感覺跟著上來，只看朱四奶奶那眼色，就知道她是有意這樣說的，便笑道：「我最近是要去一趟，也不光是遊歷，有點生意經可談，但日子還沒有定。」

朱四奶奶道：「那你就提前走吧。」

范寶華道：「我的日子很活動，可以隨便提前，東方小姐什麼時候走？」

她笑道：「老實說，我想揩揩你的油，同你一路走。路上有人照應，你哪天走，我就哪天走，我在重慶是閒人一個。」

賈經理一旁冷眼看著，心想：這倒乾脆，一個人帶一個如花似玉的出門遊歷，而且一說就成，進了這朱四奶奶公館的門，那就是有豔福可以享受的。他吸著紙煙，雖不說話，臉上可也很帶了幾分笑意。

朱四奶奶也在碟子裡切了一個廣柑，然後將碟子端著遞到他手上，笑道：「賈先生，先來個廣柑？我們都是有責任的人，離不開重慶，想出去遊歷，這是不可能的事了，到了星期日，只好郊外走走了。」

她這樣說著，雖沒有指明是相邀同去，可是她提了個星期日，四奶奶有什麼星期不星期哩，那分明是有邀為同伴之意了，兩手接過她的碟子，就點了頭笑道：「這話贊成之至！這個星期日，我或者可以借到朋友一輛車子，那時我來奉邀四奶奶吧。」

四奶奶張嘴微笑著，對他瞟了一眼，卻沒有說什麼。她越是不說話，這做作倒越讓賈先生心裡如醉如癡，只有帶了笑容，低頭吃那廣柑。

大家坐著談了一會，還是徐經理略少留戀的意思，他向魏太太道：「我要到公司裡去看看了，晚上我買好了電影票子等你吧。」

魏太太站起來，笑著點了兩點頭。

徐經理和賈范兩人都握了一握手，然後回轉頭來低聲向魏太太道：「怎麼樣？你送我一送嗎？」

魏太太站在他面前，彎著眉毛，垂了眼皮，輕輕地答應了一聲，也不知道說的是什麼，只見徐經理滿臉是笑地走著。魏太太倒不避人，就跟了他後面，走出客廳去。

魏太太出去了有十分鐘之久，方才回轉客廳來。朱四奶奶向她笑道：「徐經理請你看電影，都不帶我們一個嗎？」

她笑道：「你早又不說，你早說，我就叫他多買兩張票了。」

四奶奶笑道：「徐先生果然要請我們看電影，就不必我們要求了。當然，徐經理不是捨不得這幾個錢，大概為了要請我們就有點不方便吧。」

魏太太笑道：「那有什麼不方便呢？大家都是朋友，請誰都是一樣。」

她說這話時，臉色表現得沉重，而且故意地對范寶華看了一眼。范寶華倒是裝著不知不覺，還是和曼麗談話。

賈經理看他兩人椅子挨了椅子坐著，各半扭了身子，低聲下氣地帶笑說話，大概暫時沒有離開的意思，自己銀行裡的業務可不能整下午地拋開，對朱四奶奶看了一看，笑道：「我和徐經理一樣，閒不住，下午還要到行裡去看看，改日再來奉看。」

朱四奶奶笑道：「那我也不強留你了，你要到我這裡來，你就先給我一個電話，我會在家裡等候你的。」

賈經理帶著三分愛不能捨的情形，慢慢地站了起來，慢慢地走出了客廳，站在大門口，讓朱四奶奶出來相送。

朱四奶奶出來了，他站在階沿下，只管拱手點頭，然後笑嘻嘻地告別。

在四奶奶這公館附近，全都是些富貴人家，因為由這裡走上大街，有二三百級山坡路，所以有那些也算投機生意的人，把轎子停在樹蔭底下，專等幾家上街的人。他們曾看見這位賈經理是坐著轎子來的。他由朱公館裡出來，料著他還是要坐轎子走的，轎夫立刻圍攏了來，叫著：「老爺，上坡上坡。」

賈經理看到朱四奶奶還沒有走進屋去，就對轎夫道：「你們抬一乘乾淨一點的轎子來。」

等到轎夫把轎子抬來了，再回頭看朱四奶奶，人家已進去了。他卻把手握了鼻子，搖著頭道：「不行不行！你們的轎子髒得很，我不坐了。」

其中有個轎夫道：「朗個髒得很，剛才就是我抬下來的嘛。」

賈經理也不理會他這話，自行走去。

不想他走得急促，走出了石板路，一腳踏入淺水溝裡。幸是溝去路面不過低，他只歪了歪身子，沒有摔倒，趕快提起腳來，鞋子襪子全已糊上了黑泥。

轎夫們老遠地看到哄然一陣大笑，有人道：「還是坐了轎子去好，一雙鞋值好多錢，省了小的，費了大的。」

賈經理回頭瞪了他們一眼，將泥腳在石板上頓了兩頓，逕直地就走了。

走到山坡中間，氣吁吁地就在路旁小樹下站了一站，借資休息。這就看到一個胖子，順著坡子直溜下來。

到了面前，他就站住腳，點個頭叫聲賈經理，他也只好回禮，卻是瞪了眼不認識，那胖子笑道：「賈經理不認得我了，我和范寶華先生到和貴行去過兩回，我叫李步祥。」

他哦了一聲，問道：「李先生，你怎麼也走到這條路上來了。」

他說這話，是沒有加以考慮的。因為他覺得李步祥是一位做小生意買賣的人，這種人掙錢是太有限了，他不會讓朱四奶奶看入眼，也不能不量身價，自己向這裡跑。

李步祥恰是懂了他的意思，笑道：「我也是到朱四奶奶公館裡來的，她雖然是一位摩登太太，倒也平民化，什麼人來，她都可以接見的。我聽說老范在她這裡，我有點事情來找他，請他趕快回去。」

賈經理笑道：「老兄又在市場裡聽到了什麼謠言？黃金官價大概今天會提高吧？」

李步祥笑道：「黃金夢做到了前天，也就可以醒了，不會再有誰再在金子上打主意。」

他一面說著，一面向賈經理身上打量，見他上身穿了一套不合身材的西服，而腳下兩隻皮鞋卻沾滿了污泥，甚至連皮鞋裡的襪子都讓污泥沾滿了，可以說全身都是不稱。

但雖然是全身不稱，他也必有所為，才換上這麼一套衣履的，於是向他笑道：「賈經理也是到朱公館去的嗎？」

他臉上現出躊躇的樣子，將手摸摸下巴，帶了微笑道：「我和這路人物原是結交不到一處的，不過她正式請我，我也不能不到，我是吃完了飯就走了，范先生和一位女朋友在那裡還談得很入神。」

李步祥先是嘆了口氣，然後點點頭道：「賈經理這個辦法是對的，你是個幹銀行業的人，不能不到處衍敷存戶，可是我們這位范兄，做生意是十分內行，不會虧什麼本，不過他一看到女人就糊塗了，朱四奶奶這種人家……」

說到這裡，他把聲音放低了幾分，笑道：「那是一隻強盜船，若是願意做強盜，當然可以在那裡分點兒贓；若是個善良老百姓，一定要吃大虧。我真不解老范這個人，那樣聰明，對於這件事這樣的看不透。他分居的那位太太袁三小姐，常在朱家見面；他的愛人田小姐，是人家有兩個孩子的母親，離開了家庭，索性和四奶奶當了秘書。這些小姐，各人都有了各人的新對象，這是很好的證明，那裡的女人全是靠不住的，他為什麼還要到那裡去找新對象呢？」

賈經理微笑了一笑，也沒說什麼。

李步祥望了他，見他的臉色，頗不以自己提出的建議為然，自然也就不再提了。

賈經理低頭看看自己的皮鞋，那污泥已經乾了，於是手扶了帽子，向李步祥點了個頭告別。

李步祥站在坡子上出了一會神，也就掉轉身向坡子上慢慢地走著。

到了大街上，兩頭張望著，心裡有點茫然，正好斜對門有家茶館，他就找了臨街的一張桌子，泡了一碗沱茶，向街上閒看了消遣，不到十來分鐘，見兩乘轎子分抬著男女兩人由上坡的缺口裡出來，正是范寶華和東方曼麗。

他們當然不會向茶館裡看來，下了轎子，換了街上的人力車，就一同走了。李步祥暗暗地點了頭，又坐了幾分鐘，獨自地對了一碗沱茶，卻也感到無聊。正自起身要走。一個穿黑邊綢短褂子的人，手裡拿了一把芭蕉扇，老遠地向他招了兩招。

那人頭上戴頂荷葉式的草帽，嘴上有兩撇八字鬚，那正是同寓的陳夥計。後面跟個中年人，那人穿了短褲衩，上身披著短袖子藍襯衫，敞著胸口，後身拖著兩片燕尾，也沒有塞在褲子裡。手上拿了一柄大黑紙扇，在胸口上亂敲，那也是同寓的劉夥計。

他兩人一直走到面前來，笑道：「李先生，你今天怎麼有工夫單獨地在這裡喝茶？」

他笑道：「我找兩個朋友沒有找著，未免跑累了，喝碗茶休息休息。我正是無聊，大家坐下來談談。」

陳劉二人坐下，陳夥計手摸了鬍子，笑道：「你有工夫坐在這裡喝茶，那究竟是難得的事。你買了幾兩金子？官價一提高，你這寶孤丁押得可真準。」

李步祥道：「我這算什麼？人家幾百兩幾千兩的買著那才是發財呢。」

陳夥計笑道：「你不打算再做什麼生意？金子是不能再買了。」

他道：「我就是為這事拿不定主意，照說，只要倒換得靈便，做什麼生意，可不會小於黃金的利息，可是報上天天登著打勝仗的消息，大家眼看著就要回家鄉，誰也不敢多進貨。這幾天，進了貨就有點沾手，能夠賣主本來，白犧牲利息，就算不錯。我想，過去一個時期，也沒有什麼生意比做金子最合算的了，只要買得多，人坐在家裡發財，可惜我是小本經營，沒有大批款子調動，不然的話，我這時也是在家裡享福。」

說到這裡，他自己也禁不住笑起來，低聲道：「大概是胃口吃大了，我只覺得做什麼生意也不夠勁了，尤其是我向來跑百貨市場的。這幾天都是拋出的多，買進的少，我早上到市場裡去轉了兩個圈子，簡直不敢伸手。剛才我到街面上打聽打聽，東西又落下了個小二成，幸而我是沒有伸手。我若還像從前做生意似的，見了東西就買，那我現在不知道要虧本多少了。我今天雖沒有做生意，坐在這裡喝茶，倒反而賺了錢了。住在城裡，看到了貨，總想買，明知價錢總是看跌的，可是心裡就會因人家的便宜拋售要伸手，明天我決計下鄉去躲開市場。」

陳夥計摸著鬍子，望了劉夥計笑道：「聽見沒有？李老闆有了錢了，下鄉納福去了，重慶這地方，到了夏天，就是火爐子，誰不願意到鄉下去風涼幾天？」

李步祥笑道：「我老李有沒有錢，反正大家知道，我也用不著申辯，不過我奉託二位，若有什麼大行市波動，請給我一個長途電話。」

陳夥計笑道：「那麼，你乾脆不要下鄉，人閒心不閒，你縱然下鄉去休息，也沒有意思。」

李步祥道：「這個年頭，要心都閒得下去，除非有個幾百兩金子在手上。」

劉夥計搖搖頭道：「你這話正相反，有了幾百兩金子在手上的人，晚上睡覺都睡不著，還閒得住這顆心嗎？老李呀！膽大拿得高官做，你不要下鄉，那太消極了。」

李步祥看他這樣子，很像心裡藏有個題目要做，便掏出紙煙盒，向他們各敬了一支煙，然後笑問道：「二位有什麼新發現？」

劉夥計吸著煙道：「也不是什麼新發現。不過是你那話，現在無論什麼貨，都不敢囤在手上，怕是兩三個月之內，盟軍在海岸登陸，物價要大跌。但是有一層，法幣倒是……」

李步祥不等他說完，連連地搖了頭道：「把法幣存到銀行裡生息？」

劉夥計道：「現在比期存款可以到九分，也不壞呀。不過我說的還不是這個，我們手裡拿著法幣，看起來很平常，可是在淪陷區裡的人，還把法幣當了寶貝呢。現在有很多人就拿法幣到淪陷區去搶金子……那事情並不難，把法幣帶到國軍和敵軍交界的地方，換了偽幣，進到淪陷區去，然後買了金子帶回來。

「那邊的人最歡迎關金。聽說現在美鈔也歡迎了，國軍越打勝仗，法幣在淪陷區越值錢。我們若能去跑一趟，準比做什麼生意都強，而且最近國軍天天在反攻，法幣也就天天漲價。聽說現在法幣對偽幣是一比二，可能我們到了淪陷區就一比三了，只要我們帶了法幣向前走，一動腳就步步賺錢，這是十拿九穩的生意，你不打算試試嗎？」

李步祥默然地聽著，將桌子一拍道：「對！可以做，我現在正閒著無事可做，是不是坐船到三斗坪*呢？」

陳夥計道：「三斗坪，誰不能去？現在走套淪陷金子的路線共有兩條，一條是走湖南津市，一條是走陝南出老河口，安全一層，你可以放心，絕沒有問題。在雙方交界的小站上，有那些當地人專門做引路的生活，哪裡都可以去。」

李步祥道：「這個我知道，我在湖南就常跑封鎖線的，你們二位是不是正在接洽這件事？」

陳夥計道：「正是接洽這件事，我們是找一位內行同伴。若是成功的話，我們三天之內就走。」

李步祥聽了這話，大為興奮，商議了一陣，他暗下決定兩個步驟，第一是和范寶華商議，並向他借一筆錢；第二是把手上存的貨都給它拋售出去，好變成法幣。

主意想定了，和陳劉二人分手，就到范家去請教。見著了吳嫂，她說是范寶華根本沒有回來。李步祥坐著等了半小時，沒有消息，只好走開了，到了晚上再去，還是沒有回家。

次日上午第三次去，老范又出去了。一混兩三天，始終是見不著老范，最後，聽到吳嫂的報告，他已經坐特別快車到成都去了，李步祥猜著他一定是搶一筆什麼生意做。沒有借到錢，又沒有得著這位生意經的指示，考慮的結果，不向前線去了。

打聽金價，已經突出十萬大關，那黃金儲蓄券若肯出賣，可以得到七萬一兩。據一般人的揣測，還要繼續漲，這多天並沒有做百貨倒把，倒大大地掙了一筆錢，下鄉去避暑休息兩天，也沒有算白發這筆小財。主意定了，就收拾兩個包裹，過江回家。

他家住在南溫泉，在海棠溪有公路車子可搭，這公路是通貴陽的，當他走到車站裡的時候，貴陽的客車正要開走，他見朱四奶奶和賈經理站在車外送客，魏太太穿了一身豔裝，在車窗子裡伸出塗了紅指甲的白手，向車子外揮著手，口裡連說再見，徐經理和她並排坐著，只是點頭微笑，李步祥心裡暗叫了一聲，這傢伙跟人跑了。

車子開過以後，朱四奶奶挽著賈經理一隻穿西裝的手，笑道：「他們走了，我們也上我們的車子吧，在南溫泉多玩一些時候也好。」

李步祥不便出現，就鑽到人群裡去偷看。在車站外人行路上，正停了一輛小汽車，他兩人坐上那車子就開走了，李步祥心裡想著：哦！都發了財，都有了工夫。這是雙雙地去洗溫泉澡了。

李步祥是個做小生意買賣的人，他的思想很頑固，也不妨說他的舊道德觀念還保存了一點，他對於這幾對男女隨便的結合，頗不以為然，尤其是賈經理那樣一文錢看成磨子大的人，這時和那樣揮金如土的朱四奶奶混到一處，太不合算。

由海棠溪到南溫泉不過是十八公里，一天有六七次班車可搭，他們不坐班車，卻要坐小座車，大後方是根本買不著汽油，買酒精也有限制的，為什麼這樣浪費？到南溫泉去洗個溫泉澡，值得這樣地鋪張嗎？他存了這個意思，倒要觀察一個究竟。

三小時以後，他坐著公共汽車，也到了南溫泉。他向車站外一張望，就首先看到賈經理坐的那輛藍色汽車停路邊，果然是他們到這裡來了，他被好奇心衝動，索性走到溫泉浴塘門口去探望一下。

這浴塘在一片廣場中，四邊栽著有樹，當他正在樹外徘徊的時候，他發現了魏端本先生帶了兩個孩子，坐在另一團樹蔭下。兩個小孩子雖然都還穿的是舊衣服，然而已經是弄乾淨了。那個小女孩子，穿一套白花布帶裙子的女童裝，頭髮梳得清清楚楚的，還繫了一個新的紅結子。

正圍著一群人對他們看著，魏端本手裡拿了一把琴，坐在草地上。李步祥一看奇怪，也就遠遠站著看了下去。

圍著的人笑嘻嘻地看了他們，那女孩子四處向人鞠躬，也就有人在身上掏出鈔票來扔在地上。小男孩才是三歲多，走路還不大十分穩，他跑過去拾著鈔票，然後做個立正姿勢，橫了三個指頭，比著額角，行一個童子軍禮。

他上身穿草綠色小褂子，下套黑褲衩，光著腿子赤了隻腳，踏著小草鞋，倒不是乞丐的樣子，因之他這份動作引得全場哈哈大笑。

魏端本道：「謝謝各位先生，再唱兩個歌，我們就休息了。諸位先生，我這也是不得已，小孩子太小，不能多唱，兩個小孩，來，我們先唱《義勇軍進行曲》。」

於是男女兩個小孩並排站著，等了拉胡琴過門，魏端本坐在草地上，拉著胡琴。一小段過去，兩個小孩比著手勢，就在人圈子中間唱起來。

這雖是大家耳熟能詳的歌詞，因為是兩個很小的孩子唱，而且又是比著手勢的，所以大家也還感到稀罕。這個歌唱完了，大家鼓了一陣掌，魏端本也點點頭，笑道：「謝謝各位捧場。」

人群中有人道：「小孩兒，再唱一個《好媽媽》，我們買糖你吃。喂！老闆，你再讓他們唱個《好媽媽》。」

魏端本點頭道：「好！各位多捧場，小娟娟，唱《我的好媽媽》。」於是兩個孩子站著，他又拉起胡琴來。孩子們唱著，歌詞倒是很清楚的。他們比著手勢唱道：

我的媽媽，是個好媽媽。年紀不多大，漂亮像朵花。爸爸愛她，我們也愛她。

她不做飯，不燒茶，不做衣，也不當家。爸爸沒錢，養活不了她。她不會掙，只會花，爸爸沒錢，養活不了她。

我的媽媽，是個好媽媽。年紀不多大，漂亮像朵花。爸爸愛她，人家也愛她。

她要戴金，要穿紗，要鑽石，也要珠花，爸爸沒錢，養活不了她。別人有錢，供她花，她丟下我們，進了別人家。

我的媽媽，是個好媽媽。年紀不多大，漂亮像朵花。爸爸想她，我們也想她。

她打麻將，打梭哈，會跳舞，愛坐汽車，愛上那些，就不管娃娃。我們沒媽，也沒家，到處流浪，淚流像拋沙。

唱到最後兩句，四隻小手先後揉著眼睛，做個要哭的樣子，全場看的人，鼓了一陣掌。

忽然有個女人的聲音叫道：「喲！這兩個小孩唱得多麼可憐。來，小孩兒，我給你們一點錢。」

李步祥看時，正是朱四奶奶由人叢裡擠出來，左手握著女孩兒的小手，右手拿了一捲鈔票，塞到她手上。

魏端本卻不認得朱四奶奶，立刻站起來，兩手抱著胡琴，向她連連地拱了幾個揖，笑道：「多謝多謝，要你多花錢。」

朱四奶奶道：「這是你的兩個小孩兒嗎？」

魏端本道：「是的，太小了，沒法子，唱兩支簡單的歌子，混混飯吃吧。」

朱四奶奶道：「這歌詞是你編的嗎？真夠諷刺的呀！」

魏端本搖搖頭笑道：「我也不大認識字，怎麼會編歌詞呢？」

朱四奶奶看他穿件舊的藍襯衫，下套短褲衩，還是一根舊皮帶束著腰，不像個沒知識的人，便笑問道：「這兩個小孩的媽呢？」

魏端本笑著沒作聲。

朱四奶奶就問小娟娟道：「小妹妹，你的媽呢？」

她倒是不加考慮，答道：「我媽走了。」

賈經理也隨在四奶奶身後，這就走向前笑道：「這還用得著問嗎？聽他們唱的歌就知道了。」

朱四奶奶道：「小妹妹，你姓什麼，叫什麼名字，幾歲了？」

她道：「我姓魏，叫娟娟，六歲了。」

魏端本就也迎上前來，向朱四奶奶拱拱手道：「落到這步田地，我們是非常慚愧的，實在不好意思說出真名實姓來。請原諒吧。」說畢，只管拱手。朱四奶奶在兩個小孩頭上，撫摸了一下，也就走開了。

魏端本抱著胡琴，向觀眾作了個圈圈揖，笑道：「多謝各位幫忙，小孩子太小，唱多了，怕他受不了，讓他們去吃點東西，喝口茶。明天見吧，明天見吧。」於是大家也就紛紛而散。

李步祥站在樹後看了很久，驚得呆了，現在見魏端本面前沒人，就走向前，叫了聲魏先生。他道：「哦！李老闆，真是騎牛撞見親家公，倒不想在這裡見著面。唉！言之慚愧。」

李步祥道：「這是怎麼回事？你又不擺書攤子了？」

魏端本道：「還不是賺不到錢？我也是異想天開，以為勝利快要到了，將來回家，川資都沒有，我怎麼辦呢？眼睜睜就陷在四川嗎？因為這兩個孩子平常喜歡唱歌，我就想得了這麼一個法子，我拉琴，他兩個唱。」

說到這裡，把聲音低了一低，笑道：「小孩子所唱，還有什麼可聽的，也就靠人家看到，生一點同情之心吧，不想糊裡糊塗，這一寶我就押中了，我可以利用這個法子，沿著公路賣唱，賣到江南去。」

李步祥對爺兒仨看了一看，笑著嘆口氣道：「倒沒有想著你們走這條路。小妹妹你認得我嗎？」

娟娟道：「我怎麼不認得？那天你給我們廣柑吃的。」

魏端本道：「哦！那天孩子病了，悄悄地送孩子水果吃的就是李老闆，我真荒唐，受了人家好處，找不著恩人。」

李步祥伸了手在頭上一陣亂摸，笑道：「這話太客氣，過去的事也不必說它了。你們今天下鄉來，總還沒有落腳的地點，我的家就住在這街後，你爺兒三個就住到我們家去，好嗎？」

魏端本把胡琴夾在肋下，抱了拳頭道：「我們現在是走江湖的人了，應當開始訓練到處為家的精神，我今天晚上就住在街上小客店裡，晚上無事，我們坐坐小茶館吧，我要帶孩子吃飯去了。」說著，牽了孩子點頭就走。

李步祥站在廣場上，發呆了幾分鐘，心想：

天下事真有這樣巧的，我今天親眼看到魏太太和新愛人坐長途汽車上貴陽去了，我又親眼看到這兩個孩子在這裡賣唱，聽魏先生編的那個歌，是多大的牢騷？我要把實話告訴了他，他更要氣死。魏太太原也沒有什麼大毛病，就是趕賭趕瘋了，越賭越輸，輸了就什麼錢都肯要。更巧的，是魏端本受了四奶奶的錢，他很感激她，不知道這個女人也是害了他太太的一個。

他思前想後地呆站了一會，方才回家。回家之後，倒不怎麼掛念生意，倒是魏先生這件事橫擱在心裡，覺得不告訴他實情，心裡悶不住這個啞謎；要告訴他，又怕增加這可憐人的痛苦。

悶了大半天，到了晚上，他想著看看他是否還在這個鎮市上，到底還是到街上來張望一下。在街的盡頭，又聽到了胡琴聲，那胡琴的譜子，正是白天所聽到的《好媽媽》。

順了那歌聲走去，只見一爿茶館外面圍了一群人，那裡正有幾個露天攤販，他們點著長焰瓦壺油燈，在燈火搖搖中，看到魏家兩個孩子又站在街沿上比著唱著，圍著看的人，都鼓掌叫著好。魏端本坐在人家臺階石上，陪著拉了幾段胡琴。

李步祥因為人家是買賣時間，沒有敢向前去打岔。直等兩個小孩子唱完了，向觀眾要錢的時候，他才由人叢中緩緩地擠了向前。

魏端本坐在臺階石上，正是四處張望著出錢的人，當然李步祥擠出了人群，他就看見了，於是提了胡琴迎向前道：「我兄真是信人，我現在沒事了，請到茶館子裡喝碗茶吧。」

李步祥道：「下鄉來，總是沒什麼事的時候，在家裡也無非是睡覺，倒不如來找老朋友談談為妙。」

李步祥和魏端本實在談不上是什麼老朋友的，可是是他說出了老朋友這句話，卻給予了魏端本一種很大的安慰，因為在這個社會上，已經沒有人認他為朋友，更不用說是老朋友這句話了。

他握住李步祥的手道：「李老闆，我現在有一個新發現，找著朋友談天，是人生最痛快的事，以前我為什麼沒有這個感想，我倒是不懂。」說著話，拉了就向茶館子走。兩個孩子，各人手上拿了一卷票子，當然也跟過來了。魏端本找了一副避著燈光的座頭，和李步祥謙遜著坐下。

李步祥倒是很關心這位魏先生的，坐下來，首先就問道：「老兄爺兒三個，已經吃了飯沒有？」

魏端本先嘆了口氣道：「我不是說孩子唱了不再唱了嗎？那為什麼又唱呢？就是為著今天這頓晚飯，把錢吃得太多了。今天晚上我們是過得痛快，明天一早起來，就沒有錢了，所以預為之計，我們今天晚上再唱幾個錢，晚上就睡得著覺，明天睜開眼來，每人兩個燒餅是有著落的了。」

李步祥道：「魏先生，你難道手上一個錢都不存著。萬一天陰下雨，兩個小朋友沒有地方去賣唱的時候，你又怎樣的混日子過呢？」

魏端本道：「我們還分什麼天陰天晴，隨時隨地但凡看著能掙一碗稀飯的錢，我們就動手了。」

李步祥默然地喝著茶，和魏先生相對看了幾分鐘。

這兩個孩子坐在桌子橫頭，他父親將茶碗蓋舀著茶，放到他們面前，他們把蓋子裡茶喝乾了，他又續舀一碟蓋茶送過去。

李步祥伸手在那男孩子頭上摸了兩摸，笑道：「小朋友，《好媽媽》那個歌，你唱得真好。大概聽了這歌的人，都給你幾個錢吧？」

他道：「我們還有買黃金呢。」

李步祥望了魏端本道：「這話怎麼說？」

魏端本道：「為了迎合人心，又要他們容易上口，我和他們編了幾個歌。除了一個《好媽媽》外，還有一個歌叫《買黃金》。」

李步祥輕輕地握了男孩兒的肩膀道：「小兄弟，你就唱一個《買黃金》我聽聽看。」

那小孩子倒是唱慣了，說唱就唱。他站在桌子邊兩手拍著比著唱起來道：

買黃金，買黃金，個個動了心。

黑市去賣出，官價來買進，只要守得緊，一賺好幾成，什麼都不幹，大家買黃金。

買黃金，買黃金，個個變了心。

買米錢也成，買布錢也成，借私債也成，挪公款也成，只要錢到手，趕快買黃金。

買黃金，買黃金，瘋了多少人。

半夜去排隊，銀行擠破門。滿街兜圈子，各處找頭寸，天昏又地黑，只為買黃金。

買黃金，買黃金，害死多少人。

如瘋又如癡，不餓也不冷，就算發了財，也得神經病，若是不發財，人財兩蝕本。

買黃金，買黃金，瘋了大重慶。

家事不在意，國事不關心，個個想黃金，個個說黃金，有了黃金萬事足，黃金瘋了大重慶。

李步祥聽著點了兩點頭道：「魏先生編的這個歌，倒是有心勸世的，可是做黃金的人，誰不發個小財？誰聽你這一套？」

魏端本回轉頭在前前後後幾張桌子上看了一看，然後指了鼻子尖低聲道：「做黃金的人都發財，那倒不見得吧？譬如我，就窮得沿街賣唱，假如我不想黃金，我不會吃官司，也許我那位摩登太太還不能馬上就跑。」

李步祥聽到他對太太還作原諒之詞，就細聲嗤嗤地一笑。

魏端本道：「我這話不是事實嗎？李老闆……」

他點點頭道：「你說的都是事實，不過過去的事，你也不必老掛在心上。依我的意見，你還是去找點正經事做。這樣帶著孩子賣唱，不是個辦法。」

魏端本道：「我不願在重慶住下去了，我打算帶著這兩個孩子，順了公路，一路往前唱，大概我們賣唱周年半載，日本軍隊也就垮了，到那個時候，人家發財回家，我們討飯回家還不成嗎？」

李步祥聽到這裡，他很表示興奮，將桌子一拍，低聲笑道：「提起回下江，我告訴你一件買賣，你也可以做，就是把大後方的法幣帶到淪陷區去。先在交界的地方換了偽幣，然後買了金子回來，可以大大的賺錢。」

魏端本笑道：「老兄，還是買金子，這個夢我已經醒了，各人有各人的命。」

李步祥道：「那你太不成，做生意買賣，有賺錢的時候，也就有蝕本的時候，蝕了一回本，就撒手不幹，那做生意買賣的人都只有改行了，試問，有多少商人一次都不蝕本的。」

魏端本道：「的確也是如此，不過見仁見智，各有不同，我以為這個看家本領也沒有什麼錯，至少我吃飽了飯睡覺，睡得著，吃不飽呢，我也睡得著。李老闆，你是沒栽過跟頭的人，對我的意思，你是猜不透的。」

李步祥聽了他這樣說著，自也不便跟著再問什麼。

喝了一陣茶，因問他父子三人在哪裡安歇，明天下山到街上來請他爺兒仨到家裡吃早飯，並約定了，沒有什麼好菜，只買兩斤牛肉，燒番茄給孩子們吃。兩個孩子聽說有紅燒牛肉吃，都睜大了眼望著。

小娟娟就指了茶館樓上說：「我們就住在這裡。」

李步祥真同情這兩個孩子，就再三叮囑魏端本明日早上在茶館裡等著，然後告辭而去。

魏端本雖是這樣地約了，他可是天不亮就起來了。這種茶館樓上的小客店，一間屋子搭上好幾個鋪，屋裡還有別的客人在睡，他也不能把別人吵醒，借了紙窗子上一點混沌的光亮，看到兩個孩子橫斜地躺在床鋪上睡得很熟，這就彎下腰去，對著兩個孩子的耳朵輕輕地叫道：「起來起來！我們就去吃紅燒牛肉了。」

兩個孩子聽到吃紅燒牛肉，都是一翻身坐了起來。

魏端本只有一個布包袱，昨晚是包好了的，放在頭邊當枕頭，這時提了起來，帶著孩子就下樓出門。因為店錢昨日就付了的，所以也並沒有什麼耽誤，徑直地走。

鄉下人雖然是起得早的，但是因為魏端本過於的起早，天色還是混混的亮，兩三個大星點在屋角上掛著，街上的鋪子，一大半還沒有開門，街上只是三五個挑籮擔的人悄悄地走著。

魏端本騰出一隻手，牽了小的男孩子走。女孩子娟娟跟在後面，卻只管揉眼睛。她問道：「爸爸，我們到哪裡去吃紅燒牛肉？」

魏端本道：「我們到那李伯伯家裡去吃紅燒牛肉，他很喜歡你們的。」

他口裡說著向李步祥家去，可是他帶著孩子背道而馳，卻是離開南溫泉，走向土橋鎮。

這是黔渝公路上一個小站，附近有不少下江人寄住，倒也是個可以賣唱找錢的地方，兩個小孩子以為立刻可以吃得紅燒牛肉，大為高興，小渝兒跳著道：「那個李伯伯喜歡聽《好媽媽》，我們唱著到他家去吧。姐姐，好不好？」

娟娟還沒有答應，他先就唱了。沿山公路上，靜悄悄地並無人影，只有樹下草裡的蟲吟。一道低矮的淒涼歌聲，順了公路遠去：

「她打麻將，打梭哈，會跳舞，愛坐汽車，愛上那些，就不管娃娃。」

魏端本流落到沿村賣唱，本來是很歡迎李步祥做個朋友。不料幾句話談過之後，他又談到買金子，而且要到淪陷區去買金子。魏端本對於買金子這件事，簡直是創巨痛深，這樣的朋友，還是躲開一點的好，不要又走入了魔道，所以他帶了兩個孩子另闢第二個碼頭了。

也許是他編的幾支歌很能引起人家的共鳴，他父子三人每天所唱的錢都能吃兩頓飯的。他順著公路，走一站遠一站，不知不覺地走到了綦江縣。

這裡是個新興的工業區，而根本又是農業區，所以這個地方，生活程度要比重慶便宜好幾倍，他既很能掙幾個錢，而且負擔也輕得多，他很有那個意思，由這裡賣唱到貴陽去。

有一天上午，魏端本帶了兩個孩子坐茶館。小娟娟要買水果吃，就給了她幾張票子讓她自己去買。去了十來分鐘，水果沒有買，她哭著回來了。

魏端本迎著她問道：「怎麼著，你把錢弄丟了嗎？」

她舉著手上的票子道：「票子沒有丟。我看到了媽媽，我要媽媽。」說著，又嗚嗚地哭起來。

魏端本道：「你看錯了人，你不要想她了，她不要我們的。」

娟娟道：「我沒有看錯，媽媽在汽車上叫我的，你去看嘛，她在那大汽車上。」說著，拖了他的手走。

魏端本道：「孩子你聽我的話，不要找她，我們這不過得很好嗎？」

娟娟道：「我要媽媽，我要媽媽，媽媽叫我回重慶去找她，我們去坐大汽車。」

她這樣一說，小渝兒也叫著要媽媽，同時也咧著嘴哭起來了。

魏端本的左手是被女兒拖著的，他索性將右手牽了小渝兒，徑直就向娟娟指的地方走去。

這裡前行不到五十步，就是汽車站，在車站的空場上還停留著兩部客車，但車子是空的，娟娟拉著父親，繞了兩部客車，轉了兩個圈子，她將手揉著眼睛道：「媽媽走了。」

魏端本被孩子拉來的時候，心裡本也就想著，這時若是看到了田佩芝，倒是啼笑皆非，說什麼都不妥當，現在車子是空的，心裡倒落下一塊石頭，便向娟娟道：「我說你是看錯了人吧？她不要我們，我們又何必苦苦地去想她。」

他口裡這樣說著，兩隻眼睛也是四處地掃射。

這時車站上有個力夫，也在空場上散步，就向他笑道：「剛才到重慶去的車子，是有一位女客趴在窗子上叫這小孩子的，你們這個小女孩叫她媽媽，她又不下車來，我們看著也是一件怪事。」

魏端本道：「果然有這件事，這部車子呢？」

力夫道：「開重慶了，你問這女孩，那位太太不是叫她到重慶去找她嗎？」

魏端本順著向重慶去的公路看了一看，不免嘆上一口氣，兩個小孩看著沒有車子，沒有人，自也不拉著父親找媽媽。

魏端本再三和著他們說好話，又買了水果給他們吃，才把他們帶回了寄住的小客店。可是由此一來，娟娟就要定了媽媽。雖然每日還可以出去賣唱，她一引起了心事，就要找媽媽了。

魏端本感到孩子想念得可憐，就把所積攢的錢買了一張車票，帶著孩子回重慶。他自流浪以來，已經不大看報了，只是坐茶館的時候，聽了茶客們的議論。好在是勝利日近，倒不必像以前那樣擔心不會天亮，但有人談起報上的材料，他還是樂於向下聽的。

他帶著兩個孩子在綦渝通車上的時候，恰好是機會極好，車子並不擁擠，兩個不買票的孩子也共占著一個坐位，座上的旅客們也是因車上疏落，情緒愉快，大家高談著新聞，事情是那樣不湊巧，議論的焦點又觸到了黃金。

魏端本不要聽了，偏過頭去，看窗子外的風景，忽然聽到有個人重聲道：「這真是豈有此理，政府做事也許這個樣子的嗎？」

回過頭來看時，座客中一個穿西服的人，手上捧了一張報看，臉色紅紅的，好像是很生氣。

隔座的一位老先生問道：「有什麼不平的新聞？劉先生。」

那人道：「這是昨晚到的《重慶報》，上面登著，買得黃金儲蓄券的人，到期只能六折兌現，這玩笑開得太大了。」

那個老頭子聽了這話，立刻臉上變了顏色，睜了眼睛問道：「真有這話，請你借報給我看看。」

這穿西裝的嘆口氣，將報遞了過去。

這位老者後身有位坐客，早是半起了身子，瞪了雙眼，向報上看著，口裡念著新聞題目道：「財政部公布，黃金儲券六折兌現。」

他將手一拍椅子道：「真糟糕，賠大發了，賠到姥姥家去了。」

他是個中年人，穿了件對襟夏布短褂，三個口袋裡全裝了東西，禿著一個光和尚頭，他說一口純粹的北方話，倒是個老實樣子。他猛可地這樣一失驚，倒把前座的老者也嚇得身子一哆嗦。但是他受了黃金儲蓄六折兌現的刺激，已經沒有工夫過問其他的事情，立刻在衣袋裡取出眼鏡，在鼻子上架起。

年老人看報，有這麼一個習慣，眼裡看報，口裡非念不可，他像老婆婆念佛似的，本來聲音不大，旁人是聽不到的，可是念到了半中間，故作驚人之筆，大聲念道：「自即日起，凡持有到期之黃金儲蓄券，一律六折兌與黃金，但僅儲蓄一兩者，免與折扣。」

他念到這裡，車座上又有一個人插嘴了，他道：「我活該倒楣，我換了四個金戒指，共是一兩掛零，共得了八萬元。自己再湊兩萬現鈔，定了二兩黃金儲蓄，滿以為一兩變二兩，這是個生意經，於今打六折，二六一兩二錢，還要四五個月以後才兌到現金。二萬元多買二錢金子，根本就蝕了本，再加上六個月的一分利錢，我太吃虧了，我太吃虧了。」

那老者放下了報，兩手取下了眼鏡，對這說話的看了一眼，淡笑道：「你老哥算便宜，一兩金子出，一兩金子進，不過不賺錢，那還罷了，**有人變賣了東西來做生意的，有人借了錢來套金子的，那才是算不清的帳呢。**」

他這幾句話，似乎引起同車人的心病，有好幾個人在唉聲嘆氣。

大概這裡滿車的人只有魏端本一人聽了心裡舒服，他想著：我姓魏的為了想發黃金的財，弄得這樣焦頭爛額。總以為倒楣就是我一個人，照著現在這樣子看起來，大概除了只做一兩黃金儲蓄的人，大家心裡都不大舒服，這倒是讓人心裡平穩一點。所以大家在車子裡談論黃金券六折兌現的消息，罵的罵，嘆氣的嘆氣，他倒是做了個隔岸觀火的人靜靜地坐了聽著。

由綦江到重慶，大半天的路程都讓座客消耗在批評金價的談話中，直到最後一站，才把討論黃金問題終止。魏端本心裡也就想著：當黃金漲價的日子，重慶來了一陣大風雨，大家都為了想發財而瘋狂，現在黃金六折兌現，大家又要為蝕本而瘋狂了。田佩芝迷戀的那些黃金客都在失意中，也許她會有點覺悟。

他這樣地揣想著，倒是很放心地又回到他那冷酒店後的吊樓上去。

因為他所租的那房子是四個月一付租金，人雖窮了，房子是預租下的，他還可以從容地住下。將近一個月沒有回來，屋子當然要打掃整理一下，自己只管在屋子裡收拾一切，就沒有理會到兩個孩子。這就聽到陶太太的聲音在外面笑了進來道：

「好極了，魏先生把兩個孩子都帶回來了，雖然孩子是曬黑了，可是身體長結實了，也收拾得乾乾淨淨的，這倒是讓人看了歡喜。」

說著話，她牽了娟娟走進屋子來。

魏端本見她蓬著頭髮，腦後挽了個橫髻子，臉上黃黃的兩隻顴骨頂了起來，身上穿的一件舊藍綢的袓子，那年齡絕不比抗戰時問還短，已是有許多灰白的斑紋透露了出來，尤其是她牽孩子的那隻手，已略略泛出一片細的魚鱗紋了，便嘆了口氣道：「陶太太你辛苦了，陶先生還沒有回來。」

陶太太道：「他不回來也好，我自食其力的，勉強可以吃飽，不打人家的主意，也沒有什麼焦心的事，晚上睡得很香，夢都不做一個。那些做黃金生意的人，前兩天聽到黃金儲蓄券要打折扣，買的期貨還要上稅，大家已急得像熱石頭上的螞蟻，昨天報上正式公布這消息，我看做金子買賣的人還不吊頸投河嘛？」

魏端本笑道：「也還不至於到這種樣子吧？」

陶太太道：「一點也不假，常常到我家賭錢的那位范寶華先生，他就垮了。」

魏端本聽了這話，竟是個熟人的消息，他就放下了桌子不去擦抹，坐在床沿上，望了陶太太道：「他很有辦法呀，怎麼他也會垮了。」

陶太太道：「這就是我願和魏先生談的了。」說著，她將方桌子邊一把方椅子移正了，對主人坐著。

她似乎今天是有意來談話的，魏端本取出一盒壓扁的紙煙，兩個指頭夾了一支彎曲著的煙出來，笑道：「陶太太吸一支嗎？我可是蹩腳煙。」

她搖搖頭道：「賣煙的人不吸煙，若是賣煙的人也吸煙，幾個蠅頭小利都讓自己吸煙吸掉了。」

魏端本道：「彷彿陶太太以前是吸煙的。」

她笑道：「為了賣紙煙，我就把煙戒了。不過我相信賣煙的人自己也吸煙，那就發了財了。」

魏端本吸著紙煙，笑道：「我是垮臺了，我也願意知道人家有辦法的人，是怎樣垮臺的。」

陶太太道：「詳細情形，我也是不大知道，只因他家的老媽子吳嫂，找到我家來了，那大概是李步祥老闆告訴她地點的，她倒不是找我，她是找……」

說到這裡，陶太太感覺到被找的人不好怎樣去稱呼，娟娟和小渝兒正在屋子角上，圍了一把方凳子疊紙塊兒，她就指了兩個小孩子道：「那吳嫂來找他們的媽媽的。」

魏端本問道：「她兩人怎麼會認識的呢？」

陶太太笑道：「過去的事，你也不必追究，好在你們已經折了夥了，過去娟娟的媽，常到范先生那裡去賭錢，所以她們認識。這吳嫂來找娟娟的媽，也不是別事，因為吳嫂也和范先生鬧翻了，范先生新近認識一個會跳舞的女人，叫著什麼東方曼麗的，同到成都去玩了一趟。回來之後，這個東方小姐就住到范先生家裡去了。

「吳嫂是給范先生管家管慣了的，現在來了一位女主人，她怎樣受得了？和范先生爭吵了兩場，范先生倒還能容忍，東方小姐可把她開除了。她認識娟娟的母親，希望她能和她報仇，她以為你們還住在這裡，所以找到這裡來。

「我沒有告訴她田小姐住在哪裡，她倒是把范先生的情形說得很多。她說范先生昨天得了金子打折扣兌現的消息，上午在外面亂跑。下午不跑了，在家裡一個人喝酒，喝得醺醺大醉。那個東方曼麗並不管他，出去看電影去了，她雖然是被開除了，天天還是到范家去的。」

魏端本道：「這樣說來，這位范先生倒是內憂外患一齊來，那不管他了。陶太太提起了姓田的，我倒要託你一件事，她最近不知由什麼地方坐長途汽車回重慶。路過綦江的時候，看到了娟娟，她叫娟娟到重慶找她。我實在是願意把她忘記了，無奈這兩個孩子日夜吵著要媽媽，我實在對付不了，她既叫孩子來找她，或者有什麼用意，請你去問問她看。」

陶太太想了一想，笑著搖搖頭道：「她住在朱四奶奶那裡，我怎麼好去？不過我可以託那個吳嫂去，她不正要找她嘛？」

魏端本道：「我倒不管哪位去，只要知道她的態度就行。」

陶太太看看魏先生穿的一套灰布中山服，已洗得帶了白色，臉子黃瘦著，雖是平頭，那前部頭髮也長到半寸長，這樣的人，還想那漂亮太太回頭，當然是夢想，不過做鄰居一場，自也願意在可能範圍內幫忙。

她下午因在家裡做點瑣事，沒有出去擺煙攤子，這就決定索性不擺攤子了，和魏端本談了一會，就徑直到范寶華家來。拍了很久的門，才聽到門裡慢吞吞地有人問著：「哪一個。」

陶太太道：「我姓陶，找范先生談話。」

門開了，正是老范本人。他已不是平常收拾得那樣整齊，蓬著頭的分髮，兩腮全露出鬍椿子的黑影，唯其如此，也就看到兩腮的尖削，眼睛眶子大了，睜著眼睛看人。他上身只穿了件紗背心，一條拷綢褲子，全是皺紋，赤腳拖了一雙拖鞋，站在天井中間。

陶太太還笑著向他客氣幾句。范寶華搓著手道：「陶太太，我們似乎沒有什麼債務關係吧？」

陶太太呆了一呆，答不出來。

他笑道：「這是我神經過敏，因為這兩天和我要債的太多了，你是從來不來的人，所以我認為你是來要債的。」

她笑道：「我們窮得擺煙攤子，怎麼會有錢借給人，恐怕連借債都借不到呢，我是來和范先生談談的。」

范寶華道：「那好極了。」說著，引了陶太太到客堂裡坐，自己倒了杯茶放在茶桌上。

陶太太道：「吳嫂也不在家？」

范寶華坐在她對面椅子拍了兩下腿，嘆口氣道：「我什麼事都搞壞了，她辭工不幹了，不過她有時還來個半天，原因是我給的錢沒有給夠。」談到錢，說著又拍了一下腿道：「**我完了。我沒有想到人倒楣，黃金會變成銅，這幾個月，我押的是黃金孤丁，所有的錢都做在黃金儲蓄上了。**」

陶太太道：「雖然打個六折兌現，據許多人說還是不會蝕本的。」

范寶華搖了兩搖頭道：「那是普通的看法，像我們這類黃金投機商人就不同了。我們把黃金儲蓄券拿到手，是送到銀行裡去抵押借款的，借了款，再做儲蓄。一張儲蓄券，套借個三次四次，滿不算回事，所以買五十兩黃金儲蓄，手裡剩著沒有套出去的最後一部分，不會有二十五兩，大部分是押在銀行裡的，銀行裡是十一分息，一兩黃金賺對倍的話，借五個月，利上加利，就把黃金折乾了。這個錢只能借兩三個月，趕快把黃金儲蓄券賣了，還了債，可以弄回一部分黃金。」

陶太太雖也是個生意經，但對於這個說法卻是完全不懂。只有望了他不作聲地笑著。

范寶華道：「那也許你不懂，我簡單的告訴你吧，大概一兩黃金儲蓄押了款，再去套買黃金，至多可以套出來八錢，另付一成的利錢，事實上是大一半資本，小一半借款，一兩黃金可以變成一兩六七。若套第二次，照例減下去，就只能套五六錢，利錢也要加多，而且套做的日子不能過長，不然的話，套來的黃金就賠到利息裡去了。

「現在黃金儲蓄券要打個六折，就一點也套不著了。套不著也事小，還得給銀行的利錢，銀行老闆算盤比我們打得精，原來一兩黃金值三萬五的時候，他押借給你兩萬元，預備那一萬五算利錢，於今打六折，三六一萬八，五六三，一兩黃金儲蓄券只值兩萬一千元了，他押借一個月，就把黃金儲蓄券全部充帳，也賠本了，他怎麼肯幹呢？」

陶太太點點頭道：「這個算我懂了，可是黃金黑市現在是七八萬啦，他有黃金儲蓄券在手上，還怕拿不回兩萬元的押款嗎？」

范寶華道：「你是知其一不知其二，黃金儲蓄券要半年後才能兌現，此其一。六個月後，黃金六折兌現，就合八萬的黑市，也是六八四萬八。此其二。五個月的利息和複利，正好是對本翻個身，六個月呢，可就把四萬八全沖消了，萬一黑市跌了，銀行裡豈不要賠本？此其三。

「人家銀行營業，最怕是資金凍結，現在黃金儲蓄券一打六折，沒有人再收買了，銀行也沒法在這上面打主意，人家押在銀行裡的黃金儲蓄券，都只好鎖在保險箱子裡，完全凍結，此其四。」

他這些話，算解釋得很明白，陶太太也聽懂了。她還沒有答覆呢，天井裡有人答道：「好極了，我要說的話，范先生都和我說了。」

陶太太向外看時，進來一位五十上下的人，身穿藍夏布大褂，頭上倒是戴了一頂新草帽，手裡握著一支長旱煙袋。臉色黃黃的，尖著微有鬍椿子的兩腮，像個大商店的老闆。

范寶華笑著相迎道：「難得難得，賈經理親自光臨。」

那人走了進來，老范就向陶太太介紹：「這是誠實銀行的賈經理。」

賈經理見陶太太是中年婦女，穿件舊拷綢褂子，又沒有燙頭髮，只微微點了個頭，立刻回轉臉來向老范道：「無事不登三寶殿，這個比期，我們有點兒調動不過來，老兄的款子，我們有點不能勝任了，你幫點忙吧。」

他說著，取下頭上的草帽，脫下大褂，露著短袖子汗褂，就自行在椅子上坐下了。看那樣子，大有久坐不走之勢。

范寶華倒是很客氣，給他送茶又送煙，賈經理將旱煙頭撐在地上，煙袋嘴含在口裡，半側了身子望著主人，嘴要動不動地吸著煙。

范寶華坐在他對面，兩手搓了幾下，苦笑著道：「這是誰都不會想到的事，黃金會變卦，事先一點準備沒有，把所有的錢都押在黃金這一寶上，於今變了卦，哪裡有錢去挽回這個頹勢。不得了的，也不是我一個人。」

賈經理聽了這話，將腳在地面上一頓，皺了雙眉道：「老弟台，我們幫你忙，你不得了可連累了我們啦。」

范寶華道：「一家銀行在乎我這千兒八百萬的？」

他道：「拿黃金儲蓄券抵押的，難道只你姓范的一人，朱四奶奶介紹來的就是一千多兩，此外的更不用說。我們凍結了兩億，這真要了命。」說著，他重重地在大腿上一拍。

在勝利的前夕，「億」這個數目字，還是陌生的名詞，甚至一億是多少錢，還有人不能算得出來，這時賈經理說他在押款上凍結了兩億。陶太太料著這是個無大不大的數目，不免翻了眼向他望著。

賈經理繼續地向范寶華道：「老弟台，你不能不做表示，現在黃金上絲毫打不出主意，得在別的物資上打主意。你還有什麼貨沒有，希望你拿出來拋售一點。」

范寶華道：「反正……反正……」他說著這話站起身來，兩手搓著，臉上泛出了苦笑，嘴角只是亂動。

賈經理對陶太太看了一眼，心裡也就想著：這女人老看我幹什麼？我還有什麼毛病不成？范寶華也覺得有許多話要和賈經理說，當了陶太太的面，有些不便，這就向她笑道：「你是不是商量你那批貨要出手的事？」他說著話，可向她睜了眼望著。

陶太太聽他這話，卻不明白他用意何在，可是看他全副眼神的注意，知道他是希望自己承認這句話的，於是向他含糊地點了兩點頭。

范寶華道：「不要緊。雖然這些時候，百貨同業都在看跌，可是真正要把日本人打出中國，那還不知道是哪年哪月的事。現在貨物跌價，是心理作用，只要過上十天半個月，戰事並沒有特大的進展，物價還要回漲的。」

賈經理在一旁聽到這話，心裡頗有所動，因為他想到合做生意的人，一定是穿著很樸素的，禁不住插嘴問道：「陶太太有什麼存貨？」

范寶華道：「有點兒紗布。」

賈經理急道：「那是好東西，若願意出手，我們可以商量商量，我路上有人要。」

范寶華還想向下面說什麼。可是陶太太覺得范寶華這個謊撒得太沒有邊，笑道：「我還有點事，這買賣改日再談吧。」說著，就向外面走。范寶華也就隨在後面跟了出來。

站在大門外，回頭看了一看，不見賈經理追出來，這才笑道：「陶太太，你特意到我這裡來，總有點什麼事要商量吧？」

陶太太道：「我想和你們家吳嫂說兩句話，希望她到我家裡去一趟。」

范寶華道：「也許我有事請你幫忙，這位賈經理逼我的錢，逼得太厲害。」

陶太太道：「那是笑話，銀錢上……」

她這句沒有說完，賈經理已經由大門裡出來了。

范寶華頭也不回。他聽到了腳步響，就知道是債權人來了，立刻接了嘴道：「你放心，銀錢上絕不能苟且，你的貨交出來了，我就交給你錢，我們貨款兩交，你有事請先回去吧，我們貨款兩交。」

說著，他又催她走。陶太太也不知道他是什麼用意，只好含糊地答應著走了。

賈經理再邀著老范回到屋子裡去坐，先笑道：「那陶太太的貨，大概你有點股子吧？你若是能夠分幾包紗給我，我就把你的款子再放長一個比期，這在老兄也是很合算的事。」

范寶華道：「你幫我的忙，我一定幫你的忙，就是黃金儲蓄券這種東西，也各人看法不同。我們怕黃金價值向下垮，可是人家也有寶押冷門，趁這個時候照低價收進的，只要夠得六萬一兩，我立刻拋出一二百兩，也就把你的錢還了。」

賈經理皺了眉道：「那些海闊天空的事，我們全不必談，你還是說這批貨能不能賣給我一點吧。」

范寶華低頭想了一想，笑道：「我明天上午到你行裡去談吧。」

賈經理道：「你若肯明天早上來找我，我請你吃早點。我行裡附近有個豆漿攤子，豆漿熬得非常的濃厚，有牛乳滋味，再買兩個燒餅，保證你吃得很滿意。」

范寶華笑道：「銀行經理賞識的豆漿攤子，一定是不錯的，不過我明天也願意做個小東，請賈經理吃早點。我請的是廣東館子黃梅酒家。」

賈經理笑道：「范老闆自然是大手筆，我就奉陪一次吧。時間是幾點？」

范寶華就約定了八點鐘，賈經理看他這情形，似乎不是推諉。又說了一陣商業銀行的困難，方才告辭而去。

范寶華對於賈經理所說的話，腦筋裡先盤旋了一陣，然後拿了一張紙，一枝鉛筆，伏在桌子上做了一陣筆算。最後他將鉛筆向桌上一丟，口裡大喊著道：「完了完了！」

在這重疊的喊聲中，李步祥在天井裡插言道：「真是完了。」他上身只穿了件紗背心，光著兩隻大胖手臂，夾了中山服在肋下，手上搖了把黑紙扇，滿頭大汗地走了進來。

他站在屋子中間，將扇子搖了兩下，又倏地收了起來。收了之後，唰的一聲，又把扇子打開來，在胸面前亂扇著。

范寶華道：「你有什麼不得了，你大概前後買了四十兩黃金儲蓄券，後來押掉二十兩，又套回十二兩，共是五十二兩；打六折，你還有三十一兩。還二十兩的債。」

李步祥道：「不用說，還有十一兩，就算我的黃金儲蓄券，全是二萬一兩買的，五十一兩，也得血本一百零二萬，再加上幾個月的利錢，怕不合一百好幾十萬。十一兩金子兌換到手，能撈回這些個錢嗎？何況我有三萬五買進的一大牛，這簡直賠得不像話了，我還有個大漏洞……

「前些時陳夥計約我闖過封鎖錢，到淪陷區去套金子，我把手上存的三十兩黃金儲蓄券又抵押掉了，變了現鈔，天天說要走，天天走不成，現鈔又不敢存比期，還放在押款的銀行裡，預備隨時拿走。三十兩金券押了一百萬元，真不算少，我得意之至，原來是三萬五買的，本錢只合一百零五萬罷了，好了，一宣布打六折，變成了十八兩。就算照新官價五萬計算，一五得五，五八四，共九十萬，也蝕血本一十五萬。九十萬金本，就差押款十萬，半個多月利錢，又是十萬，銀行裡拿著我那金券越久越蝕本，我存的款子自然不許提。

「今天下午我去交涉，要我再補還他們二十多萬，才可以取回儲券，不然黃金儲蓄券他們留下，讓我提八十萬元了事。三十兩黃金變成八十萬元法幣，你說慘不慘？而且我這個錢是湊合來的。有的是三萬五萬借來的，有的是賣掉一些貨的錢。借的錢要付利息，賣貨的錢也當運算元金，八十萬元，經得幾回這樣重利盤剝？我怎麼不完？」

范寶華苦笑著道：「我比你戲法翻得更凶，我又怎麼不完。唉！」

他說唉時，李步祥也說唉，兩人同聲地叫出這個唉字，一個是拍著桌子，一個是拍著手，節奏倒是很合適的。

十九 空城計

就在這時，和范先生同居未久的東方曼麗小姐回來了，她穿著一件漂亮的黑拷綢長衫，露出兩條白藕似的手臂，下面是光腿赤腳，穿著黑漆皮條捆綁著的高跟鞋，腳指甲露出在外面，全是塗了蔻丹的，頭髮蓬著由前到後，卻用一根綠綢辮帶子捆了個腦箍，在頸脖子後面，紮了個孔雀尾，左手臂上掛了吊帶大皮包，右手拿了一柄白骨花紙小扇子，在胸前不住的揮動。

她皮膚很白，似乎沒有搽粉，而僅僅在臉腮上塗了兩個大胭脂暈，這樣，更現著她有天然風韻。

她到了屋子裡，將小扇子收起，把扇子頭比了嘴唇，先向人笑了一笑，唇膏塗得很濃的嘴唇裡，露出兩排整齊潔白的牙齒，那也是很嫵媚的，范寶華也笑了。

她問道：「你兩人像演戲一樣，同時嘆著氣，有什麼不如意的事？」

李步祥猜著，老范一定會在她面前說出一套失敗生意經來的，然而他沒有說，他繼續地嘆了口氣道：「重慶市上，找女傭人真不簡單，能用的，全是粗手粗腳，什麼也不懂，要找個合適的人，要像文王訪賢似的去訪。你不在家，什麼事沒有人管，你在家裡，又沒有人侍候你，這個局面老拖下去，家裡是個無政府狀態，我怎樣不唉聲嘆氣呢？」

曼麗笑道：「就為的是這個，那沒有關係，你別看我是一位小姐，家庭裡洗衣做飯，任何部門的事我都可以做。今天下午，買菜也是來不及了，我們去吃個小館吧。」

范寶華道：「好的好的，我陪你去，你先去休息休息。」

曼麗提了皮包上的帶子，態度好像是很自在的，將皮包搖晃著，向樓上走去。走了幾步，她又回轉身來，笑問道：「大街上有了西瓜，你看見沒有？重慶有西瓜，還是這兩年的事，現在的西瓜，居然培養得很好。」

范寶華道：「好的，我馬上去買兩個來，先放在水缸裡泡上。在重慶吃西瓜，還是有點兒缺憾，想找冰凍的西瓜是沒有的。」說著，他打開桌子抽屜，取了一把鈔票在手，就向大門外走。

李步祥跟了出來，笑道：「老范，你滿肚子愁雲慘霧，見著東方小姐就全沒有了。」他笑道：「你怎麼這樣糊塗，在新交的女友面前，誰不是儘量的擺闊？我們向人家哭窮，人家會幫助我們一萬八千嗎？」

李步祥道：「幫助的事，當然是不會有，手頭上分明很緊，反而表示滿不在乎，那不能取得人家的諒解呀，人家要花錢，你可要咬著牙齒供給。」

范寶華和他走著路，不由得站住了腳，向他笑道：「你看她長得是多麼美？在她的態度上，在她的言談上，沒有一樣不是八十分以上的，我只要有錢，我是願意給她花，反正是不得了的，花幾個錢，落一個享受痛快，有什麼不幹？不得了，也無非把我弄成光桿，像我逃難到重慶來時的情形一樣。我還能再慘下去嗎？」

他這樣一說，李步祥倒沒有什麼可說的了，只是呆呆地跟著。

二人買好了瓜走回來，一會兒工夫，東方小姐笑嘻嘻地走了來，挨了范寶華坐著，伸手拍了他的肩膀，笑道：「老范，我們到郊外去玩玩，好不好？」

他笑道：「剛才你還說吃小館子，這個時候怎麼又要到郊外去呢？」

曼麗笑道：「不但是郊外，還要過江，今天晚上南山新村一個朋友家裡有跳舞會，我們應當去參加這個跳舞會。」

范寶華笑道：「城裡新開了好幾處舞場，要跳舞很便利的，何必要涉水登山，跑到南山新村去呢？」

曼麗笑道：「要跳舞，就痛痛快快狂跳一夜，什麼都不要顧忌。在城裡跳舞，過了十二點鐘就差勁了，舞場裡慢慢的人少下來，就是人家家裡，到了兩點鐘，也不能維持了，我覺得那最是差勁，倒不如早點回家去的好。」

說著，伸手摸著范寶華的頭髮，像是將梳子梳理著似的，由前門頂一直摸到後腦勺下邊去。

這個手法看起來是很普通的，可是這效果非常的靈驗，在摸過幾下之後，范寶華就軟化了，他點了頭笑道：「好的，我就陪你到南山新村去玩一晚上。老李，你也跟我到南山去好不好？」

他說著話，偏過頭來向李步祥望著，他喲了一聲，抬起手來亂摸了和尚頭，笑道：

「我沒有那資格，我沒有那資格。」說著，拿了搭在椅子背上的衣服，起身就要走。

范寶華笑道：「你不去就不去吧，我也不能拉了你走，你還有什麼事和我商量的沒有？」

他站在屋子中間呆子一呆，因道：「我當然有話和你商量，可是也不是急在今日一天的事情，明天上午，你由南岸回來，我再來找你吧。」

說著，他向外走了幾步，復又回轉身來，手亂摸著頭道：「還是，我說出來吧，我在萬利銀行也抵押了五兩，我知道你上過那何經理的當。不過他自己也在金磚上栽了個跟頭，為了挽救信譽起見，最近營業做得好些了，而且拿黃金儲蓄券押給他們，又不是存款，所以我倒放心做了。現在我又有一點嘀咕了，我五兩金子只押了十萬元，太便宜了，他們可能是吸收大批小股黃金儲蓄券抵押，再向別家同業套了更多的頭寸。」

范寶華笑道：「最好是你到萬利銀行去看看。」笑時，他只管歪了嘴角。

李步祥一看范家牆上的掛鐘，還不到三點三刻，這個時候，銀行還不會下班，可以趕去看看，於是也不和范寶華再談什麼，徑直地就奔萬利銀行。

這家銀行還是像前兩個月一樣，開著大門，櫃檯前面並沒有一個顧客，便是櫃檯裡的那些職員，也是各人坐在桌子邊，看報吸煙。

李步祥走到櫃檯邊，還設有開口，一個銀行職員就笑盈盈地迎著道：「鐘點已過，請你明天來吧。」

李步祥道：「鐘點已過，你們怎麼還開著門呢？而且，我也不是來提款的。」

那職員紅了臉道：「本來是鐘點已過，管門的勤務有事出去了，所以還沒有關門。」

李步祥心裡有三個字要說出來：不像話，但是忍回去了，點點頭道：「那也好，我明天來吧，說起來，各位也許知道這個人，就是范寶華先生，他託我來問兩句話，他和你們有來往的，後來中斷了，現在還想和你們做點來往，先讓我來見見何經理的。」

他也只說到這裡，說完了，扭轉身軀就向外走。

剛出門不到幾步，後面有個人追了上來，拖住了他的衣服道：「我們何經理請你回去說話呢。」

李步祥轉身來問道：「你們經理找我說話？我不大認識呀。」

那人道：「是我們經理請你，那不會錯的。」說著，他攔住了去路。

李步祥心裡想著：這是他們拉存款的吧？於是帶了三分笑容，回到萬利銀行來。

這就看到一個穿夏威夷襯衫的人，滿臉紅光，一溜歪斜地走出來。看到李步祥，遠遠地抬起手來招了幾招，張著口笑道：「李老闆，我認識你的，請來經理室坐坐。下了班了，我沒事。」

李步祥迎向前去，他又和他深深地一鸞腰，緊緊地一握手。在這樣客氣的情形下，也就陪著他進了經理室。

那寫字臺上應放在面前的算盤印色盒，卻遠遠的放在桌子犄角上，代替了經理用的法寶，乃是一隻酒瓶和一份杯筷，另外兩碟子冷葷，一碟油炸花生米。

何經理笑道：「李老闆喝兩盅嗎？」

他道：「不客氣，我不會這個。」說著，就在旁邊坐著。

何經理站在桌子角上，就端起酒杯子來，仰著脖子喝了一口，然後放下杯子，在桌上一按道：「這年月怎能夠不會這個，有道是一醉解千愁。」

說著，他也和李步祥並排坐著，先放下幾分笑容來，點了個頭道：「范寶華先生，我們是很好的朋友，現在怎麼樣？很好吧？」

李步祥道：「他很好，新近做了幾筆生意，全都賺了錢。」

何經理道：「他沒有受黃金變卦的影響？」

李步祥很肯定地答道：「沒有！他老早就趁了五萬官價的時候，完全脫手了。」

何經理唉了一聲道：「他是福人，他還記得我這老朋友？」

李步祥道：「怎能不記得呢？你們共過長期的來往呀，他今天若不是到南岸去跳舞，就要來看何經理了，因為來不及分身，所以讓我來看看何經理在行裡沒有？」

何經理拍了手道：「我知道這件事，在南山新村朱科長家裡有個聚會，去的人大概不少吧！倒楣的人，我原來沒有打算去，既是范先生去了，我也去，有話回頭我們和范先生當面說。李先生還是來喝兩盅，酒有的是，我再和你添一點菜，喝！」

說著，拿起酒瓶子來，嘴對了嘴，咕嘟了幾口，然後放下瓶子，在桌上按了一按，同時身子搖晃了幾下。

他笑道：「不要緊，**做生意買賣，今日逆風，明日順風，乃是常事。**」

他說著話，自己疏了神，把酒瓶當了欄桿使勁地扶著，身子向後一仰，酒瓶自然是跟了人完全向後倒去。李步祥趕快站起來，伸手將他扶著。

他笑道：「你以為我醉了，我根本不知道什麼叫醉，我酒醉還心裡明呢。上次那批期貨，他們逼得我好苦，我只搬著幾塊金磚看了一看，又送走了，這次我做押款，不是自己的本錢……」

那位助手金襄理在外面屋子裡，正是躲了他撒酒瘋，聽到這話，趕快跑了進來，笑道：「經理，你休息休息吧。李先生，你明天再請過來吧。」

李步祥看這樣子，也是不能向下談，匆匆地走了。

何經理抓著金襄理的手，瞪了眼道：「你看我們銀行的業務到了什麼樣子，這個時候，我們還不該廣結廣交嗎?為什麼你把這個姓李的轟走，南岸朱科長家裡今天開跳舞會，我一定要去，我到那裡可以遇到一些有辦法的人。」

金襄理道：「我們也並不攔著你去，你暫時休息一會，想想拿什麼言語去向人家求助，那不也是很好的事嗎？」

何經理這才放了他的手，站著出了一會神，點點頭道：「那也對，把酒瓶子收了過去，讓我想想。」

他於是歪斜了向那長的籐椅子上一倒，坐下去閉了眼睛養神。這萬利銀行裡，自金襄理以下，都是巴不得安靜一下的，大家悄悄地離開了經理室。

何先生定下神去，想著怎樣可以再找著有錢的人幫忙。緩緩地想著，緩緩地就迷糊過去了。

他醒來時，經理室電燈通明。他看看牆壁上的掛鐘，已經是九點鐘了，他跳了起來道：「我該過江去了。」說著，連喊打洗臉水來，留在銀行裡的工友趕快給他伺候完了茶水。

何經理手裡提著一件西裝上身，就舟車趕程，奔上南山。

由南岸海棠溪到南山新村，乃是坐轎子的路程，老遠地看到許多燈火上下，正是列在一片橫空，那正是南山新村。將近了那些列若星點的燈火，在黑暗的半空裡，傳來一種悠揚的音樂聲，會跳舞的人，就知道這是什麼曲子。

何經理告訴轎夫，直奔音樂響處，鄉村裡雖沒有電燈，一帶玻璃窗，透出雪亮的光影，在光影中，於一幢西式樓房下了轎子，就聽到屋子裡傳出一片鼓掌聲。

他走進門去，就見門廊裡掛了兩盞草帽罩子煤油燈。在勝利的前夕，煤油依然是奢侈品。只看這兩盞燈，就知道主人是盛大的招待。

由門廊轉到客室裡，地板鋪的大通間，已擠滿了男女。屋頂上懸下兩盞大汽油燈，光如白晝。客室面山的一排窗戶全已洞開，燈光反映著，可以看到外面花木扶疏。晚風由花木縫裡吹過來，這倒像個露天舞場。

這大客室只有三面牆上，掛著大幅的中西畫，屋子裡一切傢俱移開，作為男女周旋之地了。屋角上掛著聲音放大器，傳出了留聲機裡的音樂唱片聲。在音樂聲中，舞伴們男女成對在推磨，正舞到酣處。

何經理站在舞伴圈子外看了一看，有不少熟人，而最為同調的，就是其中有兩個男賓，都是這回黃金變卦以後，情形大壞的人。這時，他們並沒有記得黃金生意虧下了多少錢，更不會想到借了債的是應該怎樣的交代了，立刻心裡想著：那也好，大家把那事忘了吧。

舞場是不能馬上加入的了，在面山的窗戶中間，有兩扇紗門，可以看到那裡一片草地，設下了許多籐椅和茶几，不舞的人，正在乘涼。

何經理拉開紗門，走到那裡去。有兩個人起身向前來相迎，笑說：「歡迎歡迎。」這兩人，一個是主人朱科長，另一個卻是想不到的角色，乃是誠實銀行賈經理。這就不免和他握了手，連搖撼著幾下道：「這是奇蹟，老兄也加入了我們這種麻醉集團。」

他倒是很淡然，笑道：「我們也應該輕鬆輕鬆。」說著，拉了何經理的手，走到一邊的籐椅子上，並沒坐下。

何先生首先一句問著：「近來怎麼樣？」

賈經理將手拍了椅靠道：「到這裡來是找娛樂的，不要問。」

何經理正想問第二句話時，主人兩個女僕同時走來，一個是將一杯涼的菊花茶放在茶几上，一個是將搪瓷盤子托著一大盤新鮮水果，低聲道：「請隨便用一點。」

他隨便取了兩個大桃子在手，心裡想著：這裡一切還是不問米價的。這個念頭未完，舞廳裡音樂停止，大群男女來到草地，范寶華和一位摩登女郎也一同走了出來。

何經理根據了過去的經驗，覺得范寶華是一個會做生意的人，而會做生意的人，凡事得其機先，是不會失敗的。那麼，這次黃金變卦，他可能就不受到影響。李步祥說他最近做了兩筆生意又發了財，那可能是事實。

這時見到了他，於是老早地迎上前去，向他握著手道：「久違久違，一向都好？」范寶華記起他從前騙取自己金子的事，這就不由得怒向心起，也就向他握了手笑道：「實在是久違，什麼時候由成都回來的呢！」

何經理說著早已回來了，和他同到空場籐椅子上坐著。范寶華就給他介紹著東方小姐。

何經理對這個名字相當的耳熟，心裡立刻想著：范老闆的確是有辦法，要不怎麼會認識這有名的交際花，便笑道：「范先生財運很好吧？」

范寶華笑道：「託福託福，我做生意，和別人的觀感有些不同，我是多中取利，等於上海跑交易所的人搶帽子，搶到了一點利益就放手。」

何經理和他椅子挨椅子地坐著，歪過身子來，向他低聲道：「這個辦法最適於今日的重慶市場，因為戰事急轉直下的關係，可能周年半載，日本人就要垮臺。甚至有人說，日本還會向盟軍投降。你想，若有這個日子來到，什麼貨還能在手上停留得住，絕不是以前的情形，越不賣越賺錢了，今天下午看準了明天要漲個小二成，甚至小一成，今天買進，明天立刻就賣出，這樣，資金不會凍結，而且周轉也非常的靈便。」

他說著好像是很有辦法，很誠懇。那東方小姐又坐在范先生的下手，正遞了一支煙給范先生，又擦著火柴給他點煙。

范先生現在對東方小姐，是唯命是聽的，已偏過身子去就著東方小姐送來的火，偏是在露天擦火柴，受著晚風的壓迫，接連地擦了幾根都沒有擦著。范寶華只管接受東方小姐的好意，就沒有理會到何經理和他談的生意經。

他把那支煙吸著了，何經理的話也就說完了，他究竟說的是一篇什麼理論，他完全沒有聽到。

何經理也看出他三分冷淡的意思，一方面感到沒趣味，一方面也不知要拿什麼手腕來和范寶華拉攏交情，正在猶豫著，卻聽到有一位女子的聲音叫道：「老賈呀，你還是坐在這裡嗎？」

賈經理在對面椅子上站了起來，笑道：「我在這裡等著你呢，你的手氣如何？」

何經理不用回頭去看，聽這聲音，就知道是朱四奶奶，因為她的國語雖然說得不壞，可是她的語尾，常是帶著強烈的南音。如「拉」字「得」字之類，聽著就非常的不自然。

何經理在重慶這多年，花天酒地，很是熟悉，對於朱四奶奶這路人物，也就有淺薄的交誼。他現在是到處拉攏交情的時候，就不能不站起來打招呼，於是向前和她笑道：「四奶奶，好久不見，一向都好？」

范寶華聽到，心裡想著：這小子見人就問好，難道所有的熟人都害過一場病嗎？

朱四奶奶笑著扭了身子像風擺柳似的，迎向前和他握著手道：「喲！何經理，你這個忙人也有工夫到這裡來玩玩。」

何經理笑道：「整日地緊張，太沒有意思，也該輕鬆輕鬆。我來的時候，沒有看到四奶奶。」

她道：「這裡有用手的娛樂，也有用腳的娛樂，我是用手去了，屋子裡有一場撲克，我加入了那個團體。」

何經理道：「那麼，怎樣又不終場而退呢？」

四奶奶道：「我們這位好朋友賈經理，他初學的跳舞，自己膽怯，不敢和別人合作，我若不來，他就在這裡乾耗著，我就來陪他轉兩個圈子。」

何經理笑道：「不成問題，賈經理這幾步舞，是跟著四奶奶學來的？」

賈經理正走了過來，這就笑道：「我也就是你那話，整日的緊張也該輕鬆輕鬆呀。」

兩位經理站在當面互相一握手，哈哈大笑。

就在這時，音樂片子在那舞廳裡又響起來了。在空場裡乘涼的人紛紛走進舞廳。朱四奶奶道：「老賈，我們也加入吧。」

他連說著好好，就跟著四奶奶進舞廳了。

何經理坐在草地上，周圍只有兩三個生人，而主人也不在，他頗嫌著悵惘。

椅子旁的茶几上擺著現成的紙煙和冷菊花茶，他吸吸煙，又喝喝茶，頗覺著無聊。幸是主人朱太太來了。

她陪著一位少婦走過來，順風先送來一陣香氣。

他站起來打招呼。朱太太就介紹著道：「何經理，我給你介紹，這是田佩芝小姐。」屋子裡的汽油燈光，正射照在田小姐身上。

何經理見她頭頂心裡挽了個雲堆，後面垂著紐絲若干股的長髮，這正是大後方最摩登的裝束。她穿了一件粉紅色的薄紗長衣，在紗上堆起小蝴蝶花，手裡拿了帶羽片的小扇子，這是十足的時髦人物。雖然還不能十分看清面目。可是她的身段和她的輪廓都很合標準的，這就深深地向她一點頭。

她笑道：「何經理健忘，我認得你的。請！」

照著舞場的規矩，男子一個鞠躬，就是請合舞。何經理原只是向她致敬，而田小姐卻誤會了，以為他是請合舞，而且還贅上了一個請字。何經理當然是大為高興，就和她一同加入舞廳合舞。

朱四奶奶和賈經理一對，一手搭著他的肩膀，一手握著他的手舉起來，進是推，退是拉，賈經理的步伐生硬得了不得，四奶奶對於這個對手，並不見得累贅，臉上全是笑容，看到何田二人合舞起來，她就把眼風瞟過來，點著頭微微一笑。

這時，這舞廳裡約莫有六七對舞伴，音樂正奏著華爾滋，大家周旋得有點沉醉。

在舞廳門口站著一個穿西服的人，何經理一看，那是本行的金襄理。他正想著：這傢伙也趕了來，可是看他的臉色非常緊張，但是他在汽油燈下，看清楚了田小姐，覺得非常漂亮，而且也記起來了，彷彿她是一位姓魏的太太，於今改為田小姐，單獨加入交際場，這裡面顯然是有漏洞。

在一見即可合舞之下，這樣的交際花是太容易結交了，正因為容易結交，不可初次合舞就不終曲而散，所以金襄理點頭過來，他也點頭過去，一直把這個華爾滋舞完，何經理還向魏太太行個半鞠躬禮，方才招呼著金襄理同到草地上來。

金襄理引他到一棵樹蔭下，低聲道：「經理，你回重慶去吧，明天上午，我們有個難關。」

何經理道：「什麼難關？和記那一千五百萬，我不是和他說好了，暫時不要提現嗎？」

金襄理道：「正為此事而來，那和記的劉總經理特意寫了一封信到行裡，叫我們預備款子。行裡的人看到和記來的信，拿信找到經理公館，又找到我家裡，我一時實在想不起來怎樣去調這個頭寸。這還罷了。偏是煤鐵銀行的張經理也通知了我要找經理談談，他那意思，我們押在他那裡黃金儲蓄券，這個比期，一定要交割，並說有三張支票，明天請我們照付，千萬不要來個印鑑不清退票。」

何經理道：「這三張支票是多少碼子？你沒有問他？」

金襄理遲遲頓頓地道：「大概是三千萬。」

何經理道：「明天上午要四千五百萬的頭寸！那不是要命？」說著，將腳一頓。

金襄理道：「兵來將擋，水來土掩，他們不是要我們的錢嗎？我們一面調頭寸準備還債，一面向人家疏通，緩幾天提現。還有一個辦法，經理明天一大早就去交換科先打個招呼……」

何經理又一頓腳道：「還要提交換科，我們那批期貨不是人家一網打盡嗎？」

金襄理見和他提議什麼，他都表示無辦法，也就不好說什麼，只是呆呆地站在他面前。

何經理沉吟了一會子道：「這個時候要我過江去，夜不成事，我也想不出什麼好辦法，大不了我明天中午停業，宣告清理。重慶市上銀行多了，大家混得過去，我們也就該混得過去。」

說到這裡，主人朱科長在草地上叫道：「何經理，過來坐吧，那裡有蚊子。」

何經理答應一聲，立刻走過去，將金襄理扔在一邊，不去管他。

這時魏太太和朱四奶奶都在籐椅子上坐著，舞場上音樂響著，她們並沒有去跳舞。何經理一過來，魏太太起了一起身，向他笑道：「何經理今晚上還過江去嗎？」

他覺得這問話是有用意的，便笑道：「假如田小姐要過江，我可以護送一程。」

魏太太道：「謝謝！讓我再邀約兩位同伴吧，有了同伴，我膽子就壯了，可以在這裡多打攪一些時候。」

何經理道：「玩到什麼時候我都可以奉陪。」

朱四奶奶坐在他斜對面，腳蹺了腳，搖撼著身體，笑道：「何經理對於梭哈有興趣嗎？」

何經理這時是憂心如焚，正不知明日這難關要怎樣的過去，可是朱四奶奶這麼一說，就拘著三分面子，尤其是對於新交的田佩芝小姐，不能不敷衍她，這就笑道：「這玩意是人人感到興趣的，我可以奉陪兩小時。田小姐如何？」

魏太太笑道：「我對於這個，比跳舞有興趣。不過，我們和經理對手，有點兒高攀吧？」

何經理笑道：「這樣一說，那我就非奉陪不可了。」說著，打了一個哈哈。那位金襄理兀自在樹底下徘徊著，聽到銀行主持人這樣一個哈哈，不免魂飛天外，也不向姓何的打招呼了，竟自走去。

何經理雖看到他走去，卻也不管，就向朱四奶奶笑道：「我們是不是馬上加人？」朱四奶奶道：「我得問問老賈，什麼時候過江。咦！這一轉眼工夫，他到哪裡去了。」

朱科長道：「大概是到我們隔壁鄰居陸先生家去了，向來我這裡有聚會，陸先生是必定參加的，不知道什麼緣故，今天他會沒有來？」

何經理道：「是豐年銀行的陸先生住在隔壁？」

朱科長道：「這是他的別墅，夏天是多半在這裡住。」

朱四奶奶道：「既是老賈到陸經理那裡去了，一定是談他們的金融大策，我們不必等他，他會到賭場來找我們的。」說著，她挽了魏太太的手臂就走，回過頭來就向何經理看了一看。

他點了頭笑道：「二位先生，我馬上就來。不出十分鐘。」說著，他還豎起了右手一個食指。

這兩位女賓走了，他心裡立刻想著：老賈去找陸經理，必定商量移挪頭寸，豐年銀行是重慶市上相當殷實的一家，老賈可以去找他想法，我老何也可以去找他想法，趁他還沒有談妥的時候，自己立刻就去，若是等老賈得了他的援助，恐怕……

想到這裡，只見誠實銀行的賈經理垂頭喪氣走了來，心裡這倒暗喜一下，陸先生的力量不曾被他分去，自己就可以得些援助。

等著他到了面前，笑道：「賈兄，你哪裡去了，四奶奶正找你呢。」

他這時不是遊戲的面孔了，抓著何經理的手，正了顏色道：「你以為我真是來跳舞的？我是特意來找陸老圜調頭寸的。」

他這樣說，因為陸經理號止圜，叫他陸老圜，乃是恭敬而又親近之辭。

何經理道：「你想到了法子沒有？」

老賈道：「陸老圜說，和他有關係的銀行共有七家，這個比期都不得過去，家家都要他調頭寸。就是這七家已經夠他傷腦筋，他哪裡還有餘力和別家幫忙？」

何經理道：「我不相信你們做得穩的人家，也是這樣的緊。」

賈經理嘆上一口氣，又搖了兩搖頭道：「一言難盡。」

何經理正還想說什麼，朱科長在身後叫道：「兩位經理，朱四奶奶在請你們呢，快去吧。」

賈經理向何經理看了一看，笑道：「請吧。」

他笑雖然是笑了，可是他的臉上顯然是帶了三分慘容。何經理倒是不怎麼介意，點了個頭就走了。

朱科長在前面引路，引到一間特別的屋子裡。這屋子是他們全屋突出的一間，三面開著六扇紗窗，屋頂上懸下了一盞小汽油燈，燈下一張圓桌子，蒙上了雪白圍布，坐了七位男女在打梭哈，各人身後又站上幾位看客。

這裡有兩面窗子在山坡上，下臨曠野，其餘一面，窗子外長了一叢高過屋頂的芭蕉。所以這雖是夏夜，盡有習習地晚風吹來。

朱四奶奶和魏太太連臂地坐著，她面前就放了一本支票簿。何經理眼尖，就認得這是誠實銀行的支票。四奶奶在支票上已開好了數目，蓋好了印鑑，浮面一張，就寫的是一十萬元。這時金子黑市才六七萬元一兩，這不就是一兩五錢金子嗎？

桌上正散到了五張牌，比牌的開始在累司。到了她面前，她是毫不猶豫地就撕下那張支票下注。對面一位男客向她笑道：「四奶奶總是用大注子壓迫人。」

她因腳步響，一回頭看到賈經理進來，便笑道：「你有本領贏吧，我存款的銀行老闆來了。請打聽打聽，我這支票絕不會空頭，我縱然開空頭，誠實銀行也照付，我做得有透支。」

那男客笑道：「四奶奶的支票當然是鐵硬的。」說笑著，翻過牌來，是他贏了，把支票收了去。

何經理看四奶奶面前的支票，上面依然寫著是一十萬元，心裡想著：假如這是透支的話，那豈不是輸著老賈的錢？想著，偷眼看賈經理的顏色，有點兒紅紅的，他背手站在四奶奶身後，並不作聲。

魏太太回過臉來，向何經理瞟了一眼，在紅嘴唇裡露出了兩排雪白的牙齒，微微一笑，又向他點了兩點頭，何經理像觸了電似的，就緊挨著魏太太坐下。

魏太太面前正堆了一大堆碼子，她就拿了三疊，送到何經理面前，笑道：「這是十萬，你拿著這個當零頭吧。」

他笑著點了點頭笑道：「我開支票給你。」她又向他瞟了一個眼風，微微笑著說了四個字：「忙什麼？」

何經理想著：這位太太手面不小，大可以和四奶奶媲美了，於是就開始賭起來。說也奇怪，他的牌風比他的銀行業務卻順利得多，上場以後，贏了四五牌，雖然這是小賭，他也贏到了二百萬，心裡正有點高興，主人朱科長卻拿了一封自來水筆的信封進來，笑道：「你們貴行同事真是辦事認真，這樣夜深，還派專差送信來。」說著，把那封信遞過來。

何經理心裡明白，知道這事不妙，就站起來接著信，走到屋角上去拆開來。裡面又套著一個信封，是胡主任的筆跡，上寫何經理親啟。再拆開那封信，抽出一張信紙來看，上面潦草地寫著：

育仁經理仁兄密鑒：

茲悉貴行今晚交換，差碼子五千萬元。明日比期，有停止交換可能，望迅即回城，連夜辦理。貴行將來往户所押之黃金儲蓄券，又轉押同業，實非良策。頃與數同業會晤，談及上次貴行將支票印鑑故意擦汙退票幾乎使數家受累，此次絕不通融。明日支票開出，交換科所差之碼子更大。弟叨在知交，聞訊勢難坐視，苟可為力之處，仍願效勞。對此難關，兄何以醇酒婦人，逍遙郊外也。金襄理聞已失蹤，必係見兄出去，亦逃避責任。此事危險萬分，望即回城負責辦理業務，勿使一敗不可收拾。

千萬千萬，即頌晚祺。

弟胡卜言拜上，即夕。

何經理看了這封信，忽然兩眼漆黑，立刻頭重腳輕，身子向旁邊一倒。這樣一來，賭場上的人都嚇得站了起來。

賈經理走向前問道：「何兄，怎麼了，怎麼了？」搶上前看時，汽油燈光照得明顯，何經理筆挺挺地躺在地上，一動也不動。女客們嚇得閃到一邊，都不會說話。

有兩位男客上前，對這情形看了一看，同叫道：「這是腦充血，快找醫生吧。」大家只是乾嚷著，卻沒有個適當辦法。有人向前來攙扶，也有人說動不得，有人說快舀盆冷水和他洗腳，讓他血向下流。到底是賈經理和他有同行關係，抓著一個聽差，搬了一張睡椅來，將何經理抬到上面躺著。

在燈光下，只見他周身絲毫不動，睜了兩隻眼睛看人，嘴唇皮顫動了幾下，卻沒有說出話來。這時，把主人夫婦也驚動著來了，雖然只是皺眉頭，也只好辦理搶救事件。

魏太太在今日會到了何經理之後，覺得又是一條新生命路線，不料在一小時內，當場就中了風，這實在是喪氣，當他躺在睡椅上的時候，她就悄悄地溜到草場上來乘涼。

主人家出了這麼一個亂子，當然也就不能繼續跳舞，所有在舞場上的人，有的走了，有的互相商量著怎樣走，因為既是夜深，又在郊外更兼是山上，走是不大容易的。有的決定不走，就在草場上過夜。

魏太太一眼看到范寶華單獨坐在這裡，東方曼麗未同坐，這就向他笑道：「何經理忽然中風了，你沒有去看看。」

范寶華嘆口氣道：「看他做什麼？我也要中風了。」

魏太太笑道：「你們這些經濟大家，都是這樣牢騷。我相信過兩三天，風平浪靜，你們一切又還原了。」

范寶華偷眼向她看看，覺得她還不失去原來的美麗，便一伸腿，兩手同提著兩隻西裝褲腳管，淡淡地問道：「徐經理沒有來？」

魏太太低聲道：「他在貴陽，沒有回重慶來。」

范寶華道：「你為什麼一個人先回重慶來呢？」

魏太太站起來，在草地上來回的走著。

范寶華不能再問她什麼話，因為其他的客人紛紛地來了。

魏太太在草場上走了幾個來回，走到范先生面前，問道：「曼麗到哪裡去了？我找找她去。」說著，她向舞廳裡走。

范寶華看她那樣子，覺得是很尷尬的，望著她後身點了兩點頭。又嘆了一口氣。身後有人低聲道：「范老闆，你還願意幫她一點忙嗎？」回頭看時，朱四奶奶一手扶了椅子背，一手拿了一把收拾起的小摺扇，抵了自己的下巴，微微地笑著。

范寶華道：「她很失意嗎？那小徐對她怎麼樣？」朱四奶奶張開了扇子，遮了半邊臉，低下頭去，低聲向他笑道：「田小姐也是招搖過甚，明目張膽地和小徐在貴陽公開交際，小徐的太太趕到貴陽去了，那結果是可想而知，現在她回來了，還住在我那裡，管些瑣務，你可不可以給她邀一場頭，今天她是有意來訪陸止老的，偏是陸止老不來，新認識了老何，老何又中風了。」

范寶華笑道：「她長得漂亮，還怕沒有出路。」

正自說著，忽然有人叫道：「田小姐掉到河溝裡去了。」兩人都為之大吃一驚。范寶華對於魏太太究竟有一段交情，這時聽到說她掉到水溝裡去了，就飛奔地出去，穿過舞廳，向大門外的路上，正是有人向外走著，所以他無須問水溝在哪裡就知道去向。

在大門外向南去的路上，有兩行小樹，在小樹下有若干支手電筒的電光照射，正是圍了一群人。走到那面前，見樹外就是一道小山溪，山溪深淺雖不得知，但是看到水倒映著一片天星，彷彿不是一溝淺水，便問道：「人撈上來了沒有？」

只聽到魏太太在人叢中答道：「范先生，多謝你掛念，我沒有淹著，早是自己爬起來。」

范寶華向前看，見魏太太藏在一叢小樹之後，只露了肩膀以上在外面，便問道：「你怎麼會掉下溝裡去的呢？」

她道：「我是出來散散步，沒有帶燈光，失腳落水的。」

范寶華聽她這話，顯然不對。這兩行樹護著河沿，誰也不會好好走路失腳落水，便道：「不要受了夜涼，趕快去找衣服換吧。」

身後有人答道：「不要緊，我把衣服拿來了。這是哪裡說起，家裡有位中風的，門口又有一位落水的。」

說話時，正是女主人朱太太。她面前有個女僕打著燈籠，手裡抱著衣鞋。魏太太在樹叢後面只是道歉。在樹外的多是男子，見人家要換衣服，都回避了。

范寶華也跟著回避，到了草地上，看到曼麗正和朱四奶奶站在一處竊竊私語。他笑道：「這正是趁熱鬧，田小姐高興一人去散步，會落到水裡去了。」

曼麗低聲笑道：「你相信那話是真的嗎？自從她由貴陽回來以後，就喪魂失魄似的，四奶奶這一陣子事忙，始終沒有和她的出路想好辦法，她對於這宇宙似乎有點煩厭了。」

四奶奶笑道：「要自殺什麼時候不能自殺，何要在這熱鬧場中表演一番，她大概是新受到了什麼刺激，不忙，明天我慢慢地問她。」

他們在這裡討論魏太太的事，那位賈經理坐在籐椅子上，仰著身體，只管展開一柄小摺扇不住的在胸面前扇著。可是身子挺著，他的頭卻微坐下來，直垂到胸口裡去。

四奶奶手上正也拿了一柄小摺扇呢，扇子是折起來的，她拿了扇子後梢，兩個指頭鉗住，晃著打了個圈圈，同時，將嘴向那邊一努，低聲笑道：「他和何經理犯著一樣的毛病，明天是比期頭寸有些調轉不過來。」

曼麗道：「他的銀行做得很穩的，為什麼他們這樣的吃緊？」

朱四奶奶又向范寶華看了一眼笑道：「你問他，他比什麼人都清楚。」

范寶華也不說什麼，笑了一笑，在草地上踱著步子。

這時，魏太太隨著一群人來了，她先笑道：「我還怕這裡出的新聞不夠，又加上了一段。」

朱四奶奶道：「我剛才方得著消息的，你今晚別回去了，就在這裡休息休息吧。據說隔壁陸止老連夜要進城，我想隨他這個伴。」

曼麗道：「他那樣的闊人，也拿性命當兒戲，坐木船過江嗎？」

朱四奶奶道：「當然他有法子調動小火輪，人家為了幾家銀行明天的比期，慢說是調小火輪，就是調用一架飛機，也不會有問題。」

坐著那邊籐椅上的賈經理，始終是裝著打瞌睡的，聽了這話，突然地跳著站起來道：「陸止老真要連夜進城，那麼，我也去。」

主人朱科長手裡夾了一支紙煙，這時在人群裡轉動著，也是來往地不斷散步。

他一頭高興，已為一位中風和一位落水的來賓所掃盡，大家多有去意，這就站在人叢中間道：「各位，今晚我招待不周，真是對不住。這些人要走，預備轎子是不好辦的，只有請各位踏上公路，步行到江邊去。輪船是陸止老預備好了的，那沒有問題。我已雇好了幾個力夫，把何經理抬走，實在是不能耽誤了，陸止老為了他，就是提早兩小時過江的。各位自己考慮，真是對不起。」

主人翁最後兩句話，完全是個逐客令，大家更沒有停留的意思了。

朱四奶奶見賈經理單獨站在人群外面，就走向前挽了他一隻手臂道：「老賈，我們先慢慢走到江邊去好嗎？」

他道：「好的，不過我總想和陸止老談幾句話。」

朱四奶奶道：「好的，他們不就住在隔壁一幢洋樓裡嗎？我陪你同去見他。」說著，將小扇子展開，對他身上招了幾招，然後就挽了他走，一面低聲笑道：「陸止老也許會幫你一點忙的，我可以和你在一邊鼓吹鼓吹，成功之後，你可不可以也幫我一點忙？」

賈經理道：「可以呀，你今晚上輸的支票，我完全先付就是。」

四奶奶道：「我明天還要透支一筆款子，我不是一樣要過比期嗎？」

賈經理頓了一頓，沒有答覆這句話。

只見籬笆外面，火把照耀，簇擁一乘滑竿過去。在滑竿上坐著一個人，正用著蒼老的聲音在責備人。他道：「**花完了錢就想發橫財，發了橫財，更要花冤枉錢，大家弄成**

這樣一個結果，都是自作自受。我姓陸的不是五路財神，救不了許多人，平常我勸大家的話，只當耳邊風……」說著話，滑竿已經抬了過去。

賈經理站住了腳道：「聽見沒有，這是陸止老罵著大街過去了。」朱四奶奶道：「那也不見得就是說你我呀，我要向前去看看。」說著，她離開了賈經理，就向前面追了去。

賈經理也不知她是什麼意思，站著只看了發呆。這時一群人抬了一張竹床，由面前過去，床上直挺挺地躺著一個人，將一幅白布毯子蓋了，簡直就抬的是具死屍，那是度不過比期的何經理，買過金磚的何經理。

賈經理看著這竹床過去，不由得心裡怦怦地跳了幾下。隨了這張竹床之後，來賓也就紛紛地走去，立刻跳舞廳裡的兩盞汽油燈都熄了，眼前是一陣漆黑，前半小時那種釵光鬢影的情形，完全消逝無蹤，他不覺在腦筋裡浮出了一片空虛的幻影。怔怔地站著，沒有人睬他，他也不為人所注意。

就在這時，聽到東方小姐在大門外老遠的叫著：「老范，老范。」由近而遠，直待她的聲音都沒有了，聽到主人夫婦說話的聲音，由舞廳裡說著話回到房裡去。

聽到朱科長太太道：「這是哪裡說起？我們好心好意地招待客人，**原來他們都是到我們這裡來借酒澆愁的，中風的中風，跳河的跳河**。」

朱科長道：「剛才有人告訴我，他們有幾個人就是到鄉下來躲明天的比期的，比期躲得了嗎？明天該還的錢不還，後天信用破產，在重慶市上還混不混？」

賈經理聽了這話，也不作聲，身邊正好有塊石頭，他就坐在上面。沉沉地想著明天誠實銀行裡所要應付的營業。

自己也不知道是經過了多少時候，耳邊但聽到朱家家裡人收拾東西，關門，熄燈，隨後也就遠遠的聽到雞叫了。

這是個下弦的日子，到了下半夜，半輪月亮已經高臨天空，照見這草場外面雖有一帶疏籬圍著，籬笆門都是洞開的，隨了這門，就有一條路通向外面的山麓。

他已經覺得身上涼颼颼的，也就感到心裡清楚了許多。覺得自己的銀行，明天雖有付不出支票的危險，天亮了就到同業那裡去調動，至多停止交換是後日的事，還是盡著最後五分鐘的努力吧，他自己暗叫了一聲對的，就起身向籬笆門外那條路上走去。

空山無人，那半輪夜半的月亮還相當的明亮，照見自己的影子斜倒在地上，陪著自己向前走去。迎面雖有點涼空氣拂動，還不像是風。夜的宇宙，是什麼動靜沒有，只有滿山遍野的蟲子在深草裡奏著天然的曲子。

他不知道路是向哪裡走，也無從去探問，但知道這人行小路順著山谷，是要通出一個大谷口的，由這谷口看到燈火層層高疊，在薄霧中和天上星點相接，那是夜重慶了。這就順了這個方向走吧。

約莫走了一二里路，將近谷口了，卻聽到前面有人說話。始而以為是鄉下人趕城裡早市的，也沒有去理會，只管走向前去。

走近了聽到是一男一女的說話聲，他這倒認為是怪事了，這樣半夜深更，還有什麼男女在這裡走路？於是放輕了腳步，慢慢移近。

這就聽到那個男子道：「我實在沒有法子為你解除這個困難，我家裡和銀行裡存的東西，不夠還一半的債，你說到重慶來了八年是白來了，我何嘗不是白來？」

那婦人道：「你和曼麗打得火熱了，正預備組織一個新家庭吧？」

那男的打了一個哈哈道：「**我要說這話，不但是騙你，而且也是騙了我自己。她住在我那裡，是落得用我幾個錢，我歡迎她住在我那裡，是圖個眼前的快樂，好像那上法場的人一樣，還要吃要喝，死也做個飽死鬼。**」

賈經理這就聽出來了，女的是田佩芝小姐，男的是范寶華先生。

田小姐就道：「我和你說了許久，你應該明白我的心事了，我是毀在你手上的，最好還是你來收場，我勸你不必管他什麼債不債了，你把家裡的那些儲蓄券賣了，換成現金，足夠一筆豐富的川資吧？我拋棄一切，和你離開重慶市。」

范寶華道：「那麼，我犧牲八年心血造成的碼頭，你犧牲你兩個孩子。」

魏太太道：「你做好事，不要提那兩個孩子吧。魏端本自己毀了，我無法和他同居，我又有什麼法子顧到兩個孩子。你說你不能犧牲八年打出來的碼頭，你黃金生意做垮了，根本你就犧牲了這個碼頭，而且勝利快來了，將來大家東下，你還會留在重慶嗎！」說到這裡，兩個人說話的聲音寂然了。

賈經理看到月亮下面，兩個人影子向前移動，他也繼續的向前跟著。

約莫走了半里路，又聽到范寶華道：「我現在問你一句實在的話，你今天晚上，是失腳落水嗎？」

田佩芝道：「我沒有了路了，打算自殺。跌下去，水還浸不上大腿呢。我呆了一呆，我又不願死了，所以走起來叫人。」

范寶華道：「你怎麼沒有路了？住在朱四奶奶家裡很舒服的。」

田佩芝道：「她介紹我和小徐認識，原是想弄小徐一筆錢，讓我跟小徐到貴陽去，也是為那筆錢，她希望我告小徐一狀，律師都給預備好了。這樣，小徐可以託她出來了事，她就可以從中揩油了，我沒有照她的計畫行事，她不要我在她那裡住了。」

范寶華道：「她怎麼就會料到小徐的太太會追到貴陽去的呢？」

田佩芝道：「我就是恨她這一點，她等我去貴陽了，就輾轉通知了人家。我在貴陽受那女人的侮辱，大概也是她叫人家這樣辦的，我若拋頭露面到法院裡告狀，說是小徐誘姦，我的名聲不是臭了嗎？我回重慶以後，她逼我告狀多次，實在沒有法子，我賣掉了三個戒指和那粒鑽石，預備到昆明去找我一個親戚，昨天小輸了一場，今天又大輸了一場，川資沒有了。我回到四奶奶家，只有兩條路，第一條路，到法院起訴，敲小徐的竹槓；第二條路，我回到魏家去過苦日子。可是，我都不願。」

范寶華道：「所以你自殺，自殺不成，你想邀我一同逃走。」

田佩芝道：「中間還有個小插曲，我很想和萬利銀行的何經理拉成新交情，再出賣一回靈魂，可是他也因銀行擠兌而中風了，這多少又給了我一點刺激。」

范寶華道：「**你和我一樣總不能覺悟，我是投機生意收不住手，你是賭博收不住**

手，這樣一對寶貝合作起來，你以為逃走有前途嗎？」

田佩芝道：「那我不管了，總比現時在重慶就住不下去要好些。」

范寶華道：「這樣看起來，朱四奶奶的手段辣得很。她和老賈那樣親熱，又是什麼騙局。我知道她有一批儲蓄券押在老賈銀行裡，那是很普通的事，占不到老賈很大的便宜。此外，她在老賈銀行裡做有透支，透支可有限額的，像老賈那種人，透支額不會超過一百萬，這不夠敲的呀！」

田佩芝道：「這些時候，她晚上出來玩，總帶了老賈一路，老賈圖她一個親近，像你所說的，落得快活，她就拼命在賭桌上輸錢，每次輸個幾十萬，數目不小，也不大，晚上陪老賈一宿，要他明日兌現，老賈不能不答應，限額一百萬，透支千萬將近了。」

范寶華道：「那又何苦？她也落不著好處。」

田佩芝笑道：「你在社會上還混個什麼，這一點你都看不出來。贏她錢的那個人，是和她合作的。打梭哈，對手方合作，有牌讓你累司，無牌暗通知你，讓她投機，多少錢贏不了？誠實銀行整個銀行都可以贏過去。」

賈經理聽了這話，猶如兜頭澆了一瓢冷水，兩隻腿軟著，就走不動了。他呆在路上，移不動腳，心裡一想，她可不是透支了好幾百萬了嗎？做夢想不到她輸錢都是假的。不要說銀行裡讓黃金儲蓄券凍結得透不出氣來，就是銀行業務不錯，也受不住經理自己造下的這樣一個漏洞。

他想著想著，又走了幾步，只覺心亂如麻，眼前昏黑，兩腿像有千斤石絆住了一樣，只好又在路上停留下來，等自己的腦筋緩緩清醒過來時，面前那說話的兩個男女已經是走遠了。

他想著所走的路，不知通到江邊哪一點，索性等天亮了再說吧。他慢慢地放著步子，慢慢地看到了眼前的景物，竟是海棠溪的老街道。

走到輪渡碼頭，坐第一班輪渡過江，一進船艙，就看到范田二人同坐在長板凳上，范寶華兩隻眼眶子深陷下去兩個窟窿，田佩芝胭脂粉全褪落了，臉色黃黃的，頭髮半蓬著，兩個人的顏色都非常的不好看，范寶華看到賈經理起身讓座。他就挨著坐下了。

范寶華第一句話就問道：「今天比期，一切沒有問題？」

賈經理已知道他是個預備逃走的人，便淡笑道：「欠人家的當然得負責給，人家欠我們的，我們也不能再客氣了。」

范寶華聽了，雖然有點心動，但他早已下了決心，把押在銀行裡的儲蓄券完全交割掉就完了，反正不能再向銀行去交錢，他也淡笑了一笑。

這二男一女雖都是熟人，可是沒並排地坐著，都是默然地誰也沒有說話，其實各人的心裡都忙碌得很，全在想著回到家裡，如何應付今日的難關。

輪船靠了重慶的碼頭，范寶華由跳板上是剛走一腳，就聽到前面有人連喊著先生。看時，吳嫂順了三四十層的高坡飛奔下來。

走到了面前，她喘著氣道：「先生，你你你不要回去吧，我特意到輪船碼頭上來等著你的。」

范寶華道：「為什麼？」

吳嫂看了看周圍，低聲道：「家裡來了好些個人，昨晚上就有兩個人在樓下等著沒有走，今天天亮又來了好幾個人。」

范寶華笑道：「沒有關係，他們不過是為了今天的比期，要我清帳而已。所有做來往的幾家商號，都不是共事一天，而且我有黃金儲蓄券押在他們手上，也短不了他們的錢。」

他說著這話，是給同來的賈經理和田小姐聽的。然而賈經理哪有心管人家的閒事，已經坐著上坡轎子走了，魏太太倒是還站在身邊，她對於范先生本來還有所待。

吳嫂看到她，坦然地點了個頭道：「田小姐，好久不見。」

魏太太道：「聽到說你不在范先生家裡了。」

她嘆口氣道：「我就是心腸軟，天天還去一趟，和他照應門戶，他們不回家，我也不敢走。」

魏太大道：「東方小姐回去嗎？」

吳嫂道：「她不招閒咯，回去就睏覺，樓下坐那樣多人，好像沒有看到一樣。」

魏太太向范寶華看了一眼，問道：「你打算怎麼辦？」

他道：「沒有關係，你在朱家等著吧，我打電話給你，我給你雇轎子吧。」說著，他招手把路旁放著的一輛小轎叫來，而且給她把轎錢交給轎夫了。魏太太坐著轎子去了。

范寶華道：「吳嫂，還是你對我有良心，你還趕到碼頭上來接我，這一定是東方小姐說的。」

吳嫂道：「她猜得正著，她猜你同田小姐一路來。」說著，把聲音低了一低道：「你的錢都放在保險櫃子嗎？她睡在你房裡，我不在家，怕她不會拿你的東西。」

范寶華站在石頭坡子上，對著黃流滾滾，一江東去的大水，很是出了一會神。

吳嫂道：「你回去不回去呢？你告訴我，有什麼法子把那些人騙走，你然後回去打開保險箱拿走東西轉起來吧。」

范寶華嘆了一口氣，還是望大江出神。

吳嫂道：「他們對我說了，把你抵押品取消了，你還要補他們的錢，如是抵押品夠還債，他們也不來要錢了。」

范寶華搖了兩搖頭，說出一句話：「我沒想到有今天。」

做投機生意的人，自然是像賭博一樣，大概都不知道這一注下去是輸是贏，可是做黃金生意的人，拿了算盤橫算直算，絕算不出蝕本的緣故，所以范寶華說的，想不到有今天，那是實在的情形。

吳嫂看了他滿臉猶疑的樣子，也是替他難受，因道：「你若是不願回去的話，把開保險箱子的號碼教給我，要拿什麼我跟你拿來。你放不放心？」

范寶華道：「這不是放心不放心的事，而是……好吧，我回去，醜媳婦總也要見公婆的面，反正他們是要錢，也不能把我活宰了。叫轎子，我們兩個人都坐轎子回去。」

吳嫂聽到他的話說得這樣親切，心裡先就透著三分高興。笑道：「只要你的事情順手，我倒是不怕吃苦。為你吃苦，我也願意。」

范寶華道：「的確，人要到了患難的時候，才看得出誰是朋友，誰不是朋友。我現在有一件事和你商量。」說著，他向左右前後看了一看，見身邊沒有人，才低聲繼續著道：「你娘家不是住北郊鄉下嗎？我想躲到你那個地方去，行不行？」

吳嫂道：「朗個不行？不過你躲到我那裡，我不明白你是啥意思？」

范寶華道：「第一，我要躲著人家猜不到的地方，第二，我要在那地方和城裡通消息，第三，太生疏了的地方也不行，你想，我無緣無故躲到一個生疏地方去，人家不會對我生疑心嗎？」

吳嫂咬著厚嘴唇皮，對他看了一眼，搖搖頭道：「你說的這話，我不大明白。」

范寶華嘆了口氣道：「我實在也是無路，我不是聽到剛才你說的那兩句話，我也不會這樣想。你不是說願意為我吃苦嗎，我溜了，我那家可捨不得丟，我想託你為我看管。住在你鄉下，我有什麼事，隨時可以通知你，你有什麼事，隨時可以通知我，他們討債，也不能討一輩子，等著風平浪靜了，我再回到重慶來。沒什麼說的，念我過去對你這點好處，你和我頂住這個門戶吧。」

說著，向吳嫂拱了兩拱手。

吳嫂道：「客氣啥子，人心換人心，你待我好，我就待你好，你到成都去耍，不是我和你看家？不過現在家裡住了一位東方小姐，說是你的太太，又不是你的太太；說不是你的太太，她又可以作主。」

范寶華道：「這個不要緊，我今天回去，會把她騙了出來，然後由裡到外，你去給它鎖上。我不在家，她也就不會賴著住在我那裡了。」

吳嫂對他望望，也嘆了口氣道：「你在漂亮女人面前，向來是要面子的，現在也不行了，啥子東方小姐，西方小姐，你沒得錢她花，她會認你？」

范寶華也不願和她多說，叫了兩乘小轎，就和吳嫂徑直走到家裡。

大門敞著，走到天井裡，就聽到客室裡鬧哄哄的許多人說話。其中李步祥的聲音最大，他正在和主人辯護，他道：「范先生在銀錢堆上爬過來的人，平常就玩個漂亮，哪把比期不是交割得清清楚楚，昨天是南岸有跳舞，鬧了個通宵，不是躲你們的債。」

范寶華哈哈大笑道：「還是老朋友不錯，知道我老范為人。」說著，他大開著步子走進了客室。

這時，椅子上，凳子上，坐著六位客人之多，有穿夏威夷襯衫的，也有穿著綢小褂子的，桌上放了一大疊皮包。看到他進來，不約而同地站起，有的叫范老闆，有的叫范先生。

范寶華向大家看了一眼，又將手指了桌上的皮包道：「各位把我家裡當了銀行，在我這裡提現嗎？」

說著，他把西服上身脫了，端了把椅子過來，放在屋子中間，然後伸了兩腿坐下，提起兩隻褲腳管，笑道：「昨天晚上，快活了個通宵，手也玩，腳也玩，不過沒有白玩，梭哈了半夜，小贏二百萬，至於今天的比期，我沒有忘記。在重慶碼頭上混，就講的是個信用，各位的單據都帶來了？」

說著，他在西服褲子袋裡，掏出一隻賽銀扁平的紙煙盒子，掀開蓋子來，向各人面前敬著煙，笑道：「大家來一支，這是美國煙。」

大家看他那種滿盤不在乎的樣子，料著不會不還債，大家也就不便提要債的話，就是不吸煙的，為敷衍主人的面子，也都接受了一支。

范寶華又在身上掏出打火機來，向大家點火，然後笑道：「現在銀行裡還沒有開門，也辦不了來往，我熬了個通宵，實在是餓不過，非吃一點東西不能辦事，我做個小東，請各位到廣東館子裡去吃早點。」

這債主子裡有位年紀最大的，光著和尚頭，嘴上有兩撇八字鬍鬚，將半舊的黃色川綢小褂子捲了兩隻袖子，手裡拿了一柄黑摺扇，有一下沒一下的在胸面前扇著，主人說話，他只是翻眼睛望著，要捉住一個漏洞。

這時主人要請吃早點，他想著這可能是個漏洞，這就站起來搖了兩搖手道：「大家都有事，你不必客氣。」

范寶華笑道：「我倒不是和各位客氣，我肚子實在餓得慌。這樣吧，主聽客便，有願和我去吃早點的，就和我一路走，有不願走的，就在舍下寬坐片時，我上樓去換件衣服。」說著，他起身就走了。

到了樓上房間裡，床上珍珠羅的帳子已經四面放下，曼麗穿了身浴衣，光著手臂和大腿，側身睡在帳子裡，看那樣子，還是睡得很香。

他的保險箱放在屋子的犄角上，斜對了帳子，他喊了兩聲曼麗，床上也沒有人答應，他就蹲下身子去，將保險箱打開，先將裡面單據證券分著兩捲取出，各在褲袋裡取出一方手絹，緊緊的一捲。

他又拿了兩件舊衣服，將這兩個手絹包裹著，然後自己換了條短褲衩，披著短袖襯衫，完全是個隨便的裝束，復又走下樓來。

他將舊衣服包的那個布捲笑著遞給李步祥道：「老兄，我家裡的衣服，吳嫂忙著洗不過來，哪裡還有工夫和你洗這許多衣服。」說著，把那包袱向他懷裡塞著。

李步祥莫名其妙地接著那包裹，見范寶華對他直使眼色，也只好接受著了。

范寶華笑道：「你看，我忙著這一早晨，臉也沒洗，口也沒漱。吳嫂，把洗臉傢伙送到這裡來。」

在座的六位要債人正待向他開口，見人家洗臉都來陪著，自也不能不忍耐片時，那吳嫂將臉盆漱口盂一樣樣地搬到客裡桌上放著，范寶華洗臉的用品還真是不少，牙膏、牙刷、香皂、雪花膏、生髮油、小梳子、小鏡子，那吳嫂真是不怕麻煩，陸續和他取來。

范寶華當了大眾漱洗，還向大家笑道：「不要緊，時間還早得很，今天上午，絕誤不了各位的事。」

他總摸索了有半小時以上，才把這張臉洗完，隨後拿鏡子照著，唉了一聲道：「不對，我長了這麼一臉鬍茬子，也沒有把鬍子刮刮，吳嫂，重新打盆熱水來。」

吳嫂答應著，除了給舀洗臉水之外，而且還把刮鬍子刀和刀片做兩次給他拿來。這樣又摸索了二十分鐘，他才把臉洗完。向李步祥道：「我知道你會來找我的，我們那筆買賣，十點半鐘可以成交，現在還不到九點。時間還早，我請各位吃早點，你也去做個陪客吧。」

李步祥和老范是多年的朋友，看他這情形，就明白他的用意了，於是笑道：「好的，我叨擾你一頓。今天上午這件買賣成交，你大賺一筆。你請一百次客的錢也有了。哈哈。」

范寶華就向六個債主子道：「我陪客也請到了，各位請吧。」

還是那個老債主子表示不同意，他搖著頭笑道：「今天比期，大家都忙，我們把上午的事情辦完了，還要辦下午的事情呢，范先生可以先看看我們的帳。」

范寶華突然地正著臉色向大家道：「各位，你們有點不講天理人情。人生在世，為的是什麼？不就為的是穿衣吃飯嗎？我這樣晝夜奔走是為了吃飯，各位一大早就到我這裡來要債，又何嘗不是為的吃飯？無論怎麼忙，這個肚子你得讓我填滿，我好意請各位去吃早點，固然是客氣，同時，我也是存著一個念頭，知人知面不知心，我是去填肚子，你們不會說我是躲比期，所以邀你們一路走，也好監督我。你們既不賞臉，我也無須客氣。老李，我們到金龍酒家吃早點去，不要緊，有錢還債，只要不過今日下午四點。銀行能辦清手續，我們就不負責任。」

說著，他拿起桌上一把芭蕉扇，就緩緩地走出去了。自然，李步祥夾了那包袱，跟了他到金龍酒家。

重慶是上海式的碼頭，雖然抗戰首都移到這裡，政治沖淡不了商業，反而增加它的旺盛。早上有辦法的公務員和有辦法的商家，照例是擠滿了廣東食店和江蘇食店。范李兩人在食堂裡找了許久，才在那角上找到了一副小座頭。

李步祥四周看了一看，坐下來就伸著頭低聲問道：「老范，我聽到你消息不好，一早來看你的，你這是什麼意思，當了許多人塞個包袱到我手上。」

老范拍了他的肩膀笑道：「你接著包袱，沒有問我什麼，這就對了。我以後的出路，都在這包袱裡。老李，今天早上可以大吃一頓，我不省錢，人生在世，有吃就要吃，錯過了機會，不見得就再吃得到。」

說時，茶房向桌上送著茶點，范寶華拿起擺好的筷子，夾了個叉燒包子就向嘴裡塞了進去。咀嚼著向李步祥道：「逃難的時候，哪裡吃得著這個。」

李步祥望了他道：「我看你今天的情形很興奮。」

他四周望了一望，低聲道：「我老早就興奮了，我老實告訴你，我那些押在人家手上的黃金儲蓄券非交割清楚不可了，押在銀行裡的我不怕他，我這個房子是租的，要清理我的財產，也就是那些傢俱，反正不能和我打官司。只有這些私人的來往，可是讓我受窘，他們可真討債，連本帶利，把我的儲蓄券都沒收了，我還得找他們一大筆款，而且他們不要儲蓄券，只是要我還債。老實說，要倒楣大家倒楣，我拚了那些儲蓄券不要也就算了，讓我再找一筆錢出來，我辦不到。」

李步祥道：「你今天不還那些人的錢，那還是不行啦，你有什麼法子擺脫他們？」

范寶華笑道：「慢慢的吃吧，『料然無事』。」說著，他來了一句戲白。說話之間，他是左手端茶杯，右手拿筷子，吃得非常的安適。

這時，身後有人輕緩地叫了一聲范先生，回頭看時，就是那討債的領袖人物小鬍子來了。

范寶華將筷子頭點著座旁的椅子道：「胡老闆，坐下來吃一點吧。我請你來，你不來，現在你可自己來了。」

他道：「不是那話。現在已經十點鐘了，我們在銀行裡取得了款子，上午還想做一點事情。」

范寶華道：「坐下來吃一點吧，反正我上午給你支票，十二點鐘以前，你可以取到款子。你要債，我還債，事情不過如此而已，你還有什麼話說。」

李步祥也移挪著椅子道：「你就坐下吧，給你來一碗麵好不好？」

這老頭子拘了面子，也只好坐下。

范寶華給他一支紙煙，又給他斟上一杯茶，笑道：「沒關係，你就破除十分鐘工夫，吃兩碟點心吧。」

這位胡老闆看了滿桌的包子餃子雞蛋糕，加上肚子裡還真是有點餓，也就扶起筷子來吃了。范李二人卻是不慌不忙地，在座上談著閒話。

大概又是十來分鐘，食堂裡吃早點的人已經是紛紛地走了，也不知主人是什麼時候招呼的，茶房又給他送來一碗豬肝麵。

胡老闆見麵碗擺在面前，搖著手道：「你二位吃吧。」

范寶華道：「我們老早來的，已經吃飽了，這碗麵，你若是不吃，也不能退回，你儘管吃吧。交情是交情，來往是來往，我們並不是請你吃了點心，就教你不討債，我們還是照樣的還錢，分文不會短少。」

這麼一說，胡老闆弄得不好意思起來，點了頭道：「笑話，笑話！范先生有辦法有面子的人，怎麼說這話。」

李步祥道：「這就對了，范先生回去就開支票給你，你還有什麼堵在心上，吃不下去。」

胡老闆望了那碗麵，紫色的豬肝，綠色的菠菜，鋪在麵上，帶了油香的紅湯，陣陣向鼻子裡送著香味，在三分尷尬情形下，也只扶著筷子挑幾條麵，嘗了一口。這一嘗，其味無窮，不知不覺，把那碗麵吃了。

這時，有人叫道：「胡老闆，你在這裡吃早點了，現在可不早，已經十一點鐘了，銀行快上門了。」

這是另一個討債的追了來，老遠地抬起手來招了兩招。

范寶華笑道：「不要緊，我馬上就回家開支票給你們。」他站起來，將李步祥拉到一邊說了幾句話。又慨然會了東，對走到面前新來的債主笑道：「沒有了時間，我也不留你們吃早點了，來支美國煙吧。」

他又在褲衩袋子裡，掏出賽銀煙盒子來，向二人敬著煙。李步祥向他使了個眼色，又一抬手就先走了。

范寶華將帶著的芭蕉扇在胸前搖了幾搖，笑道：「凡事都有一個一定的步驟，急不來的，一個月兩個比期，哪個比期，我不是像平常一樣從從容容地度過？這就是老早我已把款子預備好了。要給的錢，說破了嘴唇皮還是要給的，你們是摸不清我范老闆的脾氣，若是對我有相當的認識，真用不著天不亮就來堵我，這個時候，到金龍酒家來找我，一點不費事，還可以擾我一頓呢。你們天不亮就來，還不是沒有堵著我嗎？昨天晚上我就走了。我若有心躲這個比期，今天根本就不回來，又其奈我何？你們都太小氣。」一說著，搖了扇子向回家的路上走。

這兩個人自是默默地跟著，到了客室裡，還有四個債權人，渾身透出疲倦的樣子，靠了椅子背坐著。

范寶華向他們一抱拳道：「有偏了，家裡缺少招待，對不起得很。閒話少說，辦理債務要緊，現在我就開支票給各位。在支票沒有兌現以前，我不要各位把抵押品和借據交還給我，我的支票，也許是空頭，那不是要各位的好看嗎？但一樣的，我也是不放心。我把支票交給你們，你們一點憑據不給我，我也就太大方了。現在只要各位收了支票之後，給我寫個臨時收據，大家玩漂亮一點，好不好？」

六個人看他這樣子，是實心實意的還債，就同聲答應了一句好。

范寶華叫道：「吳嫂，把我的皮包給我拿來。」

吳嫂隨了這聲，提著一隻鎖好了的皮包，送到客室裡。范寶華在袋裡摸出鑰匙，將皮包打開了，取出兩本支票簿子來，然後再伸手到皮包裡去摸索著，自己哦了一聲道：「圖章在保險箱裡呢。」說著，起身就向樓上走去。

去了很久，他搖著頭走回客室來，一拍手道：「糟糕透了，保險箱的鑰匙丟了。」

胡老闆道：「保險箱不是對號的嗎？怎麼還要鑰匙？」

范寶華道：「我這保險箱是雙重保險的，又對號，又有暗鎖。各位不要急，等我想想，我這鑰匙是不是丟在金龍酒家呢？我是放在褲衩小口袋裡的，準是掏煙盒子的時候，隨手帶了出來了。我得親自去找找，這件事情非同小可。」說著，一扭身就向大門口跑出去了。

這些債主看他那樣焦急的樣子，這是事出不得已，不能攔著他去找鑰匙，大家只好還是在客室裡等著。只有胡老闆有點疑心，覺得事情怎麼如此湊巧？他出去找鑰匙，不要一找就永不回來吧，可是看到他放支票的皮包還放在客廳的桌上，料著他又不會不回來。

五分鐘，十分鐘，十五分鐘，大家靜靜的坐著等下去。

胡老闆首先有點不耐，問同伴幾點鐘了，有人戴著手錶的，抬起手臂來看了一看，嘆氣道：「到十二點只差十分了，銀行上午辦事鐘點已過，一切只等下午了。」

胡老闆站起來就向門外走去，卻和范寶華碰個正著，他手指上掛了一個帶銅圈的鑰匙，笑道：「找著了，找著了。在我的紙煙盒子裡放著呢。馬上開支票，馬上開支票。」

他說著話，上樓去取下了圖章就坐到桌邊去，一個個的問著債權人，款子共是多少，就照著人家報的數目，抽出口袋裡的自來水筆，各開了一張支票。開完了支票，一一地蓋上圖章，將支票都放在桌上，笑道：「我的手續是辦了，各位應該每人給我一張收據，收據不能用自來水筆，請各位用毛筆寫吧。」他於是在旁邊桌子抽屜裡取出紙筆墨硯，請各人寫收據。

這時，隔壁屋子裡噹噹一陣時鐘響，正是敲著十二點，他臉上帶了得意的微笑，向大家道：「我這個人絕對守信用，說了今天上午還錢，絕不會等到下午，請賜收據吧。」

這六個人看到人家的支票開在桌上，還有什麼話說，挨次地寫著收據，換取了桌上的支票。六個人把手續辦完，已是十二點一刻了。

范寶華一拱手笑道：「六位請吧，該去吃午飯了，我還有三千年道行，沒有逼倒。哈哈。」

這六個人被他奚落了兩句，也沒有話回答，還是帶著笑道歉而去。

二十 回頭是岸

這一幕喜劇，范寶華覺得是一場勝利，他站在樓下堂屋裡哈哈大笑。身後卻有人問道：「老范啦，你這樣的高興，所有的債務都已經解決了嗎？」說著這話的，是東方曼麗。她披了一件花綢長衣在身上，敞了胸襟下一路紐袢，沒有扣住。手理著散了的頭髮，向范寶華微笑。

范寶華笑道：「不了了之吧，我在重慶這許多年，多少混出一點章法，憑他們這麼幾個人就會把我逼住嗎？這事過去了，我們得輕鬆輕鬆，你先洗臉，喝點茶，我出去一趟，再回來邀你一路出去吃午飯。」

曼麗架了腿在長籐椅子上坐著，兩手環抱了膝蓋，向他斜看了一眼，抿了嘴笑著，只是點頭。

范寶華道：「你那意思，以為我是假話？」

曼麗道：「你說了一上午的假話，做了一上午的假事，到了我這裡，一切就變真了嗎？你大概也是太忙，早上開了保險箱子還沒有關起，是你走後，我起床給你掩上的，保險箱子裡的東西，全都拿走了，你還留戀這所房子幹什麼？你打算怎麼辦，那是你的自由，誰也管不著，不過我們多少有點交情，你要走，也不該完全瞞著我。」

范寶華臉上有點兒猶豫不定的顏色，強笑道：「那都是你的多慮，我到哪裡去？我還能離開重慶嗎？」

曼麗道：「為什麼不能離開重慶？你在這裡和誰訂下了生死合同嗎？這個我倒也不問你。我們雖不是夫妻，總也同居了這些日子，你不能對我一點情感沒有，你開除一個傭工，不也要給點遣散費嗎？」

她說到這裡，算露出了一些心事。范寶華點著頭道：「你要錢花，那好辦，你先告訴我一個數目。」

曼麗依然抱著兩隻膝蓋，半偏了頭，向他望著，笑道：「我們說話一刀兩斷，你手上有多少錢，我們二一添作五，各人一半。」

范寶華心裡暗想著：你的心也不太毒，你要分我家產的一半。但是他臉上卻還表示著很平和的樣子，吸了一支紙煙在嘴角裡，在屋子裡踱來踱去，自擦火柴，吸上一口，然後噴出煙來笑道：「你知道我手上有多少錢呢？這一半是怎麼個分法呢？」

曼麗道：「我雖然不知道，但是我估計著不會有什麼錯誤，我想你手上應該有四五百兩黃金儲蓄券，你分給我二百兩黃金儲蓄券，就算沒事。縱然你有六百兩七百兩，我也不想。」

范寶華只是默然地吸著煙，在屋子裡散步，對於她的話，卻沒有加以答覆。

吳嫂在一邊聽到這話，大為不服，沉著兩片臉腮，端了一杯茶，放到桌子角上，用了沉著的聲音道：「先生，你喝杯茶吧。你說了大半天的話，休息休息吧，錢是小事，身體要緊，你自己應當照應自己。**錢算啥子，有人就有錢，有了錢，也要有那項福分才能消受，沒有那福分把錢訛到手，也會遭天火燒咯。**」

曼麗突然站起來，將桌子一拍，瞪了眼道：「什麼東西？你做老媽子的人，也敢在主人面前說閒話。」

吳嫂道：「老媽子朗個的？我憑力氣掙錢，我又不做啥下作事。我在我主人面前說閒話，與你什麼相干？你是啥子東西，到范公館來拍桌子。」

曼麗拿起桌上一個茶杯，就向吳嫂砸了去。吳嫂身子一偏，噹啷一聲，杯子在地上砸個粉碎。吳嫂兩手捏了拳頭，舉平了胸口，大聲叫道：「你講打？好得很。你跟我滾出大門來，我們在巷子裡打，龜兒子，你要敢出來，老子不打你一個稀巴爛，我不姓吳。」說著，她向天井裡一跳，高招著手，連叫來來來。

曼麗怎樣敢和吳嫂打架，見范寶華在屋裡呆呆地站著，就指了他道：「老范，你看這還成話嗎？你怎麼讓老媽子和我頂嘴。」

吳嫂在天井裡叫道：「你少叫老媽子，以先我吃的是范家的飯，做的是范家的工，也只有范先生能叫我老媽子。現在我是看到范家沒有人照料房屋，站在朋友情分上和他看家，哪個敢叫我老媽子？」

曼麗正是感到吵嘴以後不能下臺。這就哈哈大笑道：「范寶華，你交的好朋友，你就是這點出息。」

吳嫂道：「和我交朋友怎麼樣，我清清白白的身體，也不跑到別個人家裡去睏覺，把身體送上門。」

這話罵得曼麗太厲害，曼麗跳起來，要跑出屋子去抓吳嫂。范寶華也是覺得吳嫂的言語太重，搶先跑出屋子來，拖著她的手向大門外走，口裡連道不許亂說。

吳嫂倒真是聽他的話，走向大門口，回頭不見東方小姐追出來，這就放和緩了顏色，笑向他道：「好得很，我把你騙出來了，你趕快逃。家裡的事，你交給我，我來對付她。她罵我老媽子不是？我就是老媽子，只要她不怕失身分，她要和我吵，我就和她吵；她要和我打，我就和她打。料著她打不贏我。你走你走，你趕快走。」說著，兩手推了范寶華向巷子外面跑。

范寶華突然省悟，這就轉身向外走去。

他的目的地，是一家旅館。李步祥正在床上躺著，脫光了上身，將大蒲扇向身上猛扇。看到范寶華來了，他跳起來道：「你來了，可把我等苦了。」說著，提起床頭邊一個衣服捲，兩手捧著交給他道：「你拿去吧。我負不了這個大責任，你打開來看看，短少了沒有？」

范寶華道：「**交朋友，人心換人心，共事越久，交情越厚。花天酒地的朋友，那總是靠不住的。**」因把家裡剛才發生的事情告訴了他。

李步祥一拍手道：「老范，這旅館住不得，你趕快走吧。剛才我由大門口進來的時候，遇到了田小姐，她問我找誰，我失口告訴和你開房間，她現在也是窮而無告的時候，她不來訛你的錢嗎？」

范寶華笑道：「不要緊，她正和我商量和我一路逃出重慶去。」

李步祥道：「哦！是你告訴她，你要在這裡開房間的，我說哪裡有這樣巧的事了。你得考慮考慮。」

范寶華道：「考慮什麼，撿個便宜老婆也是合適的事，我苦扒苦掙幾年，也免得落個人財兩空。」

李步祥道：「老范，你還不覺悟，你將來要吃虧的呀。」

他笑道：「我吃什麼虧，我已經賠光了。」他說著話，脫下襯衫，光了赤膊，伸了個懶腰笑道：「一晚上沒有睡。我該休息了。」

李步祥正猶豫著，還想對他勸說幾句，房門卻卜卜地敲著響，范寶華問了聲誰，魏太太夾了個手皮包，悄悄地伸頭進來。看到李步祥在這裡，她又縮身回去了。

范寶華點了頭笑道：「進來吧，天氣還是很熱，不要到處跑呀，跑也跑不出辦法來的。」

魏太太這就正了顏色走進來，對他道：「我是站在女朋友的立場告訴你一個消息的……曼麗和四奶奶通了電話，說你預備逃走，她說，你若不分她一筆錢，她就要通知你的債主，把你扣起來。我是剛回四奶奶家中，聽了這個電話，趕快溜了來告訴你，你別讓那些要債的人在這裡把你堵住了。在旅館裡鬧出逼債的樣子，那可是個笑話。」

范寶華道：「曼麗在哪裡打的電話？朱四奶奶怎樣回答她？」

魏太太道：「她在哪裡打的電話，我不知道，四奶奶在電話裡對她說，請她放心，姓范的可以占別個女人的便宜，可占不到東方小姐、朱四奶奶的便宜，非叫你把手上的錢分出半數來不可。我本想收拾一點衣服帶出來的，我聽了這個電話，就悄悄地由後門溜出來了，趕快來通知你。

「你手上還有幾百兩金子，早點做打算啦。四奶奶手段通天，你有弱點抓在她們手上，你遇著了她，想不花錢，那是不行的，小徐占過她什麼便宜，她還要我在法院裡告他呢，在眼前，她會唆使曼麗告你誘姦，又唆使你的債權人告你騙財，你在重慶市上怎麼混，趁早溜了，她就沒奈你何。」

范寶華被她說著發了呆站住，望了她說不出話來。

李步祥道：「這地方的確住不得，你不是說要下鄉去嗎！你遲疑什麼？趕快下鄉去，找個陰涼地方睡覺去，不比在這裡強？」

范寶華道：「也好，我馬上就走。請你悄悄地通知吳嫂，說我到那個地方去了，她心裡會明白的，今天你的比期怎樣？你自己也要跑跑銀行吧？你請吧，不要為我的事耽誤了你自己的買賣。」

李步祥看了看魏太太，向老范點點頭道：「我們要不要也通通消息呢？」

范寶華道：「那是當然，你問吳嫂就知道。」

魏太太裝著很機警的樣子，他們在這裡說話，她代掩上了房門，站在房門口。

李步祥和范寶華握了手道：「老兄，你一切珍重，我們不能再栽筋斗啊。」說著，他一招手告別，開著門出去了。

范寶華跑向前，兩手握了魏太太的手道：「你到底是好朋友。」

她一搖頭道：「現在沒有客氣的工夫了，你下鄉是走水路還是走旱路，船票車票，我都可以和你打主意。」

范寶華道：「水旱兩路都行。水路坐船到磁器口，旱路坐公共車子到山洞。」

魏太太道：「坐船來不及了，第二班船十二點半鐘已開走，第三班船，四點鐘開，又太晚了。到歌樂山的車子一小時一班，而且車站上我很熟，事不宜遲，我馬上陪你上車站，你有什麼東西要帶的沒有？」

范寶華道：「我沒有要帶的東西，就是這個手巾包。」

魏太太伸手拍了他的肩膀道：「不要太貪玩了，還是先安頓自己的事業吧，你看昨晚上何經理的行為，是個什麼結果？快穿上衣服，我們一路走。」

范寶華到這個時候，又覺得田小姐很是不錯了，立刻穿上衣服，夾了那個衣包，又和她同路走出旅館。

旅館費是李步祥早已預付了的，所以他們走出去，旅館裡並沒有什麼人加以注意。他們坐著人力車子，奔到車站，正好是成堆的人，蜂擁在賣票的櫃檯外面。那要開往北郊的公共汽車，空著放在車廠的天棚下。

查票的人，手扶了車門，正等著乘客上車。魏太太握著他的手道：「你在陰涼的地方等一等，我去和你找車票。」

她正這樣說著話，那個查票的人對她望著，卻向她點了個頭。魏太太笑道：「李先生，我和你商量商量，讓我們先上去一個人，我去買票。」

那人低聲道：「要上就快上，坐在司機座旁邊，只當是自己人，不然，別位乘客要說話的。」魏太太這就兩手推著他上了車去。范寶華這時感到田小姐純粹出於友誼的幫忙，就安然地坐在司機座旁等她。

不到五分鐘，拿了車票的人紛紛地上車。也只有幾分鐘，車廂裡就坐滿了，可是魏太太去拿票子以後，卻不見蹤影。他想著也許是票子不易取得。好在已經坐上車了，到站補一張票吧。

他想著，只管向車窗外張望，直待車子要開，才見她匆匆地擠上了車子。車門是在車廂旁邊的。她擠上了車子，被車子裡擁擠的乘客塞住了路，卻不能到司機座邊去。范寶華在人頭上伸出了一隻手，叫道：「票子交給我吧。」

魏太太搖搖手道：「你坐著吧。票子捏在我手上。」

范寶華當了許多人的面，又不便問她為什麼不下車。

車子開了，人縫中擠出了一點空檔，魏太太就索性坐下。車子沿途停了幾站，魏太太也沒有移動，直等車子到了末站，乘客完全下車，魏太太才引著老范下車來。

范寶華站在路上，向前後看看，見是夾住公路的一條街房，問道：「這就是山洞嗎？這條公路我雖經過兩次，但下車卻是初次。」

魏太太笑道：「不，這裡是歌樂山，已經越過山洞了。你和吳嫂約的地方，是山洞嗎？」

范寶華道：「我離開重慶，當然要有個長治久安之策。我託她在那附近地方找了一間房子。」

魏太太笑道：「那也不要緊，你明天再去就是了，這個地方我很熟，你昨晚一宿沒睡，今天應該找個涼爽地方，痛痛快快地睡一覺。關於黃金生意也罷，烏金生意也罷，今天都不必放到心裡去。」

范寶華一想，既然到了這地方，沒有了債主的威脅，首先就覺得心上減除了千斤擔子，就是避到吳嫂家裡去，也不在乎這半天。明日起個早，趁著陰涼走路，那也是很好的，便向她點點頭笑道：「多謝你這番安排。」

魏太太抿了嘴先笑著，陪他走了一截路，才道：「我也是順水人情，歌樂山我的朋友很多，我特意來探望他們另找出路，同時，我也就護送你一程了。」

說著話，她引著范寶華走向公路邊的小支路。這裡有幢夾壁假洋樓，樓下有片空地，種滿了花木，在樓下走廊上有兩排白木欄桿，倒也相當雅致。樓柱上掛了塊牌子，寫著「清心旅館」。

范寶華笑道：「這裡一面是山，三面是水田，的確可以清心寡欲，在這裡休息一晚也好。」

魏太太引著他到旅館裡，在樓下開了一個大房間，窗戶開著，外面是一叢綠森森的竹子，竹子外是一片水田。屋子裡是三合土的地面，掃得光光的，除一案兩椅之外，一張木架床，上面鋪好了草席，屋子裡石灰壁糊得雪白，是相當的乾淨。

正好一陣涼風由竹子裡穿進來，周身涼爽，魏太太笑道：「這地方不錯，你先休息休息，回頭一路去吃一頓很好的晚飯。」

范寶華道：「你不是要去看朋友嗎？」

魏太太笑道：「我明天去，免得你一個人在旅館裡怪寂寞的。」

范寶華點點頭道：「真是難得，你是一位患難朋友。」

他這樣說著，魏太太更是體貼著他，親自出去，監督著茶房，拿了一隻乾淨的洗臉盆和新手巾來，繼續送的一套茶壺茶杯，也是細瓷的。

范寶華將臉盆放在小臉盆架子上洗臉擦澡，她卻斟了兩杯茶在桌上涼著。范寶華洗完了，後面窗戶外的竹陰水風只管送進來，身上更覺得輕鬆，眼皮卻感到有些枯澀。

魏太太端了茶坐在旁邊方凳子上，對他看看，又把嘴向床上的席子一努，笑道：「你忙了一天一夜，先躺躺吧。」

范寶華端起一杯涼茶喝乾了，連打了兩個呵欠，靠了床欄桿望著她道：「我很有睡意，你難道不是熬過夜，跑過路的？」

她道：「你先睡，我也洗把臉，到這小街上買把牙刷。晚上這地方是有蚊子的，我還得買幾根蚊香，你睡吧，一切都交給我了。」

范寶華被那窗子外的涼風不斷吹著，人是醺醺欲醉，坐在床沿上對魏太太笑了一笑，她也向老范回笑了一笑。

老范要笑第二次時，連打了兩個呵欠。魏太太走過來，將他那個布包袱在床頭邊移得端正了，讓他當枕頭，然後扶了他的肩膀笑道：「躺下躺下……睡足了，晚上一路去吃晚飯，晚飯後，在公路上散步，消受這鄉間的夜景。過去的事，不要放在心上，以後我們好好的合作，自有我們光明的前途。」說著，連連地輕拍著他的肩膀。

范寶華像小孩子被乳母催了眠似的，隨著她的扶持躺下了。魏太太趕快地給他掩上了房門，窗子沒關，水竹風陸續地吹進屋來，終於是把逃債的范寶華送到無愁鄉去了。

魏太太輕輕地開了房門出來，到了帳房裡，落好了旅客登記簿，寫的是夫婦一對，來此訪友。登記好了，她走出旅館來，遠遠看到支路的前面，有個人穿了襯衫短褲，頭蓋著盔式帽的人，手裡拿根粗手杖，只是向這裡張望。看到這裡有人走路，他突然地回轉身去。

他戴了一副黑眼鏡，路又隔了好幾十步，看不清是否熟人，不過看他那樣子，倒是有意回避，她想著：這是誰？我們用閃擊的方法逃到歌樂山，有誰這樣消息靈通，就追到這裡來？

這是自己疑心過甚，不要管他。於是大著步子走到街上，先到車站上去看了一看，問明了，八點鐘有最後一班進城的車子。又將手錶和車站上的時鐘對準了。

走開車站，又到停滑竿的地方，找著力夫問道：「你們晚上九點鐘還在這裡等著嗎？」

這裡有上十名轎夫，坐在人家屋簷下的地上等生意。其中一個小夥子道：「田小姐，你好久不來了，你說一聲，到時候，我們去接你。」

魏太太道：「不用接我，晚上八點半鐘在這裡等我就可以，我先給你們五百元定錢。」說著，就塞了一疊鈔票在他手上，然後走去。

她安頓好了，於是在小雜貨鋪裡買了幾樣東西，步行回旅館。

這時，夕陽已在山頂上，山野上鋪的陽光已是金黃的顏色了。她心裡估計著，這些行動，絕不會有第二個人知道，不過這顆心，像第一次偷范寶華的現鈔一樣，又有點跳躍。她想著：莫非又要出毛病。

她想著想著，走近旅館，回頭看時，那個戴盔式帽，戴黑眼鏡的人，又在支路上跟了來。她忽然一轉念，反正我現在並沒有什麼錯處，誰能把我怎麼樣？我就在這裡挺著，等你的下文。於是回轉身來，看了那人。

那人似乎沒有理會到魏太太。這支路上又有一條小支路，他搖撼著手杖，慢慢地向那裡去了。看那樣子，是個在田野裡散步的人。魏太太直望著他把這小路走盡了頭，才回到旅館去。她已證明自己是多疑，就不管大路上那個人了。

回到屋子裡，見范寶華彎著身體，在席子上睡得鼾聲大作，那個當枕頭的包袱，卻推到了一邊去，她走到床邊，輕輕叫了幾聲老范，也沒有得到答覆，於是將買的牙刷手巾放在床上，口裡自言自語地道：「我把這零碎東西包起來吧。」於是輕輕移過那包袱，緩緩地打開。

果然，裡面除了許多單據而外，就是兩捲黃金儲蓄券。她毫不考慮，將手邊的皮包打開，將這可愛的票子收進去。皮包合上，暫時放在床頭邊，然後把布包袱重新包好，放在原處。

這些動作很快，不到十分鐘做完。看看范寶華，還是睡得人事不知。她坐在床沿上出了一會神，桌上有范寶華的紙煙盒與火柴盒，取了一支煙吸著。

她把支煙吸完，就輕輕地在老范腳頭躺下，心裡警戒著自己，千萬不要睡著。她只管睜了兩隻眼睛，看著窗外的天色。天色由昏黃變到昏黑，茶房隔著門叫道：「客人，油燈來了。」

魏太太道：「你就放在外面窗臺上吧！」說著，輕輕地坐起來，又低聲叫了兩聲老范，老范還是不答應，她就不客氣了，拿了那手皮包輕輕地開了房門出來，復又掩上。然後從容放著步子，向外面走去。

這時，星斗滿天，眼前歌樂山的街道在夜幕籠罩中，橫空一道黑影，冒出幾十點燈火。腳下的人行路，在星光下，有道昏昏的灰影子。她探著腳步向前，不時掉頭看看，身後的山峰和樹木立在暗空，也只是微微的黑輪廓，好一片無人境的所在。

她夾緊了肋下的皮包，心想：我總算報復了，忽然身後有人喝道：「姓田的哪裡走？」她嚇得身哆嗦，人就站住了。

魏太太本來就是心虛的，任何響聲都可以讓她吃一驚，這種喝叫的聲音，本就來得很厲害，她不能不站住了腳。

那個追來的人，腳步也非常的快，立刻就到了面前。

星光下，魏太太還可以看出那人影子的輪廓，正是下午兩次遇到在支路上散步的人。他道：「田小姐，久違久違，你好哇？你應當聽得出來我的聲音，我是洪五爺。」

魏太太哦了一聲。

洪五爺道：「我告訴你，我也住在旅館裡，登記簿上，是我朋友的房間，所以你不知道窄路相逢，**現在你打算怎麼辦？把老范的東西拐到重慶去出賣嗎？他算完了，你還要席捲他的東西，你不是落井下石？」**

魏太太道：「我，我，我不怎麼樣。」

洪五帶了笑音道：「不要害怕，老范是個躲債的人，他不能出面和你為難。我呢，記得很清楚，你騙了我兩隻鑽石戒指。那東西哪裡去了？」

魏太太道：「那是你送我的呀，我賭錢輸掉了，現在可不能還你。」

洪五道：「我也不要你還，但是你要聽我的命令，你和我一路回重慶去，老范的東西，你交給我，我去還他。」

魏太太道：「我沒有拿他什麼東西。」

洪五道：「**你這個女流氓，比妓女還不如，妓女拿身體換錢，只是敲敲竹槓而已，你是又偷又騙，無所不為**，你放明白一點，東西拿過來。老實告訴你，我在那房間窗戶外面，藏在竹子林裡看你多時了。我怎麼知道你到歌樂山的，我到范家去看老范，知道老范跑了，路上遇到李步祥，又知道你們在旅館裡，趕到旅館門口，我看見你坐人力車上公共汽車站，我知道歌樂山是你賭錢的老地方，晚一班車子追了來，一看就猜個正著。話都告訴你了，你還有什麼話說？」

魏太太道：「我和你同到重慶去就是。」

洪五道：「你先把東西拿過來。」說著，他伸出手來，就把魏太太肋下夾的這個包袱搶著奪了過去。同時，他亮著手上的手電筒對她臉上射出一道白光。

見魏太太呆了臉色，怔怔地站著，不由得放聲哈哈大笑。魏太太怕他這聲音驚動了人，下意識地提起腳來就跑，一直跑到街上去。

到了街上，她站著定了一定神，想著是就這樣算了呢？還是去找他理論，把東西退回老范。思索的結果，覺得大家翻起臉來，只有女人丟面子。**歌樂山還有不少的女友，這話揭穿了，是把自己一條求財之路打斷，於是向著車站的一條路上走，把最後一次的金子夢打破。**

她搭坐著晚班汽車到重慶，那已經是晚上十點鐘了。她帶了一臉懊喪的顏色，回到朱四奶奶公館。

這時晚飯吃過了，她家正有一桌麻將在打。朱四奶奶自己只在賭桌旁邊招待，並沒有上桌。魏太太看到小客堂裡燈火輝煌，料著在賭錢，這就不敢驚動誰，悄悄地回到自己臥室裡去。

她回到屋子裡，看到屋子裡情形和出去的時候是一樣，**這讓她像做了一場夢又醒過來，原以為早上出去，生活將有個大大的轉變，誰知跑出去幾十公里，還是回到這個屋子來安歇，什麼也沒有得著，今天這場夢算完了，明日將怎樣地去重新找出路呢？**

她無精打采地就向床上一倒。她當然是睡不著，她仰在床上，睜了兩隻眼睛，向天花板上望著，兩隻腳在床沿下，不住地來回晃蕩著。

門一推，朱四奶奶進來了。她手扶了門，向魏太太微笑了一笑，然後點了頭道：「辛苦了，由歌樂山回來。」

魏太太突然的坐了起來問道：「你的消息很靈通。」

四奶奶道：「我並不要打聽你的消息，可是人家巴巴地由歌樂山打了長途電話來，我也不能不聽。老賢妹，你對於范寶華的行為，那我管不著，但是曼麗是我們自己人，你這樣一來，曼麗一隻煮熟了的鴨子可給你趕跑了，她若知道這件事，她肯和你善罷甘休嗎？」

魏太太道：「大家都是朋友，誰也不能干涉誰吧？」

四奶奶正了顏色道：「話不能那樣說吧？假如這個時候，你和老范同居，她把老范人帶了走，錢也帶了走。你的態度應當怎麼樣？」

說著，她走進屋子來，索性在椅子上坐著，板了臉道：「你現在有兩條路可走，一條路是依了我的話，找著我指定的律師告小徐一狀；一條路是你明天就離開我這裡，我這裡縱然可以作救濟院，但是我們自己人不能害自己人，我也不救濟漢奸，現在我也不要你馬上答覆我，我容許你今晚上做一夜的考慮。」說著，她站起身來就走出門去了。

魏太太在屋子裡站站又坐坐，有時靠了桌子，斟杯茶慢慢地喝著，有時又燃一支煙吸著，對了牆上懸的一面鏡子看自己的相貌。

房門輕輕地推著，有人低聲叫了句佩芝，回頭看時，正是那青衣名票宋玉生。他穿一身湖水色的綢褲褂，一點皺紋沒有，梳得烏光的頭髮，配著那雪白的臉子，先就讓人有幾分歡喜了，這就笑著向他點了兩點頭道：「進來坐吧。」

宋玉生進來，就在四奶奶剛才坐的那張椅子上坐下了。他望了魏太太的臉色道：「你的顏色為什麼這樣不好看？」

魏太太淡淡的一笑道：「你這不是明知故問？」

玉生笑道：「你若把我還當你一個朋友的話，我勸你還是接受四奶奶的要求。你為什麼不願告小徐一狀，難道你還愛他嗎？」

魏太太道：「笑話？我認識他，完全是四奶奶導演的。我愛他哪一點，除非為了他有錢，可是他有錢，也沒有給我多少。」

宋玉生兩手一拍，笑道：「這不結了。**你認識小徐，是四奶奶的導演，現在你更應當聽四奶奶的導演**。四奶奶為你導演這齣戲，無非是要和你找條出路，現在你什麼沒有得著，白讓姓徐的占你一番便宜，不但四奶奶不服，連我也不服。」

魏太太笑道：「你當然不服了。」說著，伸手在他臉腮上擲了一下。

她是輕輕伸著兩個指頭擲他一下的，然而他臉腮上就有兩塊小紅印。魏太太向他笑道：「你看，你還是個男子漢啦，輕輕地掏一把，你就受了傷了。」

宋玉生笑道：「我就恨，我這一輩子不是女人，這年頭兒做男子沒有好處，凡事都落在下風。」

魏太太笑道：「所以你愛唱青衣花旦的戲了？我這裡有好煙，來支煙吧。你是難得到我這屋子裡來坐坐的。」說著，她將放在床上的手提包打開，取了一盒美國煙出來敬客。

宋玉生立刻在小褂子袋裡，掏出一疊鈔票，悄悄地塞到她皮包裡去。魏太太取一支紙煙塞到他嘴裡，又親自擦著火柴，給他點著，笑問道：「你是怎麼回事？今天對我這樣的客氣。」

宋玉生道：「我也是為你的前途呀！你現在是什麼辦法都沒有了，自己又愛花錢又愛賭，你不找條出路怎麼辦？依著我的意思，四奶奶叫你做的事，你實在可以接受，根本用不著你上法庭打什麼官司。只要律師寫封信去，也就嚇倒了。他並沒有做黃金倒把，他那公司絲毫不受黃金風潮的影響。這個日子，不受黃金影響的人，就是發財生意，你為什麼不趁這個機會敲他一筆。」

說到這裡，他起來順手將房門掩著，先走近了一步，低聲笑道：「我被這位統制得太苦，我又沒什麼錢，我假如有錢，我就帶你離開重慶了。」

魏太太將嘴撇道：「你又拿話來騙我。我不信你的話。」

宋玉生道：「你得仔細地想想，這個世界，除了我，還有誰能瞭解你？你不聽我的話，你不會有出頭之日的，我呢？人家都把我當個消遣品而已，只有你看得起我。現在你也不信我的話，我沒有法子了，我幻想中那個好夢，現在做不成了。」

這幾句話，字字打入了魏太太的心坎。加上他說的時候，又是那樣愁眉苦臉。

魏太太嘆了口氣道：「為了你，我再做一次出醜賣乖的事，好在姓徐的對我也無感情可言。」

宋玉生拉了她的手，亂搖晃了一陣，笑道：「好極了，好極了。」

當時魏太太也有些疑惑，為什麼告姓徐的一狀，姓宋的會叫好極了呢？可是她一見到宋玉生遇事溫存周到，就不忍追問他了。當晚和宋玉生談了兩小時，就把一切計畫決定。

次日上午，四奶奶又恢復了和她要好的態度。

到了第三日，幾家大報上登出了一條律師受聘為田佩芝法律顧問的廣告。不知道田佩芝是甚樣人的，當然不介意，而對這廣告最關心的，還是他原來的丈夫魏端本。他為了小孩子的話，回到重慶，來找他們的母親，正是有點躊躇，現在看到了這段廣告，他卻是發生了好幾點疑問，田佩芝是不是有意要這兩個孩子？根據法律，小孩子太小，她有這權利帶了去養活。根據經濟力量，那她是太不能和沿街賣唱的人相比了，小孩子當然也願意和她過活，那個律師的廣告，明明白白登載了事務所的地點，他就帶了兩個孩子找到律師那裡去。

律師也並沒有想到田小姐的廣告是對付姓徐的，而首先卻是姓魏的來找。這事並沒有和當事人談過，他不知道田佩芝是什麼意思，就改約了第二日再談。但又怕在事務所裡遇到了姓徐的來人，並指定了地點，是中山公園的茶亭。

重慶沒有平地，公園也是在半邊山上，當年也沒有料想到這裡會作抗戰首都，公園的面積也是一覽無餘。只是這個茶館，卻非常的熱鬧，沿著山腰，一樓一亭，還有幾十張散座，常是坐滿了人，而這也是花錢極少，可以消遣半日的地方。在那裡泡一碗沱茶，俯瞰揚子江，遠看南山，讓終天通住在鴿子籠裡的人，可以把胸襟舒展片時。

魏端本在每日下午，總帶著兩個孩子，到茶座外面山石上唱幾個歌。他們唱的《好媽媽》，總是讓品茶的人引起了同情心。小渝兒和小娟娟一伸手和人家要錢，很少有人拒絕，他們看準了這裡是個財源，總得在這裡混兩三小時，這樣，大家都認識他們了。

履約的這一天，魏端本怕是爭論不過對方，跑了一上午，在百貨交易的市場上，找到了李步祥，並懇求了陶太太半天不賣紙煙，同到公園的茶亭上來。他向來是不在這裡泡茶喝的，這時也就在大亭子裡占了個座位，泡了三碗沱茶。

李步祥也是常到這裡的人，茶房認得他，端著茶碗來的時候就向他笑道：「李老闆，你也認得這唱歌的兩個小娃？」

李步祥問魏端本道：「你也常來？」

他嘆口氣道：「我還有富餘錢坐茶館嗎？這幾天常帶著孩子到這裡來賣兩小時的唱，自然，也不免遇到熟人，可是我顧不了這個面子，每天的伙食要緊。這裡是最能賣唱的一個地方，我捨不得丟開。」

陶太太一擺頭道：「不要緊，當初我擺香煙攤子的時候，也是有些不好意思，可是我想到這又不是一天兩天的事，長遠要靠這個為生，偷偷摸摸地躲著人，這小生意怎樣的做，所以我索性大大方方地擺攤子。這樣一來，不但沒有人鄙笑我，而且都同情我。

賣唱要什麼緊，那還不是憑自己本事吃飯嗎？」

她這麼一說，倒引起了鄰座位的注意。有人看到小娟娟也爬在桌子邊方凳子上坐著，就走過來摸了她的頭笑問道：「小朋友，今天唱歌還先喝碗茶潤潤嗓子嗎？」

她搖搖頭道：「我今天不唱歌，到這裡來等我媽媽。」

那人問道：「你還有媽媽嗎？」

她很得意點了個頭道：「我怎麼沒有媽媽？等一會兒就來。」

這人也是多事。看到娟娟說有媽媽，把她所唱的我有一個《好媽媽》聯想起來，頗是新聞，便向她姐弟二人招了兩招手，把他們叫到自己桌子邊去，買了一些糖果花生給他們吃。

那桌子和魏端本所坐的地方，只相隔了兩三尺空地，他只是向那個人點了幾點頭，說聲多謝，也沒有攔著。那桌上也有三四個茶客，就都逗引著他姐弟們說話。

小渝兒打著一雙赤腳，只穿了條青布短褲衩。上身是件黃夏布背心，也只有七八成新。魏端本今日忙著，也沒有工夫給他擦澡，兩隻光手臂都抹上了一層灰。他拿了塊米花糖，站在桌子邊吃。

一個茶客笑道：「往日你唱歌，都弄得乾乾淨淨的，今天等你媽，倒不乾淨了，我要罰你唱個歌。」

小渝兒吃得正高興，當眾唱歌又是做慣了的事，說唱就唱，拉著娟娟道：「姐姐，你也唱吧。」

小娟娟雖是穿了件帶裙子的花夏布女童裝，可是蓬著頭髮，今天沒有梳兩個小辮。茶客也笑道：「對了，她也該罰，今天沒有平常漂亮。」

小娟娟信以為真，就和小渝兒站在茶座中間，唱起《好媽媽》來。因為他們認為這個歌是最能叫座的。

他們一唱，茶座上的人看到這一對不滿三尺的小孩，唱著這諷刺性的歌，都注意地聽著。

當他們唱到最後一段：「她打麻將，打梭哈，會跳舞，愛坐汽車，愛上那些，就不管娃娃。」大家也正預備鼓掌，就在這時，小渝兒突然停止了不唱，跳起來大叫一聲道：「媽媽來了。」小娟娟隨了兄弟這聲叫，連喊著媽媽，就向茶亭子外奔了去。聽唱的茶客總以為這兩個孩子是沒有媽的，縱然有媽，由這父子三個人身上去推測，那也一定是很狼狽的，這時，隨了小娟娟的喊聲看了去。

見面前有一個漂亮少婦，滿臉的胭脂粉，身穿一件白綢彩色印花長衫，腳上登了最時髦的前後漏幫的乳色皮鞋，肋下夾著一隻放亮的玻璃皮包，這東西隨盟軍飛機而來還不到半年呢，只看她的手指甲，塗著通紅的蔻丹，那就不是做粗事的人。

小娟娟姊弟就奔向這個少婦，連聲叫著媽媽，這邊桌上的陶太太忘其所以，還照著舊習慣，站起來叫了聲魏太太。

她隨在律師後面，老遠地就看到兩個小孩子在茶座人叢中唱歌。那歌詞雖不十分清楚，但看到全茶座向這兩個髒孩子注意，就怕當場出醜，把步子緩了下來。

這時兩個孩子跑了過來，大家的眼光也都隨了過來，她感到這事情太沒有秘密了，尤其是魏端本蓬了一頭短髮，穿套灰色布袍服，像個小工，在大庭廣眾之中和他去開談判，那太丟人了。她立刻站了腳，向律師道：「我不和他們談話了，這簡直是有意侮辱我一場。」說畢，扭轉身就要走。

小渝兒幾個月不見媽媽了，現在見了媽媽，真是在苦海中得了救命圈，跑上去，扯著她衣服的下擺，身子向後仰著，亂叫媽媽。

小娟娟也站在她面前，連叫了幾聲媽。魏太太紅著臉，伸手將小渝兒的手撥開，連道：「你們不要找我，你們不要找我。」

茶座上的人這就看出來了，這和小孩子唱的歌詞裡一樣，真是一個不要孩子的摩登婦人，都瞪了眼望著。

魏太太見人都注意了她，更是心急，三把兩把將小渝兒的手撥開，扭身就跑。小渝兒跳了腳叫道：「媽媽不要走呀。我要媽媽呀！」小娟娟也哇的一聲哭了。這時，茶座上不知誰叫了一聲：「豈有此理！」又有人叫：「打！」也有人叫：「把她抓回來。」世界上自然還有那些喜歡打抱不平的人，早有四五個茶客飛奔了出去，口裡連喊著：「站住。」

魏太太穿的是高跟鞋，亭子外一道橫山小路常有坡子，她跑不動，只得閃在那同行的律師後面。律師也覺魏太太過於忍心，便搖了手擋住眾人道：「各位，有話好說。她是個婦人，我們可以慢慢地和她說。」

李步祥在後面也追了上來，抱了拳頭向那幾個人道：「多謝多謝，我們還是和她講理吧。」

這些人不能真動手打人，有兩個人攔著，也就站在路頭上，瞪了眼向魏太太望著。有人問李步祥道：「這孩子是她生的嗎？」

李步祥道：「當然是她生的，家家有本難念的經。一時也說不清，他們鬧著家庭糾紛，已經分開了，我們朋友正是來和他們解決這個問題呢。」

魏端本這時帶了兩個孩子也走向前，對太太點了個頭道：「佩芝，你跑什麼？我也不能綁你的票呀！我窮了，你闊了，我並不要你再跟我。不過孩子總是你生的。母子見了面，說兩句話，有什麼要緊呢？」

魏太太一看，圍繞著山坡上下，總有上百人來看熱鬧。魏端本那一身窮相，和自己對比著，實在不像樣子，便頓了腳道：「你好狠的心，你騙了我到這地方來，公然侮辱我。你什麼東西，你是犯了私挪公款做黃金的小貪官！你有臉見我，我還沒臉見你呢，有什麼話，你對我的律師說。我已被你羞辱了一場，你還要怎麼樣？」說著，也哇的一聲哭了起來。

陶太太由人叢中擠了向前，扯著她道：「田小姐，不要在這裡鬧，到我家裡去談吧。」說著，扯了她就走。

看熱鬧的人雖然很是不平，一來她是女人，二來她又哭了，大家也就只是站著呆望了她走去，小娟娟小渝兒都哭著要媽。

魏端本一手扯住一個，嘆了氣道：「孩子，你還要她幹什麼？她早就把我們當叫花子了！」

李步祥也幫著他哄孩子，先把小渝兒抱了起來，對他道：「別哭別哭，我一會兒帶你去找她。」兩個孩子哪裡肯聽，只是哇哇地哭著。

魏太太走的是上坡路，群集著看熱鬧的人，就把她的行蹤看得清清楚楚。她走著路，不時掀起那片花綢長衫的衣襟，看是否讓小渝兒的髒手印上了一塊黑跡，至於這裡兩個小孩子叫媽，她並不回頭望一下。

這又有人動了不平之火，罵道：「這個女人，好狠的心。」接著又有人喊了個打字，於是一片叫打的聲音。也不知哪一位首先動手，在地面撿了一塊石子，遙遠地向魏太太後身拋了去。這一塊一石子就引起了一起石雨，都是向她身後飛來。雖然都沒有砸到她身上，她也就嚇得亂跑。

在這裡，讓她明白了一件事：**就是在人群之中，雖沒有利害的關係夾雜著，是非與公道，依然是存在的。**

這幕悲喜劇，最難堪的是魏太太了。她很快地離開了公園，回身握著陶太太的手道：「這是哪裡說起？我特意來看孩子，多少也許可以和姓魏的幫一點忙，他為什麼佈置這樣一個圈套，當眾侮辱我一場。好狠！從此，他們不要再認識我這個姓田的。至於兩個孩子，那是彼此的孽種，不為這孩子，我不會跟姓魏的吃這多年的苦，姓魏的呢？

不為這孩子，他一個人也可以遠走高飛，我現在也是講功利主義，不能為任何人犧牲，再見吧，陶太太。」

說著，街邊正停著一輛人力車子，她也沒有講價錢，跳上車子，就讓車夫拉著走了。她為了和律師還要取得聯絡，就回到朱四奶奶那裡去等電話。

果然，不到半小時，律師的電話來了，她在電話裡答道：「這件事，是那條法律顧問的廣告招引來的，不要再登了。小徐若是沒有反響的話，我們就向法院裡去遞狀子，不要再這樣囉哩囉唆了。」

四奶奶的電話，是在樓上小客室裡，那正和四奶奶休息的所在，只隔一條小夾道。電話說到這裡，她跑過來搶過電話機，笑道：「大律師，晚上請到我家裡來吃晚飯吧。一切我們面談。電話是解決不了問題的，回頭見，回頭見。」說著，她竟自把電話掛上。

她回過頭來，看到魏太太的臉色紅紅的，眼睛角上似乎都藏著有兩泡眼淚，便握著她的手道：「怎麼回事？你又受了什麼打擊了嗎？」

她搖了頭隨便說了沒有兩個字，接著又淡笑道：「我們受打擊，那還不是正常的事？我的事也瞞不了你，我在重慶混不下去。」

四奶奶道：「那為什麼？」

魏太太就牽著四奶奶的手，把她引到自己臥室裡來，把公園裡所遇到的那段故事，給四奶奶說了。

四奶奶昂頭想了一想，她又把手撫摸了幾下下巴，正了顏色道：「老賢妹，你若是相信我的貢獻的話，我倒是勸你暫時避一避魏端本的鋒芒。」

魏太太愕然地望了她道：「這話怎麼解釋？」

四奶奶道：「無論姓魏的今天所做是否出於誠心，今天這一道戲法，即是大獲全勝，他就可能繼續地拿了出來，反正你沒有權力不許他賣唱，也不能禁止那兩個孩子叫你作媽。你在重慶街上，簡直不能出頭了，我勸你到歌樂山出去躲避一下，讓我出馬來和你調停這個問題。」

魏太太本來是驚魂甫定，面無人色，現在四奶奶這樣一說，她更是覺得心裡有點慌亂，問道：「難道他們派有偵探，知道我的行動嗎？」

四奶奶道：「你到哪裡去，他不知道？首先他知道你住在我這裡，他可以帶了兩個孩子到門口來守著。高興，他們就在這門口唱起《好媽媽》來。我姓朱的，也只能對我大門以內有權。若是他在我這大門外擺起唱歌的場面，我是干涉不了的，也許他明天就來。」

魏太太抓著四奶奶的手道：「那怎麼辦？那怎麼辦？你這裡朋友來了，不是讓我無地自容嗎？」

四奶奶微笑道：「我不說，你也不著急。我一說明，你就急得這個樣子。這沒有什麼了不得，你今天就搭晚班車，到歌樂山去。也許洪五還在那裡，你還有個伴呢。」

魏太太道：「小徐的官司，怎麼進行呢？」

四奶奶道：「那好辦，明場，有律師和你進行。暗場，我和你進行。現在我給你一筆款子，你到歌樂山去住幾天，我們隨時通電話。」

這時，樓下傭人們正在聽留聲機，而留聲機的唱片，正是歌曲的《漁船曲》。她還抓著四奶奶的手呢，這就不由得亂哆嗦了一陣道：「他們在唱嗎？」

四奶奶笑道：「不要害怕，這是樓下傭人開著話匣子。」

魏太太道：「既然如你所說，那我就離開重慶吧。不過范寶華這傢伙也在歌樂山，他若遇見了我，一定要和我找麻煩的。」

四奶奶撩著眼皮笑了一笑道：「他呀，早離開歌樂山了。我的消息靈通，你放心去。」說著，她回到自己臥室裡去取了一大疊鈔票來，笑道：「這都是新出的票子，一千元一張的，你花個新鮮，共是三十萬元，你可以用一個禮拜嗎？」

她道：「這是三兩多金子，我一個禮拜花光了，那也太難了。」

四奶奶笑道：「只要你手氣好，兩個禮拜也許都可以過下去。」

魏太太正要解說時，前面屋子裡電話鈴響，四奶奶搶著接電話去了。只聽到四奶奶道：「我馬上就要出門了，明天上午到我這裡來談吧。不行不行，我不在家，就沒有人作主了。」

魏太太一聽這話，好像是她拒絕什麼人前來拜訪，就跑到她面前來問道：「誰的電話？」

朱四奶奶已是把電話掛上了。她抿了嘴繃著臉皮，鼻子哼了一聲，向她微笑道：

「我猜得是一點都不錯，那位陶太太要來找你了。我說你沒有回來，她就要來看我，我就推說要出去，她怎麼會知道了我的電話？那可能她還是會來的。」

魏太太道：「那了不得的，我先走吧。」

四奶奶笑道：「那隨你吧。反正我為朋友是盡了我一番心的。」

魏太太二話不說，回到屋子裡去，匆匆地收拾了一個包裹，就來向四奶奶告別。

四奶奶左手握了她的手，右手輕輕地拍了她的肩膀，笑道：「我做老大姊的人，還是得囉唆你幾句，小徐是不是肯掏一筆錢出來了事，那還不知道，我搞幾個錢也很不容易，你不要拿了我這筆錢，一兩場梭哈就輸光了。走吧，早點到歌樂山，也好找落腳的地方。」說著，在她肩上輕輕地推了一把。

她這時候，覺得四奶奶就是個好朋友，和她約了明天通電話，握著手就走了。四奶奶含了奏捷的笑容，走到樓窗戶口向人行路上望著，看到她坐了一乘小轎子走去。

不多時，又有一乘小轎子停在門口，東方曼麗卻由轎子上跳下來，一直跑上樓，叫道：「我要質問田佩芝一場的，四奶奶老是攔著。」說著，跑到四奶奶面前，還鼓了腮幫子。

她今天還是短裝，下穿長腳青嗶嘰褲子，上穿一件白布短褂，對襟扣子，兩個沒扣，敞開一塊白胸脯，兩個乳峰頂得很高。四奶奶對她周身上下看看，笑道：「你還是打扮成這個樣子，失敗好幾次了。」

曼麗道：「這次對老范，我不能說是失敗，那是他自己做金子生意垮臺了，二來也是你說的，你正要利用田佩芝和小徐辦交涉，不要把她擠走了，我只好忍耐。剛才我在路上碰到她，她帶了個包袱坐著轎子。她到哪裡去？」

四奶奶笑道：「你不必問，她到哪裡去，也逃不出四奶奶的手掌心，你現在給我打個電話到小徐公司裡去，叫他馬上就來。你說田佩芝已經下鄉了，就在這三四小時內是個解決問題的機會，這電話要用你的口氣，你說我很不願意管田佩芝的事了。」

曼麗笑道：「電話我可以打，有我的好處沒有？」

四奶奶道：「你還在我面前計較這些嗎？我對你幫少了忙不成？」

曼麗笑道：「到了這種時候，你就需要我這老夥計了，像田佩芝這種人，跟你學三年也出不了師。」說著，她高興地蹦蹦跳跳地打電話去了。

四奶奶到了這時，把一切的陣線都安排妥當了，這就燃了一支煙捲，躺在沙發上看雜誌。

不到一小時，那位徐經理來了。他在屋子外面，就用很輕巧的聲音叫著四奶奶。她並不起身，叫了一聲進來，徐經理回頭看看，然後走到屋子裡來。

四奶奶道：「坐著吧，田佩芝到歌樂山去了。你對這件事，願意擴大起來呢，還是願意私了？」

徐經理在她對面椅子上坐下，笑道：「我哪有那種癮？願意打官司。」

四奶奶還是躺在睡椅上的，她抬手舉了一本雜誌看著，笑道：「我聽聽你的解決辦法。」

徐經理道：「要我五十兩金子，未免太多一點。我現在交三十兩金子給四奶奶，請你轉交給田小姐，以後，我們也不必見面了。」說著，在西服口袋裡摸索了一陣，摸出三個黃塊子來，送到四奶奶面前。

她看都不看，眼望了書道：「你放在桌上吧，我可以和你轉交，不過，這不是做生意買賣，是不是講價還價，我不負責任。」

徐經理把黃金放在她身邊茶几上，向她拱了兩拱手，笑道：「拜託四奶奶了，我實在籌不出來。」

四奶奶微笑著，鼻子哼了一聲。

徐經理道：「四奶奶以為我說假話？」

她這才將手上的書一拋，坐了起來道：「我管你是真話是假話？這又不干我什麼事，是你請我出來做個調人的，你不願我做調人，你怕田佩芝不會找上你公司去。」

徐經理啊唷了一聲道：「這個玩不得，我還是拜託四奶奶多幫忙。」

四奶奶冷笑道：「有錢的資本家要玩女人，就不能疼財，女人把身體貢獻給你們，為的是什麼？五十兩金子你都拿不出來，你還當個什麼大公司經理。你這樣毫無彈性的條件，我沒有法子和你去接洽。你把那東西帶回去吧。你把人家帶到貴陽去，在那地方把人家甩了，手段真夠毒辣。田佩芝老早回重慶來等著你了，她一個流浪女人，拼不過你大資本家？你叫公司裡看門的謹慎一點吧！」

徐經理站著倒是呆了，遲疑了兩分鐘之後，陪笑道：「當然條件有彈性，我們講法幣吧。」

四奶奶道：「和我講法幣，你以為是我要錢？」

徐經理又站在她面前，連連兩個揖，連說失言。

四奶奶道：「好吧，我和你說說看，多少你再出一點。三天之內，聽我的回信。你請便，我有事，馬上要出去。」

徐經理笑道：「田小姐這兩天不會到我公司裡去？」

四奶奶一拍胸脯道：「我既然答應和你做調人，就不會出亂子，只要你肯再出一點錢，我一定和你解決得了。你不要在這裡囉唆，我還有別的人要接見。」

徐經理笑道：「四奶奶簡直是個要人，我的事拜託你了，我還附帶一件公文，賈經理和我通過兩回電話。」

四奶奶笑道：「他希望我不要在他銀行裡繼續透支，是不是？」

徐經理笑著點了兩點頭。

四奶奶道：「這問題很簡單，你們銀行裡可以退票。」

徐經理笑道：「假如退了票，你去質問他呢？」

四奶奶搖搖頭道：「那我也不至於這樣糊塗，我沒有了存款，支票當然不能兌現。不過我私人可以和他辦交涉，他跟著我學會了跳舞，認識了好幾位美麗而摩登的小姐，而且人家都說四奶奶和他交情很好，甚至會嫁他。這樣好的交情，他一位銀行家送我幾個錢用，有什麼使不得？」

徐經理笑道：「當然使得，不過他願意整筆的送你，請你不做透支。這個比期幾乎沒有把他的銀行擠垮，他們的業務急遽地向收縮路上走……」

四奶奶一搖頭道：「我不要聽這些生意經。」

徐經理笑道：「那就談本題吧。」說著掏出賽銀煙盒子來，打開，在裡面取出了三張支票，笑道：「這裡有一百五十萬元，開了三張期票，每張五十萬。有了這個，請你不要再向他銀行裡透支了。」

四奶奶笑道：「沒有那樣便宜的事，但是他送來的錢，我倒是來者不拒。拿過來吧。」說著，把三張支票接了過來。

她將日子看了看，點著頭道：「這很好，每隔五天五十萬，合計起來，是每天十萬。假如他能這樣長期地供養我，我也就心滿意足了。好了，沒你什麼事了。」說著，她將那三張支票揣進了衣袋。

徐經理倒沒想到四奶奶對姓賈的是這樣的好說話，向女主人道著謝，也就趕快地走去。他之所以要趕快走去者，就是要向賈經理去報告四奶奶妥協的好消息。

其實四奶奶對誰也不妥協，對誰也可以妥協，只要滿足了她的需要就行，她等徐經理走遠了，拍了兩手哈哈大笑。

曼麗由別的屋子裡趕到這裡來，笑道：「四奶奶什麼事這樣的高興？」

四奶奶笑道：「**我笑他們這些當經理的人，無論算盤打得怎樣的精，遇到了女人，那算盤子也就亂了。**賈老頭兒的銀行，現在已經是搖搖欲倒，自己的地位也就跟著搖搖欲倒，他還能夠盡他的力量，一天孝敬我十萬法幣。哈哈。」

說著，她又是一陣大笑。

曼麗道：「四奶奶這樣高興，能分幾文我用嗎？」

朱四奶奶在身上掏出那三張支票，掀了一張交給曼麗，笑道：「這是明日到期的一張，你到誠實銀行去取了來用。」

曼麗接著支票，向懷裡衣襟上按著，頭一偏，笑問道：「都交給我用嗎？」

朱四奶奶笑道：「那有什麼不可以的。有道是養兵千日，用在一朝，只要我遣兵調將的時候，你照著我的話辦就是了。」

曼麗拿著支票跳了兩跳，笑道：「今天晚上跳舞去了，我看看樓下有轎子沒有。」

她推開了窗子，向窗子外一望，只見樓下行人路上，男男女女紛紛地亂跑，她不由得驚奇地喊道：「這是怎麼回事？有警報嗎？」

朱四奶奶也走到窗子面前來看，只見所有來往奔走的人，臉上都帶了喜色，搖搖頭道：「這不像跑警報。」

在路下正經過的兩個青年，見她們向下張望著，就抬起一隻手叫道：「日本人無條件投降了。」

四奶奶還不曾問出來這是真的嗎，在這兩個青年人後面又來了一群青年，他們有的手上拿著搪瓷臉盆，有的拿著銅茶盤子，有的拿了小孩子玩的小鼓，有的拿飯鈴，敲敲打打，瘋狂地向大街上奔去。

接著劈劈啪啪的爆竹聲，由遠而近地響起來了。半空中像是海裡掀起了一陣狂潮，又像是北方大陸的冬天突然飛起了一陣風沙，在重慶市中心區，喧嘩的人聲一陣一陣地送了來。

曼麗執著四奶奶的手，搖撼了幾下道：「真的，我們勝利了，日本人投降了。讓我打個電話去問問報館吧。」

朱四奶奶點點頭道：「大概是不會假的，但是……」

她淡淡地答覆了這個問題，一轉語之後，卻拖長了話音，沒有繼續說下去，曼麗究竟是年紀輕些，她跳了起來道：「真的日本人投降了，我打個電話問問去。」

四奶奶笑道：「你不要太高興，我們都過的是抗戰生活，認識的都是發國難財的人。自今以後，我們要過復員時代的生活，發國難財的人也變了質了，我們得另交一批朋友。重慶是住不下去了，我們還得計畫一下，到南京去嗎？到上海去嗎？還是另外再找一個地方？我有點茫然了。」

曼麗笑道：「你也太敏感了。憑了我們這點本領，哪裡找不到飯吃？」

四奶奶點點頭道：「這是事實，可是我不敢太樂觀，**四奶奶之有今日，是重慶的環境造成的。沒有這環境，就沒有朱四奶奶**，就是徐經理賈經理這一類人也不會存在。在一個月以前，我就想到了，**我正在籌備第二著棋，沒有想到勝利來得這樣的快。**」

曼麗笑道：「你這是杞人憂天，我打電話去了。」

四奶奶也沒有理會她，默坐著吸香煙，但聽到曼麗口裡吹著哨子，而且是《何日君再來》新歌曲的譜子。歌聲由近而遠，她下了樓了。

窗子外的歡呼聲，爆竹聲，一陣跟著一陣，只管喧鬧著，直到電燈火亮，一直沒有休息過，四奶奶是對這一切都沒有感動，默然地坐在屋子裡。今天朱公館換了一個樣子，沒有人來打牌，也沒有人來跳舞，甚至電話也沒有人打來。她越是覺得勝利之來，男女朋友都已幻想著一個未來的繁華世界，這地方開始被冷落了。

她獨自地吃過了晚飯，繼續地呆坐在燈下想心事。她越是沉靜，那歡呼的爆竹聲更是向她耳朵裡送來。她家兩個女傭人，都換著班由大街上逛了回來。十二點鐘，伺候她的劉嫂進屋來向她笑道：「四奶奶，不到街上去耍？滿街是人，滿街的人都瘋了，又唱又鬧，硬是在街上跳舞咯。幾個美國兵，把一個老太婆抬起，在人堆裡擠，真是笑人。」

四奶奶淡笑道：「你看到大家高興，不是今天晚上有不少自殺的。」

劉嫂道：「這是朗個說法？」

四奶奶冷笑道：「你不懂，你不用管我，我睡覺去了。」說著她果然回臥室睡覺去了。

次日她睡到十二點起來，只是在家裡看報，並沒有出門。這幢樓房，依然是冷清清的。

到了下午兩點多鐘，曼麗由樓下叫了上來道：「四奶奶，我們上了當了，賈經理開的支票，兌不到錢。」

她紅著臉站在女主人面前。四奶奶望了她道：「不能吧？他是銀行的經理，開著自己銀行裡的支票，那會是空頭嗎？縱然是空頭，他本行顧全了經理的信用，也會兌現給你。」

曼麗將一張支票，扔到四奶奶手上道：「你看，支票上有兩道線，是劃現。」

四奶奶接過來一看，果然有兩道線，道：「劃現也不要緊，就存在他銀行裡，開個戶頭，明日自己開支票去兌現，他們還能不兌現嗎？」

曼麗道：「這個我也知道。可是誠實銀行今天擠滿了提現的人，和汽車站擠票子一樣，我哪裡擠得上前。是我親眼看到兩個提現的人，由營業部裡面罵了出來，說是他們賈經理躲起來了，並有人說，他們銀行已停止交換，可能明後天他們就關門，這劃現的支票還有希望嗎？」

四奶奶聽到這話，立刻臉上變了色，呆了眼神道：「那我的打擊不小。難道昨天放爆竹，今天他就完了嗎？讓我去打電話問問。」說著，她匆忙地就奔向了電話室。

曼麗也不知道她和賈經理有什麼來往帳。但自昨晚上得了日本投降的消息以後，她的興味索然，那是事實，這的確會是有了重大的打擊。就靜坐小客室裡，冷眼看四奶奶的變化。

她約莫是打過了半小時的電話，拍了兩手走到小客室裡來，跳了腳道：「大家都完了。」

曼麗道：「我們勝利了，怎麼會是完了呢？」

四奶奶一頓腳道：「唉！你有所不知。我積攢的幾個錢，都投資在商業上，現在都給昨天晚上的爆竹炸完了。……第一，我住的這所房子不值錢了，下江人都回家了，誰要？第二，我投資在百貨上面有上千萬，馬上上海的貨要來了，我的東西要大垮。第三，我又和幾個朋友投資在建築材料上。重慶人必定走去大半，誰還建築房子呀。第四，我還有幾包棉紗，馬上湖北的棉紗一來，我又完了。我如此，好些做投機生意的人也如此。我告訴你幾個不幸人的消息，萬利銀行的何經理，在醫院裡休養著中風的毛病已經有了轉機了，昨天晚上聽說日本投降，又昏了過去，誠實銀行老賈今早溜了。」

曼麗道：「我聽范寶華說，他銀行裡的錢是讓黃金儲蓄券凍結了，勝利以後，儲蓄券絕對可以兌到黃金，他也不至於完全失敗。」

四奶奶道：「他和我走的是一條路，投資在地產和建築材料上。你看這不會完嗎？小徐做的是進口生意，不用提，從今以後，一切貨物都看跌，他是賣還不賣呢？我打了幾個電話，越聽越不是路，我都不敢再向下打電話了。」

曼麗道：「田佩芝給你打過電話沒有？她也應該打聽打聽勝利的消息吧？」

四奶奶笑道：「對了，我還忘記告訴你這個不幸人的消息。洪五告訴我，昨晚上歌樂山幾個闊人家裡，開慶祝勝利大會，有吃有喝有唱有舞，另外還有賭。田佩芝一夜梭哈，輸了五十萬元，她在我這裡只拿三十萬元去，結果她輸光了，還差二十萬元，她怎麼會在歌樂山住得下去？聽到日本人投降的消息，她應該回重慶了。曼麗，你不要和她爭吵了，她不會在我這裡再住下去的。」

曼麗道：「為什麼？她有了出路了嗎？」

朱四奶奶笑道：「她難道不怕她的丈夫來找她嗎？我都完了，她怎能還來依靠我，就是你，也應當再去想新路線，那些能在我這裡花錢的人，有辦法的趕快要回老家，沒有辦法的人，在重慶也住不下去了。」說著，她微微地嘆了口氣，向睡椅上倒了下去。

曼麗看到她這樣無精打采的神氣，也就不便再向她追問那五十萬元的支票，應當怎樣的兌現了。

這日本人宣告投降的第二日，重慶整個市場還在興奮中。朱四奶奶這所洋樓，還是沒有人來光顧。曼麗在這裡自也感到無聊，她打開樓窗戶向外望著，見來往的人彼此相逢，都道著恭喜恭喜，像過年一樣，這很有點興趣。

正在看著呢，見大路上一棵樹下，有三個人在那裡徘徊。乃是兩男一女。有個男子穿了深灰布的中山服，光著大圓頭，就是范寶華的朋友李步祥。

她就跑下樓去，迎到他們面前。李步祥先抱了拳頭道：「東方小姐，恭喜恭喜。」

曼麗道：「恭喜什麼？」

李步祥道：「呀！全城人都在恭喜，你不知道？」

曼麗道：「我知道，日本投降了，我們可以回老家了，可是，我的盤纏錢還不知道出在哪裡呢。」

李步祥不由得皺了眉道：「正是這樣，四奶奶在家嗎？」

曼麗道：「她在家，但是今天不大高興，你們找她有事嗎？」

李步祥指著一位一身青布短衣服的男子道：「這是魏端本先生。」又指著一個中年婦人道：「這是陶伯笙太太。我們受魏先生的託，要來和田佩芝小姐談談。現在勝利了，大家可不可以團圓？就是憑她最後一句話。」

曼麗向魏端本周身上下看看，微笑了一笑，點點頭道：「這也是應當的，不過，她到歌樂山去了。也許她今天晚上會回來。昨晚上慶祝勝利她又賭輸了，你們找她談話可不是機會。」

魏端本道：「她還是這樣的好賭？」

曼麗道：「對了，你若有錢供給她的賭本，你就找她回去。我還告訴你。她和我共同爭奪一個姓范的，她把姓范的最後一筆資本偷了去了，結果，又讓別人拿去了。姓范的也要和她算帳。還有，她又正在和一個姓徐的辦交涉，要控告人家誘姦，你預備和她保鏢的話，她正沒有著落，首先就要把你捲入漩渦了。我忠告你一句，這樣的女人，你放棄了她吧。」

魏端本聽到曼麗這些話，把臉氣紫了，也不理她，回轉臉來，向陶太太道：「回去吧，行了，我已經得到最後的答覆了。」說著，他首先回轉身來，向原來的路走回去。陶李二人也在後面跟著走回去。

魏端本兩個小孩，是託冷酒店裡的夥計代看著的，他們正在屋簷下玩，一個人手上拿了兩塊糖。魏端本道：「誰給你們糖吃。」

娟娟道：「陶伯伯給的。」

魏端本道：「哪個陶伯伯？」

娟娟道：「隔壁的陶伯伯。」

魏端本道：「他回來了？我看看他去。」

娟娟道：「他在我們屋子裡躺著呢。」魏端本聽說，扯了兩個孩子，就向屋子裡走。

進房門之後，他嚇了一跳。一個男子，穿了件發黑的襯衫，已看不出原來是白是灰的本色，下面淡黃短褲衩，像兩塊抹布，赤了雙腳，滿腮鬍茬子，夾了半截煙捲，坐在床沿上吸。正是陶伯笙。叫了聲陶兄。他站起來握著手，什麼話沒說，只管搖撼著，最後，他落下眼淚來了。

魏端本道：「你怎麼弄到這種狼狽的樣子，比我還慘啦。」

陶伯笙松了握著的手，丟了那半截煙頭，將襯衫揉著眼睛，搖搖頭道：「一言難盡，**你們是想發黃金財，我是想發烏金財**。奔到西康，販了一批煙土回來，在路上全給人搶了。我流落著徒步走回重慶。到了五十公里以內，我實在不好意思回來了，就在疏散下鄉的同鄉幫裡東混西混，一直混到現在。昨天晚上爆竹響了，同鄉們勸我回家，該預備回老家了，可是到了自己門口，我不好意思去見我太太了。等你回來，給我疏通疏通。」

魏端本道：「用不著疏通，你太太是晝夜盼望你回來的，她隨後就到，我去請她來。」

陶伯笙連說著不，但是魏端本並沒有理會，已經走出去了。

正好陶太太和李步祥已經走到冷酒店門口，他向他們招了兩招手道：「我家裡來坐坐，我介紹一位朋友和你們見見。」

陶太太信以為真，含了笑容，走進他的屋子。

陶伯笙原是呆呆地坐在床沿上，看到了自己的太太，突然地站起來，抖顫著聲音道：「我……我……我回來了。」只說了這句，伏在方桌子上，放聲大哭，陶太太也是一句話沒說，哇的一聲哭了。

這把魏李也都呆住了，彼此相望著，不知道用什麼話去安慰他們才好。

還是陶太太先止住了哭，她道：「好了，回來就好了，有話慢慢地說吧。你在這裡稍微坐一會，我馬上就來。」說著，她扭身就走了。陶伯笙伏在桌上，把兩隻手枕了頭，始終不肯抬起頭來。

果然，不到十分鐘，陶太太又來了。她提著一個包袱，放在桌上，她悄悄地打了開來，包袱裡面是一件襯衫，一條短褲，一套西服，一雙皮鞋和襪子，衣服上還放了一疊鈔票。

她用著和悅的顏色向他道：「你和魏先生、李先生去洗個澡，理理髮，我給魏先生帶這兩個孩子。」

陶伯笙已是抬起頭來向太太望著了。這就站起來，向太太拱了手道：「你太賢良了，讓我說什麼是好呢？我現在覺悟了，和你一塊兒去擺紙煙攤子吧。」說著，他不覺是頸脖子歪著，跟著也就流下眼淚來。

陶太太這回不哭了，正了顏色道：「儘管傷心幹什麼？無論什麼人做事業有個成功，就有個失敗。昨晚上爆竹一響，傾家蕩產的人就多了，也不見得有什麼人哭。抗戰勝利了，我們把抗戰生活丟到一邊，正好重新做人。你既肯和我一路去擺紙煙攤子，那就好極了，去洗澡吧。換得乾乾淨淨的回家，我預備下一壺酒和你接風，二來慶祝勝利，我請李先生、魏先生也吃頓便飯。」

李步祥拍了手道：「陶先生，你太太待你太好了，那還有什麼話說，我們就照著你太太的意思去辦吧。」

魏端本點點頭道：「把我的家庭對照一下，陶太太是太好了，那我們就是這樣辦。我奉陪你一下午。」

陶伯笙對魏先生這個破落的家庭看了一看，點了頭道：「我和魏太太都是受著梭哈的害，從今以後，我絕對戒賭了。太太，我給你鞠個躬，我道歉。」說著，真的對了太太深深地彎著腰下去，嚇得陶太太喲了一聲，立刻避了開去，然而她卻破涕為笑了。

李魏二人在陶太太一笑中，陪了陶伯笙上洗澡堂，兩小時以後，他是煥然一新的出來了。

重慶的澡堂，有個特別的設置，另在普通座外，設有家庭間。家庭間的佈置，大致是像旅館，預備人家夫妻子女來洗澡。當然來洗澡的客人並不用檢查身分證。不是夫妻，你雙雙地走進家庭間去，也不會受到阻礙。開澡堂的人，目的不就是在賺錢嗎？

陶伯笙三個男子自是洗的普通座，他們洗完了澡出來，經過到家庭間去的一條巷子門口，陶伯笙站著望了一望，笑道：「在重慶多年，我還沒有嘗過這家庭的滋味，改天陪太太來洗個澡了。」

正說著，由這巷子裡出來一男一女，男的是筆挺的西服，女子穿件花綢長衫，蓬著燙髮，卻是魏太太田佩芝小姐。

這三個男子，都像讓電觸了一樣，嚇得呆站了動不得。魏太太卻是低了頭，搶著步子走出去了。

魏端本在呆定的兩分鐘後，他醒悟過來了，丟開了陶李二人，跑著追到大門口去。門口正停了一部小座車，西服男子先上車，魏太太也正跟著要上車去。

魏端本大喝一聲：「站住。」

魏太太扭過身來，紅著臉道：「你要怎麼樣？你干涉不了我的行動。」

魏端本板了臉道：「你怎麼落得這樣的下流？」說到這裡，那坐汽車的人看著不妙，已開著車子走了，留下了田佩芝在人行路上。

她瞪了眼道：「你怎麼開口傷人？你知道你在法律上沒有法子可以干涉我嗎？」

魏端本道：「我不干涉你，更不望你回到我那裡去，抗戰勝利了，大家都要做個東歸之計，你為什麼還是這樣沉迷不醒？你是個受過教育的女子呀！洗澡堂的家庭間你也來！唉！我說你什麼是好！」

魏太太道：「我有什麼不能來？我現在是拜金主義。我在歌樂山輸了一百多萬，誰給我還賭帳？」

陶李二人也跟著追出來了。

陶伯笙聽她這樣答覆，也是心中一跳。望了她道：「田小姐，你不能再賭錢了，這是一條害人的路呀！世上有多少人靠賭發過財的？」

魏太太將身一扭，憤恨著道：「我出賣我的靈魂，你們不要管。」說著，很快地走了。

她聽到身後有人在嘆息著說：「她的書算白念了，把身體換了錢去賭博，這和打嗎啡針還不如呀！」

她只當沒有聽到，徑直地就奔向朱四奶奶公館。

她到了大門口，見門是虛掩的，就推門而入。

這已是天色昏黑，滿屋燈火的時候了。她見樓下客室裡，燈火亮著，屋子裡有一縷煙飄出了門外，就伸著頭向裡面看了一看，立刻有人笑道：「哈哈！我到底把你等著了。」

說話的是范寶華，他架腿坐在沙發上，突然地站了起來。他將手指上夾的半截煙捲，向痰盂裡一扔，搶向前，抓了她的手臂道：「你把我的黃金儲蓄券都偷走了！你好狠的心！」說著，把她向客室中間一拖。

魏太太幾乎摔倒在地，身子晃了幾晃，勉強站定，紅了臉道：「你的錢是洪五拿去了，他沒有交還給你嗎？」

范寶華道：「他做酒精生意，做五金生意，虧空得連鋪蓋都要賣掉了，黃金儲蓄券到了他手上，他會還我？我在重慶和歌樂山兩處找你兩三天了，你現在打算怎麼辦？」

魏太太道：「我有什麼辦法呢？你不是願意走嗎？」

范寶華哈哈笑道：「你這條苦肉計，現在不靈了，我要我的錢。我知道你現在又靠上了一個坐汽車的，你有錢。你若不還我錢，我和你拼了。」說著，他將兩隻短襯衫外面露的手臂環抱在胸前，斜了身子站定，對她望著，兩隻眼睛瞪得像荔枝一樣的圓。

魏太太有點害怕，而朱家的傭人恰是一個也不見，沒有人來解圍，她紅著臉一個字沒說出，只聽樓梯一陣亂響，回頭看時，宋玉生穿了一件灰綢長衫，拖了好幾片髒漬，光了兩隻腳，趺趺撞撞向外跑，在這門口，就摔了跤，爬起來又要跑，范寶華搶向前問道：「小宋，什麼事？」

他指樓上道：「不、不、不好，四奶奶不好。」說著，還是跑出去了。

范寶華聽說，首先一個向樓上走，靜悄悄地，不見一個人，自言自語地道：「怎麼全不在家？」

樓上的屋子，有的亮了電燈，有的黑著，四奶奶屋子電燈是亮的，門開著，門口落了一隻男人的鞋子，好像是宋玉生的。

他叫了一聲四奶奶，也不見答應。他到了門口，伸頭向裡一看，四奶奶倒在床上，人半截身子在床上，半截身子在床下，滿床單子是血漬。他嚇得身子一哆嗦，一聲哎呀怪叫。

魏太太繼續走過來，一看之下，也慌了，她竟忘了范寶華剛才和她吵罵，抓了他的手道：「這這這……」

范寶華道：「這是是非之地，片刻耽擱不得，怪不得她全家都逃跑了。我可不能吃這人命官司。」

他撒開了魏太太的手，首先向樓下跑。到了客室裡，把放下的一件西服上裝夾在肋下就走。

魏太太跟著跑下樓來時，姓范的已走遠了，她也不敢耽誤，立刻出門，兩隻腳就像沒有了骨頭一樣，一跛一拐，出得門來，就摔了兩跤，但是掙扎著還是向前來。她已沒有了考慮，知道去歌樂山的公共汽車還有一班，徑直地就奔向了汽車站。

范寶華的意思，竟是和她不謀而合，也正在票房門口人堆裡擠著。魏太太想著：現在是該和他同患難了，還是屈就一點吧，於是輕輕地走向前，低聲叫了一聲老范。

范寶華回頭看到了她，心裡就亂跳了一陣，低聲答道：「為什麼還要走到一處？你自便吧。」

他在人叢裡鑽，扭身就走。他想著，已經是晚上了，自己家裡不見得還有討債的光顧，回家去看看吳嫂也好。自從離家以後，始終還沒有通到消息呢！

他一口氣跑回家去，見大門是緊緊地關著，由門裡向裡面張望，裡面黑洞洞的，伸手摸摸門環，上面插了一把鎖，門竟是倒鎖著的了，他暗暗叫了一聲奇怪，只管在門外徘徊著。

這是上海式的弄堂建築，門外是弄堂，他低頭出了一會神，弄堂口上有人叫道：「范先生回來了，你們的鑰匙，吳嫂交給我了。」

這是弄堂口上小紙煙店的老闆，他已伸著手把鑰匙交過來。

范寶華道著謝，開了大門進家，由樓下扭著了電燈上樓，所有的房屋，除了剩下幾件粗糙的桌子板凳，就是滿地的碎紙爛布片。

到廚房裡看看，連鍋罐都沒有了。他冷笑著自言自語地道：「總算還好，沒有把電燈泡取走，要不然，東西空了，看都看不見呢。」

他嘆了幾口氣，自關上大門，在樓板上撿起幾張大報紙，又找了幾塊破布，重疊地鋪著，熄了電燈，躺下就睡。

他當然是睡不著，直想到隔壁人家鐘敲過兩點，算得了個主意，明天一大早找川資去，有了錢，趕快就走，重慶是連什麼留戀的都沒有了。他在樓板上迷糊了一會。天亮爬了起來，抽出口袋裡的手絹，在冷水缸洗了把臉，就走向大梁子百貨市場。百貨行裡的熟人很多，也許可以想點辦法吧！

他是想對了的，走到那所大空房子裡，在第一重院落裡，就看到李步祥和魏端本兩人，將三大簍子百貨陸續取去，在鋪席子的地攤上擺著。

魏端本已明白了許多，只向他點了點頭。

李步祥搶向前握了他的手道：「好極了，你來了，我們到對面百齡餐廳裡談談去。魏先生，你多照應點，我就來。」說著，向魏端本拱拱手，將老范引到對過茶館子裡去，找了一副座頭坐下喝茶。

范寶華道：「你怎麼和姓魏的在一處？」

他道：「他反正沒事。我邀了他幫忙，把所有的存貨搶著賣出去，好弄幾個川資，我什麼都完了，就剩攤子上這些手絹牙膏襪子了。」

范寶華拍了身上的西服道：「你比我好得多，我就剩身上的了。」

李步祥還沒有答他的話，他的肩上卻讓一隻手輕輕拍著，同時，還有一陣香氣。他回頭看時，卻是袁三小姐。

她穿了件藍綢白花點子長衫，滿臉脂粉，紅指甲的白手，提著一隻玻璃皮包。范寶華突然站起來道：「幸會幸會！請坐下喝茶吃點心。」

袁三紅嘴唇一噘，露了白牙笑道：「我比你著急多了，范老闆，還有心喝茶嗎？」說著，她打開皮包來，取出一張支票，放到他面前，笑道：「我們交情一場，五十萬元，小意思，我找你兩天，居然找到了，你就看我這點心吧。」

老范和她握著手道：「你知道我的境遇？」

她眉毛一揚道：「袁三幹什麼的？我也不能再亂混了，馬上也要離開重慶。」說著，向李步祥笑道：「李老闆，你還能給我找一支三花牌口紅嗎？」

李步祥道：「有的是，我送你一支。」

袁三一抬手，將手絹揮了一揮，笑道：「不錯，你還念舊交。我忠告你一句話，別做游擊商人了。」說著，扭起身走了。

李范二人，倒是呆了一呆。

范寶華喝了一碗茶，吃了幾塊點心，也無心多坐，揣著支票走了。

李步祥會了茶東，再到百貨市場，和魏端本同擺攤子，把剛才的事告訴了他，他嘆口氣道：「苦海無邊，回頭是岸。只有那位田佩芝是不回頭的。」

李步祥嘆口氣道：「你還想她呢？你聽我的話，死心塌地，做點小生意，混幾個川資回老家吧！抗戰入川，勝利回不了家，那才是笑話呢。」

魏端本嘆著氣，只是搖頭。不過，他倒是聽李步祥的話，每日都起早幫著他來賣僅有的幾簍存貨。分得幾個利潤，下午就去販兩百份晚報叫賣。

一個星期後，李步祥的存貨賣光了，白天改為做搬運小工，專替回家的下江人搬行李，手邊居然混得幾十萬元，而且認識了一個木船復員公司的經理，分給了他兩張木船票，可以直航南京。

在木船開行的這天，他高高興興，挑著兩個包，帶著兩個孩子向碼頭上走。經過一家旅館門口，見他離開了的妻子，又和一個男子向裡走，聽到她笑道：「昨晚上輸了六七十萬，你今天要幫我的忙，讓我翻本啦。」

小娟娟跟在魏端本身邊，叫起來道：「爸爸，那不是媽媽？」

他搖搖手道：「不是，那是摩登太太，我們坐船到南京去找你媽媽，她到了南京去了。」

小渝兒左手牽了爸爸，右手指著旅館門道：「那是媽媽，媽媽進去了。」魏端本連說不是，牽著兒子，兒子牽著姊姊，向停泊木船的碼頭上走。

他們就這樣復員了，別了那可以取得大批黃金的重慶。

全書完

*書中字詞考釋

1 割孽：四川話。衝突或極端不和之謂。
2 么台：西南方言，意為完事，結束。
3 郎個做：怎麼辦？
4 三六九：重慶下江麵館，市招一律為三六九，故三六九成為上海麵店之代名詞。
5 消夜：重慶三餐，分為過早，吃上午，消夜。
6 不招閒：不管。
7 強盜：四川話謂小賊為強盜，而謂強盜為棒客，或稱老二。
8 太婆兒：川語，太太。
9 是年：一年多。
10 撅：罵、譏諷之意。
11 頭寸：舊時指銀行、錢莊等所擁有款項。收多付少叫頭寸多，收少付多叫頭寸缺；結算收付差額叫軋頭寸；借款彌補差額叫拆頭寸。也指銀根，銀根鬆也說頭寸鬆，銀根緊也說頭寸緊。
12 比期：川地商家習慣半月一交割，十五或三十一日必須結帳。故每月三十一及十五謂之比期。銀行因此習慣而有半月存款之例謂之比期存款。普通半月存款亦謂之比期存款。但依存款之日起息，半月一結，則不必固定十五日或三十一日。

13 趕汽車：四川人對乘船乘車均曰趕。

14 咬個耳朵：說私話。

15 吹吹兒紅苕稀飯：吹吹，言可以吹動之米汁也。紅苕即番薯。

16 金箍箍：戒指。

17 愛好：一、喜愛，對某種事物具有濃厚的興趣。二、方言，顧惜體面，喜歡打扮。

18 關金：海關金單位兌換券，簡稱「關金券」，是國民政府的海關用以計算稅收的金本位單位。後來中央銀行發行關金券，用以收納關稅，漸漸成為通貨的一種。

19 打擺子：川諺，瘧疾之謂。

20 違拂：出自《夜譚隨錄・崔秀才》。違背，不順從。

21 防空凳：以四根小木根交叉地支著，棍子兩頭有橫檔，上端蒙厚布，支起來，有一尺見方的平面，折起來，可以收在旅行袋裡。

22 龍門陣：指聊天、閒談的意思。為成都、重慶、四川省地區方言，當地人在閒暇之時喜歡聚於龍門子（大院門子頭）裡閒聊，所以將在龍門子下聊天叫做擺龍門陣。

23 對不對頭：即是不是。

24 該歪喲：不正當之驚嘆詞。

25 扮燈：猶言搗亂。
26 家私：即家具。
27 按：猜。
28 漶心雞蛋：一種食物，蛋黃沒有熟透，呈流質的煮雞蛋，製作原料有雞蛋、滷汁（冰糖、油、醬油、八角等）。
29 細大不捐：形容愛惜物力、人力，無論小的大的都不廢棄。
30 移樽就教：端著酒杯到別人跟前一起飲酒，以便求教，泛指主動前去向人請教。
31 猛可：突然，猛然間，多見於早期白話。
32 唆：疑問而又承認之意。
33 鬧熱：川語言熱鬧，與普通適反。
34 牽籐桿：即火把。
35 么師：四川方言。舊稱旅館服務員。
36 三斗坪：按此為宜昌上游之一小站，在三峽內。宜昌失守後，此為國民黨軍長江區最前之一站。

紙醉金迷【典藏新版】下

作者：張恨水
發行人：陳曉林
出版所：風雲時代出版股份有限公司
地址：10576台北市民生東路五段178號7樓之3
電話：(02) 2756-0949
傳真：(02) 2765-3799
執行主編：朱墨菲
美術設計：許惠芳
行銷企劃：林安莉
業務總監：張瑋鳳

初版日期：2021年10月
ISBN ：978-986-5589-38-7
風雲書網：http://www.eastbooks.com.tw
官方部落格：http://eastbooks.pixnet.net/blog
Facebook：http://www.facebook.com/h7560949
E-mail：h7560949@ms15.hinet.net
劃撥帳號：12043291
戶名：風雲時代出版股份有限公司

風雲發行所：33373桃園市龜山區公西村2鄰復興街304巷96號
電話：(03) 318-1378
傳真：(03) 318-1378
法律顧問：永然法律事務所 李永然律師
北辰著作權事務所 蕭雄淋律師

行政院新聞局局版台業字第3595號 營利事業統一編號22759935

定價：440元

國家圖書館出版品預行編目資料

紙醉金迷／張恨水 著. -- 初版 -- -- 臺北市：風雲時代出版股份有限公司，2021.04- 冊；公分

ISBN 978-986-5589-38-7（下冊；平裝）

857.7 110003618